2017 中国报告文学年选

中国报告文学学会 主编

何建明 编选

南方出版传媒

花城出版社

中国·广州

图书在版编目（CIP）数据

2017中国报告文学年选 / 中国报告文学学会主编；
何建明编选. -- 广州：花城出版社，2018.1（2021.4重印）
（花城年选系列）
ISBN 978-7-5360-8586-2

Ⅰ. ①2… Ⅱ. ①中… ②何… Ⅲ. ①报告文学－作品
集－中国－当代 Ⅳ. ①I25

中国版本图书馆CIP数据核字(2017)第327619号

出 版 人：肖延兵
责任编辑：蔡　安　欧阳蘅　李珊珊
技术编辑：薛伟民　凌春梅
封面设计：庄海萌

丛书篆刻：朱　涛
书名题字：陈以泰
封 面 图：南宋 佚名 胡笳十八拍图

书　　名	2017 中国报告文学年选 2017 ZHONGGUO BAOGAO WENXUE NIANXUAN
出版发行	花城出版社 （广州市环市东路水荫路 11 号）
经　　销	全国新华书店
印　　刷	北京一鑫印务有限责任公司 （北京市顺义区北务镇政府西 200 米）
开　　本	787 毫米×1092 毫米　16 开
印　　张	15.25　1 插页
字　　数	300,000 字
版　　次	2018 年 1 月第 1 版　2021 年 4 月第 3 次印刷
定　　价	45.00 元

如发现印装质量问题，请直接与印刷厂联系调换。
购书热线：020－37604658　37602954
花城出版社网站：http://www.fcph.com.cn

目录 contents

等着你，一起去做新时代的"狙击手"

——2017 中国报告文学年选序

何建明

编选《2017 中国报告文学年选》时，我正在完成自己的"新三部"作品的出版与推广，这三部作品分别是《那山，那水》《死亡征战》和《山神》（2018 年 1 月正式出版）。这三部作品，虽然都可以算 2017 年创作的，但前后拉的时间长了些，因为像《死亡征战》，其实早就写好，只是被"审查"耽误了近一年，而《那山，那水》《山神》纯粹是 2017 年的新作。这一年中国发生了什么，大家都非常清楚，最重要的是：中国共产党第十九次全国代表大会的召开，习近平新时代中国特色社会主义思想写进了新党章，还有一句他的话"绿水青山就是金山银山"同时写进了新党章。巧合的是，我的《那山，那水》写的就是习近平在 12 年前说这句话的过程以及这话对当地社会发展带来了巨变的整个前前后后。这部作品落笔是在十九大召开之前的半年。出版两个月以来，《那山，那水》已经发行超过 20 万册，并且成为各地宣传、学习十九大精神的辅导书籍，我本人已经先后在各地巡讲 20 多场。一部报告文学作品，能够在这么短的时间里引起这么大的反响，自然让我想到了"新时代"的意义和"新时代"能够带给我们文学的意义。我特别想说明的一个情况是：《那山，那水》是最早提出"新时代"概念，最先把习近平新时代中国特色社会主义思想的重要内容"绿水青山就是金山银山"与毛泽东思想、邓小平理论并列在一起。为此，有党史专家和文学理论家这样指出：《那山，那水》是"新时代"的先声者和"第一部习近平新时代中国特色社会主义思想的文学读本"。我要感谢他们的这种崇高评价。

不过，关于"新时代"和"新时代"对中国社会以及中国文学的影响，在近半年间的亲身经历中，令我有诸多感叹与感慨。比如，作为"时代轻骑兵"的报告文学，是不是该需要重新思考一些问题，是不是该需要重新抖起精神去迎接这个"新时代",是不是该早些丢掉我们心理上背负的自卑呢？我想应该是的。

首先是关于"时代轻骑兵"的问题。传统的经典作家和文学理论家给了我们报告文学作家这么个荣誉和定位，这在并不发达的纸媒时代，作为我们报告文学奠基者的基希先生以自己的实际行动，在他那个时代扮演了这样的角色，毫无疑问是正确的；中国的报告文学作家从夏衍到徐迟，甚至到我们这一代在二十世纪的百年时间里，我们也都是"时代轻骑兵"的角色，而且非常成功地扮演了这样的角色。然而在今天，在现代传媒高度发达的二十一世纪，我们还能不能当"时代轻骑兵"则是需要认真和清醒地思考了。所谓"轻骑兵"，就是随时出发、随时投入战斗、挎着冲锋枪的英勇战士，这是对报告文学作家的形象描述。相较于新闻记者和传统的作家而言，在纸介媒体时代，报告文学的快捷性、特殊性、现场性和时代性，确实需要以"轻骑兵"的形象出现。然而在今天，现代传媒的快捷性、特殊性、现场性和时代性，无一不比报告文学作家和作品要强大了几倍、几十倍，报告文学作家还能不能成为"时代轻骑兵"，值得我们反省和思考。虽然我们与传统的小说、戏剧和电影相比，这种"轻骑兵"的角色仍然还能当下去，但去比其他新闻媒体等先进技术和手段，我们报告文学作家真的不太容易做到了，比如近几日的"红黄蓝幼儿园"事件，有人曾跟我说，你们报告文学作家为何不介入？不去"卧底"写一部最有震撼力的作品呢？确实，如果有报告文学作家去"卧底"三两天甚至更长时间，肯定能写出一部比所有新闻更强大的"事件真相"作品来，但我们估计没有一个报告文学作家能做得到的，包括我自己在内。因为我们无法与新闻记者相比，甚至连普通的"多事"民众也比不过，一则我们行动迟缓，二是我们不能吃那么多苦，三是甚至无法接近这个事件的核心。种种主客观因素，使我们报告文学作家在这样的事件中做不到"轻骑"，甚至都没参与进去。

因此在今天的这个时代里，报告文学作家再想做"轻骑兵"是很不容易的。这并不是说我们的意识里和思想上可以放弃这个"轻骑兵"意识，一旦放弃了这种意识，恐怕就不可能成为真正的优秀的报告文学作家。随时出击、随时准备投入、随时冲锋陷阵，这是以前我们倡导的每一个报告文学作家必须具备的素质，现在和今后仍然需要倡导。这一点不能改变。然而我们需要改变的是：针对新时代的新技术、新时空、新变化和社会新形态，我们应该从简单的"轻骑兵"角色，转变为"时代脉搏的狙击手"。所谓"时代脉搏的狙击手"，就是要用我们的智慧和眼光、技能和本领、意境和高度，去迎接和拥抱所处的伟大的风云时代，去精准地判断所处的这个时代，去选择讴歌与鞭挞的对象，或去高扬那生动精彩的中国好故事，或去抨击和批判那些腐朽落后的东西。迅速地形成这一种新的意识是中国报告文学当前和今后一段时间里的紧迫任务，谁在这个过程中行动在前，谁就是这个新时代的报告文学功勋者和"大鳄"。因为飞速发展的时代和正在迅速崛起的中国，都对我们报告文学作家和文体本身提出了更高的要求。同时还想说一句，报告文学理论研究者和评论家，也应当清醒地意识到：如果再不认识和研究新时代文学形态与反映新时代的作品，你们将失去的是整个话语权。

习近平总书记已经给我们吹响了"新时代"的号角，我们当立即抖擞精神，鼓足干劲，奋起行动，去为这个伟大的新时代书写最精彩的篇章。这是我们报告文学的责任，也是整个文学的责任。

在这本《2017 中国报告文学年选》中，已经选入了部分具有"时代狙击手"特性的作品，期待今后将会有更多优秀的作品奉献给读者们。

2017 年 11 月 25 日

走进"心"时代

马　娜　王鸿鹏

DT 强"心"：小小真空机器人成为制约中国 IC 产业发展的"卡脖子"工程。新松人的中国"心"再次向国外技术封锁发起挑战。

有一种智慧叫创新。中国机器人迎来"创客时代"。

01　我塑我"心"

"十五"期间，科技部组织研发超大规模集成电路工艺及装备，简称 IC 装备。集成电路 IC，是电子设备中最重要的部分，承担着运算和存储的功能，是计算机业、数字家电业、通信等行业的"心脏"。

经过科技机构联合攻关，IC 制造装备主体部分研制成功了。但是，生产 IC 装备最关键的真空（洁净）机器人需要从美国进口。当今世界，所有制造业强国都握有一张王牌——芯片，附带着生产芯片所用的真空（洁净）机器人都被牢牢掌控。凡出口中国均设立严格的许可证制度和飞行检查条款。真空（洁净）机器人成了严重制约我国半导体设备制造的"卡脖子"项目。我国要在大规模集成电路方面取得重大突破，就必须打破半导体装备关键部件——真空（洁净）机器人依赖进口的局面。

单个的真空（洁净）机械手美国厂家是不售卖的，要卖就是成套出售。别看这玩意儿不起眼，科技含量却很高，价格更是天价。这就是垄断之后的高利润。这还不算，按照美国的出口程序，一般从开始申请到拿到手续，最短需要 9 个月，而货到中国的时间就更没准儿了。按照这些条款，中国的 IC 装备怎么再干？没办法，窝气也得干。否则，中国的 IC 产业装备就发展不起来。这一谈判成为名副其实的"马拉松"。从"十五"一直谈到了"十一五"，历时五年仍没结果。技术至上历来是商业界的霸王条款，没有技术在手，你连平等对话的资格都没有。中国在科技落后的状况下，受制于人的事件屡见不鲜。

在真空（洁净）机器人项目上，美国厂商显然毫无诚意，和中国企业玩起了"太极"。他们要把中国的这一产业拖垮。说起来，洁净机器人也不神秘。电脑和手机中的芯片要在真空条件下生产装配，人工不能操作。真空机器手就是洁净机器人，也叫真空（洁净）机器人，是专门干这活儿的。

几经折腾，很闹"心"。本来通过谈判双方说好了的，美方突然变卦，来了个"抱死刹车"。

厂商说，美国又有新规定，买方必须接受美国国务院、FBI（联邦调查局）、商务部等4部门的审查，并且规定了非常严格的飞行检查条件。每半年要到中国进行查看，不允许将设备搬离现场。理由是，禁止中国用于军事项目。这一招够绝。不想卖给技术总能找到理由。

中国方面无法接受，"心"中更难受。这不是花钱买设备，是花钱买罪受，卖尊严。你可以保护自己的技术，对外封锁技术那是你的权利，但你不能耍人、坑人啊！简直太屈辱了！

这是美国独家垄断的核心技术，用不用由你。

中国再不能上演20世纪90年代中石油租用美国高性能计算机被24小时看管的屈辱一幕了。真空（洁净）机器人是高科技的核"心"。不拿下，中国IC装备业就要受到严重制约。这项核心技术简直变成了"卡脖子"工程。

中国IC需要一颗中国"心"。

国家科技部的专家找到了新松公司："你们是机器人国家工程研究中心，又是国家'863'机器人产业化基地，能不能搞出真空（洁净）机器人？"

"没有什么能不能的。这是国家使命，只要交给新松，新松义不容辞。"曲道奎了解到这一项目的背景，一副毋庸置疑的口吻接下了任务。一如当年蒋新松为救金杯研发"小龙马"AGV一样。

曲道奎从北京回来，把这个任务交给了新松公司中央研究院。院长徐方带领李学威、邹凤山、谭学科、董吉顺、王金涛等70后、80后一群科技男组成攻关团队。这又是一个从零开始的故事。

曲道奎想起了伟人毛泽东当年说过的那句最提气的话："封锁吧！封锁它十年八年，中国的一切问题都解决了。"

他又幽默地对大家说："七八年太长。伟人还说过，要只争朝夕。力争三年拿下。"

"真空洁净技术完全是一项新技术、一个新领域。开始我们一点儿也摸不着头脑，只有几张图片可供参考。"中央研究院院长徐方回忆说，"接到这个任务后，我们就先去国外做调研。美国人肯定不让我们看。我们去新加坡，人家不让靠近，只能远远地看看形状，更别说是了解技术原理了。没有相关的产品和技术可以借鉴，完全是白手起家。"

不怕！新松人胸中始终怀着一颗坚定的中国心。

1984年，徐方在大连工学院（现大连理工大学）研究生毕业后留校任教。他的导师是一位从日本留学回国的机器人专家。优越的职业平台没有安分住他的梦想，他一心想到一家科研机构做研发，希望能把自己的机器人技术应用到实践中，转化成服务公众的有实用价值的产品。

1995年，徐方如愿以偿地调到沈阳自动化所，进入曲道奎刚组建的机器人技术工程开发部。2000年成立新松公司。有人劝他，别去玩惊险，还是所里旱涝保收。这位已近不惑之年的白面书生很刚性，毅然下海，加入了新松团队。有着深厚理论功底的徐方，现担任新松中央研究院院长，还带了几位研究生。在新松机器人走向市场的过程中，徐方带领的研发团队攻下不少技术难点，为客户提供了成功的解决方案，也为新松拿到了一批专利技术。

这次攻关真空（洁净）机器人一切从零开始，风险极大。别看这个东西小，最难的部分最具可靠性。IC生产线一分钟都不允许停，否则损失很大。必须保证一千万次平均无故障循环工作。再说，中国的空气质量不大好，比不上美国，要求的洁度和精度指标也要比美国高。

新松公司把洁净机器人作为国家"十一五"重大攻关项目，使出了洪荒之力。徐方带着他的团队做了大量实验，一次次反复攻关。前期干了一年多，砸进去几千万不见效果。徐方有点沉不住气了。他找到总裁曲道奎，略有担忧地说："这个项目花多少钱，我心里也没底了……"

"钱的事你不用担心。用多少，给多少。"没等他说完就被曲道奎打断了，"你别背那么多包袱。你只管带领大家踏踏实实地干活，攻关，剩下的事都交给我。这是国家工程，就是砸锅卖铁，脱了裤子当出去，新松人也要拿下来，给国家交出合格的产品。何况新松从不差钱！"

新松公司做的不单单是一款机器人产品，新松公司肩负的是国家使命，民族尊严。这是花多少钱也买不来的东西，新松公司必须啃下这块"硬骨头"，用"新松精神"铸造一颗中国心。

不久，被昵称为"洁洁净净"的中国真空（洁净）机器人在抗打压中坚定地走来。经过两年多的不懈努力，新松人终于成功研制出我国高水准的真空（洁净）机器人。真空（洁净）机器人很魔性，它们钻进那一尘不染的真空特殊包箱里，飞快地舞动着，令人眼花缭乱。真空（洁净）机器人是有洁癖的——一个极度爱干净的小精灵。

2006 年 6 月 21 日，新松公司研发的真空（洁净）机器人项目通过了科技部门的鉴定。这一核心技术不仅填补了我国在这一领域的空白，而且各项性能指标均优于外国产品。原来打算从美国进口的北方微电子公司决定立刻终止与美方的马拉松式的谈判，改用新松的国产真空（洁净）机器人。

煮熟的鸭子眼看着飞了。美国厂商仍不死心，来到北方微电子公司黏住不放。北方微电子当然牛气啦。他们回敬对方已经有了新松公司的中国"心"，实在 Sorry，婉言拒绝了。美国厂商请求说："还是用我们的吧，只要价格不比新松的低就行。"也不谈任何附加条件了。

北方微电子代表摇摇头：NO。

美国厂商觉得面子上下不来，但又不死心，立刻把原来的价格下降了40% 多，甚至比新松还低，在高科技行业算是白菜价了。显然，美国厂商抽血大甩卖了。这是美国厂商的"无底线"策略，就是要用低于成本价来把对手挤出市场。他们想利用价格战把刚进入市场的新松真空（洁净）机器人打垮。这是西方"丛林法则"下的商战策略。

这种玩法，中国企业早已领教过了，没人买账。中国企业家也变得聪明起来。今天的中国企业军团已经唱响了国歌，勠力同心，抱团发展，向制造强国进发。新松公司乘胜出击，相继开发出真空洁净镀膜机械手、真空洁净搬运机械手、真空洁净物流自动输送设备等产品，为国家完成了"交钥匙"工程。

真空（洁净）机器人在进军 IC 行业中一展身手，成为新松机器人的一支新军。2006 年，新松公司投资近 3 亿元为生产洁净机器人规划建设的浑南机器人产业园二期工程破土动工，并于两年后正式启用。真空（洁净）机器人包括大气机械手、真空机械手、洁净轨道传输机器等系列产品的开发，并在IC 设备的自动化系统中得到应用。作为真空（洁净）机器人领域国内唯一的供应商，新松为国内半导体、LED、光伏、核电、医药、金融等行业首次提供了具有中国话语权的解决方案。

新松不仅打破了欧美的技术垄断和封锁，还大大提升了我国自动化技术研究开发水平和创新能力，提高了与国外同类产品抗衡的能力，促进了我国信息产业的迅速发展，突破了高技术制约瓶颈。

2010 年 10 月 30 日，台湾兆远科技公司采购由新松公司制造的真空（洁净）机器人，运作正常，主要指标达到了国际一流水准。台湾是全球最重要的半导体产业市场。能够成功登陆台湾，表明新松公司真空（洁净）机器人进入了世界先进行列。中国真空机器人进入了世界 IT 制造业最重要的国际市场。新松人用骄人的业绩，让"中国智造"旗帜飘扬在世界制造业之巅。

2010 年 11 月，日本 IHI 公司（石川岛播磨重工业株式会社）星野先生一行到访新松公司。这是 IHI 公司第五次来新松公司访问了。

在这次会谈中，日方希望有机会同新松合作，共同开拓中国洁净物流市场。这表明，日本这个经济强国已经开始重视中国的技术。正如徐方所说："手中有原创技术，在国际机器人市场我们就显得底气足。外国公司与我们打交道就非常尊重我们。"

会谈时曲道奎坦然以对，亮出底线：没有新松主导和公平的合作，免谈！曲道奎对那种不讲民族尊严、不顾权益平等、不计资源成本的合作极为反感。他公开声称："决不能让中国机器人重蹈覆辙，再走中国汽车工业的路子。"

如果说新松公司的"2＋N＋M"战略是在横向上扩张体量，那么，新松公司的"双核"战略则是在纵向上向机器人高端技术跃升。

机器人的"三器一系统"，即控制器、减速器、传感器和伺服系统，被称为核心技术和核心零部件。目前，日、德、美垄断控制器，减速器日本占七成以上，传感器我国大部分依赖进口。在伺服系统方面，日系、欧美系、韩国等占主导地位，中国自主品牌只占 15%。截至 2014 年，中国已连续两年成为世界第一大机器人市场，但产业大而不强。

我国机器人企业多为加工组装，缺乏关键核心技术。关键核心部件依赖进口，直接推高了机器人产品的生产成本，降低了市场竞争力，产业空心化风险渐显。这已成为中国机器人产业发展的"心"病。这一问题如不得到解决，将阻碍国产机器人整体质量、性能的提高，影响产品市场竞争力，使产业难以可持续健康发展。

对手一旦在产品链上游"拉闸限电"，中国机器人将束手无策，一点儿办法都没有。爱与恨都由别人操纵。

核心技术以及核心零部件是中国机器人的短腿。这一"双核"瓶颈也是新松人的"心"病。在竞争日益激烈的机器人领域，核心技术和核心零部件属于上游产品。新松虽有强大的系统集成能力，至今，新松却没有占领"核心"阵地。在核心技术和核心零部件上，一直是软肋。对手一旦把新松的上游产品掐断，巧妇难为无米之炊，新松照样会输得很惨。

新松公司作为一家以先进制造技术为核心、拥有自主知识产权和核心技术的高科技企业，必须向"核心"地带进军，抢占机器人技术高地。曲道奎决定要在"腰眼儿"上发功，不能让对手点住"死穴"，掐着新松的"命脉"。

新松人立志塑造中国机器人的"双核"之"心"，实施攻"心"战略。"历史给我们的发展窗口期只有 8～10 年。机会稍纵即逝，我们不能犹豫。"曲道奎坚定地说。

机器人是典型的"三高"产业，即技术密集度高、人才密集度高、资金密集度高。特别是性能可靠的精密减速器、高精度传感器等，国内能够提供规模化生产的企业还不多。虽然一些企业已经实现了部分关键部件的国产化，但在批量生产时的性能稳定性、质量可靠性还有待提升。

2015年10月，新松公司与沈阳创业投资管理集团有限公司、沈阳浑南高新技术产业创业投资有限公司、沈阳创业投资基金有限公司共同出资9000万元，成立沈阳新松智能驱动股份有限公司。

新松公司实施"双核"战略，针对国内"核心技术"和"核心部件"依赖出口的"短腿"，投入研发重兵，与中国机器人产业联盟单位分工协作，五指握拳，抱团发展，让"短腿"变长，形成中国力量。这标志着，新松人将目光瞄准了机器人核心零部件领域，筹谋机器人全产业链发展的布局。

规划建设中的新松智能驱动股份有限公司落户于新松第三期工业园——智慧园，其主要产品涵盖控制器、交直流伺服电机、伺服驱动器、减速机等。这些核心零部件不仅可以配套应用于工业机器人、服务机器人、特种机器人，而且能够在机床、电动汽车、纺织等众多行业领域进行拓展。人们可喜地看到，新松移动机器人产品已经用上了自主生产的伺服电机，并且得到了良好的市场认可。

目前，新松公司以机器人核心技术构筑了五大业务板块，将战车轰隆隆地开往各个主要产业战场，并以自有核心技术和领先产品占据主动，向"核心"地带进军。新松人决心通过自主创新实现技术上的"弯道超车"，彻底打破外国垄断。

02 以"心"唤"心"

新松人以创新精神练就独家之技，彻底打破外国技术封锁，勇敢地独步"核心"地带。那些卡脖子的对手一个个沉默了。不仅对手们沉默了，连"洋人"也沉默了。不少"洋人"患上了"心"病，来到中国就在那里睡大觉。这下急坏了老外们。于是，上演了一场中国机器人为"洋人"起搏"心"脏、以"心"唤"心"唤醒"睡洋人"的精彩故事。

宁波拓扑集团股份有限公司从德国知名供应商那里进口了一批装皮套的洋机器人。德国这家公司号称是世界高端供应商，宁波拓扑也是花了大价钱的。结果，这些"洋人"一直趴在窝里睡大觉，它的主人也叫不醒，整个项目做失败了。老外们束手无策，宁波拓扑集团的老总们急得团团转。

听说新松公司的巧手"灵灵"很厉害，宁波拓扑集团股份有限公司的专家主动找到杭州新松公司向李正刚求助，希望新松把趴窝睡觉的"洋人"唤醒。李正刚把这块硬骨头交给了"少帅"杨永帅。说他是"少帅"，因为他是最年轻的项目经理。

杨永帅是河北邯郸人。2011年研究生毕业，专业就是机电一体化。当时新松正好在浙江工业大学举办招聘人才现场会，杨永帅投了简历，成为新松的一员。在沈阳新松总部培训了几个月，杨永帅就走上了科研工程一线。

2012年5月，杨永帅来到杭州新松任项目部经理，上任还不满一年，就遇到宁波拓扑集团进口的"洋人"趴窝睡大觉的奇观。杨永帅来到宁波拓扑车间一看，确实比较麻烦。前面的一些功能都在用，工序到了"洋人"那里，"洋人"却趴在那里不动。工人们摆了一张桌子与前面的自动装置接上，然后手忙脚乱地装皮套，替"洋人"干活。整个生产流水线卡在这儿了。全自动化设备搞成半人工了，增加了生产成本不说，还大大降低了生产效率和产品质量。

宁波拓扑的工程师见到杨永帅，不好意思地说："我们不了解行情，盲目认为外国的机器人好。谁知现在遇到了麻烦。"

杨永帅说："不是'洋人'不适应我们的生产环境，实际上，是我们的机器人在技术水平和能力方面超过了外国。中国机器人的'心'力比'洋人'强大。"

杨永帅虽然资历不深，考虑问题却十分老到。为了攻克这个难关，他带着技术部和总工一次次开会，优化解决方案。

他遇到的第一个困难，是给"洋人"做"心"脏修复还是安一个"起搏器"进行按摩？或是用中国机器人的"心"更换洋"心"唤醒"睡洋人"？他们制订了多个方案，但是，选哪个方案才能走得通，还是个未知数。如果选对了方案，就能够顺利完成项目，保证按时交付客户。如果选不对，走不通，拖延了时间，就会给客户造成重大损失。这种责任是承担不起的。

为了保证客户要求的时间节点，客户要做PBAP。就是到了一定时间点，必须给客户"交钥匙"。拓扑摆臂这种项目难点比较多，包括旋铆工艺、装皮套的功能等。这个过程会遇到各种想象不到的困难甚至失败。

杨永帅说："这个项目是为宁波拓扑集团股份有限公司做的机器人摆臂。设计安装一组巧手'灵灵'，让它自动装皮套。我们也为吉利、沃尔沃、上海通用、北汽设计安装过巧手'灵灵'。目前正做的项目是北汽的摆臂。这些公司对供货的时间节点要求很严格。""他们的整个生产流程是按照最后的产品出厂一层层倒推过来的，卡得很死。"到了这个时间节点必须要做到什么程度，如果做不到那个程度，零件就配合不了组机厂生产。有一个零件不成熟、不到位或晚发布了，对客户的损失都是巨大的。

李正刚说："在上海时，上海通用的一条整车装配线如果停产15分钟，上海市委书记都要过问的。通俗来讲，新车型一发布，开始肯定卖得比较好。就算一辆车赚2万块钱，一天多少辆车下线啊！像吉利的博锐，几个月的订单已经下去了，现在如果去订博锐车的话要排很久的队。拖一天，对组机厂来讲是上百万元的损失。所以谁都耽误不起，根本就不能耽误。"

一般项目谈完之后都有一个产品提供的最后时间点，每个点都是定死了的。然后，项目经理再细分几个单元工程，每一个环节都有负责人。为了保证按时完成项目，杨永帅带领攻关团队在车间里加班加点搞了几个月。他们采取的方案是让巧手"灵灵"用中国"心"唤醒睡大觉的"洋人"。一旦"洋人"睡死了，巧手"灵灵"可以顶上去，兜底保险。为什么不直接用巧手"灵灵"替换"洋人"？新松人总是为客户着想。从经济上考虑，"洋人"的胳膊腿还都是好的，本体可以继续发挥作用，只是"心"坏了。尽量用巧手"灵灵"把"洋人"唤醒，不要报废了。

要实现一系列功能，必须掌握核"心"控制技术，使整体大于部分之和，保证把它们整合起来，满足客户的需求。杨永帅和大家一块儿反复琢磨，针对各种不确定性，把技术风险点很清楚地全列出来。他说："刚开始我们就订了几个方案，每个方案都有一定的风险。你不敢保证哪条路能走通。所以，我们一般肯定有三个以上的备选方案并行在走。这个不行，还有那个。"

那段时间，为了攻克难关，守住客户的时间节点，杨永帅带领大家连续奋战3个月，用巧手"灵灵"的国"心"通过脑神经打通了酣睡的洋"心"，终于把一批趴窝的"洋人"给唤醒了，圆满地把"钥匙"交给了宁波拓扑集团。这对宁波拓扑集团的生产制造来说是一次突破性的升级。他们的工程技术人员高兴地说，想不到巧手"灵灵"这么棒！看来"洋人"比不上"国人"了。

德国公司没有攻克的难题被新松公司拿下了，宁波拓扑集团非常满意。正是由于这一次双方成功的合作，带来了后续的订单。宁波拓扑集团接着又做了3条生产线，每条投入400多万元，全部交给了杭州新松公司。

新松公司在长三角很快打开了局面，业务范围不断向外辐射。中国机器人在最具活力的沿海市场雄"心"大振，在老外面前也"心"高气盛了。

03　星智汇

星智汇——"星力量，汇创新"。中国机器人走进"心"时代。

中国第一个机器人创客平台，激发着青春的畅想和挡不住的热望。年轻的朋友，来吧！这里将点亮你的智慧之灯，燃烧你的创造激情。

这是一方智慧的沃土，滋润着发芽的种子；

这是一片自由的空间，呵护着幼苗的茁壮；

这是一个希望的星空，催生着未来的灿烂。

这是新松用心打造的一个智慧平台，你可以看到中国的创客们如何设计未来的智慧生活。

上海的夜晚灯光闪烁，浩瀚无垠，一片星的海洋。仰望夜空，繁星点点，深邃无限，一片星的苍穹。倏忽间，天地线消失了，星的大地和星的夜空融为一体，你恍若飘浮其间，置身于茫茫星际，慢慢拥抱星的世界，成为《星际穿越》中的 Tars。天地的反转，幻觉疑迷，是谁造就了这么多星星？没有终极的星空便是宇宙的魔性。

上海，你的丰富，你的厚重，你的开放，你的时尚。因为你的包容博大，你既是星的海洋，也是智慧的海洋。星的灵感突然跳进脑海。中国上海，这个星光璀璨无比的国际大都市，不正是创客之星们智慧汇聚的银河吗？

今夜，星光格外灿烂……

明天，中国的创客们将会在这里上演一场别开生面的激烈角逐和最终的比拼。谁能走到最后，走上"星智汇"的红地毯？

2015 年 8 月 3 日上午，星创师决赛将在科技殿堂——上海科技馆举行，星创师大赛将进入白热化阶段。位于四楼多媒体厅的赛场门外围着许多年轻人。这些科技爱好者前来观战，一睹创客们的风采。

今天的比赛是以"星力量，汇创新"为主题的"2015 国际智能星创师大赛"决赛。共有 6 个项目进入决赛，并将在决赛中展开终极对决。谁能坐上"星创师"的头把交椅？

"2015 国际智能星创师大赛"于 5 月 15 日璀璨上演。当天，新松公司在上海浦东金桥专门举行了新闻发布会，并在全国启动了创意项目招募。显然，这次大赛要将中国的创客招致麾下，将优秀作品尽收囊中。

"2015 国际智能星创师大赛"是新松上海国际总部打造的一个创新平台。作为国内首个机器人创新创业大赛，以选手和导师的专业性、对大众的可观赏性，赢得了越来越多的关注，也将真正帮助高科技创客们实现创业梦想，为机器人行业注入新的力量。

新松公司举办这次大赛，旨在挖掘机器人行业最具潜力的创业团队，培育和孵化国内自主品牌机器人和智能产品，提升我国机器人产业自主创新能力，打造健康可持续的产业生态圈。

"星创师"的灵感来源于我们身边的一群对未来生活充满无限梦想并勇于创新的人。他们如同无限宇宙中的"星"，闪耀着属于自己的光芒。

上海中科新松有限公司战略规划部部长许楠博士是"星智汇"的总策划。2015年，她从中科院上海研究院"跳"到新松，就是为了打造新松的智慧平台。

火热了整个夏天的星创师大赛终于在万众瞩目中迎来了决赛！

赛场的灯光骤然亮起，被高昂的乐曲震撼出澎湃的激情和迷幻的光色。决赛即将上演了。且慢，现场的音乐戛然而止，大屏幕上呈现出一组老照片，那是中国机器人之父——蒋新松的身影。

全场一片肃穆寂静。今天——8月3日，是"中国机器人之父"蒋新松院士诞辰的日子。

是啊！我们不能忘记这位中国机器人事业的开拓者和产业发展的奠基人。特地选择这个日子进行"2015国际智能星创师大赛"的决赛，就是以此纪念蒋新松院士，打造我国的机器人产业新业态。

当灯光和音乐再次迸发出最美的节奏和光彩时，6个项目的创客主讲人站上舞台中心，首先来了个集体亮相。

再绚丽的舞台也只能算是陪衬。不得不说，创客发烧友的激情与执着、创新的无极限在星创师大赛上被诠释得淋漓尽致！

04 "大师"对决

第一个登上舞台挑战的，是来自沈阳自动化所的专业电子工程设计师郭宪，他的"Msnake"是一种蛇形特种机器人，可以依靠柔性的躯体在极其复杂的环境下完成高难度作业，技术含量高端前沿。他的展示令人大开眼界，现场观众更是惊叹不已。

这时，专业评委团首席评委、中科院沈阳自动化研究所封锡盛院士提问："请你谈谈'Msnake'采用了哪些独到的技术设计。"郭宪的回答思路清晰。封院士频频点头，予以认可。

"我是90后独生女。小时候爸妈忙于工作，没有人陪伴我。孤独的我常常透过阳台上的护栏呆望着鸟儿在天上飞翔，夜晚盯着星星遐想我的童话故事。我渴望陪伴，渴望自由，于是我有了一个梦，能有那么一天背起行囊行走天下的梦。可是谁能成为与我相伴的驴友？"创客郑伊敏是一位在校的美女大学生，她提着一个透明的旅行箱走上舞台时，人们猜不透其中的秘密。她动情的表述打动了现场的每一位听众，"在大学校园里，我结识了机器人。

哇！我终于找到了一位好朋友。就在那一刻，我突然有了这个创意，开始研制我的'游言'，她是我温暖的'小闺密''小贴心'，可以陪伴我行走在山川大地……"

她的"游言"就是她手中那只可以和主人对话交流的旅行箱，你想象不到吧？你只要告诉她你去哪儿，她就会成为你的导游。孤独了，它会同你聊天；郁闷了，她会逗你开心。这个创意来自她童年的一个梦想。现场观众啧啧赞叹！

专业评委团的意大利设计专家对"游言"的创意表现出极大的兴趣。他说，他也曾有过这样的想法，竟给"游言"打了个满分星。

"Xdog"上场时，它的主人王兴兴十分兴奋。小伙子大吼一声："星智汇，我来了！"那气势几乎无可阻挡，似乎星创师的大奖非他莫属。他的"Xdog"蹦蹦跳跳，堪称一绝，还能够"汪汪汪"地吠叫，带回去肯定是一个看家护院的好手。封锡盛院士提问："你采用的是什么动力？续航时间是多少？"

王兴兴从容回答："自备电池，续航4小时。"

创客们正在激烈地交锋，大赛场上却发生了一个小插曲。大屏幕被大狗"Xdog""咬"坏了一角，出现大片的马赛克，导致正在播放的影像残缺不全。

现场总指挥许楠一下子紧张起来。为了今天的决赛，许楠带着她的团队转战南北、台前幕后奋战了几个月，精心准备，想不到，还是出现了意外。这时，技术总监满头是汗地跑过来，说是温度太高了，机器工作不稳定。

连日来，上海气温异常炎热，室外气温最高达41℃，室内达到了50℃，加上连日工作的劳累，昨天装台时晕倒了4个人。许楠也晕倒了，郭珊珊出现了中暑的症状。今天虽然放着冷气，但由于机器的满负荷运行加之场内人多，室温居高不下。看来机器人虽然不是人，但也像人一样，气温高了也受不了，我们必须把机器人当人对待。好在机器很快调好了，有惊无险。许楠和郭珊珊悬着的心终于放了下来。

台上的激烈角逐依然在进行。

颜值最高的要数刘春蕾的"婴幼儿智能看护宝"了。她绝对是一个称职的保姆，能实时监护婴儿的吃喝拉撒睡，不再让年轻父母牵肠挂肚。

6位创客与他们的小伙伴们在决赛擂台上的展演与阐述，不仅令人大开眼界，更展示了中国创客们的智慧与实力，博得了众人的阵阵喝彩。

封锡盛院士评价说："从这次大赛的作品来看，基本上反映了我国机器人创客独到的创意思维和较高的科技设计水平，有些作品的科技含量和产业推广价值也比较高，来自生活、服务生活的创新理念值得肯定。中国的创新之路刚刚开始。"

星智汇的创客作品源自生活的需要。这种从现实需要或者说从大多数人的需要而出发的创新需求，比仅仅出于利润动机而进行的创新更人道、更公平，也更有效率。这是中国创客们为公众创造更加美好的新生活而做出的努力。

对于创客们的参赛作品，专家们也有不同的看法。中科新松有限公司研发部副部长田劲松博士，历经了整个赛程的专业评判和创客辅导。作为导师评委团的主评委，他期待与众不同、另类思维的创意。另外，创客多是大专院校学生和科研机构技术人员，民间创客太少了，说明个性化和大众化的创新，还有很长的路要走。

有人认为，中国人什么都不缺，智慧、毅力、勤勉、奋发，这些东西都有，缺少的就是一种对人生的浪漫主义态度，而这种浪漫主义态度体现于特立独行。

特立独行的浪漫主义人生态度才是创造之母。其实，中国人不缺少特立独行，也并不缺少"另类思维"。每一个民族的文化中总有一些超越性价值的因子，只是我们没有去发掘。

紧张而激烈的"星创师大赛"于下午 4 点落下帷幕。

其实，对这些"大师"来说，"师"并不重要，实现自己的梦想最重要。决赛的舞台落下了帷幕，"星创师"赛事并没有结束。曲道奎总裁与现场嘉宾一起启动了"2016 国际智能星创师大赛"的招募。

谈起这次大赛的最初创意，许楠博士告诉我："组织策划这次大赛，源于2014 年集团领导对创新宣传模式的总体要求。我们集思广益，确定搭建这个创新平台，然后考虑创客大赛方式、内容、架构、模式，预计达到的目的和效果，筹办时间长达半年。对于我们来说，第一次承办这样大型的比赛，是一种新模式的探索。"

许楠博士感慨道："好在我们的辛勤付出赢得了丰硕的回报。这次比赛为机器人行业注入了新的力量，锻炼了团队，传递了信息，营造了氛围。这是好的开头，以后还会继续办下去，汇聚新松公司发展的潜在实力。"

杨跞拿出一份创研中心大厦的效果图介绍说，"上海新松国际中心正在规划建设中的星智汇机器人创客空间，首期面积 1300 平方米，落户于浦东金桥开发区。内设机器人开放实验室、机器人智能咖啡厅、儿童机器人创意乐园、路演大厅、创客学院、创客苗圃等几大核心区域，构成了以机器人为主题的完整的创新创业服务生态体系。"

新松公司将通过这个服务体系，定期为会员和大众提供机器人专业讲座、机器人动手课程，组织机器人相关主题活动；为机器人创客提供机器人创作所需设备、工具、材料等；开设财务法务等创业课程，从技术、商业和设计全方位的专业导师辅导，免费提供创业办公场地、组织专业路演。同时，为小微企业提供产品展示、商业模式咨询、资本对接等服务。以星智汇作为每年机器人行业创新创业大赛——国际智能星创师大赛的线下基地，对机器人创业项目进行指导、遴选和孵化。

11月5日，星智汇机器人创客空间孵化的项目，参加了在中国杭州举办的2015ADM生活创新展，成为观众的热捧。星智汇大赛的成果有了可喜的收获。

"游言"的主人公郑伊敏在ADM展馆进行了项目路演活动，为参观者近距离展示了这款智能旅行箱的神奇魅力，吸引了不少参观者驻足观赏，啧啧称奇。

"婴幼儿智能看护宝"是星创师大赛最高级"星创师"得主，这款智能产品可实时监测到baby的各个身体健康数据，是贴心的baby贴身管家。有了她，妈妈再也不用担心宝宝踢被子、尿湿、睡醒哭闹等状况了。

这次参展，是新松公司呈现给公众的智慧生活。通过创客现场演示，详细为现场观众展示了产品创新设计、创新技术驱动的实现过程，让大家更加深入地了解了该智能产品的价值。而且这些机器人产品被许多商家看好，市场前景已经彰显。

创新改变生活！科技从未像今天这样离我们如此贴近。不管是智能科技潮品，还是时尚家居设计，每一款展品都是创新理念对未来生活的诠释。

05　创"心"世界

新松人有句名言："别人已经在做的事情，那就让他做去吧。不要吃别人嚼过的馍，走别人走过的路。我们要研究新领域、研制新产品、创造新价值。"

基于生活的创新只是新松创新的一个侧影。新松还有一个秘密团队——上海中科新松有限公司的"创新团队"。这里是一个机器人的"心"世界，他们的目标始终是"新"。

2016年5月的一天，下班时分。杨跞走过创研中心的会议室时，听到里面传来男女之间的激烈争吵声。透过开放式大厅的玻璃，杨跞看到里面一群年轻人围坐在一起，其中一位科技男与一位科技女吵得不可开交。好一个巾帼不让须眉，直把科技男逼到了一角。

对于这种场面，杨跞已经司空见惯了，有时也参与进来。杨跞轻轻地推开玻璃门调侃道："喂！你们可以吵，千万别打架。"一句话把大家逗乐了。年轻人从狂想的梦中回到了现实，大家坐下来继续讨论。这是中科新松有限公司的一个由100多人组成的创研团队，被称为"群星创新"。

2016年4月份，"群星创新"进驻上海金桥刚刚落成的创研中心。他们多是80后、90后的年轻人。有的从外国巨头企业辞去高薪加入新松，有的从国外学成回国来到新松。他们怀着同一个梦想：打造出东方智慧的中国机器人。

普通人很难理解。他们这是在干什么？他们是"群星创新"的狂想者。他们正在狂想——无限定、不设边界地创想。狂想至于这样吗？是的。正是在激烈的狂想碰撞中，创新的火花在瞬间生成。谁能料到他们明天又会狂想出什么来？

刚才的那一幕，是一群科技男女围绕着双臂协作机器人的技术控制路径发生了碰撞。工程师陈宏伟和范亮亮两个人各不相让，大吵了起来。

这是他们演奏的创新"狂想曲"。

双臂协作机器人是世界上最高端的工业机器人技术，每个臂有七个轴，即七个关节，双臂协作机器人完全实现了人的两只胳膊的功能。目前，只有ABB研发的YuMi成为全球首款人机协作双臂工业机器人，曾在一些展览会上秀场。不过，它的负载太低，只能表演折叠纸飞机。

中科新松公司创研团队的目标是，让双臂协作机器人完全具有成年人的大力度。这还不算，他们还要给这个双臂协作机器人装上一对眼睛，能够根据它自己观察到的环境自主决定自己的动作。这一高端机器人不仅国内绝无仅有，在国际上也是首屈一指。这款双臂协作机器人绝对是一个前景广阔的智能机器人。

陈宏伟自信地说："我们打算今年在上海举办的工业博览会上，呈现给公众。"杨跞说："陈宏伟团队这种创新属于技术驱动型创新。这种创新目标是追超世界最前沿的新技术。新松还有另一种创新是市场驱动型创新，是根据市场的需求创造新产品。'智能爬壁喷涂机器人'就是在这条创新之路上成长起来的特种机器人。"

2014年，上海外高桥造船有限公司遇到一个难题向中科新松公司求助。船体喷漆和清洗工作艰苦，空中操作既复杂又危险，这一工种招工越来越难了，能不能搞个机器人来干？

上海外高桥造船厂作为国内船舶制造行业的领头羊，造船工人一心想缩小与国外同行的差距并赶超世界先进造船水平。但是，现有的生产方式已不可能实现赶超，尤其人工涂装更是面临难题。随着人们生活水平的提高，人们越来越不愿意从事喷漆这种脏、累、重而又危害身体健康的工作，再加上船舶的喷涂作业属于高空作业，危险性大，招不到喷漆工人。造船企业都面临着如何用机器人代替人，实现喷涂自动化，这一亟待解决的难题。

上海外高桥造船有限公司的需求和造船工人的渴望成为中科新松公司研发团队的动力。他们对国内外造船业进行了调研分析，并对世界上这一产品进行检索发现，几年前只有日本人提出过这种设想，并没有形成产品或样品，至今仍没有成熟的喷涂用爬壁机器人产品在市场上出现。他们认为，研发"智能爬壁喷涂机器人"用于船体以及大型油罐的喷涂、清洗，具有巨大的市场空间。

他们立即作为一个研发项目申请立项，得到新松高管层的支持。这个项目交给了研发部经理刘保军。刘保军带领十几个年轻人组成的攻关团队来到上海外高桥造船厂，与工人师傅反复交流研究，确定了研发路径。经过一年多的攻关，刘保军带着"智能爬壁喷涂机器人"样机来到现场试用。这个被工人师傅称为"爬壁虎"的家伙，很不好调教。不是在大风中突然荡秋千，就是在烈日下被船体的高温烫得乱爬。

刘保军和他的团队陪伴着"爬壁虎"经过了两个寒冬酷暑。2015 年夏季，因厄尔尼诺效应形成上海历史上罕见的高温天气，7、8 月份气温高达 40 摄氏度以上。据说，不少上海人跑到三亚去避暑。外高桥造船厂在烈日的暴晒下气温接近 50 摄氏度，不时有中暑的工人被抬走。刘保军和他的伙伴们头戴安全帽、身着工装，一直坚守在试验现场。因为他们要仰头盯着船体上的"爬壁虎"不断地调试控制系统，不能戴太阳帽，也不能用遮阳伞。汗水浸得眼睛痛，不一会儿就头晕眼花，他们仍轮流操作试验。从刘保军和伙伴们那一张张黑黝黝瘦削的脸庞上，你就能看出他们付出了多少艰辛。

经过两年的奋战拼搏，终于把"爬壁虎"驯化成有"心"眼的"人"。这家伙像个蓝色的大海龟，游刃自如地爬在 90 度甚至 100 多度的船体斜面上，用不着拴缆绳、挂保险带，照样手持几把喷枪同步、精准地给船体上漆。无论在多么恶劣的环境下，它都能一丝不苟地把活儿干得很漂亮。一个"智能爬壁喷涂机器人"代替四五个工人，还可以 24 小时连续工作。这一切只需要一个人在下面遥控操作。

上海外高桥造船厂已经下班了，还有许多工人围在下面看不够。不少人啧啧赞叹："哦哟！侬晓得吧？不得了哎！不得了哎！好神奇的来！"

造船工人的梦想，在新松手里变成了现实，不仅填补了国内外的市场空白，也填补了我国在大型船舶喷涂机器人领域的空白。我国造船业又向自动化、智能化迈出了可喜的一步。

目前，"智能爬壁喷涂机器人"已形成 S 系列，集成网络化控制技术、自动导航技术、自动路径规划技术，以及作业区域智能识别等关键技术。主要用于船舶喷涂，也可以用于船舶表面二次清理。这家伙可以在垂直壁面及曲面上灵活移动，实现了在高污染、高强度的环境下，在船体上代替人工作业。同时大大节省了涂料，提高了作业效率。这家伙还是多功能的，可用于核工业和石油化工等其他行业的大面积涂装作业。

"爬壁虎"信心百倍地开始走向市场了。

细读新松公司"成长日记"，可以看到新松人是这样一路潇洒地"新"过来的：

2002 年，研发出点焊机器人。

2003 年，研发出排爆机器人。

2006 年，洁净（真空）机器人、服务机器人问世。

2007 年，自主导航移动机器人（AGV）出口至北美、欧洲、亚洲等 13 个国家，改写了机器人只有进口而没有出口的历史。

2009 年，洁净机器人完成全面开发，彻底打破国外垄断。

2012 年，折臂式抓管特种机器人应用于南海石油钻井平台。

2014 年，推出"数字化工厂"，实现了机器人造"人"。

2015 年，开发出单臂七轴机器人，3D 打印为高技术制造提供精密零部件。

2016 年，相继推出复合机器人、双臂协作机器人、S 系列智能爬壁喷涂机器人……

15 年来，新松公司一直走在创新的路上。强大的创新能力，不仅填补了中国机器人产业发展数十个空白，也让新松公司核心竞争力不断增强。

创新是从无到有。创新是梦想未来的一种力量、梦想未来的一种自信。只要你勇于有梦，敢于追梦，勤于圆梦，你就拥有未来。难道不是吗？世界总是掌握在那些有勇气凭借自己的才能去实现自己梦想的人的手中。

新松公司，一路创新为王；新松人永远有一颗求"新"的"心"。

（节选自《中国机器人》，辽宁人民出版社 2017 年 1 月版）

为了山里的孩子

——本禹们的青春选择

序章　谁在呼唤

1. 留守儿童之殇

乌蒙山连着山外山
月光洒下了响水滩
有没有人能告诉我
可是苍天对你在呼唤

一座山翻过一条河
走过千山万水永不寂寞
你来过　年华被传说
百里杜鹃不凋落

怀念总在心头绕
我们记忆的凭吊
善良的心跳

　　这首歌，唱的是贵州毕节。它地处乌蒙山腹地，可谓川滇黔锁钥，是云贵高原的屋脊、长江珠江的屏障，有着夜郎古国的神秘、水西文化的灿烂，更留下了红军闪光的足迹，留下了领袖豪迈的诗情……然而，千百年来，由于种种原因，毕节这个名字并不为多数国人熟知。

历史的车轮驶进了21世纪，实现伟大复兴"中国梦"的号角吹遍了全国，毕节却以另类的方式出名了。出名的原因让人慨叹，竟然是留守儿童的意外死亡，也发人深省。

2012年11月16日清晨，毕节市七星关区流仓桥办事处环东路一个垃圾箱里，发现了5个已经死亡的孩子，都是10岁左右的男孩。经查，孩子们是在垃圾箱内生火取暖，中毒身亡。这个类似现代版"卖火柴的小女孩"的故事，让无数国人为之心痛。人们不禁要问，5个孩子怎么就沦落到蜷缩于垃圾箱里取暖的境地？

事后，毕节市对全市范围内留守儿童进行了逐一排查，设立了留守儿童专项救助基金，采取一对一帮扶措施。市、县（区）财政每年拿出经费6000万元，用于保障留守儿童的学习和生活。

可是，3年之后，毕节又出事了，还是事关孩子的大事。

2015年6月9日晚，毕节市七星关区田坎乡茨竹村的4名留守儿童在家中死亡。这是一兄三妹，哥哥张启刚13岁，大妹张小秀9岁，二妹张小玉8岁，最小的妹妹张小味才5岁。警方的调查结论是喝农药自杀。

茨竹村是贵州省的一类贫困村，经济来源主要是种地，也有一些人外出打工挣钱。村里没有学校，孩子们在离家1.5公里的田坎乡中心校读书，小刚读六年级，小秀读二年级，小玉读一年级，小味刚上幼儿园。

孩子们的父亲张方其常年在外打工，母亲任希芬离家出走，不知去向。如此的家庭，对孩子们的影响可想而知。老大张启刚的班主任杨小琴说："他在班上成绩中等，性格很内向，不论是表扬还是批评，都一言不发。"

这年3月，张方其再次外出打工，却没请人帮忙照顾孩子，只是在离开前给孩子办了一张银行卡，放在儿子张启刚身上。从此，四兄妹不仅生活要全部自理，还要养家里的两头猪。

于是，他们都辍学了。

辍学后，孩子们成天守在家里，偶尔去小卖部买点东西，不仅不与村里的大人打交道，也不跟同龄的孩子一起玩耍，可以说与世隔绝。他们经常大门紧闭，白天很难看出他们在不在家，只有晚上开了灯或开着电视机，才知道他们在。村民肖文英说，路过他们家门口时，偶尔能听到里面有声音，但一敲门，就什么声音都没了，也不开门。

四兄妹出事当晚，同村的张启付意外地听到孩子家传出"呼、呼"的声音。

"我当时以为是有野猪，就拿着电筒跑过去看，结果看到一个孩子倒在地上，正在抽搐。"张启付说。

张启付赶紧打电话报警，又拨打了 120 急救。随后，乡卫生院医生和警察赶到现场，破门而入，将孩子们送到卫生院抢救，但没能救回来……

事件发生后，毕节市委和七星关区委成立了联合调查组，对 4 名儿童中毒情况、服食农药的来源、抢救过程、死亡原因、家庭状况、入学情况等展开调查。调查的结果是自杀：在父母先后离家后，4 个孩子性情发生变化，不愿与外界接触，闭门不出，直至服农药自杀。

调查报告中还说，张方其、张启刚已被纳入了农村低保，先后领取低保金等民政救助资金 6627 元，他们家的生活水平在当地应该算中等。4 个孩子虽然辍学，但平时并不缺少吃、穿，也有父亲汇给他们的零花钱。由此分析，他们的悲剧的主因，更多的是缺少关心和爱护。

据报道，张启刚留下了一份简单的遗书，大概内容是："谢谢你们的好意，我知道你们对我的好，但是我该走了。我曾经发誓活不过 15 岁，死亡是我多年的梦想，今天清零了！"

梦想，懵懂少年张启刚竟然用了这个词，这个正被亿万中国人频繁使用的词，不能不令人深思。

把死亡当成梦想，那是多么决绝的对生的绝望？

2．他为什么如此绝望

2015 年 6 月 12 日，毕节市委和七星关区委决定对事件相关责任人进行处理。其中，七星关区人民政府副区长杨黔、教育局局长叶荣和田坎乡茨竹村包村领导薛廷猛被停职检查；七星关区田坎乡党委书记聂宗献、乡长陈明福被免职。

出了事故须问责，党政领导干部难辞其咎，可被停职的还有一名教育局局长，是不是有"冤枉"之嫌？4 名儿童的死，到底应该由谁来负责？与教育有多大关系呢？

兄妹们辍学后，乡干部和学校教师前后 6 次来他们家，动员他们回校上课。田坎乡政法书记胡海峰说，他 5 月 13 日第二次到他们家时，听到孩子在里面跑，但怎么敲都不开门。"我只好找到孩子的二爷爷，请他随时注意孩子情况，还叫周围的两个小孩多找他们玩。"

胡海峰还说，兄妹们成为留守儿童后，乡里为他们建立了留守儿童档案，并确定村支书高华成和当时的包村干部张胜为一对一帮扶对象。

对这个帮扶对象，曾作为包村干部的张胜没少操心。他说："只要张启刚不去学校上课，我都尽量去他家里做工作，给他讲上学的好处。甚至说到在学校有免费的营养午餐，还可以和大家一起玩。"

就在出事的那天晚上，乡政府的干部和学校的老师还来到孩子们家里，劝他们回学校上课，还说会给他们买新衣服，买米吃……

据说，孩子们已同意返校读书，干部和老师还通知了孩子们的二爷爷张仕贵，让张仕贵协助关心孩子们的生活和学习问题。

"他们让我第二天去叫娃儿们起床。没料他们刚走不久，就出事了。"张仕贵说。

去学校上学，这应该是一个正常儿童少年的梦想，怎么会成了孩子们奔向死亡的前奏，抑或说是他们下决心自杀的导火索？

我们不禁要想，学校怎么了？竟然让孩子们如此恐惧？

孩子们都去世了，他们到底是怎么想的，无从知道。但事件之后，很多专家做了分析，矛头大多指向了家庭教育的缺失和乡村教育的凋敝。

家庭教育的缺失我们权且不论，乡村教育的凋敝却不能不让人深思。

根据 21 世纪教育研究院发布的报告显示，在 2000—2010 年期间，中国农村小学减少了 22.94 万所，占原本总数的 52.1%。除了农村小学，农村教学点在十年间亦减少 11.1 万个，占原本总数的六成。初中减少了 1.06 万所，减幅也超过四分之一。在 2000—2010 年间，中国平均每天要消失 63 所小学、30 个教学点和 3 所初中。

在中国农业大学人文与发展学院叶敬忠院长看来，乡村学校的缺失，不仅影响了留守儿童的学校教育，还对整个乡村环境造成巨大影响。他曾在一场公益论坛上表示，学校不仅仅是教书育人的载体，也是社区的文化中心。学校的存在，带动了家长与老师之间的互动，也带动了家长彼此之间的互动。这样的互动，不仅能帮助留守儿童成长，也能促进社区成员之间的整合。没有学校的乡村是沉寂落寞的，而这却成为现在留守儿童的生活背景。

撤点并校政策实施之前，几乎每个村庄都有学校。但此后，全国大量的农村中小学和乡镇中学被撤并，这对留守儿童的影响是巨大的。仍然幼小的他们，不得不每日奔波于学校与村庄之间，或者寄宿在离家遥远的学校里。

茨竹村离田坎村直线距离虽然只有 1.5 公里，但崎岖的山路拉长了实际距离，保守说也要走 3 公里，这对 10 岁左右的孩子来说，已经算是不近的距离。况且，四兄妹没人照顾，还要料理家务，学校对他们来说，是不是成了负担？

针对 10 个省份农村中小学的抽样调查显示，农村小学生离家上学的平均距离为 5.42 公里；初中生离家上学的平均距离为 17.47 公里。上学路途的艰难，导致流失辍学和隐性流失辍学率双双提高。

随着撤点并校政策的问题逐步暴露，2012 年 7 月，教育部发文宣示"坚决制止盲目撤并农村义务教育学校"，已经撤并的学校或教学点，确有必要的应当恢复。

发展乡村教育，教师是关键。然而，大多数保留或者恢复的教学点，仅以民办教师或临时教师维持教学，生源持续流失，办学难以为继。

3. 乡村教育怎么了

教师作为一个特定的社会职业层，在传承人类文明、推动人类社会发展进步的进程中，起着承上启下、继往开来的重要作用，肩负着启迪智慧、教育后代、塑造新人类的神圣使命。

"乡村教育的未来在于教师。没有了讲台上的那个人，一切都是徒劳。"这是一位教育专家的话。农村尤其是西部山区农村的教育滞后是中国教育发展的瓶颈，而教师是农村地区教育发展的关键因素之一。

有人对贵州威宁县的师资情况做过一次实地调查，数量不足、质量不高的问题非常严重，在许多农村教学点和村小学，都只有一位教师肩负几个班的教学任务。威宁县有小学专任教师 3196 人，根据师生比 1：29.8 人计算，尚差 2288 人；有初中专任教师 1457 人，按照 1：23.9 的师生比，仍需 1380 位教师。

由于城乡差异，农村中小学教师待遇比城镇教师要低很多，且工作环境和生活条件极为艰苦。农村教师向往城区，条件差、待遇低的学校教师向往更好的学校，教师逆向流动现象突出。

优秀教师"孔雀东南飞"，纷纷奔向城市，导致了农村学校师资严重流失。一些农村学校实际成了优秀教师的实习基地和培养基地，新进的教师少则两三年，多则三五年，一旦崭露头角，要么跳槽、转行，要么被条件更好的学校"挖"走。

公务员、律师等优于教师待遇的职业，更成为农村中小学教师特别是年轻骨干教师向往的目标，报考公务员、研究生的农村教师人数不断增加。

因为缺教师，许多乡镇不得不停办学生人数较少的村小或教学点，将学生集中到乡中心校合班就读。为了上学，一些边远农村的孩子每天要在崎岖的山路上往返步行数小时，学生辛苦，家长心疼，教师心酸。对一些必须保留的村小校点，各学校只能临时聘请代课教师应急。

4. 精神与梦想

毛泽东说："人是要有点精神的。"这个"精神"，指的是一种情怀，一种境界，一种品格，一种血性和担当。

作为一名教师，须"为人师表"，更要"有点精神"。因为教育是精神事业，一个教师精神素质好不好，会直接在教学的态度、内容、方式以及与学生的关系中体现出来，对学生的影响也比传授知识更重要。

教师应该需要哪些"精神"呢？

精神素质包括智力、情感、道德，三者缺一不可，教师应该是智情双修、德才兼备的人。智情才华，对老师来说当然重要，但更重要的应该是德，包括狭义的师德和广义的道德。我认为，最重要的应该是爱和奉献。

著名教育家陶行知先生说过："在教育活动中，我们确实感受到教育者所得的机会，纯系服务的机会，贡献的机会，而无丝毫名利、尊荣之可言。"教师的奉献精神表现在热爱自己的职业，坚守自己的岗位，不为金钱所动，不为权势所屈，甘为人梯，把自己的全部知识无怨无悔地传授给学生。

曾经，人民教师追求"捧着一颗心来，不带半根草去""半根粉笔写春秋，两袖清风书华章"的精神境界，宁愿扎根最基层，无怨无悔做奉献。后来，随着市场经济的推进，利益意识的觉醒，越来越多的老师也开始为自己奋斗，但仍有许多老师在坚守，更有不少志愿者从城市走进偏远山区。徐本禹、陈晓明、孙慧等志愿者的个人能力或许很小，但他们在呼唤一种精神，呼唤爱和奉献，这种意义是重大的。

今天，我们的经济发展越来越快，国力越来越强盛，但毋庸讳言，贫富差距越来越大，自我意识越来越强，奉献意识却越来越淡了。能够坚守基层默默奉献的教师越来越稀少，像徐本禹一样甘愿奉献的志愿者也越来越少了。

随着乡村教师的减少，很多学校不得不被撤并，乡村小学像沙漠化一样，迅速减少。正像经济上的贫富分化一样，教育也出现了严重的分化，教育资源越来越集中，而偏远乡村却不再有学校。孩子要走几十里山路去上学，还要负担各种费用，无数最需要教育的孩子不得不辍学。

"玉不琢，不成器；人不学，不知义。"一个人的成长，教育至关重要。一方面，教育有利于掌握前人的经验，分享人类世代积累的知识财富，是每个人独立生活的必要前提。另一方面，它唤起人类的潜力，不断自我改进和创新，从而打开人类发展的道路。而偏远山区和贫困地区的孩子，本来就缺乏良好的家庭教育，如果再没有学上，谈何健康成长？

社会发展了，教育看上去也发展了，很多山里的孩子却辍学了，这不能不说是一种悲哀！于是，徐本禹等志愿者又被很多人提起，也有更多的志愿者走进了大山，他们用自己的行动，呼唤更多人的关注、援助，呼唤教育的公平与和谐。

如今，城乡教育发展差距、教育资源分布不均衡等问题短时间难以克服，教育起点公平、机会公平与过程公平一时难以改善，我们迫切需要徐本禹式的呼唤，需要志愿者精神的呼唤，需要整个社会核心价值观的呼唤，需要"实现中华民族伟大复兴的中国梦"的呼唤……

这，也许正是现在为什么还要写这本书的意义。

"同一的太阳照着他的宫殿，也不曾避过了我们的草屋。"在莎士比亚的笔下，阳光总是一视同仁。我们的教育，是不是也应该追求这个目标？它既要温暖城市的高楼大厦，也应该洒满乡野的土墙茅屋；既要照亮城市孩子的未来，也应该丰富山里孩子的梦想。

5. 老师，你在哪里

我们把视线转回贵州毕节。

在撤点并校之前，大方县猫场镇狗吊岩村新建了一个特殊的学校，是一个名叫吴道江的解放军战士用自己的津贴费建起来的，取名"为民小学"。因为学校建在一个岩洞里，又称"岩洞小学"。

狗吊岩村是一个偏远的彝族村寨，由于经济发展滞后，长期没有学校，离村子最近的学校也有 5 公里远。孩子们每天走那么远去上学，很不容易，大人也不放心。因此，全村近 50 名适龄儿童中，除了 5 名上学外，其他的都没上学。

吴道江是成都军区驻云南某部的一个士官。1997 年 4 月，他回乡探亲时，看到村里的孩子们没有学上，心里很不是滋味。有天晚上，他躺在床上，翻来覆去睡不着。他想起孩子们空洞的眼神，不由感叹："家乡落后的主要原因是没文化，如此下去，何日才能奔小康！"

那一晚，一个大胆的想法在他脑海里萌生：把带回家准备结婚的 4000 元钱拿出来，义务办一所学校，给孩子们创造一个上学的机会。

没有教室，吴道江就与大哥商量，把家里烤烟用的天然岩洞腾出来。他与家人、邻居一起动手，把岩洞修整平坦，砌上半堵墙封住洞口，建成了简易的教室。没有课桌，他就把自己准备结婚做家具的木板拿来，垫上土坯，搭成简易课桌、板凳。

学校建起来了，但没有教师，找教师成了吴道江最头疼的事情。

"当时，最让我头疼的是，全村居然找不到一位合适的教师。我多次跑到镇上去请，但由于能出的工资太低，加上学校环境太差，没人愿意来。无奈之下，我只好把在外打工的侄儿、侄女请回来，充当临时的老师。侄女读过小学五年级，侄儿则上过初中，相对来说算是文化程度较高的人了。"吴道江说。

经过一个多月的努力，学校终于开始运行了。全村 46 名适龄儿童高高兴兴地走进了课堂。

自从办起了学校，吴道江除了购买生活必需品，从不乱花一分钱。每月领完工资，他都要寄回 600 余元，用于支撑"岩洞小学"的开支。有的学生家里穷得连铅笔都买不起，他不得不经常解囊相助，就连教师的工资，也要从他有限的工资里支付。由于学生逐年增加，吴道江的负担也日趋加重，有时不得不借钱去维持学校的正常运转，甚至还要利用休假时间打工挣钱，来补贴学校。

经费再困难总会有办法，但教学质量提不上去，吴道江束手无策。侄儿、侄女毕竟文化程度有限，如果能找到一个正儿八经的老师就好了。

无数个夜晚，吴道江都在呼唤：老师，你在哪里？

第一章　星星之火

一座天然的岩洞，洒进了缕缕阳光，传出了清脆的读书声。读书声穿越万水千山，震撼了一位大学生的心灵。他走进了大山，来到了岩洞，为山里的孩子带来了知识与温暖。许多大学生和他一样走进大山，点燃了支援贫困地区教育的星星之火。

1．当阳光洒进山洞

来了，我这就要来了。

在吴道江呼唤了 4 年之后，有一个人听到了他的声音。

2001 年 12 月一个晴朗的周末，武汉南湖边上，华中农业大学偌大的校园里，一个衣着单薄、戴着近视眼镜的大学生匆匆走着。他高高的个头，轮廓分明的方型脸带了些疲惫，却洒满了阳光，给人意志坚定的印象。阳光照在他的近视眼镜上，照亮了他晶亮的眼神，又反射到他旁边的空气里。

他叫徐本禹，是一名大三的学生。他在周末走出校门，走上繁华喧嚣的街道，并不是像其他同学一样购物、娱乐，而是去勤工俭学。他要乘公交车穿过武昌，跨过长江，去汉口的一名小学生家里，为其辅导功课。他做家庭教师，为一个小学生服务，也赚取维持自己学业的微薄工资。

徐本禹到了学生家，开始像往常一样为学生辅导。在学生的书桌旁，放着一张最新的《中国少年报》，上面刊登着吴道江呼唤老师的文字。他不经意地一瞥，仿佛看到了阳光。定睛去看，文章里确实有阳光，标题就是《当阳光洒进山洞……》，他下意识地拿起报纸读起来——

"当阳光洒进山洞，清脆的读书声响起，穿越杂乱的岩石，回荡在贵州大方县猫场镇这个名叫狗吊岩的地方。这里至今水电不通，全村只有一条泥泞的小道通往18公里外的镇子，1997年，这里有了自己的小学——建在山上的岩洞里，五个年级146名学生，3个老师……"读着读着，徐本禹哭了，他的学生疑惑地看着他，看不懂他的眼泪。

徐本禹想起了他在乡村小学教书的父亲，想起自己的童年和少年——他出生在山东聊城市东昌府区郑家镇前景屯村一个贫寒农家。从记事起，他就知道村里最矮的土坯房是自己的家。父亲在乡村小学教了一辈子书，最多的时候每月能拿到270元的工资，最少的时候一个月只有十几元，而这点儿工资几乎就是全家的收入。

看着文章里的描述，徐本禹觉得这一切既熟悉又陌生。他熟悉农村孩子求学的艰苦，但对山里孩子如此艰苦的条件却感到陌生，甚至可以说震惊。他被深深地打动了，不由自主地流下泪水。

那个城里的小学生当然看不懂。

这天的辅导课，徐本禹再也无法专注地讲下去。他坐在宽敞明亮的楼房里给这个城里孩子辅导，脑海里却老是浮现出那个当作教室的岩洞和那些山里的孩子。匆匆上完课，在回武昌的公交车上，他就打定了主意：我要去贵州帮助他们！

回到学校，徐本禹找到辅导员陈曙老师，报告了情况，也表达了自己的想法。陈老师表示支持，但劝他不要着急，认真筹备一下再说。第二天，陈老师跟其他学生干部说了这件事，很多同学也纷纷要求去岩洞小学义务支教。

从那时起，徐本禹就开始筹划支教的事。春节过后，由于面临实习，各科考试的时间都比以前早了一些，而且比较分散。他要应付考试，只好把支教筹划工作暂时放下了。

2002年6月初，校团委在众多报名的同学中进行了筛选，确定了去岩洞小学支教的人员。经综合考虑，徐本禹和另外三名同学入选，他们是当时刚上大一的刘圣鹏，正上大二的陈兴杰、向华。

受陈老师指派，徐本禹利用复习功课以外的时间，制订了一份活动方案，并按照方案开始做出发前的准备。

他们做的第一件事情是捐款捐物。捐款在校内进行，由陈兴杰、向华负责，总共捐了500多元钱。捐书和捐衣物的事情由徐本禹负责。

徐本禹去了华农附小，向校领导反映了情况，校领导非常支持他们的爱心事业，号召全校学生踊跃捐赠。小学生们把自己心爱的图书、玩具、衣服都捐了出来，有些同学捐的学习用品很显然是刚买来的。他们在捐赠的东西上写下了地址和电话，期待与接受捐赠的山里孩子做朋友。老师还建议徐本禹把那边的情况了解一下，以便开展小学生之间的"一帮一"活动。

为了募捐到更多的图书，徐本禹又去了洪山新华书店。书店的吴经理说："这是一件好事，理应帮忙。"当即便捐了90多本图书，其中70多本是儿童读物。

徐本禹又找到武汉中心百货有限公司，工会的胡主席看了他出示的资料，也答应捐助。公司捐了150多件衣服，胡主席还让公司的面包车给送到了大学，她解释说："你们人少，路又远，捐多了也拿不动。要是近一点儿，我们可以多捐些。"

"当时的感激之情无法用语言来表达，只能在心里面默默地祝福：好人一生平安！"徐本禹后来说，"在长达近一个月的准备过程中，酸、甜、苦、辣只有我一人知道。为把准备阶段的工作做好，我一边忙着复习，一边忙着捐助的事情，当时感觉很累，只能挤时间。但是，我无怨无悔，心里只是想为山区的孩子们尽自己的一份心、一份力。"

放暑假了，一切也准备就绪了。7月15日，徐本禹和三位同学带着三箱子衣服、一口袋书及500元钱，坐上了开往贵阳的火车，奔赴他们日夜牵挂的"岩洞小学"。

2. 为民小学

在狗吊岩村前的半山腰上，有一个天然的岩洞，洞口有五六米高，呈不规则的喇叭口形。洞口砌了一堵矮墙，安装了一个门，门框上用红漆写着四个大字："为民小学"。这就是吴道江创办的学校，徐本禹和同学们要来的地方。

洞口虽然砌了墙，但只砌到洞口的三分之一，上方仍然张着巨大的嘴。好处之一是利于采光，洞里没有电，主要靠自然光。天气好的时候，太阳光射进洞口，洞里便洒满阳光了。

岩洞的面积不算小，有七八十平方米的样子，足以容下几十个孩子。洞顶很高，显得很空旷，洞壁被烟熏得黑乎乎的，又让人觉得很压抑。里面没有课桌，土坯支起的木板当课桌；没有板凳，学生们搬块石头当板凳；没有黑板，老师找块木板当黑板……不知道中国还有没有如此简陋的学校和教室，即使有，它也应该算得上最简陋之一。

学校简陋挡不住孩子们求学的热情，村里的大多数孩子还是很高兴地来上学，甚至邻村也有慕名来的。孩子们来得越来越多，岩洞就显小了。为了改善教学环境，让更多的孩子有书读，吴道江又东拼西凑拿出 8000 多元，在岩洞下面修了两间教室，添置了部分教具，让学校更像学校样了。

几年下来，吴道江不仅把工资都用在捐资助学上，还负债 5000 多元。自未婚妻和他"吹灯"后，每年探家，都有好心人为他张罗对象，但人家看到他家四壁通风的破房时，都退避三舍了。为这，吴道江有过思想斗争，有过犹豫徘徊，但最后未改初衷。他在日记里写道："只要把山里的孩子培养成才，我情愿一辈子打光棍！"

吴道江的义举感动了村民，大家几次请"岩洞小学"的代课教师给吴道江所在部队写联名感谢信，都被吴道江制止了。吴道江说，为乡亲们做点事，不能想着图个啥、捞个啥，否则还算什么共产党员？

直到 2000 年底，地方一些媒体报道了吴道江的事迹，千里之外的部队才知道了详情。部队政委石晓对他义务办学的行为给予了很高的评价："他生动地回答了一个革命军人应该确立什么样的人生观、价值观、世界观，为广大青年官兵树立了人生的标杆、立身的模范。"部队做出了向吴道江学习的决定，并专门派出一名领导去吴道江的家乡，协调当地政府将"岩洞小学"纳入地方教育规划。

吴道江的事迹在军内外引起强烈反响。大方县猫场镇时任党委书记居明旺说："吴道江的这种办学义举，为我们政府分了忧，为老百姓办了实事，办了我们政府想办而没有办的事情。我们非常感谢他。"贵州省有关部门和地市领导先后批示，号召当地干部群众向吴道江学习。

吴道江为改变家乡贫穷落后面貌矢志办学的事迹，经过中央电视台、《贵州日报》、香港《大公报》等 20 余家新闻媒体的报道，在全社会广泛传扬。他因此获得了很多荣誉，不仅获得了联合国授予的"国际青少年消除贫困特别贡献奖"，还被评为"全国学雷锋、志愿服务先进个人""全军学雷锋标兵"，多次被评为优秀士兵，荣立一、二、三等功各 1 次。

吴道江像一根火柴，划燃自己，点燃了爱心之灯、信念之灯，照亮了山里孩子的心灵。从这个意义上说，虽然狗吊岩村的村民们还比较贫穷，但他们的孩子们是幸运的。

吴道江点燃的爱心之灯，散发出耀眼的光芒，穿透万水千山，照在了许多爱心人士身上。远在香港的梁淦基先生知道后，特意捐款 5 万元，改善学校的教学环境。大方县教育局筹集资金 4.5 万元，村民集资 5000 元，猫场镇人民政府在村后选址征地，开始修建新学校。2002 年 2 月，教学楼工程奠基。

建设过程中，村民都义务投工投劳，工程进度很快。当年 8 月，教学楼竣工。冬天到来前，学校搬出了岩洞，迁进了崭新的校舍。

吴道江点燃的爱心之灯也照在了远在武汉的徐本禹身上。"我感觉吴道江如果用八个字来概括，那就是：爱心无限，信念永恒。"徐本禹说。

爱心，一直在徐本禹胸膛里跳动着，经过吴道江的爱心碰撞，被进一步激活了。他要为爱心接力，把爱心传递下去，于是做出了支教的选择。

"城里的大学生要来当老师了。"这个消息很快传遍了全村，传到了临近的村子。村民们都很高兴，纷纷行动起来，为迎接大学生的到来做准备。

3. 狗吊岩

狗吊岩坐落于奇峰峻岭间，自然景色非常优美。正因为山高崖陡，像刀削的一样，狗上去都会掉下来，才得了"狗吊（掉）岩"这个略显奇怪的名字。

2002 年 7 月 19 日，徐本禹向萦绕心中已久的狗吊岩而来。

崎岖颠簸的山路让徐本禹吃了不少苦头，但村民的热情让他心里暖暖的，疲惫也便一扫而光。他后来回忆说："周围村庄的村民知道我们要来的消息，特地把崎岖的山路重新修整了一遍。虽然我们和村民之间有语言障碍，但我们从他们的行动中得到了答案。"

夜幕降临，群山在晚霞的余晖中渐入寂静。徐本禹到了狗吊岩村，行李顾不上整理，就直奔岩洞小学而来。他借着手电筒微弱的光，小心翼翼地走进了岩洞，顿时被眼前的一切惊呆了：岩洞里的教室仅仅是用两堵一人多高的墙隔开的，中间是过道，南边是一、四年级复式班，北边是六年级，一、四年级的黑板是用两根棍子搭在岩洞上，然后在棍子上搭了一块木板做黑板。这边上课，另一边可以很清楚地听到……他感慨地说："如果不是亲眼看到，无论如何也想不到这里的条件会如此差。"

差的不只是学校，当地落后的经济状况也让徐本禹感到震惊。听村民介绍，村里不少农户辛勤劳作一年，一亩地能收 100 公斤玉米，都不够吃的，有好多农户每年到七八月份就断粮了，只好到亲戚那里借点儿，等秋粮下来再还。可是，还上今年的，到明年还是不够吃，更谈不上卖粮挣钱了，村里90% 以上的农户都欠着债。没有钱，他们就无力供孩子上学念书，为了增加收入，几乎每户都养了猪，孩子们只能背着背篓上山打猪草，用稚嫩的肩头为父母分担着艰难的生活。

"当时没有想到会有这么差的地方，没有水也没有电，吃水非常困难，要到比较远的地方去挑水。我是山东人，从来不吃辣椒，这边天天吃辣椒，很不适应，加上吃那个玉米饭，北方说吃窝窝头，更不适应了。而且，当地的卫生条件很差，苍蝇乱飞，吃着饭就能看到苍蝇或虫子在饭里面……"徐本禹说。

徐本禹永远忘不掉第一天上课的情景。2002 年 7 月 20 日一大早，他们到岩洞时，全校 146 名学生全都在等他们，围着他们像众星捧月一般。上课前，他们做了分工，刘圣鹏、向华负责三年级，陈兴杰负责四年级，徐本禹负责六年级。

岩洞里的教室非常昏暗，本就近视的徐本禹感觉更暗；几个班在一个洞内上课，老师的讲课声、学生的说话声交织在一起，在岩洞里共鸣，显得十分嘈杂。但是，徐本禹上课时讲得很认真，孩子们听得也很认真。尽管孩子们听不太懂他的普通话，但一双双纯净如山泉、明亮如水晶的眸子，一眨不眨地望着他，那眼神中充满了对知识的渴望和对外面精彩世界的憧憬，让他恨不得把自己学到的东西都教给孩子们。

接下来一个星期的相处，徐本禹和孩子们建立了深厚的感情。分别的日期越来越近，孩子们恳请老师再多待一些日子，徐本禹很无奈："我和你们一样，我也还要读书啊！"

"老师，您还没开学，就多留几天吧？"

徐本禹看着孩子不舍的眼神，不忍心拒绝孩子，就决定多留一个星期。

7 月 31 日，跟徐本禹来的三位同学踏上了回校的路。那天，假期补课的全体学生在老师的带领下，把他们送到了三公里外的羊场。同学们手拿老师自做的小红旗，挥舞着欢送他们，很多同学的眼里含着泪水。

8 月 8 日，徐本禹也要与同学们告别返校了。孩子们拿着小红旗簇拥在他身旁，把煮熟的鸡蛋塞进他的背包。孩子们舍不得他，一直把他送到十几里外，还不肯回去。孩子们都流着泪，不停地问他："徐老师，你还会回来吗？"

看着那一个个沾满泥巴的小脚，看着那一双双充满渴望的眼睛，徐本禹也忍不住流了泪。他不忍心告诉他们，他正准备考研究生，或许没时间再回来。他感到自己有一种无法回避的责任，只能一遍遍地说："明年，明年我毕业了，一定再回来教你们！"

就这样，这个爱心满满的大学生向孩子们许下了他的诺言。他的声音在洒满阳光的山谷里回响着，让孩子们的泪脸变成了笑脸，笑脸又变成了泪脸。师生们又哭又笑，洒满阳光的山谷里又溢满了感动。

"一个暑假，我几乎每天都被感动包围着，被泪水滋养着，这是我最大的收获。"徐本禹说。

4．爱心传递

我愿做一滴水
我知道我很微小
当爱的阳光照射到我身上的时候
我愿毫不保留地反射给别人

这是徐本禹写在日记里的诗句，虽朴实无华，却蕴含了他丰富的人生经历和诚挚的生命感悟。

徐本禹虽然家境贫寒，但从小就沐浴了很多爱的阳光。他清楚地记得，他母亲经常跟他说一件事，他们家有一次揭不开锅了，是邻居拿来两块钱帮了他们，才让他们渡过了难关。他母亲经常提这件事，让他明白了一个道理，当别人需要帮助时，要伸出自己的手。即使能提供的帮助微不足道，但对于那些需要帮助的人来说，可能就是身上衣和口中食。

"尽管家里穷，母亲还是经常拿出家里的东西帮助那些更贫困的家庭。"徐本禹说，"我从小就受母亲的影响，也会力所能及地去帮助那些需要帮助的人。上大学后，在我价值观和人生观慢慢趋于成熟的过程中，又有很多的好心人来帮助我，也影响了我。因此，我希望自己做一个感恩的人，用自己的行动帮一帮那些需要帮助的人，对得起那些曾经帮助过我的人，对得起自己。"

1999 年初秋，徐本禹怀揣华中农业大学经贸学院的录取通知书，从鲁西平原的一个小村子，来到车水马龙、高楼林立的大武汉，走进梦寐以求的大学校园。他身上没带多少钱，心里有些忐忑，不知道自己能不能顺利读完大学。

入学后，徐本禹的学习和生活状况被经贸学院的领导和老师看在眼里，挂在心上。不久，学院把他列入特困生范围，有针对性地进行帮扶，不仅给他发补助，还为他安排了一个打扫楼道的勤工助学岗位。华中农业大学对来自农村的贫困生历来十分关爱，每年都要为贫困生发放困难补助、特困生奖学金和国家奖学金，徐本禹一颗悬着的心，算是放到了肚子里。

除了学校党团组织在经济上、生活上、思想上、学习上对他帮助，老师、同学和社会上的好心人知道了他的情况，也都慷慨解囊资助他。军训结束，天气渐渐冷了，但他只穿着一件薄薄的军训服。他的同窗室友胡源的父母来看望儿子，看到他穿得少，就把胡源的两件衣服送给了他，并对他说："天冷了，别冻着。在生活方面有什么困难，就和叔叔阿姨说。"

这些爱的甘露滋养着徐本禹的心灵，他决心把爱心传递下去，尽自己的微薄之力去帮助更需要帮助的人。他一遍又一遍地对自己说："别人帮助了你，你一定也要去帮助别人。""别人给了你一碗饭，你要还别人一碗肉！"

不久，徐本禹领到了第一笔勤工俭学的报酬——50元，他自己一分没花。他先去商店买了两斤瓜子，跟同学们共享劳动的收获，花了7元。剩下的43元，他全部捐给了希望工程，用来资助山东费县一个叫孙姗姗的特困小学生。

"钱捐出去以后，心里特别高兴。毕竟是用自己的劳动所得，做了一件有意义的事情。"徐本禹后来回忆说。当他看到同学们走过干干净净的楼道去上课时，他发现自己是一个对别人有用的人；当他领到勤工助学报酬时，他感到自己是一个可以养活自己的人。

2000年春天，学校发给徐本禹400元特困补助，他拿出200元钱捐给了"保护母亲河绿色希望工程"，还把100元钱捐给了山东聊城师范学院一名特困生。

大学里的第一个暑假，徐本禹留在学校勤工俭学。上班时间去图书馆整理图书，吃饭时就去学校的第一食堂刷盘子。当时武汉正处于最热的时候，温度在39摄氏度左右，他成天忙得一身臭汗，回到寝室累得像一堆烂泥，衣服不脱就倒在床上睡着了。

有一天中午，徐本禹正在厨房里刷盘子，主管人员说，有学生反映盘子没刷干净。当时，和他一起刷盘子的还有两个服务生，她们刷第一遍，他刷第二遍，只需要把盘子放在水里荡一下就可以了。刷不干净的主要责任是那两位服务员。

其中的一位服务员问他："怎么回事？"

徐本禹说："这也不能全怪我。"

主管批评了服务员，服务员就把受批评的怨气发泄到了徐本禹的头上。她故意把盘子狠狠地往水中一摔，洗涤水溅到了徐本禹的脸上和身上。

"当时我心里难受万分。为了能够在第一食堂继续打工，我选择了忍气吞声，一直坚持做到了最后。"

通过这件事情，徐本禹体会到，没有文化只凭自己的手去劳动，也只能从事一些最简单的劳作，而且还会受到别人的侮辱；同时他也深深地体会到了生活的艰辛和不易。

2001年寒假，徐本禹也没有回家，还是利用假期打工挣学费。春节前夕，他正在寝室里学习，父亲给他打来一个电话，说他的外婆想他，让他回家。大过年的，他也确实很想家，但想到下个学期的学费和生活费，也为了节约路费，他还是忍住了。他坚定地对父亲说："票也买不上，还是不回去了。"

大年初一，他在宿舍里吃了一包方便面，吃完才发现方便面当时已经过期了！就在这时，家里又给他打了一个电话，说外婆病重，让他务必回家一趟。他也知道外婆的身体不太好，担心外婆，便赶紧买票回家了。大年初三到家时，外婆已经不行了，处于昏迷不醒的状态。他走到外婆的床前，忍不住大哭起来。外婆当时已经得了白内障，双目失明了，没能看他一眼；也没能恢复知觉，用手来摸一摸他。不久，外婆就去世了。

大三开学时，徐本禹手里没有一分钱，奖学金还没有发，在经贸学院当机房管理员的700元也还没发，简直到了走投无路的地步。当时功课很多，一天要上8节课，不可能去校外打工做兼职。为了能够吃饱饭，他去了学校的几个食堂，想勤工俭学挣口饭吃。食堂的主管人员都说经济效益不好，不能再要勤工俭学的学生了。最后，好说歹说，教工食堂的主管把他留了下来，让他和另外一位老伯一起端盘子。在教工食堂，他经常看见同学和老师在那里吃饭，心里很不是滋味，感觉很难堪。后来渐渐想通了："我又没偷没抢，是用自己的双手来劳动，有什么羞愧的呢？我比那些饭来张口、钱要到手的人强多了。"

徐本禹在食堂洗盘子，在图书馆、计算机房当管理员，节假日就去做家教，尽管收入微薄，他仍不断地传递爱心，帮助那些更需要帮助的人。学校发的奖学金、特困补助，除了留下基本生活费，偶尔寄给家里一点儿，其余的都用来接济那些更困难的同学和陌生人。大学4年里，他用自己勤工俭学挣来的工资和获得的奖学金，悄悄资助了5个比自己更困难的孩子！

2001年3月，徐本禹因向"保护母亲河绿色希望工程"捐款，成为湖北电视台《幸运地球村》节目的嘉宾。香港凤凰卫视的主持人许戈辉了解到他是特困生，就在节目录完后给了他一个信封。坐在回校的公交车上，他打开一看，里面有500元钱。回到学校后，他把其中的200元钱给了班上一名家庭条件很差的同学，100元寄给了山东聊城师范学院那个他曾资助过的特困生，100元钱寄给了湖北沙市孤儿许星星。

许星星曾获得过全国十佳春蕾女童的称号。徐本禹说，他一直没有间断过对许星星的资助。后来，他因学习成绩优异获得6000元国家甲等奖学金，他从中取出2400元留给系党支部的老师，作为许星星两年的生活费，每月100元。

有一次，徐本禹在报纸上看到一篇《骨癌患者自强不息》的感人报道。当时他身上只有10元钱，就给患者写了一封信，并把10元钱放在了信封里。

还有一次，他到中国地质大学参加计算机程序员考试，身上只有两块多的车费。他看见路边一个残疾人，就毫不犹豫地把两块钱掏出来给了那个人，打算走着回学校。好在考完回校时，他遇上的一个同学帮他买了车票。

　　这个多次获得各种奖学金的经济学专业优秀学生，从来没学会如何计算自己的经济利益。他对别人的帮助方式十分简单：倾其所有。

　　从岩洞小学回到学校，徐本禹继续自己的学业，成天埋头复习，准备考研。他强迫自己不再去想那些孩子，但那些孩子的音容笑貌时不时就会从记忆里跳出来，让他难以自制。

　　"记得有一次，马上就要开学的时候，我们几个非常好的朋友在一起聊天，后来又出去吃饭。吃饭时，我看到我们桌上的饭菜，就是城市里吃的最普普通通的饭，却想起了那些生活艰苦的孩子，顿时觉得很惦记他们。当时，我的眼泪就落了下来。我同学说，你不要想太多，我们尽一份力就可以了。"徐本禹回忆说。

　　于是，他组织了对"为民小学"100名贫困学生的"一帮一"活动，有的在校大学生把每个月省吃俭用的10元钱给他们寄去，有的寄去了学习用品和衣服等，学生和家长纷纷写来感谢信表示感谢。

　　徐本禹心里装着狗吊岩的孩子们，那里的孩子们也在牵挂着他。他经常收到孩子们的来信。有一个叫郭家勇的学生来信说："徐老师，你走以后，我每次做梦都梦见你，梦见你陪我们唱歌、做游戏、做数学题，但等我醒来，却发现没有你，只有我一个人……"他看着学生的信，自己也忍不住泪落涟涟。

　　2002年秋，徐本禹的社会实践活动受到了学校乃至团省委的认可。他作为华中农大唯一的学生代表，出席了共青团湖北省第十一次代表大会，并被评为湖北省大学生社会实践先进个人。这些荣誉，更让他的心灵屡屡回到那个半山腰的"岩洞"。

　　2003年春天，徐本禹如期参加了研究生考试，并以372分、专业第二名的好成绩考上了本校农业经济管理专业硕士研究生。梦寐以求的愿望终于变成了伸手可及的现实！

　　这天晚上，他平生第一次失眠了，因为他发现自己面临着两难的选择。他想起了与那些孩子告别时的承诺，到底是满足自己和父母的愿望留在学校读研究生，还是践行自己向孩子们许下的诺言去贵州支教？

5. 抉择

　　窗外繁星闪闪，初开的春花散发着淡淡清香。徐本禹躺在床上，翻来覆去睡不着，心头的天平上放着支教和读研，二者的分量都很重。

晨曦照进校园时，徐本禹终于做出了决定。

当天上午，他找到学院领导："我想申请保留研究生学籍两年，去贵州义务支教。"

学院领导望着面前这个神情恳切的山东小伙子，不知该如何回答，半天才说："在华中农大历史上，还没有过这样的先例。"

领导的意思显而易见，徐本禹继续请求："很多大学都有这样的做法，学校就不能破个例吗？"

学院领导见徐本禹很执着，也推心置腹地帮他分析了此事的利弊得失："你的家庭条件不好，早点读完研究生可以早点工作，帮帮家里。推迟两年入学，就意味着你将推迟两年就业，少两年工龄和工资，经济损失至少四五万元。而且，我听说，两年后很可能会实行交费政策，你还得额外支付一笔数额不小的学费。你是学经济学的，难道就不算算这个经济账？此外还有一个问题：团中央西部志愿者计划并没有给学校分配贵州支教的指标，你如果到贵州，是拿不到'体制内'志愿者每月的生活补助的，你将成为一个毫无生活来源的'体制外'的志愿者。这一切，你认真想过吗？"

领导的话不是没有道理，徐本禹刚刚下定的决心又动摇了。当天晚上，他沿着运动场跑了一圈又一圈，跑累了，就在草坪上躺下来。他看着缀满星星的天空，又想起了在狗吊岩的日子。他给孩子们上课，教孩子们唱歌、踢球、做游戏；孩子们把他拉到家里做客，家长给他做当地最好吃的饭菜；他走时，孩子们哭呀哭……他想到这些，心就飞回了岩洞小学。

天上的星星一闪一闪的，恰似孩子们渴望的眼神，他心中的天平又往孩子们那边倾斜了。读研究生机会很多，即使学籍不保留，两年后可以再考，而那些孩子等不得，随时有可能辍学。再说了，自己已经答应了他们，不能言而无信。他握紧双拳，暗下决心：即使读不成研究生，也要去岩洞小学当一名支教老师。

下定了决心，徐本禹有种如释重负之感。他一跃而起，小跑着来到电话亭，拨通了家里的电话。他鼓足勇气对父亲说："我想暂时不读研究生了，去贵州当一名志愿者！"

父亲没说话，只是很失落地叹了口气。

"我想当个支教老师，去帮助山里的孩子。"徐本禹说。

父亲还是没说话。

徐本禹继续说："爸，您也是个老师。我希望您能够理解我，支持我。"

父亲仍然没有表态。

"希望您能够理解我，支持我！理解我，支持我！！"

这句话徐本禹一连说了好几遍。父亲一直沉默，最后默默地挂上了电话。

徐本禹回忆这段往事时，这样写道："我非常理解父亲当时的心情，我的大学学业是靠特困生补助、奖学金和自己勤工俭学完成的，很不容易。望子成龙一直是父亲最大的愿望，能够读研究生也是他最期望的，当然接受不了我的放弃。但我想，父亲一定会支持我，因为儿子的选择是正确的。我对山区的孩子许下过诺言，我说了就一定要做到！贵州山区太贫穷了，孩子们对知识的渴求化作一种力量，驱使着我无论如何要再一次走进岩洞小学。"

老师和同学也不赞成徐本禹的选择。有同学劝他说："你要是实在想去，读完研究生再去呗！"

"我读完研究生后，年龄就大了，我更需要工作，需要照顾我的家人，也就更难以放下，更难以去支教了。再说了，如果我现在不去，心里也放不下。"徐本禹说。

徐本禹做出了最后决定，不再动摇。他给家里写了一封信，详细解释了他的想法和决定，有一点"先斩后奏"的意思。他还在信里"骗"父亲：去贵州支教一个月有400元的补助……

父亲收到信后，很快就给他打了一个电话。

电话的那一端，父亲哭了。长久的啜泣之后，父亲用发颤的声音说："你去贵州支教的事情准备得怎么样了……"

如今，徐本禹还能依稀记得电话的内容。他回忆说："父亲在电话里没有说支持也没有说反对，只是对我支教的看法表示了赞同，也算是做出了'妥协'。当时我的心里暖暖的，由衷地感激父亲对我的支持，觉得只有做好支教工作，才是对家人支持的最好回报。"

6. 支持与动力

2003年5月的一个夜晚，徐本禹把他想去支教的事写了一篇文章，名为《信念永恒》。他在文章里写道——

今天是一个让我难以忘记的日子，当我得知今年我校不能保留研究生入学资格时，我做出了一生中最重大的决定，放弃读研究生的机会去贵州贫困山区当一名支教老师。

……

对自己做出的这个决定，我无怨无悔。因为这是为山区孩子所做出的牺牲，同时也是给自己一个新的起点向更高的目标冲刺。或许在贵州的两年是孤独而寂寞的，但这只能化作一种动力，让我用自己200%的精力投身于这个贫困山区，这所小学。虽然我放弃了很多，但我相信在未来的两年里，我会得到使我一辈子都受益无穷的东西。

文章写完后，他直接发在了网络上，立即引发了众多网友的关注和评论。《楚天都市报》的一位记者看到后，给他打来了电话，让他去报社做了一次访谈。

《楚天都市报》"讲述"版是一个以情感倾诉为主题的版面，2003年5月20日却首次出现了一个"与爱情无关"的人物——徐本禹。《楚天都市报》在武汉影响很大，"讲述"版更是拥有大量的青年读者，尤其是在校大学生。徐本禹的事迹一见报，立即在校内外引起了强烈的反响。

见报当天，徐本禹寝室的电话铃声不断，几乎被打爆了。同寝室的同学说："你别去上自习了，在宿舍接电话吧。全都是你的电话，让我们写毕业论文都写不成！"

徐本禹嘿嘿一笑，表示抱歉，之后就专门坐在电话旁等电话了。

打来电话的有学生有老师，也有官员有平民，社会各界人士纷纷向他表示钦佩和支持，并踊跃为山区孩子捐赠衣物和文具。武汉理工大学一个贫困生用200元钱生活费买了图书和玩具，托他捎给山里的孩子们；武昌一位年仅17岁的保姆把身上仅有的200元钱捐了出来。一位家住筒子楼没有电话的阿姨为了能够联系上他，特地买了一张电话卡，托他帮自己带些衣物给山区的孩子；还有一个武汉另一所高校的大学生，竟然来到华中农大的校园，张贴了一张寻找徐本禹的"寻人启事"，要同他一起奔赴贵州支教。

更让徐本禹意想不到的是，华中农业大学和经贸学院领导也被他感动，专门开会对他的申请进行了研究。领导们一致认为，徐本禹的选择体现了当代大学生自觉承担社会责任的可贵精神，应该支持他、帮助他。于是，学校决定为徐本禹保留两年研究生入学资格，并在他义务支教期间为他提供必要的经济资助。当辅导员把学校的决定告诉他时，他忍不住流下了激动的泪水。

2003年7月初，徐本禹又一次来到华中农业大学附属小学，为狗吊岩为民小学进行募捐。他给华农附小的学生讲了山区条件如何的艰苦，讲了山里的孩子们在艰苦的条件下坚持学习的情况，很多小学生被感动。他们纷纷捐出自己心爱的图书，有的学生还捐了钱，要与山区的学生结成对子。在不到一小时的时间里，募捐到儿童图书3000余册。

那段时间，由于日程紧张，徐本禹无暇顾及自己的生活。他的一位山东老乡送给他的一双凉鞋已经开胶，他仍一直穿着。在华中附小募捐时，一名叫程雨薇的小妹妹发现了这个情况，给徐本禹写了一封信。信中写道："虽然您相貌平平，但有一颗宽大、善良的心。今天，我观察您的衣着，一件普普通通的 T–shirt 和一条 jeans，一双已经开了胶的 shoes，就从这一点，就说明您是一个勤俭节约的人，是世界上最可爱的人！"徐本禹看完这封信，不由百感交集，眼泪夺眶而出。

徐本禹要去支教了，华中农大的离退休老干部给他开了一个欢送会。一位没有留下姓名的老党员，把自己的优秀党务工作者的 500 元奖金全部捐了出来。学校的各个部门也纷纷给他开绿灯：打印室免费给他打印资料、照相馆的师傅义务为他冲洗胶卷，毕业生离校后宿舍原本要停电的，水电管理科特地等他走了以后才停电……

7 月 16 日，徐本禹带着社会各界捐赠的图书和衣物，再次登上奔贵州的火车。一同前来的，还有另外 7 名大学生。

徐本禹又来了，还带来了 7 名同学……他们在异常艰苦的条件下，如何为当地贫困孩子送去光明、温暖和关爱，支撑起山里孩子们沉甸甸的梦想呢？

（节选自长篇报告文学《为了山里的孩子》，贵州人民出版社 2017 年 1 月版）

红色声音最诱惑

卜　谷

太阳的颜色里始终洋溢着迷人的声响。

——题记

说起东固，那可是个红到骨子里的地方。

当年的东固，户户当红军，家家出烈士。今天的东固人，谈古论今，依旧津津乐道。话匣子一开，往往刹不住车。而对今日红色文化传承者，谈得最多的两个角色，一个是曾广东，一个是夏淑英。

曾广东长得瘦巴拉叽，瓜子脸，大眼睛，手脚勤快，干活不赖，成天像捡到个宝贝乐不可支，上班喜欢摇头晃脑哼着个小曲，一副吊儿郎当的样子。有的乡村人看惯了闷葫芦那种一棍子打不出个屁来的老实人，再看他，便说有点儿不务正业，其实他除了哼哼小曲也没干啥呀。2002 年，曾广东哼着小曲把 23 年工龄的工作弄丢，下岗了，原因是他所在的单位——吉安县东固乡供销社糕点加工厂倒闭。这倒好，曾广东立即就在圩镇上租房做起了小生意，实际上就是个小商小贩，但不论生意大小，人家也一概习惯喊老板，他答应得挺干脆。

挣钱如搬山，花钱如流水。如今，挣饭吃容易发财难，都说经商有经商的窍门，曾广东不是没脑子的人，但懒得费脑筋钻研经商的窍门，能够挣饭吃就满足。老话说，知足常乐。不错的，曾广东常常坐在自家的文具店门口，跷起个二郎腿，哼着小曲。日子过得优哉游哉，津津有味，小曲也越唱越离谱，自编自唱，自娱自乐，心中美滋滋赛过小神仙，还揣着个登天的梦——自己几时把自己编排的歌曲唱到外面的世界去。

那副不知天高地厚的德行，让乡里的一号美女夏淑英见了发笑，就推荐他一块儿去区里的培训班见识见识。夏淑英是东固博物馆的讲解员、副馆长，接触人多，信息频频，得知青原区文化局在天玉镇举办农村文化培训班，抓住机遇把曾广东弄了进去。

山沟沟里长大的曾广东这下见了大江大河，像有了学历的人，变得谦虚也更加执着。培训班期间，便有些按捺不住，频频与夏淑英商量，回到东固一定要组建一支红歌队，宣传东固的红色文化和红色历史。

一个小商贩，虽然逢圩卖货人来人往也熟悉不少人，但要邀约乡镇里能歌善舞的美女们，费时费力尽义务，组建红歌队，不容易。

不过，有志者，事竟成。经过几年的筹备，物色邀约人员，添置器具，曾广东终于在2010年5月26日晚上成立了一支十多人的唱歌队，取名为"东固红歌队"。他向大家宣布：红歌队的宗旨，是挖掘、收集东固革命红色歌谣，并加以整理、传唱，包括撰写红色历史故事。

好不容易盼来这么个好日子，曾广东非常激动，在说话中不经意就把话说大了一点儿："今后，我要凭借自己的一点儿音乐基础，在红歌会担任红歌收集整理和记谱工作。同时，也收集整理东固革命历史故事，创作红色歌曲，把红歌唱响全镇、全区，唱向全国。"

当时，来看热闹的人不少。曾广东说完话，那些请来开会、帮人气的观众都按程序鼓掌。掌声中，也不知哪儿来个凑热闹的村民，冷不丁喊一句："你吹牛皮——"

这一句来得突兀，大家都笑了，曾广东皱皱眉头，也宽厚地笑了。乡下人就是这个样子，见到菩萨才肯下跪，不打下粮食就不足以言丰收。磨破嘴皮子不如干出好样子，曾广东下意识地撸了撸袖子，巴不得立脚就去大干一场。

其实，村民讥讽曾广东吹牛皮，不仅有缘由，且有根有据。

缘于其命苦、学历低。他的童年异常苦难，生与死紧紧缠绕。出生那天，整个家族因添丁而奔走相告，沉浸在巨大喜悦中。谁料，出生仅两小时，曾广东母亲猝然逝世。厄运横空降临，喜庆骤转为哀丧。曾广东父亲喜欢的泪滴还没擦拭，又转而涌流悲痛泪水，忽儿抚摸着婴儿长叹不息，忽儿拥抱死者号啕大哭。继而，受重伤般疼痛得在地上打滚，直至一动不动，昏迷不醒。

族人一时手忙脚乱：抢救活人，安置死者，处理婴儿。

有一族人建议快刀斩乱麻，说："天可怜见，这个产后仔病猫样，要奶吃又哭不出声，先天不足，后天畸形，肯定带不大。是个来讨债的克星，不如放到棺材里跟亲娘一起走，成全母子俩。"

有的族人应道："可是可以，有点残忍，毕竟一条命！"

父亲是乡供销社职工，单位领导闻讯而来。见状不忍，找来一个奶妈，把曾广东抱去带养。奶妈是父亲同事郑联彬的家属，她的小儿子都一岁多了，用力挤压勉强能有一点点奶水。先天不足的曾广东，后天也不足，长得瘦骨嶙峋，病恹恹的，一副弱不禁风的样子。

7个月后，外婆又来探望，见到三根筋挑着一颗头，瘦猴般的外孙，非常心痛。于是，把他接回自家，口对口，一口饭一口水地哺喂，此后曾广东便在乡村外婆家长大。

在外婆外公的怀抱里，曾广东过上正常人的童年。因为他是外姓人，在村子里也免不了会受人欺负，特别是一些不懂事理的孩子，常结伙远远地唱着客家地区自古流传下来歌谣骂他：

> 冇娘仔，外甥狗；
> 前门吃了后门走。

那种语言，那种形式，都像针样刺疼一颗童心。

穷人的孩子早当家。外公外婆的大爱庇护着幼小的曾广东慢慢长大。他打小特别懂事，乖巧，勤快，还会心痛大人。总是帮着做家务，端茶送水，浇水种菜，蒔田割禾。外公外婆一把屎一把尿把自己养大，帮他们做点儿事是应该的。因外公外婆的儿子当红军一去不返，家庭单薄，曾广东巴望自己有大出息，将来挑起赡养二老的担子，让二老像别家老人一样过上幸福快乐的日子。

巴望归巴望，现实归现实。

曾广东的现实很残酷，中考落榜，初中毕业就辍学了。原因明摆着，外公外婆年事已高，无力供养学杂费用；父亲续弦后添了几个孩子，负担很重；况且，好多人说什么有后妈就有后爹……生计困扰，耽误学习，影响考场发挥。

那时作兴补习、复读，曾广东也为此努力过，犹豫过，最后还是听从父亲安排。1979年，17岁的曾广东，跟着父亲进入东固供销社糕点加工厂做学徒工。对此，曾广东也毫无怨言，早点赚钱，早点孝敬外公外婆报答养育之恩也挺好，否则，以后想孝敬却来不及。

重重的心灵挫败，发生在两年后。正月初三，曾广东高高兴兴去给姨父拜年，姨父亦是他初中79届的班主任。碰巧，几个同学也来给老师拜年，大家围坐一桌，相互问候，各自介绍，像同学聚会一样热闹。少年气盛，个个言之灼灼，介绍自己在某某大学，学校环境怎么怎么好，学习怎么怎么忙。当时，曾广东就明显感觉到跟他们不是一个圈子的人了，很多时候都插不上话。轮到自己介绍时，他只是低声说了几个字："我是做饼的。"有人立即笑了起来，追问：

"什么？做饼!"

"做什么饼，是画饼充饥吧?"

曾广东面红耳赤，竟然无言以对……

这次拜年，给曾广东的打击太大。社会上流行：书中自有千钟粟，书中自有黄金屋，书中自有颜如玉。他觉得人生暗淡，决定再去补习考大学。可覆水难收，开了几次口，已无人应答。他又报名去参军，因有鼻炎被刷了下来。唉，生活之路何其难! 他又想到文艺创作，学画画，学唱歌，写小小说，写诗歌，时不时地往外投稿。有人看不惯，把状告到领导那里："晚上唱歌扰民，男男女女在一起疯疯癫癫有伤风化。上班不认真工作，专搞歪门邪道，不务正业……"为此，差点丢了工作。父亲狠狠地把他骂了一顿。一气之下，曾广东把所有的作品与搞创作的念头付之一炬，老老实实地在六尺饼案上挨日子，度春秋。

老实是老实了，但蛰伏于心底的红歌情，如同地火，熊熊地燃烧着，一直没有泯灭。

东固人的骨子里有一股不示弱的血性。这不，夏淑英一根火柴就把他燃烧起来，而且压抑愈久，反弹愈高，像地火一般喷涌。东固决不是一般的地域，曾广东是不缺地气的。

反围剿时期，毛泽东曾7次来过东固，赞扬说："东固山很好，是第二个井冈山。"

东固，虽然是个小小乡镇，在中国革命史上名气却大得很。是最早创建的农村革命根据地之一，在第二次国内革命战争时期，是红军一、二、三次反"围剿"的主战场，是赣西南武装割据中最红的地方。当年，红军在这里会师、联欢、建立红色政权，留下许许多多感人故事，也留下许许多多动听的红色歌谣。

学唱红歌，此地不乏资源，上年纪的东固老人都能哼一哼，但具有传承人意义的红歌手却不多，殷富村91岁的孙碧莲老人，可算得一个。

殷富村位于东固街南面六华里，村前绿水蜿蜒，绕村而过，村后群山绵延，郁郁葱葱，环境优美。殷富为800余年历史古村，村中屋舍俨然，古建筑遍布全村。全村100来户，唯刘姓一族。从东固到殷富村只有几里路。9月6日上午，曾广东率红歌队全体人员过了殷富桥，踏着鹅卵石小径，穿过幽深小巷，来到孙碧莲老人家（彭德怀旧居）。孙碧莲老人面色红润，穿针引线，正同儿媳、孙媳围坐一圈做针线活，根本不像91岁。看见来人，孙碧莲立刻起身热情招呼，曾广东说明来意，她满口答应，毫无推让，张嘴就唱。声音清脆甜美，还带有几分柔情：

　　"哎呀嘞——
　　哥哥去当兵，妹妹来送行。
　　我们合力抗战，我们家多荣光。
　　哥哥在战场，妹妹在后方。
　　我们合力抗战，回到家里多荣光。"

　　"我送亲郎哥喂，去当兵啰哎，
　　革命的道路，要认清啰，
　　哥哟，妹呀，
　　革命的道路要认清哟。"

　　"AB团，死对头，残酷的手段真可恨，
　　麻醉我青年，屠杀我工农，
　　报复屠来报复屠，威凌风。
　　要是你们还未觉，
　　要是你们已觉悟，
　　苏府党内允你们自首。
　　……"

　　一首接着一首，叫唱就唱，请教就教。教得专业，学得也尽兴，红歌队员像进了学校，渐渐地没了拘束，一句一句认认真真地学。这些歌好听，也比较好学。大家学会几首后就与老人一起齐唱，合唱。
　　悠扬的歌声从小巷传出，回荡山谷……
　　奇怪——能唱能教，分外在行，大大方方，像是音乐老师出身。休息时，红歌队员一边喝茶，一边围着孙碧莲老奶奶提问：这些歌是怎么学来的，七八十年过去，还能记得这么清晰，唱得如此流利。
　　"记得，这世人记得，下世人也记得。"孙碧莲老奶奶见过大世面，民间高人一个，歌曲唱得畅快，说话在幽默中还捎带几分俏皮，张开缺牙的嘴笑起来像个天真的孩子，笑得阳光灿烂，童心满院。
　　原来，孙碧莲老奶奶练了"童子功"，才把红歌记得这么清晰，唱得那么流畅。

苏区时期，东固各个乡村都成立了儿童团，儿童团的任务是站岗放哨，搞革命宣传。孙碧莲担任了东固西城儿童团团长，手下有十几个少年儿童。在孙碧莲的带领下，儿童团员们平时上午在平民学校读书，下午就排队练操。每逢开会或送兵，儿童团员就要去唱红歌搞革命宣传。孙碧莲是个唱歌好手，老师教的那些红歌，都练得滚瓜烂熟。出去搞宣传，唱歌必须整齐划一，那就要排练。除了自己会唱，她还要反复教儿童团员们唱。功夫不负有心人。久而久之，孙碧莲将那些歌曲记得滚瓜烂熟，说唱就唱，随口能唱：

> 我们大家来暴动，
> 新军阀反革命屠杀我工农。
> 仍用旧官僚，苛税更加重。
> 勾结意、日、美，卖国卖民众。
> 拿起武器来革命，我们大家来暴动。
> ……

红霞铺满蓝天，归途上洋溢着歌声，十几人合唱着刚学来的歌曲，惬意极了。曾广东更是打了鸡血似的，满面红光迈着公鸡般的步子边走边打着拍子。

尝到了学习的甜头，曾广东经常下乡上户向本土的老歌手孙碧莲、邹作泉等人讨教，也经常向来赶圩当街的老人请教。

逢的人多了，有的理解，有的不理解，曾广东也因收集红歌，兴兴头头开口讨教，反遭人白眼、抢白。

"收集红歌有冇工资？有冇钱得？"

面对这种情况，曾广东总是笑着回答："因为自己喜欢，爱好。"

更有刻薄的人诘责："天天唱歌吃什么？那不是不务正业吗？"

曾广东答不上话，落得个满面羞惭。

其实，别人的谴责也没大错。俗话说：千里奔波只为财。曾广东的行为有些违背常理，那么没日没夜地拜师，掏心掏肺地唱，不但没有半点报酬，往往还往里垫钱。有时为了抓紧记录一首红歌，就得把手中的生意放下，甚至还忘记收顾客的钱；有时为了捕捉一个音乐元素，煮饭忘记按电饭煲开关；为整理红歌，夜里经常熬到十二点多，熬得一双眼睛通红。

他曾对人说："一天不吃饭可以，一天不唱歌不行。"经常熬夜，加班加点，原本单薄的身体，积劳成疾。2012年底，患病住院两个月之久，春节都在医院里度过。浪费了钱财，影响了创作，家人埋怨，朋友劝诫。曾广东也是怕死的，此后，仍义无反顾坚持创作，同时，也注意节制，珍惜生命。

开弓没有回头箭。此时，曾广东要收手怕是很难。红歌队跟着他干的十几人，不是农民，就是下岗工人，义务学歌、练歌，自己凑钱买服装，有的队员住在村里，常常行十四五里夜路来唱歌，又走回去。看到那些队员的汗水和期盼，曾广东无论如何也得走下去，且必须走得更快、更稳、更好。

客家人有句话形容这类人："白日里走东东，夜里装鬼吓老公！"老婆见喊他几次喊不转身子，有如神灵附体，如此认真，如此痴迷，又心痛又生气，不止一次地说："这真是一伙红歌迷，歌癫子，不务正业！"

又说到不务正业，这个"不务正业"的曾广东听了有点不舒服，专门查询一下词典，"正业"的解释：正规的职业、本职工作。嘿，他灵机一动，觉得唱红歌，也可以是正规的职业、本职工作呀。就稍动脑筋调整了一下商店工作布局：乡镇逢圩10日5圩，隔日一圩，逢圩是最重要的经营活动时间，由他为主亲自打理；闲圩日，则由老婆为主亲自打理。这样，把副业与正业相互挪了个窝，收集红歌就变成务正业了。

学唱红歌容易，手到擒来，人人都会。收集、整理、创作红歌是个技术活，就不那么容易，不但要记词并且要记谱，不但要记录而且要整理、创作。曾广东那点音乐基础，写"1234567"7个洋码数字是没问题，唱7个洋码数字也没有问题，但要想把7个洋码数字按照歌词原意，组合、创造为能够演唱的乐谱，用东固老表的话说：他是癞蛤蟆想吃天鹅肉——差得天远。

牛皮又吹出去了，怎么办呢？

老办法——遍访民间高人，拜师学艺，学会了唱歌写歌，牛皮就不是吹的了。

说到创作，还是夏淑英把他早已关闭的那扇大门给打开了。曾经有一段日子，曾广东对"1234567"这几个数字感到很迷惑，又无处偷师。关键时刻，夏淑英把他介绍给了丈夫的姐夫的姐夫，富田镇籍，全省闻名的老音乐家——王善兰老师。

富田这个地方亦是中国革命最早期的农村根据地，曾因"富田事件"一举闻名天下。富田与东固一样，家家都有着深刻的红色情结。王善兰老师现年84岁高龄，22岁发表歌曲作品，至今60多年创作了700多支歌曲，获得过全国以及国际上的音乐奖项，可谓硕果累累。王老师是个土生土长的本土音乐家，讲话无障碍，讲学通俗易懂，深入浅出，与红歌手孙碧莲教歌有异曲同工之妙。另有一样与曾广东特别对路，那就是为红而歌。毛泽东同志每次来到东固，王善兰专门为毛泽东在东固、赣西南苏区所作的三首诗词谱曲：《渔家傲·反第一次大"围剿"》《渔家傲·反第二次大"围剿"》和《减字木兰花·广昌路上》。一见面，王善兰就拿出厚厚一本自己创作的《东井冈红歌》给曾广东，说："我之所以积极创作这些歌曲，就是为了宣传东固，宣传富田，宣传自己的家乡，为家乡的红色旅游发展做点贡献。"他还向曾广东诉说了一个心愿，希望能有一支演唱队伍，专门演唱东固、赣西南苏区的红色歌谣和当今红歌。

为红而歌。王善兰与曾广东可算志同道合。相比之下，曾广东向王善兰学习也有难处和局限。东固去富田虽说也才80多里，路不算太远，但要经常跑那就不近；还有一样，王善兰是拉二胡的高手，试音善操二胡，让曾广东跟着二胡唱，二胡怎么唱也不累，曾广东早就累得唱不出声音。

坐标确定，那就要靠坚持，任何事业的成功都有一个坚持的过程。

曾广东学艺富田，经常坐班车或搭便车早出晚归。风寒雨雪，一路上除了哼唱红歌，想得最多的是司马迁。司马迁遭受了腐刑，仍发愤继续撰写。他靠的是什么——坚持不懈。如果遭受了腐刑，就对自己丧失信心，不坚持写作，后人就不可能看到《史记》这本巨著，感触不到其思想精华。《史记》的成功，最重要的是靠坚持不懈。这一点上，曾广东认为与古人有相通之处：自己记录的也是《史记》，是东固的《史记》，如不抓紧收集整理，对于后人也是个失缺和空白。

曾广东为何对红歌如此着迷？

与家教相关。外公是失散老红军，外婆是当年儿童团长，二人都曾是红歌手。每天夜晚，外公、外婆为了哄小外孙入睡，轮流着唱红歌，讲红色故事。久而久之，曾广东被熏陶为红色迷，对外公、外婆和老舅当红军的故事倒背如流。

他外公名叫肖忠堡，一个地道农民。但他却有件灰色的军大衣，逢年过节才会穿起来，穿上那件大衣时，会格外显出一种神圣和自豪，这时的他就不像农民而似一位军人。军大衣是他外公的宝贝，一不小心沾点灰尘，就马上拍打得干干净净。曾广东问过外公，为什么不穿新衣服过年，老是穿那件旧了的大衣过年？外公总是说那件大衣暖和，穿上它能避风避雨，比什么衣服都更好。

说来，那件灰色军大衣还颇有来历。

外公是独子，为早点接续香火，12岁便娶了个童养媳。不料，寒霜偏打独根草，13岁那年，父母相继过世，留下小夫妻俩相依为命。家里贫穷，二人年纪还小，根本不懂料理家务事，饱一顿饥一顿，有时连饭都吃不上。为了填饱肚子，外公就同村里的几个人一起报名当了红军。因年纪小，分在小鬼班，帮助传话、走信、打帮煮饭等。那是1930年，红军还很弱小，常采取声东击西，飘忽不定的游击战术，天天行军百多里来牵制敌人，拖垮敌人，消灭敌人。

要想拖垮别人，自己也拖得蛮苦。

红军双脚离地地行军，有时一天一夜不休息，有时是几天几夜不休息。小鬼班的人没有发枪，行军时身上只背些子弹、手雷和粮食，加起来也有几十斤重。跟着大人走，大人走两步，他们就要走三步，走得脚上起泡淌血也不敢停步，生怕会掉队走丢。实在走不动，就捡根棍子撑着走。小小年纪，走的地方倒是蛮多，南走兴国、于都、瑞金、赣州，北到乌江、永丰、乐安、广昌。一路上景致蛮好，但没有心思观风景，且要随时做好战斗准备，遇上敌人就要随时打仗，打得赢就打，打不赢就跑。

外公说："打起仗来，人都会吓死。两边交火，子弹打得嗦嗦响，不停地从头顶上飞过。炮弹炸得嘭嘭响，声音震得耳朵都要聋了。打仗打赢了最有劲，特别是打掉大土豪时，更加有味道。大家分粮食、腊肉，用来犒劳犒劳部队。"

16岁那年，外公得了一场病，一会儿发烧，一会儿发冷，接连几天走路有气无力。部队开往福建的路上，有一阵儿，外公实在走不动，冷得全身哆嗦。这时，有个当官的过来，把自己身上的大衣脱下来拿给外公，说："小鬼，快穿上。跟着部队慢慢走吧！"说完他就走到前面去了。外公穿上那件大衣，感觉全身温暖，咬紧牙关坚强地跟着部队前行。走着，走着，前面突然响起枪声，整个部队迅速投入战斗。

开打了，战斗非常激烈。这次敌人特别多，似乎形成了一个包围圈，火力特猛，把红军队伍打散了，很多战士牺牲。红军主力在激战中突围，到处都是尸体和叫唤的伤员，小鬼班只剩下3个人。搜查的吆喝声四处响起，三个小孩躲在山脚下的水沟里吓得要死，整整三天三夜没吃没喝，站在灌木覆盖的水沟里不敢出来。等到外面没有一点动静，他们爬上岸时，一双脚早已经麻木，揉捏了半天才有点感觉。

3人合计去找部队，可懵懵懂懂连东南西北都分辨不清楚，怎么能找到部队？凭感觉找了一个星期，不见部队的踪影，又饥又渴，3人只好各自讨饭回家。一边讨饭一边问路，外公经过两个多月乞讨终于回家。从此，那件灰色军大衣就成了他的宝贝。白天当衣服，晚上作被子。

回家后，外公一生种田，那双脚却落下病根，一进冷水就疼痛不已，每年春耕后就会发病。一双脚痛起来，几个月下不了床。伴随年纪增大越来越痛得厉害，那时候农村连止痛片都没有，脚痛起来躺在床上捶得床板"嘭嘭"响，喊天喊地，叫爹叫娘。前前后后，请过不知几多草药医师来诊治，总是不见效果。

曾广东心痛外公，干着急也帮不了什么忙，只能在身边陪着说说话，端茶倒水，热天就站一旁打打蒲扇。外公脚不痛时，就像过节一样高兴，很亲曾广东，搂在怀里一边讲红军故事，一边哼唱红歌。

当兵就要当红军，团结工农打敌人。
官长士兵都一样，发起军饷一样平……

童年的记忆，像种子一样植入外公心中，不断发芽、生长、开花，反复地播撒在曾广东开蒙的童年。每每说到那件灰色军大衣时，他目光总是充溢着慈和，视如珍宝。1986年外公与世长辞，临终的目光久久弥留在心爱的灰色军大衣上。外婆遵照遗愿，将灰色军大衣与其一并郑重入棺，永远伴随。

只要功夫深，铁杵磨成针。有王善兰精心指导，曾广东认真学习，刻苦钻研。从音乐符号起步，再到词曲创作，一步一步迈进。

渐渐地，曾广东心更大了。听说如今电脑厉害，可以作词、作曲、制作音乐合成效果……他又自费购置电脑，从不会开机，到用电脑打字、打谱，完成歌曲创作，再到制作音乐合成效果。

刚学会走，曾广东就想跑；刚学会跑，他又想飞。

如此火燎火急，还债般地赶忙赶急，曾广东确实欠了一笔心债，与外婆有关。

外婆叫罗元菊，天生灵巧，能歌善舞。外公报名当红军去了，外婆则回到了娘家。外婆在娘家十分招人喜欢，被推选为儿童团长，天天带领儿童们唱歌跳舞做扩红宣传。区领导看中了，推选她到部队里去做宣传员或走信员。外婆听说去当兵，心里当然高兴，可她父亲却不允许。因为她已嫁人，且丈夫当兵去了，以后回来向家里要人，就不好办。可区里已经把名额上报了，怎么办？为难之时，老舅站出来说："我去！"老舅是独子，按当时政策独子是不应征的，况且他还刚刚结婚。

老舅当兵，一去几年没有音信，家里天天祈求菩萨保佑，保佑革命快快成功。他的妻子更是夜夜含着泪水思念、盼望他早日回来。盼呀！望呀！

1933年冬，一个下午，家人正围着火堆取暖。突然，闯进来一个"陌生人"，大家吓得从后门逃走。那时"烧、杀、抢"频频，所以一见生人就赶快逃，屋里只剩下两个跑不动的老人家。他俩打量着"陌生人"谁也不作声，"陌生人"也仔细地打量着二老，突然喊了声"爸，妈！你们不要害怕，我是贞洪。"

"崽呀！肉呀！你总算归来哩呀！"他俩听出是儿子的声音，顿时又惊又喜，百感交集，紧紧拉住儿子的手，止不住泪水一个劲地流淌。许久才哽咽着说："崽呀，怎么几年不回来，就连信也不写回来，叫我们一直担心你？"

老舅也是泪流满面，频频点头说："哎，我归来了。我也很想念家里，可是，部队天天在行军打仗，哪里有时间写信。再说寄信也不方便。"

母亲仔细地打量着儿子，嘴里不住地说："太好了！太好了！长这么高大，我们都认不出来了。""来来来，快坐下烤火，我去叫你老婆回来。"

老舅妈被叫回来，看到离别几年的丈夫，心里是多么高兴，多么激动啊！她有千言万语要对丈夫说，以诉几年来的离别情，相思苦。可她只对丈夫轻轻说了一句："你归来了。"就不好意思地躲进了房间。

晚饭后，坐在大厅聊天，老舅不停地给大家讲啊讲，他在福建漳州差点儿牺牲，逢凶化吉的离奇故事引起一家人感叹。

那次战斗，老舅为掩护同志们转移，被敌人围堵，他边打边撤，眼看就要被敌人抓住。这时候，突然有个老表把他拉进屋里，带他上楼，藏到楼顶的浅楼里，并嘱咐他："你藏好了，无论下面发生了什么事情你都不能出来。"几分钟后，敌人进屋了，乒乒乓乓到处搜查，有两个兵还上了楼，搜遍了楼上的每个角落，有个兵就爬上了浅楼。糟糕——老舅心里有些忐忑，做好了拼命的准备。好在浅楼里一片漆黑，那个士兵也怕死，不敢大胆进去搜，说了句"里面没人"，就下楼去了。另外一个士兵有些不信，想再上楼看看。千钧一发之时，白军的集合号响起，两个士兵赶忙走了，老舅也得救。

估摸敌人离开，老舅下楼，感激地对那个老表说："老乡，多谢了！"

老表说："不用谢，你们帮穷人打仗，我帮助你是应该的。"

老舅说："哎呀！老乡的觉悟高哇！以后我们更要勇敢杀敌，多打胜仗。"说完便要离开。

老表将他拉住说："红军同志，你现在还不能走，敌人可能会沿路设卡抓捕你们。而且，你又不是本地人，也不熟悉路，容易被敌人抓到。"

老舅身上还有一些机要文件，没有转交给领导，着急地说："不行，我要去找部队，我不能耽误部队的工作。"

老表又说："上哪里去找部队？你一个人单枪匹马，万一碰上敌人那是很危险的。还是先住下来，我叫人帮助打听部队的去向，等打听到了，再送你过去。"老舅觉得有道理，就留了下来。

晚上，那个老表问起老舅是哪里人，当老舅说是江西庐陵人时，那个老表一听便兴奋地追问："你是庐陵哪个地方的？"

老舅说："我是庐陵富田人。"

老表又问："你是富田人，你可认得沙下村的罗达香？"

老舅奇怪地问："你怎么知道罗达香这个人？他是我父亲。"

那个老表紧紧握住老舅的手说："哎呀，你是恩公的儿子！我今天救人可把恩公的儿子给救了，真好。你父亲他好吗？"

老舅十分迷惑："还好。大叔，你这是怎么回事呀？"

那老表一五一十说起来。原来，那个老表以前就在庐陵做生意，辛辛苦苦赚了些钱。不料，却被几个地痞流氓暗算，在路上把他拦住，谋财害命。紧急关头，刚好被老舅的父亲碰见，出手相助把几个地痞赶走，救了他一命。自此记恩在心，常思报答。今日，天遂人愿，竟然巧遇恩人之子，能够现世报恩，真是天赐良缘。

翌日，老表叫来几个人，扛着一块门板护送老舅回部队。每过白军关卡时，就让老舅躺在门板上，脸上贴一块早已做好的豆腐皮，弄成起泡点，流淌黄汤脓水的模样，看起来十分吓人。他身上盖一块异味浓重的烂被单，由几个老乡抬着。哨兵撩开被单检查时，就告诉说："是个传染病号。"哨兵恐惧传染病，捂着鼻子一个劲儿地挥手：抬走抬走，赶快抬走——就这样，老舅回到部队。

天缘巧合，神话般的故事，让一家人又惊又喜，像过年一样兴奋、热闹，真是一个美好的夜晚，也是一个终生难忘之夜。

天一亮，老舅收拾行李就去归队，从此杳无音信。

一夜受孕，十月怀胎。女儿出生了，女儿长大了，这个红军留下的孩子从来没见过父亲。老舅的父母等啊，等白了头也不见儿子回来。二老老得不能再下地种田了，一家老小的生活，全靠老舅妈蹬着三寸金莲织布、纺纱，挣钱奉养。生活过得异常艰难。老舅妈一面纺纱织布一面暗暗流泪，不知道哭过多少回。但她无怨无悔，坚强地支撑着这个家。

再后来，老舅的父母都过世了，他们带着期盼走了，老舅妈把二老一个一个送上了山。老舅妈年轻漂亮时有人打主意，屡屡劝老舅妈改嫁，老舅妈就是不答应。她倔，坚决相信，总有一天丈夫会回来。

解放了，胜利了，老舅妈高兴了，总以为自己的丈夫快回来了。可是，老舅仍然是毫无音信。

一年又一年过去，一年又一年等待。

老舅妈终于老了。临终前几年，她几乎天天都要到村外的路上去望一望，看看有没有丈夫归来的影子。每逢有人从外地回来，老舅妈都会去探问："看到我屋里的吗？"得到的回答，始终让她失望。久而久之，探问成了一个程序，失望也成了一个习惯。

老舅妈，成了别人口中倔强不听劝的范例。最后，老舅妈带着几十年的等待和遗憾离开人间。

身边亲人的经历，数十年一直在曾广东脑海里萦绕，触击他的心灵，他屡屡发出誓言：若不能把老舅、老舅母的崇高情操写出，誓不为人。这成为其坚持创作的精神动力，也是他动笔写的第一支歌曲。动笔早，收笔晚，反复修改，反复打磨，用了几年时间才写出较为满意的《守哥回家待何年》这首歌：

> 满山杜鹃红艳艳，我送阿哥去前线；
> 双手捧出心一颗，伴随阿哥到天边；
> 满山杜鹃红艳艳，难分难舍情意绵；
> 哥哥去杀白匪军，守哥回家待何年；
> 相思泪水灌心田，相思愁苦不堪言；
> 哥哥当兵已三年，为何音讯都不见；
> 今年杜鹃红艳艳，站在高坡望哥还；
> 前方传来胜利讯，哥哥你佩花来跟前。

5 年如一日，曾广东一门心思致力于演绎他的红色浪漫情怀，共收集整理和创作红歌、山歌 200 多首，收集整理东固红色历史故事 20 篇。

东固镇就这么一支红歌队，只要演唱了，就是第一名，也没人来竞争。可是，红歌队自己在与自己较劲，与别的乡镇较劲，随着演唱质量提升，红歌队的地盘不断扩大，名气越来越响。红歌的力量也受到了政府部门的关注、支持，镇政府结合镇里的旅游项目给予各种便利及数千元拨款。只要有利于红歌发展，红歌队都乐不可支地接受，曾广东收集整理以及创作的红歌，如同插上了翅膀在东固这小小山区四处飞翔。

红歌的穿透力很强。

东固红歌队，逐渐成为青原区边沿山区唯一的红色旅游宣传队，成为吉安市唯一的山乡红歌队。名声在外，也有好处。各项中心工作一来，送戏下乡，接待游客，少不了红歌队出场。这都是锻炼、提高和广而告之的机会，不少外地游客慕名而来，说："去东固旅游参观，一定要听听东固红歌，学唱东固红歌。"

菩提祖师在《西游记》里对孙悟空说：世上无难事，只怕有心人。

曾广东当年吹出的"牛皮"，夸下的海口，竟然美梦成真了。曾广东和红歌队员们带着自己收集和创作的歌曲，走到哪，演唱到哪，掌声如潮，好评如潮。2011 年以来，不断受到外地邀请，唱出东固，唱出吉安，登上了省城南昌，深圳、上海等大城市大舞台。2012 年 2 月经上级部门推荐，还把红歌《十劝郎》唱给国家领导人李长春听，受到李长春等人的高度评价："这样的红歌很好！你们要把红歌继续唱下去。"2012 年创作歌曲《畲乡竹筒响万家》，荣获中国社会音乐协会群众创作歌曲展评银奖。2013 年创作歌曲《守哥回家待何年》，以优异的成绩被收录到《红歌中国·全国大型原创新红歌作品集》中，并捧回了一只优秀作品奖杯。

曾广东还是那个瘦巴拉叽的曾广东，喜欢摇头晃脑哼着个小曲。可是，只要看过红歌队表演的节目，他瘦弱的形象便会变得高大丰满起来，他的举止也跟着得体、顺眼多了。

说过曾广东，再来说说夏淑英。

说到夏淑英，倒真是个角色。比曾广东出道早 20 多年，她名满东固的时候，曾广东还在乡供销社食品厂糕点车间里当学徒，每天油头粉面地捏米粉条子、面粉团子、炸油馃子。

夏淑英天生就是个亭亭玉立的美人坯子，又命定一个亭亭玉立的工作。

1977 年，吉安县在东固筹建第二次反"围剿"博物馆。展馆竣工后，要招讲解员，那工作很显摆。那时她刚刚高中毕业，好奇心挺强，就去看看怎么回事，穿件时髦的红格子衣服苗苗条条往大厅一站，玉树临风，光彩照人。日光灯在乡村还是个稀罕物。大厅顶部两根日光灯一照，夏淑英白里透红，与众不同，自我感觉萌萌哒，别人感觉也萌萌哒。一周后，她接到录用通知，每天亭亭玉立地站在大厅讲解，后担任博物馆副馆长，一站就是 38 年。

"上有井冈山，下有东固山。"东固曾是第二次反"围剿"的主战场，红军最早创建的革命根据地之一，被毛泽东誉为李文林式根据地，"第二井冈山"，陈毅称之为"东井冈"。为此，小小的东固，境内有毛泽东、朱德旧居、革命烈士纪念碑、东固革命根据地博物馆、平民银行、公略亭等近 30 处革命旧居、旧址，在中国革命史上创造了 20 个第一。

做讲解员看似简单，但要做好，难度实在不小，金玉其外还得有内功，起初，夏淑英讲解就像小孩背书，普通话在乡村算得标准，但生硬，找不到感觉。陈列馆虽然设在乡村，有点偏僻，偏偏来的观众特别多，有些人还反复来，而且对那段历史特别有感情，特别熟悉，特喜欢提问。夏淑英背诵讲解词可以，一遇到提问就卡壳，回答几句还会答错。有时听众就变成老师，反过来向她介绍当时的历史。有一次，一位老红军战士来了兴头，滔滔不绝，叙述当年亲身经历，一口气讲了半个多小时，她与现场观众一道听得如痴如醉，不忍离开。

此后，为不辜负这份工作的信任，她四处查阅革命历史资料，了解东固革命历史。走访东固健在的老红军，倾听他们讲述参加革命的亲身经历。不知不觉，她走入了红色历史深处，走入不解的红色情结，也走进了自己的红色婚姻殿堂。

夏淑英的红色情结，与这个家庭的红色情结紧紧联结在一起。

家婆知道她爱听红色故事，便给她讲述传奇般的红色家史：爷爷是个传奇人物，名叫邱金珊又名邱有文，是东固苏区平民银行的创始人之一，担任过东固平民银行副行长；后调往瑞金中央军委印刷厂工作，担任副厂长；之后，又调中华钨矿公司与毛泽民一块儿工作并担任公司经理。红军及苏维埃政权中，爷爷是经济界举足轻重的角色，可惜在长征路上牺牲了。父亲名叫邱祖贻，是东固苏区药材部经理，1932 年调瑞金中央军委印刷厂工作，红军长征途中失散返乡。母亲邹如玉，苏区时期为东固区妇女委员会委员，1932 年同丈夫一起调到瑞金中央军委印刷厂工作，后调中央财政部红军钞票厂。伯伯邱祖周，叔叔邱祖嵩，均为 1932 年往瑞金中央军委印刷厂工作。红军二万五千里长征路上，他兄弟二人一个一去不返，杳无音信，一个负伤后被国民党俘虏遣送回家……这是个举家革命的家族，在苏维埃弱小、牺牲最惨重时期，毫无保留地投奔了红军。

震动、震撼、震惊。

听着、听着，夏淑英的思想感情与这个家族完全融合，她说："我也好像嫁到革命队伍中来了。东固山是革命的山！东固山是伟大的山！东固山是胜利的山！后来，我所做的工作，点点滴滴，都是出于内心对东固革命历史的敬重，对革命先烈的敬仰！我有责任、有义务把东固的红色历史讲好。"

乡村讲解员仅仅讲解，固然简单，若把工作的外沿扩大，就有做不完的事。

东固这地方爱刮风下雨，风也大，雨也猛。陈列馆是一座老房子，砖瓦木质结构，每逢刮大风下大雨，雨水便喜欢从破损的瓦缝隙里跑下来，滴滴答答，欢蹦乱跳的。按说，捡漏要外请专业师傅，可一到雨季专业师傅特别忙碌，要排队等候。夏淑英等不了。为了不让房屋和文物受损，她就自己端梯子上房。丈夫一看吓坏了，这哪是娇妻干的事呢，就抢先爬上楼梯。一来二去，也抵得专业捡漏师傅。自此，多了门手艺，也多了项义务。

于是，每逢雨季，夏淑英三天两头叫丈夫来帮忙。丈夫是乡医院的会计，业务不错，平日里把单位的财务梳理得平平整整。下雨像只猴子般灵活，沿着单楼梯爬上屋顶，补瓦捡漏，把屋顶治理得滴水不漏。风里雨里，有时二人弄得脏兮兮、湿漉漉的，却也增添了一份雨中情缘。

雨水多了，不但会漏，还会涨大水。大水会毁坏房屋，也会毁坏红色纪念设施，那是夏淑英视作生命之物。

东固乡街圩上建有一座"公略台"，是纪念第三次反"围剿"战斗中牺牲的红三军军长——黄公略。就是毛泽东曾咏赞"赣水那边红一角，偏师借重黄公略"中的黄公略。"公略台"的梁檐正中挂有一块牌匾，牌匾书有"公略臺"三个大字，旁边几行小字，记载了黄公略负伤牺牲经历。1931年9月15日，黄公略在东固六渡坳遭敌机袭击牺牲后，中华苏维埃共和国临时中央政府曾决定，在中央苏区设置公略县（今吉水、吉安、泰和各一部），在吉安东固和瑞金叶坪分别修建公略纪念亭，并将中国工农红军第2步兵学校命名为公略步兵学校。毛泽东亲自主持了黄公略的追悼会。会场上亲书挽联评价黄公略一生："广州暴动不死，平江暴动不死，如今竟牺牲，堪恨大祸从天降；革命战争有功，游击战争有功，毕生何奋勇，好教后世继君来。"

不料，2002年6月底，连续数日遭遇狂风暴雨的侵袭，当年土砖砌成的公略台，经受不住雨水多日浸泡，轰然倒塌。屋漏偏遇连夜雨。7月1日那天，河堤缺口，汹涌而出的洪水似一条发怒的巨龙，咆哮着，横冲直撞，直扑东固老街，大部分人家进水，有的水深达两米。

一时间，圩镇上大呼小叫，村民狼奔豕突，忙碌于洪水中打捞物品，抢救自家东西。

夏淑英家居老街，屋里也进了大水。丈夫赶紧把婆婆背到安全地带，她则急急忙忙往"公略台"那边赶。远远望去，黄汤滚滚，"公略台"早已被夷为平地。夏淑英一急，顾不得安危，直扑泥水急流中心，脚下一绊，摔倒泥水里。她干脆双手为犁，双脚为耙，在泥水中来回探触，果然探得一块木板。扒开上面烂泥，在水中使劲洗了洗，洗出牌匾上"公略臺"几字，就把它背回博物馆放在陈列室，成为了一个新的陈列物。

陈列馆，最重要的是文物。有一阵子，社会上文物贩子比较猖獗，街头巷尾、远村荒屋，到处去收集文物，夏淑英便也留了个心眼。为不让文物流失，她跟文物贩子比起了脚力，也利用假日深入乡村，走家串户征集革命历史文物。

2006年11月的一天，夏淑英冒着毛毛细雨，步行20多里来到偏僻的山坑村寻找文物。人生地不熟，她挨家挨户上门询问。山里人家以前上过当，以为又是个文物贩子，都挥着手撵人，说："没有没有。"劳累了半天，夏淑英又饥又渴，硬着头皮继续前进，坚持每家必去，一个也不漏。事情就那么凑巧，走到偏远处最后一户，在村民孙连发家问到曾在昔日战场上捡有两枚手雷。取出来看，两颗沉甸甸的手雷，其中一枚上面铸有五角星、镰刀、斧头的图案，栩栩如生。十分稀罕，前所未闻。夏淑英翻来覆去观看，确定是当年东固军械所制造，如获珍宝，喜不自胜，一身酸痛、腹中饥饿刹那间烟消云散。像抱着两个刚出生的婴儿，她小心翼翼地把两个宝贝抱回家，经专家鉴定后放在博物馆里陈列展出。

跑的次数多了，跑的地方多了，熟人也多，经验也丰富起来。2009年上半年，夏淑英又专程去了山坑村。这次，她直接去了一个名叫郑远科的亲戚家里。郑远科的父亲，苏区时曾任东固消费合作社社长，是个有故事的人物。攀谈历史，他说："遗物就没有了，父亲在苏区消费合作社工作时，倒是留下两套红军办公用的八仙桌。如果需要，愿意无偿捐献。"夏淑英走到屋里一瞧，两张八仙桌呈清代品相，造型庄重华丽，质地细腻厚重，家具本身也是文物，不由大喜过望。

不知是紫檀木还是红木，夏淑英用全力抬了一下，八仙桌死沉死沉，纹丝不动，这下运输又成了问题。山坑村不仅地处偏僻，而且道路坎坷，又窄又陡，少有汽车司机敢开进去。夏淑英等了半天，连个车影子都不见，只好回到东固再想办法。通过朋友四处打听了几天，没有一个司机愿意光顾，最后找到一辆农用小四轮，那司机说他敢去。

"突突突——"夏淑英乘着小四轮农用车进入山坑村。回来的路上，发生了意想不到的事情。路太陡，桌子太重，爬坡的时候，小四轮"突突突——"一个劲地冒黑烟，趴在原地不动，上不了坡。夏淑英就从小四轮上下来，在后面推车，好不容易推上山坡，已是浑身大汗。继续前进，遇到一个更高更陡的大坡，小四轮在半坡上耍起了大脾气，怎么推也不肯再走一步。司机与夏淑英傻眼了，只得把桌子卸下用人工扛上坡去，再装车前进。这样来回倒腾，攀登了3个大坡，经过3次装卸，司机与夏淑英以及两个帮忙的村民，像刚从河里爬上来，浑身湿淋淋直淌水，连两张八仙桌也是湿漉漉的。还好，两张八仙桌完好无损，终于安全运抵东固，摆在了原苏区消费合作社旧址，如今新创建的展馆中。

所有的付出都是有回报的。下乡征集文物，每回都是一次学习，一次心灵洗礼。

夏淑英的讲解艺术，早已炉火纯青，回顾过往，感慨不已："说实在话，在博物馆工作30多年，我接待了无数领导和游客。上至中央领导，下至平民百姓。只要有人来，不管是多少，哪怕就只一个人，我也要热情接待，认真讲解。我不光是讲版面上的词，还要把我所了解的东固革命历史故事，人物故事，巧妙地安插进去讲给来参观的人听。我总想，通过讲解让更多人走进东固，了解东固革命斗争史。

她，犹如一颗火种，播种、传递红色情怀。数十年间，不但在博物馆讲解，还担任东固中心小学的校外义务辅导员。一言可以九鼎，一言可以兴邦。月复一月，年复一年，她用天籁般的声音，洗涤那些幼小的心灵，熏陶一批又一批小导游、小讲解员，言说这块土地上曾经流淌着的牺牲精神，以及彪炳千古的信念。

　　有一言而可以终身行之者乎？

　　"我爱东固这块红土地，更敬畏东固的老红军。我对东固的老红军有着深厚的感情。比如说，老红军罗秀其，无儿无女，住在敬老院。我有空时，就会去看望他。给他带点儿爱吃的东西，帮他做点儿事情。他对我也像对自己的女儿一样。平时给我讲故事，教我唱红歌。我会唱的歌好多都是他教的。后来，他患了不治之症，去世前几天，我天天去照看，想着要给他老人家送终。死的时候，是凌晨。他不肯闭眼睛，张开大口，只有出气没有进气，硬撑着等了我半个多小时。直到我赶来，用滚烫滚烫的手，握住他冰凉冰凉的手，他才慢慢地平静地合上双眼。我哭都哭死了，有半年时间会突然默默流泪，心情怎么也顺不过来。

　　"这些老红军，真是世界上最可爱的人，他们去世，我都会去送他们最后一程。记得最早是1984年送走了詹玉莲；2004年送走了吴大经；后来就是罗秀其、邹如玉、孙碧莲、刘信品、林三秀……他们在苏区时期及一、二、三次反'围剿'中，为今日的共和国，付出了鲜血以至生命的代价。我向他们的功勋敬礼！

　　"我是个平民百姓，只想做好自己的本职工作。不管别人怎样说，只认定一个理：宣讲红色历史是我的天职。"

　　红色情结一旦入心入髓，终生不解。久而久之，夏淑英也变成为东固一道红色风景线。

　　清明，她都要去红军烈士的墓地祭奠，从无间断。

　　那年清明，走到半路上突然下起雨来，雨水淅淅沥沥，无休无止。躲不及，她干脆不躲了，一个人在雨中穿行，为一座一座红军墓祭扫，摆放一束束鲜花，又一个人雨中漫步回家。那些在屋檐下躲雨的人，静静地看着这个女子，望着她在霏霏雨中肃穆祭奠，无不投注钦敬的目光。人们知道，她祭奠的不是亲人，而是比亲人更亲的人。

　　你亲近什么，生活中就会有什么。2016新年伊始。笔者与夏淑英电话交谈。

　　她说，东固籍老红军刘世湘将军，原华东军区要塞司令员，1993年去世，而今按遗嘱和客家风俗"捡金"家乡，魂归故里。2015年12月27日中午12

点下班，刚刚得到信息的夏淑英一路小跑去车站，乘公交车去 15 公里外的枫岭村参加安葬。仪式一俟结束，她又一路小跑赶乘公交车，马不停蹄回东固。2 点，正好到达博物馆上班、开讲。

为何要那么赶忙赶急？

是一种义务，也是一份责任。

春节前夕，博物馆放两天假，夏淑英又来到东固敬老院，看望这院里唯一的老红军——99 岁的石大享老人。老人生活挺好，但行走不便，卧床难起。她就像儿女那样，常常去陪陪他，说说话，想吃什么就买点什么，能够帮上一把就帮一把。

夏淑英说：历史远去，红色情怀在人们心中逐渐淡薄，现在，能够主动去护理红色孤寡老人，参与处理善后的人少了。自己叮嘱自己：这就更要去。她像一个战士，对待战斗中负伤、牺牲的战友，如果没有在场，会深深愧疚，寝食不安。

（原载《星火》杂志纪念建军"90 周年"3 月专号）

森林之门（节选）

徐　刚

　　朝晖鲜美，有飞鸟沐初阳而驻足于林冠，顾盼自乐，那是森林之门？月光如泻，蚯蚓从林地之下蠕蠕而出，寻找落叶，那是森林之门？面对一片偌大的森林，对于风来说，却无处不是门，没有生物学家可以肯定地说，当春风进入森林，先是唤醒冬眠的动物呢，还是吹开第一朵草花？林地上柔弱的花草，得风气之先，它们有紧迫感，它们要先开花，留给它们的时间十分短暂，而这一短暂的时间却与阳光有关——当高大树木浓荫覆盖几乎阻断阳光时——它们已经绚丽过了。

　　只要伐木声不是铺天盖地的侵扰，森林中的一切生物都会循大自然设定的规律，出现在应该出现时：林地下的各种小虫子因为土地不再冰冻板结相继钻到地表时，吃虫子的益鸟会及时飞落，继之者是林燕，因为有昆虫飞动了。在这之前，蚯蚓吐出的土粒土堆，是森林之春最早的瞭望台。各种树木的伸展绿叶却是不慌不忙的，其顺序由下而上，先是矮小的灌木，紧接着是中等树木，高大乔木。一片片紧卷包裹的冬芽，舒展而为新叶，由浅绿变作深绿，从容不迫，从早春到初夏。

　　　　春天的森林林地，丰富多彩，变幻莫测。无数种生命以各自的姿态，
　　　　从林地下及林地上向上涌动，鸟鸣此起彼落，你可以说那是江河水以外
　　　　的另一种春潮。

　　尽管森林学家告诉我，使秋天的森林烂漫多彩的，是树叶内部微妙化学反应的表征，我仍然想象说，当秋风连绵不断地进入森林，揉搓每一片叶子时，秋风是带有各种色彩的。那些红色、金色、黄绿色、秋深以后的残红，先是摇曳于树后来铺满林地的美妙色彩，以及风中落叶的优雅，又怎能只以

科学做解释?

何谓森林?在我国传统的概念中,"独木不成林""双木为林""三木为森",双木,三木,言树木之众也。"森林"这一词语,在中国汉字中少有的集象形、表意、指事于一体,可称美轮美奂。然"森林"一词由多木构成,象征树木众多的解释,"只能说明森林的外表形象,而不能说明森林的本质。从本质上来说,森林的概念应该是以乔木为主体,包括下木、植被、动物、菌类等生物群体,与非生物界的地质、地貌、土壤、气象、水文等因素构成的自然综合体"(《中国的森林》丁建明、徐廷弼著,商务印书馆,1995 年)。

以上表述,如作为森林的范畴,准确而精当,倘言森林的本质,唯"自然综合体"一语差近之耳。

那么,森林之本质何在?笔者的体会是:

> 作为陆上生态体系的中枢,森林自然综合体彻上彻下、包罗万象。森林之所以能亘久大块地存在,首先因其自给自足。何能自给自足?循环不息故也;何能循环不息?看似平静的大森林,其实无瞬间不在劳作,且有生产、消费、分解者的明确分工。其默默无闻,人所不见的工作,使有生命的生物种群与无生命的山岩块垒、沼泽荒野、江河流水、风云变幻等自然环境密切勾连,使林地成为完整的大地,成为生生不息的能量转化、物质交换之森林生态系统,森林是能自给自足。

试从最渺小、最无光彩,几被我们完全忽略的森林底层的落叶及落叶下林地中的细菌、真菌即森林生态系统中的分解者说起。它们孜孜不倦乐此不疲地吞噬、分解林地中的枯枝败叶、腐尸残骸以及各种森林动物的排泄物,使之腐烂分解,成为富营养的有机物质,为一切绿色植物吸收利用。那些底层的渺小的分解者其实也是创造者,我们通常把森林中的生产模范给予乔木、下木、灌木等一切绿色植物,因为只有绿叶才能通过光合作用,利用光能,吸收空气中的二氧化碳、土壤中的水分制造糖和淀粉,供养自己。森林中的动物是逍遥自在又互相捕杀的消费者,食草动物因林草鲜美而鲜美,食肉动物则以食草动物为食,如是往复,循环不息。

能不能这样说:森林的本质是保守生命,并且保守生命的秘密,这里所说的生命广及万类万物(包括人类),人类是后来者,森林一旦为人类利用,是有文化的创造;森林一旦被人类破坏,灾难便从天而降,这是后话,"引言"不详写。

森林何能保守生命及其秘密?一曰:森林之大也;二曰:森林乃物种宝

库也；三曰：森林之繁殖能力及方式之强大多样也。

森林之大，不仅在于立根之林地，首先是接天拂云获占空间之大，一树之林冠耸入空间，其占得之面积百倍、千倍于树木立地之所在。中国森林从整体而言，还有水平分布面积之广，北起大兴安岭，南及南海诸岛，东起台湾，西至青藏高原、喜马拉雅山。除去常见的水平分布，森林有地便可立、有山皆成林的特色，又能得垂直分布的妙处。西部大雪山，可以达到终年积雪的下限，若处低纬度地区，其分布可高达海拔4300米左右，自高而下，因着温度的变化，低树丛林、针叶林、落叶林、阔叶林各有其位，所谓高山仰止者，实为高林仰止也。森林群落在植物群落中是引领者，高度约为30米，有一些针叶林及热带雨林高达80米左右，有单株美木则高至100米以上。相比而言，草原群落的高度为20至30厘米，耕地群落多数为50至100厘米间。

森林之大之高，构建了大地之上最高大的第一道守护生命的自然防线：狂风其先折之也，暴雨其先受之也，山洪其先没之也，沙漠其先阻之也，水源其先养之也，如此等等，是我们可以见到的。而一样可以见到却未见得思的，则是块垒嶙峋堆砌，冰川厚雪覆盖之极高山、高山、低山、丘陵，因有森林而成青山，而出绿水；巨岩坚硬之山，是有温柔，是有生命。是有青山绿水，生命蓬勃。

森林中以树木为代表的一切植物，皆为寿者。苹果树能活到100年至200年，梨树寿长300年，核桃树是400年，榆树是500年，桦树600年，樟树、栎树800年，松树柏树的寿命超过1000年。至于灌木野草，则自生自灭，灭而再生，生而再灭，在一片真正的原始森林中，几乎分辨不出孰为新草，孰为旧草，一切都是新的，一切都是旧的。时光之箭，在穿越森林时可曾徘徊？岁月的刻痕几乎不见踪影。多少次，我随着护林员在密林深处，在有路无路的树木藤蔓间小心翼翼地跋涉时，会生出崇高敬畏的溯源之想。

我的祖先是从哪一棵树上爬下来的？

人类对森林的认识，自告别原始森林崇拜起，便是功利的，实用主义的。人类对所有草本植物的态度，从来都是轻贱的。

因此故，人类对森林保守生命，保守生命秘密之本质，时至近代，已无"运思"，中国古代先知曾经有过的闪烁辉煌的经典，亦已被遗弃。

森林对无限量之物种的保有、保守，于沉默寂寥中以或显或隐，昭示着包括人类在内的万类万物之生命的广大和美丽，我们看见了吗？看见了，其实我们有太多的看不见；我们听见了吗？听见了，其实我们有太多的听不见。我们怎能看见大森林中，又一细小物种的诞生？我们怎么能听见林地之下，蚯蚓与真菌的劳作之声？仅就可见者而言，地球陆地植物的90%在森林中，几乎百分之一百起源于森林；森林植物之繁种类之多，动物的种类和数量也随之愈多愈活跃。多层次森林、混交林的生态功能即林分最高，植物与动物的种类，数量远比人工单一林多。"在海拔高度基本相同的山地森林中，混交林比单纯林的鸟类种类要多70%～100%；成熟林中的鸟类种类要比幼林多一倍以上，其数量却要多4～6倍。"（《中国的森林》）

在历史的背景下，你看中国森林，会生出无比的自豪，同时也会有唏嘘。"中国是世界上森林树种，特别是珍贵稀有树种最多的国家。中国有种子植物2万余种，其中属森林树种的有8000余种，仅乔木树种就有2000多种，而材质优良，树干高大通直，经济价值高，用途广的乔木树种有千余种。针叶类的松杉种，是构成北半球的主要树种，全球约有30属，中国占20属，近200种，其中水杉属、银杉属、油杉属、福建柏杉属和杉木属为中华特有，他国所无。"（《中国的森林》）更加丰富的是阔叶树种，多达200属，其中如珙属、杜仲属、旱莲属、山荔枝属、香果树属、银鹊树属等均为特有树种。中国的珍贵稀有树种，绝大多数分布在中国南方林区，这些美木良材甚至可以勾连起中国历史。中国历史上从宫殿、名园到吊脚楼的木构建筑，木质拱桥，小舟大船，明清家具以及木雕工艺，都离不开这些珍贵树木。

中国林业，又称竹木业，它说明了中国森林的另一个特点，即拥有种类繁多的竹林。为中华特有，他国所无的竹材、竹制品到21世纪已有竹地板、竹纤维布、衣服等产品，均为世界之首。全世界竹子有50多属，中国独得26属，300个品种（资料来源同上）。竹林资源中，毛竹，亦称楠竹尤为佼佼者，毛竹生长快，产量高，材质佳，从出笋到成竹只需60天，竹竿笔直，高达10～20米，胸径6～15厘米。最大的毛竹胸径可达20厘米，5～6年即成材。50根毛竹相当于1立方米木材。中国三大竹区，一为黄河、长江间的散生竹区；二为长江、南岭地域散生、丛生型混合竹区；三为华南丛生型竹区。毛竹凌云，丛竹与林木混生，怎不使人生出岁月沧桑之叹？殷墟小屯有竹之遗迹，"簏""第""篦"等竹首字，甲骨文也。苏东坡爱竹、食竹、论竹、画竹，一笔或几笔墨竹，晃动、鲜活于几千年的历史文化中，竹有开辟之功焉！

况且林中有可食之物？

况且林中有可药之材？

况且林中有可啖之果？

况且林中有万类众生？灵猴上跳下蹿，攀枝援木，寻叶摘果，行者小猴驮于母背，伫者搂抱于怀，眠者一家相拥……

森林是一个天地，森林是一个巨大的网络。要感觉这一我们能见又不能见的网络，只须从田野走进森林地带，林区与农区的边缘，深入几步，我们便跨越了两个世界的边界——农区的土地是相对干硬的，而林地则潮湿且富有弹性。但，森林之外的阳光普照也随即消失，森林是幽暗的、幽深的，大约只有田野上的1%的阳光，或者稍多一些，透过各个层次的青枝绿叶藤蔓成线状坠落地面。那灿烂阳光的一部分被反射掉了，大部分为绿叶吸收开始繁忙有序的光合作用。如是夏日炙烤，不要说人在森林了，即使是在一棵大树下便会有凉爽之气。至于大风，它无法在森林中任性席卷，只能在一层又一层的枝叶间穿行，做寻寻觅觅状，"也许林内的风速只有林外的十分之一"（彼得·法布）。如是雷鸣电闪，森林中会有老树因雷击而着火，这是森林自身代谢的一部分，不是森林火灾，我们甚至可以说这棵老树坐化成"佛"了。接下来的暴雨，在森林中亦无暴可言，你会听到"滴滴答答"的雨声，比雨打芭蕉还要细微的雨声，倾泻而下的大雨不得不在森林高大的树冠处却步，树冠的所有树叶全部湿透后，雨水再跌落至中等高大的树木、低林矮木、灌木丛，然后悠然到达地面。

太阳照耀，雨水倾盆的过程，正是森林之网劳作的过程，被称为森林生命链的这一网络的神奇从太阳开始。太阳赋予森林能量，森林唯太阳的能量而存在，有了太阳，有了光，森林中所有的绿色植物，经过光合作用把太阳能转化为糖能，由此生物链——食物链形成。然后进入森林中每一个活的机体，成为食料，成为森林生命中无分大小强弱互为依存不可分离的森林之网——生命之网，此一网络由林中的树枝绿叶、地下庞大的根系组成。而林地之上的森林之网，使不少体形巨大的动物步履维艰，正因如此，号称森林之王的大型猛兽无法改变森林的网络架构，而且它们也不能如人类一样，借用机械和现代化工具伐倒树木，砍出一条道路来。动物学家鲜有提及的恰恰为：正是森林改变了某些动物的特征，促成了它们的进化，那些生物如象、野牛、熊、野猪等，均有一个特点：不以速度见长。它们坚强而沉重，四肢短，头部呈"楔"形，大象是一个行进的队列，其长鼻在通过林中下木时，也为开路者。以速度之迅疾而做捕食行为的，它们大多活跃于低树草原，有潜伏奔突之利，如马赛马拉。

林地上的一堆又一堆一层又一层的落叶、腐叶、枯枝、朽木、某种已经牺牲的动物生命的骨架,是不再有生机的,看起来也并不可爱的已朽将朽之物,实际上这是森林的又一个高度,与高大乔木之林冠风景全然不一样却又相关相连的另一种高度——林地土壤中隐秘幽暗世间的顶层。它所庇护的生物物种、各种生命,不仅比森林中任何地域要多得多,也是地球任一生态群落所不能匹敌,它们是藻类、细菌、真菌、放线菌、原生动物、线形虫环节动物、节足动物等。我们通常引用的数据是;一平方米的林地表土中线形虫数以千计,而细菌和真菌数以亿万计。迄今为止,我读到的林地生物最详细的统计是彼得·法布所记美国纽约州的实测:在 2.5 厘米深的林地中,平均每平方英尺——0.1 平方米便有活生物 1356 个。其中螨虫 865 个,跳虫 265 个,千足虫 22 个,19 个甲虫及 12 种其他生物。而在一汤匙 4.9 毫升的容量中,微生物群体的测算是:可能有 20 亿细菌、数百万真菌、原生动物和藻类!

我要专门写几句森林林地中的另一种动物——蚯蚓,在默默劳作、耕耘土壤,只知奉献、不求回报这一点上,可称森林生物的代表与典范。蚯蚓是一种柔韧的"管子",其前端有突出的"唇",在落叶垃圾进入"唇"内后即分泌酶以为初步消化,然后进入食道,在消化道中加工提炼,再通过 80 个蚯蚓的环节,排泄出松软的土粒土丘。亚里士多德称蚯蚓为"土壤的肠子",至18 世纪英国博物学家吉尔伯特说:"蚯蚓在自然链中是一个小而卑下的环节。"但是如果没有蚯蚓,土壤"就会很快变成冷的、板结的和不发酵的贫瘠的土壤"。达尔文曾长期观察蚯蚓,认为在一英亩(0.4 公顷)的土地上,有足够的落叶,蚯蚓将会排出 6.8 至 16.3 吨的排泄物——松软土粒和土堆。事实上这是个参照数字,后来的发现数量要多得多。蚯蚓不仅在林地,也在广阔的田野中辛勤劳作。这些土地,或者说我们藉以农耕的所有土地的浅表层,都被蚯蚓吞咽过,然后吐出来,生土成为熟土,干土成为松土,隔几年蚯蚓们再重复如是。达尔文感慨说:"耕犁是人类文明中最为古老也是最有价值的农具之一,但是在人类尚未出现的很早以前,这地乃实在已被蚯蚓定期地耕过了。世上尚有何种动物,如这低级的小虫在地球的历史上,担任着如此重要的使命?"

一切都是造物的安排,要松土,否则何解?造物知道人的出现,人的世界将是何等荣耀何等骄傲!但是这一切荣耀与骄傲,又怎能离得了山川森林、菌虫蚯蚓呢?在它们面前,人要低下高贵的头颅。

蚯蚓的耕作之后便是农人了,便是农耕了。古老农耕之国的中国农人遇见蚯蚓当在几千年以前，当时是何种感受，已不得而知。中国近代文人写"草木虫鱼"的周作人先生的《蚯蚓》，则是一虫通古今了。"忽然想到，草木虫鱼的题目很有意思，抛弃了有点可惜，想来续写。这时候第一想起的就是蚯蚓，或者如俗语所云曲蟮。小时候每到秋天，在空旷的院落中，常听见一种单调的鸣声，仿佛似促织，而更为低微平缓，含有寂寞悲哀之意，民间称之曰'曲蟮叹巢'。"（《周作人散文》，浙江文艺出版社，1999年，下同）蚯蚓的得名似非外来，但在中国另有他名，不仅多文人意，而且多文人的想象，或者限于古时人类的认识。《古今注》云：

> 蚯蚓一名蜿蟺，一名曲蟺，善长吟于地中，江东谓为歌女，或谓鸣砌。

《古今注》所记，至少说明：农人甚爱蚯蚓，且又更加古意的命名，蜿蟺也，曲蟺也，歌女也。周作人告诉我们："由此可见蚯蚓歌吟之说古时已有，虽然事实上并不如此，乡间有俗谚其语不尽记忆，大意云，蝼蛄叫了一世，却被曲蟮得了名声。"其实，蝼蛄歌而不耕，蚯蚓耕而不鸣也。蚯蚓在地球生命的大群中只是一种小虫，孜孜不倦耕耘的小虫，而屡见中国的典籍，如《孟子·滕文公下》论陈仲子，以蚯蚓相比："充仲子之操，则蚓而后可者也，夫蚓上食槁壤，下饮黄泉。"《大戴礼·劝学篇》："蚓无爪牙之利。筋骨之强，上食埃土，下饮黄泉，用心一也。"关于蚯蚓的如何为打洞、碎土、掩埋之劳作，周作人先生有如下描写：

> 蚯蚓吞咽泥土，不单是为打洞，它们也吞土为的是土里所有腐烂的植物成分，可以供它们做食物。在洞穴已经做好之后，抛出在地上的蚯蚓粪那便是为了植物食料而吞的土了。假如粪出得很多，就可推知这里树叶比较的少用为食物，如粪的数目相对较少，大抵可以说蚯蚓得到了好许多叶子。在蚯蚓的洞穴里可以找到好些吃过一半的叶子，有一回我们得到九十一片之多。
>
> 在平时白天里蚯蚓总是在洞里休息，把门关上了（一堆细石子，一块土或几片树叶，即为门也，笔者附识）。在夜间它才活动起来了，在地上寻找树叶和滋养物，又或寻找配偶。打算出门去的时候，蚯蚓便头朝上地出来，在抛出蚯蚓粪的时候，自然是尾巴在上边，它能够在路上较宽的地方或是洞底里打一个转身的。

周作人先生的文字生动有趣。而关于蚯蚓如何碎土，则纯是先生自己的文字了：

> 碎土的事情很是简单，吞下的土连细石子都在胃里磨碎，成为细腻的粉，这是在蚯蚓粪里可以看得出来的，掩埋可以分作两点，其一是把草叶树枝拖到土里去，吃了一部分以外多腐烂了，成为植物性壤土，使得土地肥厚起来，大有益五谷和草木。其二是从底下抛出粪土来，把地面逐渐掩埋了，这是很好的耕田。

周作人先生对蚯蚓的注重和赞语，为近代以来中国文人所仅见：

> 蚯蚓之为物虽微小，其工作实不可不谓伟大。古人云，民以食为天，蚯蚓之功在稼穑，谓其可以与禹稷或后稷相比，不亦宜欤！

鲁迅先生写沙漠南迁及缺水的警告，周作人先生写草木虫鱼之蚯蚓与竹等，提醒我们：大作家要关注小事物、写小文章的，此题外之言也。回到蚯蚓的大本营森林、林地中——中国的43亿亩林地，蚯蚓翻耕了多少遍？43亿亩土地连同腐叶一而再再而三地为蚯蚓穿肠而过，滋养菌虫草木、昆虫鸟雀乃至大小走兽，使得中国保守着43亿亩林地。将来的大用之地，拯救之地。

我写大森林，眼前浮现的是各种景象，心中生出的是各种联想。各种猿猴，如长臂猴、灵猿等，那不是我们的表兄弟吗？它们集群于林中，腾挪跳跃，如有神助。当一只灵猴借助一根树枝的摆动力，而跃至另一棵树上，剥食果实，群猴相继而至，公猴且背负幼仔，让母猴先行先食，为其哺乳多奶汁果也。森林中的一棵树集合起飞鸟、昆虫、变色动物、猿猴、飞鼠、树蛙，而蜥蜴、蝙蝠脚上都长着黏膜，蛰伏于树之根部伏于树洞的是穿山甲等有甲壳者，豪猪浑身都是尖锐的长刺，就连狗熊和野猪乍见之下，也望而却步。我们对啄木鸟似乎知道较多，其实了解甚少。啄木鸟首先是爬树的高手，它的爪尖细而弯曲，两个趾向后生出，使其能牢固地把握树木；啄木鸟尾部羽毛异于他鸟，硬朗坚强，毫无柔软可言，这使它在啄木寻虫时获得更多的支撑，是它的"第三条腿"。我曾几次目睹啄木鸟的姿态：它用爪紧握树木，尾部有尾羽支撑，全身的上部向后弯曲，然后摆动发力实施打击。有护林员告诉我：啄木鸟劳作的艰难困苦远远超过古人类的开山凿道。

> 啄木鸟以嘴凿树，锲而不舍。每分钟连续打击100次，持续时间1

小时。可深入树木0.3米以上。啄木鸟脑壳极为厚重，嘴与头盖骨之间有海绵状组织相连接，每一次打击、钻洞时的震动，在到达大脑之前，均先已被海绵组织吸收，此种抗震结构，进化而成耶？造物所造耶？啄木鸟以嘴凿洞，以舌捕虫，其舌长有黏性，舌尖带钩，有一种啄木鸟其舌长约为嘴长的五倍。

啄木鸟有让人不解者：森林中，树木、草叶间最多的是昆虫，有以颜色伪装的绿叶虫，有在叶子的两层表皮之间游走取食的潜叶虫，它们把叶子钻出了许多通道、各种图案。啄木鸟食之不费吹灰之力，却何以不食？何以艰辛啄木？同是啄木鸟有五类：短茸毛、长细毛、柔软羽、腹部为红色的、穴居的。它们在同一处森林以啄食树木昆虫为生，但因为每种啄木鸟在树上啄食部位各不相同而友善相处。在同一片森林同一时间里，就连各种鸟捕食昆虫，也各不相同且各不相扰。林燕捕食正在飞行的昆虫、麻雀，金翅鸟在林地落叶间觅食，黄柳雀则在森林乔木最上层的林冠处觅食等。森林的每一层空间都有大量的鸟类和昆虫，它们知道自己的位置，生活在各自的区域，争鸣好胜在所难免，肉搏撕咬却只在食肉动物捕食食草动物时发生。但即便是这样的争斗，似乎也不会给森林带来动乱，此乃森林生命链之一端也。而在更加辽阔更多野性的非洲大草原上，更多的更大型的哺乳动物，如狮子、猎豹、长颈鹿、马鹿及河流中饥饿的鳄鱼，其等待猎物时的沉着，动物迁徙时机的选择，弱肉强食的血腥淋漓，其场面的惨烈与壮观，其生命的智慧与坚忍，人只能为之感叹而望尘莫及也。

森林啊，当人类还是或猿或猴的动物时，那些树木便已经是纵跃攀缘的技能练习处了，便已经是游乐园了，便已经是生死场了。人类从森林中得到了野性和理性，大森林始所未料的是，当人类野性无存，而理性的旗帜日渐高举时，作为森林自然综合体的一员、森林生命之网的最大受益者，却成了森林群落中最具破坏性、最典型的恩将仇报者。

大自然依然怀抱着我们。
大森林依然庇荫着我们。
我曾经想象：哪里是造物的作坊？其在伊甸园？其在大森林也。我们无论从上帝造人说，或是达尔文进化说，人皆出于森林。唯森林有草有树有花有果，有无限生命，能包容万物；唯森林才能显现植物永久的沉默，却把花朵展开，一任蜜蜂吟唱；森林动物的厮杀，为延续种族的交配，赤裸公开；

每一根草、每一棵树、每一粒小虫都是生命的本体，都有自己的使命，都知晓自己的位置。何等坦荡！何等独立！又何能有根？何能结果？又何以苦苦保守着仅剩的物种、生命的秘密？大森林啊，你有梦吗？但我已经感到了："它的繁花预示着我们从天而降的果实，神圣、拯救和对必死者的爱。"（海德格尔语）

太初，森林显现于天地之间，天喜极而泣，林中有流水，森林是造物的神奇。大地敞开，接纳根的游走深入；天空澄明，阳光照耀树冠，让站立的树舒展枝叶并开出花朵。森林立足于大地，亦为天空召唤，森林为万有，要生养万类万物。在万类、万物涌动，鲜花开放之后，始有人猿揖别，人类出现。

森林之门打开了。

一个史书无记的"木器时代"开始了。

第一章　木器时代

踏访荒野，枯坐斗室，遥想史前文明，恍恍惚惚地闪过的一律是石头，巨石、乱石、小石，嶙峋峥嵘，层层叠叠。石出何处？山也。山上有何物？不知也。在人类出现之后的漫长又漫长的岁月中，石器时代之前的大块空白，匪夷所思。

西方和东方的历史学家们，在已经载入史册的叙述中，囿于考古实物的缺失，或者是想象的贫乏，便把一块又一块的石头，堆筑于人类初生、人类原始文明的起步时刻，壁垒森严，坚硬冰冷，如封如堵。乱石之上，乱石堆中，人类也罢，历史也罢，何以生？何来火？何能生生不息？

当时大地之上，原始人的摇篮，森然伟岸，无所不在的森林被忽略了；开启人类历史之门的一个伟大时代——木器时代——被粗暴而简单地抛弃了。

地球上自江河海洋诞生，蓝藻登陆，然后有树木有森林，在地质演变中一次次埋没又重生，并广及大地。森林的存在，生物多样性的存在，又有谁能质疑呢？造物赋予森林的使命也约略可知了：护卫大地，滋养万物，以其亲切、柔和、博大，守望某一时刻的到来。

如同水和土地一样，森林是本原，是原始物质，具有母性；是创生者并涵括终极，指向起源。

木器时代始于何时？终于何时？

木器时代又是一个什么样的时代？

木器时代出现的背景大致如何？

古人类学家对于旧石器时代的年限已有大体共识，即距今为300万年至1万年。旧石器时代之前呢？似人非人，似猿非猿，扶树而立，挂木学步，告别大森林的"人之初"，却是一派茫然！然而，这一较之于旧石器时代更早、更漫长的时代，是何等迷人的时代——人猿揖别，人猿何以揖别？最初的站立和行走，不再爬行之后所带来的视野的开阔、脑容量的发达，原始人的最初的工具又是什么？怎样觅食？怎样繁殖？怎样玩耍？如此等等，不一而足。

木器时代，既称时代就必然与人、与最初的人相关联。但让笔者困惑的是，这一时代是怎样到来的？另：这是一个没有考古遗存可以证实的时代，木器易朽，何来实物？或许易朽而物证无存却有造物的美意在，当后来人遥想宇宙洪荒时，须得有想象力，想象原初，想象本源。倘非如此，人类的精神世界、思维活动将成为无本之木、无源之水。可以印证这一点的是，时至今日，在物质和技术的挤压下，想象、思想正变得越来越艰难。亏得爱因斯坦说，"想象比知识更重要"。还有人想象，当想象时便能感受到，那些看似空白、无人问津的史前年代是如此美好！有研究世界建筑史的专家告诉我，在非洲，几无建筑的历史古迹可考，何故？在历史时期，除去撒哈拉大沙漠，非洲所多的是森林、草原、荒野，人类的建筑均以木材架构，非洲多白蚁，群起而噬之，非洲的古建筑史便留在白蚁肚中了。可知，有无考古实物，不可一概而论。况且当白蚁、蚁堡，成为想象之物时，虽然虚空，却又何其饱满！

非洲，东非大裂谷，依西人所言当今世界又大体接受的说法：此地非等闲之地，是古人类的发生之地，退隐并蛰伏于大裂谷幽暗深处的，是人类的起源故事。

荷兰古人类学家科特兰特率先提出了"人和猿在非洲分歧的裂谷假设"，继之，法国人类学家伊夫·柯盎斯发表了"人类起源的东边故事"，其指向一致：因为非洲地理环境的看似偶然的深刻裂变，东非大裂谷形成，始有人猿分途，原始人出现。

古人类学家探寻的脚步，深入到了1500万年前。当时非洲，为葱郁的森林覆盖，林中的灵长类动物，以猿的家族最为庞大。非洲大地及其上的茫无际涯的森林不再平静，猿猴们的心神不安，是在以后的几百万年中，非洲大陆东部地壳沿红海经今日之埃塞俄比亚、肯尼亚、坦桑尼亚等地一线开裂，有陆地抬升，形成海拔 270 米以上的高地，由西向东的大片森林被分割。古猿们一定很困惑，潮湿多雨的环境从此不再。更加不可思议的时间点是在 1200 万年前，更加剧烈的地质运动在非洲大陆似乎是漫不经心而又举重若轻地撕开了一条更大更深的裂缝，这就是漫长曲折的东非大裂谷。在这惊天动地的巨变中，古猿们被一分为二，或在大裂谷之西侧，或在东边。分隔之初，大裂谷西侧的猿很可能暗自庆幸过，这里湿润的森林环境幸运地得以基本保持。而裂谷东边的古猿们所面对的是完全不同以往的地理环境：稀树草地，从高原至落差 900 多米的干旱台地，无高树大木，无林可居，是完全陌生的辽阔与广大。伊夫·柯盘斯据此认为，"由于环境的力量，'人'与'猿'的共同祖先的群体本身就分开了，大裂谷西部的后裔生活在湿润的树丛环境，是为'猿类'；共同祖先东边的后裔，为适应它们在开阔环境中的新生活，开创了一套全新的技能，这就是'人类'"。伊夫·柯盘斯没有说及的是，当大裂谷形成，地裂林摧，有多少猿猴葬身其间，有哀鸣的大声，惜乎烟消云散矣！

人类起源的东边故事，始于生离死别，悲哀，惆怅，怀旧，迷茫而又罗曼蒂克。

> 凡此种种，成为人类生命的若干特质，
> 成为遗传基因，
> 流淌在我们的血液中了。

以造物的角度视之，大裂谷东边的猿是有使命的，冥冥之中有方向。当它们倚靠着一棵树不得不站立时，它们也将不得不行走。站立和行走都是艰难的，都需要时间，而且需要扶持，我们看摇篮中的婴儿从学会爬行，继之站立，然后行走，扶墙壁而站立，扶童车而学步，便可知：站立和行走，对于当时古猿而言，是一次艰难而又伟大的革命性变化。摇摇晃晃的蹒跚而行，必须要有可以支撑的工具，那最初的工具是什么呢？

恩格斯著《自然辩证法·劳动在从猿到人转变过程中的作用》其实已经论证了猿、人、劳动及石器时代的出现。恩格斯指出，"劳动是从制造工具开始的"。"没有一只猿手曾经创造过一把哪怕是最粗笨的石刀。"恩格斯关于劳动、工具之说的经典，不容置疑，或者稍可补充者有二：假如成为人、人类是猿的使命的话，其劳动的训练漫长而艰难，且是从树上、在森林中腾挪跳跃寻找食物开始的。即便从树上下来成为人，其劳动也首先是寻找食物。古猿在树上，类人猿在森林草地所能获得的食物大多是坚果，猿和人皆有坚强锐利的牙齿，为咬开坚果而食之也。有报道说今日之猿对实在咬不动的果实会以石将其击碎，况且古猿乎？如恩格斯所言此石乃石而非"创造的石刀"，然当一只猿手握石块砸碎坚果时，这块石头便已经是原初的工具，并且具有创造性了。但对古猿而言，因为生存环境的原因，它最能熟练地运用的是树木，古猿们手握树枝利用其摆动的力量跃至另一棵树，那一根树枝已经有了工具的雏形了。猿栖于树，猿以树叶遮风挡雨，如此等等成为猿利用树木的习惯乃至天性。

斯时也，当人之初，走出非洲的稀树草原，或一处丛林时，其随手可得、造物为之预备的工具，除去树枝木棍还有什么？开始是为了学步、行走；后来为了采集，原始人借助木棍，打击籽实和挖掘根茎；当野兽出没不期而遇时，木棍还是人类最早的防身武器。

无论如何，原始人，我们最早的祖先拄着或扛着一根木棍，开始行走了。当大裂谷东边稀树草地中的野果已无可采摘时，他们要走了。曾经眺望过西边的猿类吗？曾经以鸣号之声告别吗？人与猿总之是渐行渐远了。

人类行走之初没有目的地，不知道前方是山是河还是大片的森林、草原、荒野；目的也单纯，有食有水足矣。这是真正的行走，只有如此行走才成就了人类史上最初的也是最伟大的行走；没有目的地，所到之处皆是目的地；极为单纯的目的，却迈出了古人类地理大发现的第一步，并有了对大地的朦胧而不自觉的认识之初。在大森林及稀树草原的绿色背景下，最初的认识最深刻也是千百万年人类血脉中相沿相传的印象为：森林是好的，绿色是美的。其时，开花植物尚未出现，有三种颜色成了古人类眼中当时大地的主色调：白天的白，夜晚的黑，森林的绿。我们无法推测距今千百万年时，原始人对太阳、星星和昼夜的认知，可以想见的应是可望不可即的忐忑不知所措。但，唯森林草木是原始人最为亲近且与生存息息相关，于是因着行行复行行，因着手中那木器的撩拨，原始人类便有了点点滴滴、一闪而过，以他们当时的脑容量无法深究的疑问：树因何高因何矮？草因何枯因何荣？沼泽溪涧因何有水？或许他们根本不知道水是何物，何物是水，只是因为造物设定的天性，饿了要吃野果，渴了便去找水，这一延续生命的功能继承于猿猴，随着行走，必将发扬光大，还会有艰难困苦、斑驳离奇的生命故事。对行走的原始人而言，最令他们惊骇莫名的是或者独往独来或者成群结队的野兽，可以想见，我们的先祖曾被这些龇牙咧嘴的野兽追逐过，落荒而去，有的被血肉淋漓地撕咬，手中的木棍也曾施以反击，终于不敌，于是走避。

贾兰坡先生、陶炎先生有言，在石器时代之前，原始社会还应有一个木器时代。善哉斯言。按照西方史学家蒙昧时代、野蛮时代之说，木器时代是一个距今六七百万至近千万年的极蒙昧、极野蛮的时代。可以印证此说的中国典籍中有"夫赫胥氏之时，民居不知所为，行不知所之，含哺而熙，鼓腹而游，民能以此矣"（《庄子·马蹄》）。又："昔者……食草木之实，鸟兽之肉，饮其血，茹其毛，未有麻丝，衣其羽皮。"（《礼记·礼运》）这些记述中，除去蒙昧少知、茹毛饮血，至少还吐露出先民之如下信息：行也，游也，以食为天也。当"文明人"尤其是西方的"文明人"，仅仅以蒙昧和野蛮标识最早的人类和那一个筚路蓝缕、风情万种、为人类文明史夯实基础、走向天下的年代时，笔者却要说，从历史学的角度视之，这是原始人开创的人类史上一个最早、最伟大的时代——以大森林为母体为背景的木器时代。人类的历史，至少在达至文明时期之前，是依靠行走点点滴滴累积而成的。为了生存而行走、而发现、而牺牲、而以渐变的方式完善人自身的年代。

夏日，惊雷暴雨之后，一处森林突然烧起熊熊大火，原始人惊惶奔逃。待火灭而回，但见林木成灰，冒着浓烟，以木棍拨开灰烬，其中有火星，有鸟兽的残骸，能闻见从未闻见的肉香味，犹如今日之烧烤也，群起而食之，大嚼。自此，发现火，再保存火，告别茹毛饮血为时不久矣。

采集之初，原始人的采集地似应集中在森林之中及林地边缘，无他。这些地域有水且为果实累累之地，所谓沿水草而行，其实也是在此一范畴内。之后因为人口增加而四处漫游，但仍然离不开别一处新的林地、新的边缘，因边缘之地，多荒草，杂而繁，有稀树沼池。荒草结出各种果实，其皮壳较之森林中的坚果轻薄而柔，并且原始人朦胧地观察到这些野草果实，应时而结，应时而谢，然后再结再谢。不知道在什么时候，大约应是木器时代的晚期了；不知道有意还是无心的采集时的撒落，那些果实——后来被称为种子——竟然在撒落之地长出青苗结出果实了。从此，我们的老祖宗，一改以往的习惯，不再采集多少吃掉多少，而是留下若干弃之荒地，能不能说这是播种初始呢？

野种与野性，人类发展史上最早的种子和基因，我们尚存多少？

另外一种场景是轻松愉快的，是原始人的玩耍。我们怎能认为人之初就没有过愉悦和玩乐，而完全彻底是苦难的呢？如是，今日之人还会笑，还会玩，还会男欢女爱吗？一处森林边缘，有野草丛生，有池塘水域。一群原始人手持木棍，茫然而行，先是撩拨草丛，继之撩拨池塘中的水，撩拨之下居然有水溅将起来，于是互相撩拨，有一点像打水仗了。有不玩水的便舞动木棍，有声音，惊动了草丛中的小动物，声音何来？小动物为什么遁声而去？他们甚至还以木棍互相击打，初识攻防。也许不能据此认为原始人有了太多的思考，但这样的玩乐肯定使他们很开心，开心时脸上的表情就会不一样。另一个发现看似简单，古人类学家却说是里程碑式的：池塘边上、草丛之中多有石块，用木棍一拨，这石块竟然会滚动，不仅滚动且与另一石发生撞击。石块使他们困惑，捡拾之，能感到石头的重量，比木棍重得多的重量。他们觉得石头也好玩，石头开始进入当时人类的视野，继续行走时，便可能一手持木棍一手持石块了。走啊走啊，我们的老祖宗将欲何往？

大约在借助木器发现石块的差不多的年代，某日，他们还发现了一个山洞，先是试着用木棍探测洞口，然后投石，看洞中有无他物，然后相拥而入。山洞带给原始人的是一次巨大的惊喜，他们不会去追究山何以有洞，和洞外相隔，可以遮风挡雨却是无疑的。便在山洞里睡觉，男孩和女孩睡得很香，男人和女人便在山洞里交媾，交媾时有一种从未有过的安全感。这个夜晚，假如风雨大作，他们可以得享安宁，但不知道会不会有猛兽闯入？或者这一洞穴原本就是猛兽早出夜归的藏身之所？原始人有梦吗？他们做过什么样的梦？……

木器时代——人猿分歧，人站立、学步、行走的漫长而又艰难的时代——行将结束。笔者勾勒了最早的原始人所依仗的最早的工具，所创造的人类史上一个最早的时代，其本意却是试图从"森林"这一由五"木"组成的词语中，借得一枝半节，敲打自己业已麻木的心灵，发出一声拷问：还用追思我们从哪里来吗？康南海在《万木草堂口说》中谓："苔为人物之始。"（详见拙著《先知有悲怆——追记康有为》，作家出版社）苔，蓝藻也，苔藓也，草木也，森林也，人类创生之地也。

我在中国传媒大学讲学时，有一课为《森林与环境》，还记得开场白如下：假如我问森林是什么，各位即可回答：是树木，众多的树木；如我再问森林意味着什么，答案就有各色各样。而我给出的回答只是一句话：森林为开始，为架构者。然后板书一横、一竖、一撇、一捺，一个"木"字，我请同学诸子细看这"木"字，下课后回想这"木"字，没有奥秘，却有深意。一个如横竖相接的树干，加上"人"字，于是成木，木之众者为森为林，木之众者亦即人之众者，而人依木也。众木与众人何为？开创历史，开积文化也。

当地球形成，先有古海蓝藻，蓝藻登陆，然后万物滋生；这滋生的万物中最广大、同时且庇荫万物的是森林，是无边无际的草木。我们通常说的人类史，华夏民族5000年文明史，其实不单单是人类的活动史。人类的历史、人类的活动，必须而且只能在一定的环境中进行、展开。此一环境，推及远古便是森林草莽。一部人类史、人类文化史，实乃一部森林史。于是，我们可以这样说，森林的历史，是人类有史之初。何以见得？假如进化论依然成立，猿猴下树于非洲大裂谷东边而进化为人，那么森林便是人类的摇篮。猿猴抑或初民下树落地的第一步，便是人类历史的第一步。这是一个极其遥远，遥远到百万年前的时代，关于这个时代的细节尽已消散，因为没有记录而无迹可寻。但，人天生的好奇性之一便是追问：祖上是谁？是什么样的？几千年来，人类一直在追寻这远去的时代，把口口相传中获得的一点有限而宝贵的信息，再传又传。这就是后来史学家所称的天地洪荒时的神话传说时代。

每一个民族的历史都是从神话传说开始的。

在这绿色遍布荒野、时空大尺度地宽阔尽可以驰骋想象的时代，我们想象走出森林之始的最早的人类，其衣食住行、生存状态如何？其最初倚仗的工具为何？合理的推论是，古人类从爬行到直立所必需的辅助工器是木棍，折木为棍，拄棍而行，木器之初生也。木棍同时也是防身和击打果实的工具。从森林中走出来的古人类，只有以森林为生存的依托，才能得到遮身之衣——树木的叶片；有可食之物——粟果籽实；有可居之处——以树枝搭巢。并且从林火中得到了火，并发明了火的保存。这一时代，是人类和森林关系最为紧密而和谐的时代，发生于石器时代之前，又与后来的石器时代乃至铁器时代并存，我们可称之为木器时代。中国最著名的已故考古学家贾兰坡先生在论述周口店猿人的生活和生产工具时说："在当时条件下，最得力的狩猎武器，还应该是木棒和火种。"（陶炎：《人类社会曾有一个木器时代》，《森林与人类》1991 年 1 期）。

（节选自《大森林》，北京十月文艺出版社 2017 年 4 月版）

一个男人的海洋

——中国航海家郭川的故事

许 晨

好奇与冒险本来就是人类与生俱来的品性，是人类进步的优良基因，我不过遵从了这种本性的召唤，回归真实的自我……

——郭川

一 船长郭川

"大海啊，请你停一停波浪，祈祷我们的船长平安吧！"

"海风啊，请你静一静呼啸，祝福英雄的郭川回家吧！"

一个冷秋的夜晚，华灯初上，光影迷离，美丽的海滨城市青岛笼罩在安谧的夜幕之中。忙碌了一天的人们或乘车疾驶，或步履匆匆，穿过整洁而宽阔的街道，奔向自己那个叫作"家"的温馨港湾。可在著名的青岛奥林匹克帆船中心，远离闹市区的情人坝（挡浪坝）灯塔下，却有一群群普通的市民离开家门，走向这里，自发地聚拢在一起。

秋夜的海边寒意袭人，可他们丝毫没有觉得，面容焦虑、神情严峻，拉起了一条条长长的横幅，点燃了一支支红红的蜡烛，面向浩瀚大海，仰望无限星空，有的人双手合十，有的人喃喃自语：郭川船长啊，你在哪儿？你听到亲人的呼唤吗？家乡盼望你平安无事，祖国期待你凯旋归来……

这是 2016 年 10 月 28 日，距离那个令人震惊的一刻仅仅过去了三天。那是怎样的一刻啊！不忍回眸的一刻！10 月 26 日，中央电视台新闻频道正常播出，突然屏幕下面飞出一条字幕：据新华社消息，正在单人驾驶帆船穿越太平洋的中国职业帆船选手郭川，在航行至夏威夷西约 900 公里海域时，于北京时间 25 日 15 时 30 分与岸上团队通话之后失去联系！

一石激起千层浪。立时，亿万国人的心像被一只无形的手揪住似的。

失联！自从马航 370 客机在南中国海上空失联之后，这个名词便几乎与"不幸"二字画上了等号。

数年来，郭川的名字在航海界、体育界抑或是社会各界，不能说如雷贯耳，也是早已赫赫有名。他的不凡业绩通过广播电视、报纸杂志传遍了北国江南、华夏大地乃至世界航海业。郭川是中国职业帆船航海第一人，在国际知名帆船赛事中获得诸多第一：第一位参加克利伯环球帆船赛的中国人、第一位完成沃尔沃环球帆船赛的亚洲人、第一位单人帆船跨越英吉利海峡的中国人、第一位参加跨大西洋极限帆船赛事的中国人。2012 年 11 月 18 日，郭川开启"单人不间断帆船环球航行"之旅，经历了海上近 138 天、超过21600 海里的艰苦航行，于 2013 年 4 月 5 日上午 8 时左右驾驶"中国·青岛"号帆船荣归母港青岛，成为第一个成就单人不间断环球航行伟业的中国人，同时创造国际帆联认可的 40 英尺级帆船单人不间断环球航行世界纪录。两年后，他又率领国际船队驾超级三体船，成功创造了北冰洋（东北航线）不间断航行的世界纪录……

进入 2016 年以来，郭川团队一直在国外训练、调整、准备，7 月应奥运会主席巴赫之约，从法国拉特里尼泰出发，跨越大西洋到巴西里约热内卢，观礼 2016 年奥运会。而后起航穿越巴拿马运河北上太平洋，经过两段航程共43 天的航行之后，绕地球大半圈，于当地时间 9 月 30 日凌晨抵达美国旧金山。计划在 10 月中下旬，由郭川独自驾驶帆船横跨太平洋，目标地为中国上海。

这个航段是一次挑战之旅：去年 6 月，意大利"玛莎拉蒂"号船队创造了从旧金山到上海，用时 21 天的帆船速度世界纪录。郭川决心单人单船沿此航线突破上述纪录，用 16 天至 20 天到达上海市金山区。因"玛莎拉蒂"号船队有 11 名船员，所以郭川不管用多长时间完成航程，都将创造一项新的世界纪录：单人不间断跨越太平洋航行，从美国旧金山市到中国上海金山区，也称之谓"金色太平洋挑战"活动。

历史性的一天到来了——10 月 18 日上午，旧金山湾区阳光明媚，郭川独自驾驶标有"中国·青岛"号的三体大型帆船，离开停靠的里士满游艇码头，在人们的一片欢呼送行中，踏上了直奔中国上海的航程。当鲜红的三体船从旧金山地标建筑金门大桥下通过的瞬间，守候在大桥北塔的国际帆船联合会记时员沙马·科塔古特蒂按下计时器，显示当地时间 14 时 23 分 11 秒。这年，郭川已经 51 岁了，将在太平洋上独自航行约 7000 海里（12964 公里），一路上需闯过风暴、海浪、鲨鱼、孤独等难关。一般人连想都不敢想，可我们的郭川已如履平地。

当然，郭川不是只知蛮干的傻大胆儿，而是建立在科学训练和多年实践的基础上。他此次驾驶的超级三体船长约 30 米，宽 16.5 米，桅杆 32 米，使用碳纤维材料制造，重量轻，性能好，为世界上仅有的五艘帆船之一，在上次的北冰洋航行中表现甚佳。为了准备这次挑战，郭川团队又对此船进行了部分设备的升级改造，并驾船在从法国一路走来的途中，进行了大量模拟训练。他在船上可以通过海事卫星与外界保持密切联系，并且安装了 GPS 跟踪器，会将自己的定位信息随时发回岸基网站上。

似乎万事俱备，只欠东风。众所周知，帆船前进的动力就是风，一帆风顺，乘风破浪，祖先留下的诸多成语证明了这个道理。然而，这是一把双刃剑，无风难行船，风大浪必高。特别是一个人一只船，只靠风航行在茫茫大海上，如果遇上狂风暴雨、浪涛汹涌，那将是难以言表的灾难与不幸。虽说郭川船长是久经沙场的战将了，也不免谈此色变百倍小心。本次临行前，他与友人聊到此事时，说了一句耐人寻味的话：

"从某种意义上说，我是在不断挑战一个更高的层面。我希望把这件事做得精彩，给自己的帆船梦想增添新的高度。风是我的对手，也是我的伴侣。没有风，走不好；风很大，会带来很多压力。我要时刻小心谨慎，不要产生不好的结果……"

难道是一语成谶？就在郭川驾船航行一周后的 10 月 25 日，"中国·青岛"号驶到距离夏威夷以西 900 多公里的海域，上午 11 时左右曾与岸上团队连线通话："怎么样，船长，没事吧？你那边有什么新消息？"

"啊，还行。"郭川答道，声音里透着疲惫，"没事就是最好的消息。昨天晚上有些不稳定的阵风，有两个乌云团突袭，然后阵风加大，船体就会感受到突如其来的压力，如果没有防范准备，就会有问题。好在都已经应对过去了。"

"那你一定要多加注意啊，利用风浪较小的时间，尽量休息一下，保持体力。如果再遇到突发之事，比如撞上鲨鱼什么的，没有体力是不行的。"

"对！其实远航撞到大鱼是比较常见的事情，这回我就有两次撞到了，有一两米长，好在对船没有什么大的损害。当然，我不希望撞到鲸鱼，否则那将是不可预估的后果……"

"好的，不说了，保重！"

此次通话后，郭川一位同学又打通了电话，聊了一会儿，他就休息了。北京时间下午 3 时半左右，岸基保障团队 GBS 定位图屏上，突然显示帆船航速慢了下来，从二三十节突然降到了六七节，大家赶紧联络郭川，不料却一点儿回音也没有了！

"'青岛'号，'青岛'号，你在哪里？听到请回答！听到请回答！"

"郭川船长、郭川船长，在何方位？发生了什么事情？请回答、请回答……"

岸上保障团队负责人刘玲玲，以及她的团队伙伴们，一遍又一遍地用海事卫星电话、用超强信号的手机呼唤着。10分钟过去了、一小时过去了，两小时过去了，郭川就像人间蒸发了一般，无声无息，无影无踪。失联！这两个幽灵一样的大字，像两记大锤重重地砸在人们心上。在茫茫无边的远海大洋上，失去联系意味着什么？不敢想象。他们马上向中国驻美国外交使团报告，并联系美国海事部门请求援助。

中国驻洛杉矶总领事馆对此高度重视，立即启动了应急机制，敦促美方采取一切必要措施全力展开搜救。这是人道主义的救援，国际上照例是一路绿灯。美国海岸警卫队夏威夷海事救援中心、美国海军在附近海域游弋的舰只、法国航海帆船运动基地有经验的水手，甚至周边海域的中国货轮、日本货轮均纷纷在第一时间，出动固定翼搜救飞机、军舰轮船等，前往事发海域。很快，搜救飞机在海面上发现了三体帆船，其大三角帆倾斜落水，甲板上空无一人，无线电对讲机多次呼叫没有应答。消息传来，人们心情十分沉重，这说明郭川落水了……

熟悉帆船运动的人都知道：单人单船的航程中，最怕的是人船分离，一旦由于狂风大浪抑或是大鱼撞击，失足坠入海中，根本赶不上一直前行的帆船，前后左右无人施救，就会遭遇灭顶之灾。如此看来，郭川船长境况不妙生死不明。唯一期盼的是，他在海面上漂浮或游到某个荒岛上，利用野生知识坚持，伺机被前往搜救的飞机舰船找到并且安全地带回来。

奇迹会出现吗？

祖国时时刻刻牵挂着她的儿女！

自从"青岛"号失联的消息公布之后，举国上下就被"郭川"这个名字牢牢吸引住了。每天每夜，人们密切注视着中央电视台的新闻直播间、二十四小时，甚而新闻联播等栏目，忧心如焚地等待着来自太平洋救援的信息。在10月27日的中国外交部例行记者会上，严肃而可亲的发言人陆慷表示："外交部和中国驻洛杉矶总领馆，正密切关注有关事态，继续协调相关搜救工作。如果有进一步的消息，我们会及时向大家提供。"

郭川的家乡——山东省青岛市，更是在第一时间启动应急机制。市委、市政府召开专题调度会，全力做好各项搜救工作。市体育局、市航海帆船运动协会等单位团体，及时联系郭川的岸上保障团队，了解本次航行活动的最新信息，慰问郭川的妻子肖莉和其他亲属，适时对他们的情绪进行安抚。最令人感动的，是那些普普通通的青岛市民。他们视郭川为自己的城市英雄、家乡的优秀儿女，震憾担忧之余，还在各个微信群朋友圈里共同商议，决定于 10 月 28 日晚上来到奥帆中心，为郭川船长祈福，祈祷他逢凶化吉、遇难呈祥、转危为安、平安归来！

于是，这就发生了本文开头的一幕。

青岛，是当年北京奥运会的伙伴城市，是举办奥运帆船项目比赛的地方，也是航海英雄郭川驾驶着"中国·青岛"号扬帆起航，以及回归凯旋的港口。多少次，他就是在这里迎着满天朝霞，满载着亲人朋友和社会各界的祝福，走向深海大洋。又有多少次，他还是在这里披着一片夕阳，载负着疲惫的身躯和成功的喜悦，胜利地归来了！

不管是出海还是返航，青岛奥帆基地里总是簇拥着迎送的人群，荡漾着欣喜的笑意和敬佩的掌声。唯独这天晚上，黑黝黝的海面、静悄悄的码头，怀揣着沉甸甸心情的人们，仰望着远方的海浪，点燃起一根根火红的蜡烛，向着大海星空祈祷。一声声呼唤此起彼伏："回来吧，我们的郭川船长！"。

北京航空航天大学青岛校友会、帆船之友会、青岛一中校友群、帆船帆板协会等群友们，还有许多自发赶来的市民、游客和外宾都一脸凝重、虔诚地伫立在海边，起风了，涨潮了，犹如人们此时此刻的心声。那摆放在地上的数百根蜡烛，组成了一个个放射着红红光焰的大字——"郭川平安""船长归来！"在夜幕下与满天星辰相映成晖、分外醒目。

一位网名叫"青岛君"的青年人即兴题诗朗诵：

> 海水太冰冷了……
> 郭川，900 万青岛人正等你回家！
> 等你和"青岛"号一起
> 回到家乡温暖的怀抱……

二 "疯子"郭川

郭川是一个什么样的人？

他又是怎样成为一名职业帆船赛手的？

要想了解清楚其中的来龙去脉，那还要从国际帆船运动这个项目说起。

帆船，顾名思义是利用风力前进的船，是继舟、筏之后的一种古老的水上交通工具，已有5000多年的历史。人类最早的木帆船起源于古埃及，约在4700年前，已有木帆船航行于尼罗河和地中海。当时的船桅接近船头，由两根木杆在上端扎成"A"字形，横悬一面矩形或方形的帆。初期的帆不能转动，只有风顺时才能使用，风不顺就只有落帆划桨。

后人在航行的实践中逐步发现，即使不顺风，只要使帆与风向成一定的角度，帆上还是能受到推船的风力，于是人们又创造了转动帆，在逆风的情况下，船也能行进。我国帆船出现的时间比西方晚，但没经历过漫长的横帆阶段，而是一开始就发展为可转动的纵帆。三国时期，周瑜、诸葛亮联手赤壁之战，火烧曹操长江战船，就是用的这种帆船。后来的郑和七下西洋，所用的航海宝船长148米，宽60米，是当时世界上最大的木帆船队。云帆蔽日，浩浩荡荡。

可以说，帆船的产生、发展与衰变是东方先民认识海洋、征服海洋漫长历史的缩影。历朝历代留下的许多诗文，生动形象地诠释了这一点。比如唐代李白的"孤帆远影碧空尽，唯见长江天际流"，王湾的"潮平两岸阔，风正一帆悬"，宋代张孝祥的"风帆更起，望一天秋色，离愁无数……"

15世纪时，大西洋沿岸的欧洲国家在帆船设计方面有一项划时代的进展，就是三桅船。它基本上集中了各种船的优点，装有艉柱绞链舵，方帆与三角帆并用，能利用各个方向的风，并把帆分悬在三到四根桅杆上，操纵更加灵活，主桅及前桅上有两至三张方帆。帆面积增大，船速就加快，船的体积也可增大。随着西方资本主义兴起，海外贸易和对外扩张的需要，船舶技术大踏步前进。

旅行探险、载人运货、巡逻作战，帆船是人类向大自然做斗争的一个见证。西方的哥伦布、麦哲伦等人就是凭借着一艘艘先进的多桅帆船，环球航海发现新大陆、征服土著人的。近年风靡一时的美国大片《加勒比海盗》，也是以帆船为其纵横天下的舞台。后来蒸汽机轮船问世，帆船失去了用武之地，不再是承载大量运输任务的水运工具，而成为一种文化和娱乐的象征。这就是水上运动项目之一的帆船比赛。

帆船运动中，选手依靠自然风力作用于船帆上，驾驶船只前进，是一项集竞技、娱乐、观赏、探险于一体的体育运动项目。它具有较高的观赏性，备受人们喜爱。经常从事这种运动，能增强体质，锻炼意志。特别是在风云莫测，海浪、气象、水文条件的不断变化中，迎风斗浪，培养战胜自然、挑战自我的拼搏精神。

18世纪后，英、美、瑞典、德、法、俄等国家先后成立了帆船俱乐部或帆船竞赛协会，各国之间经常进行大规模的帆船比赛。1870年美国和英国举行了第1届著名的横渡大西洋"美洲杯"帆船比赛。1907年，世界第一个国际帆船组织——国际帆船联合会正式成立。简称"ISAF"，是世界上最大的单项体育联合会之一，现有122个会员国（或地区），管辖了81个帆船级别。

现代帆船运动已经成为世界沿海国家和地区最为喜闻乐见的体育活动之一，也是各国人民进行体育文化交流的重要内容。国际帆船赛事总体上分为两种。一种是运动员驾驶帆船在规定的场地内、按级别比赛速度，比如奥运会帆船项目。一种是离岸远航横跨大洋，抑或是环球不间断航行，具有探险和科考性质。相比而言，后一种更加考验船员的意志品质、驾船技术。舍弃机器，扬起风帆，"御风而行"，环游大洋，完全借助大自然的力量前进，这一项古老的比赛项目，今天仍然散发出迷人的"速度与激情"。

郭川，就属于这一种更具挑战性的帆船航海家。然而，他并不像欧美国家的运动员那样，大都从小就在海水里扑腾、迎着风浪锻炼长大，而是半路出家，一步步从业余爱好，走上职业航海生涯的。算起来，他真正从事这项运动时，早已年过而立，接近不惑了……

是的，40岁之前的郭川，与当下的大部分人一样，上学，读书，工作。只不过从小特殊的家庭经历，养成了他"敏于行而讷于言"、思维独立爱冒险的性格。郭川原籍是青岛，生于1965年，是独子，上有姐姐下有妹妹。爸爸妈妈早年在贵州大三线地质勘察队工作，条件艰苦，只好常把几个孩子放在老人身边。

小小年纪，远离父母之爱，或许是一个人童年的不幸，但从另一个角度上看，缺少管束的日子，加之隔辈亲爷爷姥娘的疼爱，也会给男孩子的天性发展以更大的空间。小郭川从记事起就爱满世界跑，爬树上房掏鸟蛋，下海玩水摸蛤蜊，成了一帮小伙伴的头儿。快上小学了，父母把他接到身边读书。地质勘察队不是固定在一个地方，哪里有矿苗就到哪里去，家属孩子跟着，几乎成了以大篷车为家的"吉卜赛人"。或许从那时候起，郭川幼小的心灵里就有了"流动"的意识。

小学五年级的时候，电影放映队到各个乡镇去放露天电影。当时有一部片子叫《海霞》，讲述了南海女民兵守海岛的故事。可能是从电影里看到了久别的大海，又是当时少有的彩色影片，郭川看了还想看。有一天放学后，听说几十里外村子要放映，他便带着戴健、唐矿田几个小伙伴连家也没回，背着书包徒步追着看去了。

到了吃晚饭的时辰，还没见他们的踪影。家长找到学校才发现早已放学，问谁都不知道上哪儿去了，便满世界地寻找："小川哟，郭川！你在哪里啊？快回来吧！""小健子、小健，回家吃饭了……"天完全黑了下来，仍然毫无消息，几位孩子父母只得报告了勘探队领导。

"孩子丢了，这还了得?! 找，赶快找！"

队长一声令下，兵分几路，派出了汽车到周边乡镇去找孩子。一直忙活到半夜，终于在一条村路上找到了。几个小学生累得满头大汗，还没走到放电影的村庄呢！不用说，领头的小郭川屁股上挨了爸爸几巴掌。瞧，小小年纪就埋下了"好奇""探险"的种子。

两年后，郭川被送回家乡，进入了青岛第一中学学习。也许是接受了小学的教训，他变得腼腆起来，加之个子不高、身子骨也不壮，说话文文静静，跟个女孩似的，在班上很不起眼。唯独天资聪颖，那时社会上流行玩魔方：一个塑料制成的红黄绿蓝方块体，转来扭去，直到所有面全排列成一种颜色。许多人转了一两天，也转不成。郭川拿到手上，略微一琢磨，三下两下，一会儿就把一个魔方解开了。因此，他的学习成绩很好，稳定在班级里的前三名。

家乡面临黄海，蓝色的波涛一望无际，少年郭川常常站在大海边，久久地痴痴地凝望。天蓝蓝、海蓝蓝，飞舞的海鸥、漂荡的帆船、苍翠的小岛，情一样深啊梦一样美，令他心醉神迷。几十年后，郭川曾经老实地讲："那时并没有将来航海的想法，也不知道世界上还有帆船比赛，只是出于好奇、看不透，看不透就越想看……"

这样的中学生，典型的求知欲旺盛的"理工男"，高考一定不在话下。果然，郭川一路考到了北京航空航天大学，又在那里读到了硕士。不过在同学们眼里，他从来不是那种光知道埋头用功"死读书"的学生，而是一个兴趣广泛天性好动的人。顺利拿到了北航飞行器控制专业硕士学位，郭川又考取了北京大学光华管理学院，攻读 MBA，毕业后被航天部某公司引进，一路顺风，几年便做到了副司级的部门经理。如果沿着这条现成的大路走下去，他的人生履历便会如期写上"某某公司总经理、首席执行官"之类的头衔。可是，他骨子里"不安分儿"的细胞一直在活跃着。正如后来他自述道：

"突然有一天，这种单调的生活让我厌倦，我开始拼命拓展生命的外延。因此我去学开滑翔机、学习潜水、学习滑雪……用一切可能的方式挑战自我的极限，用常人难以想象的意志力和与'年龄不符'的热情疯狂填充自己生命中的空白。应该说，是帆船改变了我的后半生。感谢帆船，让我自由的灵魂得以释放，而我放荡不羁的内心也找到了皈依的地方。15 年来的帆船生活，让我对人生有了全新的思考，但这一切都要基于一个科学的态度和方法!"

他骨子里有一颗自由的灵魂,甚至用诗一样的语言,形容那种离开固有的束缚和羁绊,奔向自己喜爱的广阔天地的心情:"从空中飞下来,沐浴着夕阳温暖的光线,像自由的鸟儿一样,在秋天金黄的树梢之上飞来飞去,你想想那有多美!我被这种纯粹自然的美所吸引,常常在空中流连忘返……"

是的,从此郭川的人生之旅拐了一个弯。2000年,他不顾器重他、关心他的领导们一再挽留,不顾父母亲朋、好友同事不理解的诧异目光,放弃了一套单位即将分配到手的住房,毅然决然办理了辞职手续,开始奔向了广阔的梦想天地。

对于这个举动,有很多人是不理解、不赞同的:郭川,你疯了吗?公职、房子都不要了?去玩什么户外探险?简直不可思议!

郭川一笑置之,对于能清楚地听见自己内心的声音,并且遵循它而活的人来说,不是疯子,而是传奇。他只想用自己的行动告诉世人:只要有梦想,只要想改变,什么时候都不算晚!

诚然,他不是一时的心血来潮,而是经过了慎重的思考甚而是痛苦的煎熬。这一年,郭川整整36岁。

如同一只小鸟迎风展翅,自由自在地飞上蓝天;如同一条小溪飞流而下,无遮无拦地奔向大海。郭川摆脱了日常繁杂的事务,沿着自己热爱的轨道"撒欢儿"了。天是那样的湛蓝,风是那样的柔和,就连路边的不知名的花草也在向他点头微笑……

不过,他没有像其他人一样,辞了职或到国外留学,或去下海经商,而是痛痛快快地去追逐早年的梦想,套用今天流行的一句话:天地这么大,我要去看看;世界多少迷,我要去探探。郭川有计划地去练习滑雪、驾滑翔伞、下潜海底等,从事各种各样的户外运动、极限挑战。这些既磨炼了身体意志,又掌握了面对艰苦环境的知识技能。当然如同宿命一样,少年时的海边眺望有了答案,最终他迷上了帆船航海。

那是在2001年,郭川对航海还是一知半解,但有想了解的兴趣。得知在国家体委任中国帆船帆板领队的曲春,是青岛老乡也是行家,便去向他请教。曲春比他大两岁,从小长在海边爱好水上运动,一直沿着市队省队专业队员的道路走上来,20世纪90年代调到北京工作。当时中国的航海运动还停留在为亚运会、奥运会专业训练争奖牌方面,并未引发普通大众的参与热情。

曲春看到这位老乡十分真诚,便详尽为郭川介绍了有关知识,最后说:"烟台要举办一次全国帆板锦标赛,你想去看看吗?"

"想，当然想去了。"郭川兴致勃勃。

在国家队领队的介绍下，郭川来到距家乡青岛不远的烟台，观看全国帆板赛事，与同时进行的帆船表演。利用比赛间隙，郭川上船体验了一把，这是他第一次摸到帆船，第一次站上去有了飘飞在海面上的感觉，迎风踏浪，驰骋海天，一下子便着魔似的爱上了它、爱上了航海。仿佛苦苦寻找了多年的雪莲花突然盛开在灿烂的阳光下，他义无反顾地拥抱了它。

事后，郭川感慨地对朋友说："我玩了很多体育项目，都觉得不太过瘾。这次到了帆船上，我突然发现航海就是我的梦想，就是我这辈子的生命，以前玩的那些东西，跟航海比起来都无足轻重了！"

说这话时，他的两眼炯炯发光。其实这一点也不奇怪：一直蛰伏在他心底的崇尚自由、追求极致的放飞意识找到了喷发点，不可遏止地怒放了！

然而，郭川最初几年的航海之路，还只是在海湾里或近海边"打转转"，属于这项运动的"发烧友"水平。事实上，这项欧美十分兴盛的帆船航海运动，在中国仍然处于少数派，数遍全国也没有几个有影响的职业帆船手。直到有一天，郭川遇到了一个在他走向大洋中至关重要的人，才逐渐有了根本性的改变。这个人名叫朱悦涛，时任青岛奥运会帆船比赛组委会综合部部长。

2016年初冬的一天，我在青岛市旅游局见到了已是副局长的朱悦涛。他已过了知天命之年，可身材保持得不错，看得出来爱好运动。朱悦涛有着十几年的军旅生涯，20世纪90年代转业到青岛工作。得知我正在寻访探究郭川的航海人生，他先是盯着我看了一会儿，而后为我倒了一杯热茶，陷入了深沉而永恒的记忆之中……

本来，他与郭川的生活道路是两条平行线，没有机会交集。可当年那场轰动中外的北京奥运会，共同的目标、共同的追求将他们连接到一起，相识相知，成为终生的朋友。

众所周知，进入新世纪以来，中国人最自豪的事情之一就是赢得了2008年夏季奥运会举办权。北京，古老而年轻的北京第一次成为了奥运城市，而风景秀丽、海面清澈，有着帆船运动基础的青岛，则幸运地成为了北京的伙伴城市，获得承办其中的一个项目——帆船比赛。于是，一个响亮的口号迅速响彻全市、全省乃至全国："相约奥运，扬帆青岛"。

为此，青岛市全民总动员，为办好奥帆赛竭尽全力。首先早早成立了第二十九届奥林匹克运动会组织委员会帆船委员会，简称青岛奥帆委，是北京之外的唯一一个委员会，并选调了一批年富力强的干部来到奥帆委工作。2003年7月，刚过不惑之年的朱悦涛出任奥帆委综合部副主任，当时没有主任，他主持工作。实话说，开始他与大多数局外人一样，并不真正了解帆船比赛，但多年军旅养成的基本素质使然，干一行爱一行，以高度的热情投入进去。

青岛，是中国现代帆船运动的发源地，曾经为国家培养了一大批优秀教练员和运动员。这次第29届奥帆赛的落户，使大家看到了帆船运动对城市品牌所蕴藏着的巨大推动力。市委、市政府适时提出打造"帆船之都"构想，希望通过奥运会帆船比赛的成功举办，叫响一个新的城市名片。那么，究竟怎样抓住这个契机，宣传青岛、弘扬奥运精神呢？有关各方都在动脑筋，想点子。

说话间来到了2004年4月，上海举行帆船展销，朱悦涛前去参观。会上，与一位名叫张伟民的船商相识了。他代理世界上著名的美国"亨特"牌游艇帆船，希望找个海港基地扩大销路。两人一拍即合。朱悦涛代表奥帆委提供停放基地，张伟民同意免费出借一条帆船，船名可以叫作"青岛"号。为此，他们策划了一系列活动，简言之就是"航海三步走战略"：

一是走出国门，宣传奥运、宣传青岛。二是中国沿海行。驾船沿海岸线前进，一路走一路报道。古代郑和下西洋时这样走过，可惜后继乏人，此次属于继往开来。三是环球航海行，进一步扩大青岛奥帆赛的影响力。那时这方面还是空白，也不懂其中的奥秘和风险，他们无知者无畏，敢想敢干。

船有了，战略目标有了，谁来驾船去实现呢？船东张伟民说香港、厦门有这样的人才。朱悦涛想了想，摇摇头，提出了选人三条件：一、这个水手必须是青岛人，才能代表青岛城市形象。二、他要胆大心细懂帆船。三、他要有钱有闲有热情。于是按此满世界找，一时难以如愿。虽然青岛有全国第一所航海运动学校，但上到教练员，下到运动员，都是驾的运动帆船，这和远洋帆船完全是两个概念。

后来，还是做帆船生意的张伟民熟悉这个"圈子"，推荐道："有一个叫郭川的，是你们青岛籍的，原先玩过滑雪、滑翔，现在喜欢上帆船了，行吗？"

"那好，让他来谈谈看。"

在青岛奥帆委办公室里，朱悦涛与郭川见了面，攀谈几句，发现郭川说着带有西南口音的普通话，而不是青岛人特有的"青普"，当得知他很小随父母到贵州四川一带生活，便释然了。朱悦涛试探性地问："你玩过大帆船吗？"

郭川说："玩过，我在香港和奥克兰学过一点儿，但水平不高。"

这不同于有些人满嘴打包票的做派——郭川老实直白的回答，让朱悦涛顿生好感。很快，两人就利用帆船宣传城市的话题达成了一致。别看郭川身材不高不壮，也不善言辞，但那略显红黑色的瘦削的面孔、明亮坚毅的目光，还是显露着长期从事野外运动的锤炼，以及性格的朴实、真诚与执着。

最重要的一点是，他们的世界观、人生观、价值观"三观"完全相同，一切以事业、梦想为重。此前，朱悦涛曾与另一人洽谈此事，不料那人一张口就是："我来办这件事，给多少钱？"

"这个……刚刚起步，等拉到赞助……"

"那免谈，我不能白干哪！"

可此时的郭川根本没提钱的事儿，满脑子想着如何尽快出海成行。这让朱悦涛认定他是个能干大事的人！

三　信使郭川

走出国门的机会来了！

2004 年 4 月，恰逢纪念中国青岛与日本下关结成友好城市 25 周年，奥帆委策划了"奥运友好使者行"的活动——郭川作为船长信使，驾驶着借用的那艘"青岛"号帆船，代表 700 万（当时数字）青岛市民前往下关送一封市长亲笔信，并借机宣传北京奥运会青岛赛区。

由于张伟民提供的船属于近海游艇性质，要想出国远航还需要改装添加设备。经过汇报争取，市政府大力支持拨了 100 万元，注册了当时全国第一条无动力远洋大帆船，命名"青岛"号，代码"001"。朱悦涛等人又四处联络游说，几乎跑断了腿磨破了嘴，终于拉到了 30 万元的赞助，可以成行了。

这是大姑娘上轿——头一回的新生事物，注册时，帆船航行到底是归体育总局管，还是归交通部管，在行政法规上是个空白。保险公司也是块处女地——国内没有这项，不给投保。去日本大使馆办签证时，还遇到了一个令人忍俊不禁的小插曲。日本签证官问什么时候出发？郭川回答 9 月 12 日启程，计划 20 日前到达。

人家一听不对劲："这中间隔了 7 天时间，你们在哪儿？"

郭川坦然道："在路上。"

"什么路需要 7 天？"签证官警惕地看着他，"下关离中国不远，即便坐游轮也要不了这么久，你们想干什么？"

"误会了……"郭川赶紧解释是怎么回事。

日本签证官一听竟然是驾驶无动力帆船的友好信使，惊奇而钦佩地立刻发了签证："哟西、哟西，你们是现代第一批驾驶帆船去日本的。祝一路平安！"

毕竟是首航驾驶帆船出国，这与在海湾里玩玩大不一样，大家心里没底儿。朱悦涛与郭川、张伟民等人商量，再请几位有经验的航海人保驾。于是，他们找到了香港吴家兄弟、青岛航海学校的张军教练一同出航。吴家兄弟俩是玩船多年的"职业水鬼"，有经验有技术。

为了强化青岛元素，同时又要保证安全，朱悦涛特地叮嘱郭川："咱们毕竟欠缺远航经验，这回在岸上、在媒体前，你只是'形象船长'，一到了外海，吴家大哥就是真正船长了，你要听他的。"

"明白！我也会借这个机会，好好向人家学习的。"

2004年9月12日下午，青岛尚未竣工的奥帆基地施工现场，第一次围绕奥运会热闹起来了。"奥运友好使者行"活动拉开了序幕，市政府和奥帆委的工作人员、青岛航海学校的学生，新闻单位的记者，以及喜欢帆船的市民们汇聚一堂，欢送"青岛"号起航奔赴日本下关市。

由于不是在港口，也不是在机场出国，而是破天荒地自驾船，海关、边检等部门的人员特事特办，赶到现场办公。在他们的护照上"啪啪"地盖着章，等于打开了一扇新的出国交往大门。

这是郭川和"青岛"号的处女航。人们敲锣打鼓，摇着彩旗，挥着手臂，大声祝福道："一路顺风！早日凯旋！""再见、再见，我们一定完成好任务！""青岛"号满载着全市人民的友情，缓缓离开码头，迎着风驶出了浮山湾。新闻记者们端着一架架"长枪短炮"——摄像机、照相机，不停地拍摄着。

在欢送的人群中，朱悦涛、航海学校校长戴志强、副校长曲春，还有市体育总会林志伟等比任何人都又激动又不安，站在岸边久久地凝望着。谁知怕什么来什么，眼看着帆船刚刚驶出湾口，却突然打了个趔趄，停住不动了，船上的人影一片忙乱。朱悦涛心里大叫不好，出事了！赶紧到一边给郭川打手机，了解到是船底好像撞到了什么东西，船员们都在查看。

出师不利！朱悦涛脑门上冒汗了，欢送仪式还没完，帆船就走不动了，这不等于演砸了吗？不行，首航不能不吉利，他对着电话嚷嚷："别停别停，你们赶紧走！记者们还在拍着呢！有什么事出去再说。"

"明白！"郭川是个明白人，放下电话便招呼吴家兄弟和张军教练，"走、走，先对付着开出去。"帆船又扬起风帆前进了，很快便消失在岸上人们的视线中。

一场热闹的帆船"首航秀"仪式结束了，朱悦涛他们心里一点也没感到轻松，总觉得还有什么不顺的事似的。果然，当晚9点多，在夜幕的掩护下，"青岛"号又悄悄地回到了出发地。原来船舱出现不明原因的漏水，船员不敢再往前开了。

电话打给朱悦涛和戴志强，他们急三火四地赶到奥帆基地码头，希望及时处理故障，再抓紧航行。如果让媒体知道报道出去，那可就丢人丢"大"了！到底是哪儿漏水呢？人们里里外外查了个遍。戴校长还特意找了几名潜水员下水察看，都没找到毛病出在哪儿。

这时候，还是郭川脑子快。他突然蹲下来，捧起一把船舱的漏水舔了舔，惊喜道："啊，淡的，渗进来的不是海水。"

"对啊，这说明船底没漏！看看舱里边……"

众人立刻顺藤摸瓜，很快找到了出水点——原来是出发时的意外碰撞，导致船舱淡水箱漏水。他们赶快更换了水箱，清除了积水，帆船于凌晨时分再次出发了。

一场虚惊，好事多磨。天亮后，老校长戴志强还跑到天后宫，给妈祖娘娘烧香磕头，祈祷她保佑"青岛"号平安无事。而朱悦涛意识到这只是开始呢，就像唐僧西天取经似的，九九八十一难，后边不知还会遇到什么难关呢？

不幸而料中，第二天就遇到了更大的考验：一场台风突然而至，大海如同发了疯的野马群，铺天盖地横冲直撞。朱悦涛的整个心胸也在波翻浪涌。行前，他们给郭川配了卫星电话，因为通信费昂贵，规定每天早、晚联系一次。这天从早上到晚上，怎么也打不通电话了，一次又一次的拨号振铃，耳机里传来的全是无人接听的"嘟——嘟——"

失联了！这个名词虽然还没有像如今这样震撼，但对于当事人来说却是如雷轰顶。朱悦涛茶饭不思，只是不停地拨打着电话，脑海里幻化着可能出现的种种场面：是卷进台风中心里，船翻了？还是设备被风浪打坏了，人员受伤了？时令已是秋季，可他一天里待在办公室里坐立不安，汗如雨下……

这次活动是他策划的，又向领导上打了"包票"，万一出了事故，怎么向郭川等人的家属交代啊?！当晚他不回家也睡不着，隔一会儿就拨一回电话，希望奇迹出现。然而，我们的"青岛"号就像进入了"百幕大三角"似的，无声无息。

一夜无眠，等到早晨7点多，朱悦涛几乎绝望地连续拨打着电话，突然通了！

"郭川、郭川！"朱悦涛一下子从椅子上跳起来，不慎膝盖撞着了桌角，也一点儿也不觉得疼，"快说，你小子怎么回事？咋一直不接电话呢！人员怎么样？"

伴随着哗哗的海浪，响起郭川沙哑的声音："嗨，别提了。我们跟风浪干了一夜，船体东倒西歪，电话早不知甩到哪去了，这才找着。不过人都没事!"

听到这里，硬汉子朱悦涛再也控制不住自己，眼泪"呼"地一下就出来了，带着哭腔喊道："好好，人没事就好！郭川，好兄弟，你们一定要保证安全，晚几天到没关系。"

"谢谢朱主任，放心吧！现在风小了，我们调整一下，继续航行。"

这是郭川第一次在大海上"失联"遇险，此后他的航海生涯还会不断上演类似戏码。而朱悦涛渐渐熟悉并且相信郭川的能力越来越强，没有了那样的担心和流泪。只是到了12年之后的2016年10月，郭川船长在"金色太平洋挑战"中的数天失联，朱悦涛再次泪流满面……

经过六天六夜的航程，"青岛"号终于驶进了日本下关港。朱悦涛和戴志强等人跟随青岛市友好代表团，乘飞机赶到下关迎接他们。帆船使者来送信了，当地市政府也感到新鲜且十分重视，专门搞了一个欢迎仪式。在跨海大桥上组织了军乐队奏乐、手捧鲜花的学生高呼口号。郭川、张军还有吴家兄弟驾着帆船以10节的速度顺流而上，正式驶进下关市，大前帆上的"青岛号"三个字分外醒目。

依照约定，在大海上航行听吴家大哥的，而上了岸，郭川就是当然的船长了！他在人们的簇拥下来到市政厅，向下关市长递交了青岛市长的信，市长发表了热情洋溢的欢迎讲话。接下来，应该是郭川船长致答词了。外交无小事，朱悦涛担心不善言谈的郭川说错话，早早为他起草好了致辞稿。可这天，当在现场看到走上话筒前的郭川两手空空，朱悦涛心想坏了，这小子肯定把讲稿丢了，暗暗为他捏了一把汗！

事实却让人大开眼界，尽管到了台上郭川有点紧张，肩膀不自觉地往上耸，手也不知道往哪儿放，两个大拇指硬邦邦地插在裤兜里，可一开口讲话，却顺畅而得体。郭川轻声而有力地说：

"6年前我来过日本，当时坐飞机也就是两小时的事儿。6年后，在现代交通如此发达的当下，我却以一种最原始的方式，冒着最大的风险，在海上航行了7天，战胜了台风大浪的考验，才又一次踏上日本的土地。作为一个信使，通过这种最传统的方式，来表达青岛市民对下关人民的真诚情谊……"

朴实的话语，真挚的情感，令在场的日本市长、议员感动得频频点头。这让台下的朱悦涛刮目相看，感觉比自己起草的那些礼节性"正确的废话"强多了。在场的记者们纷纷拍照摄像，"青岛"号及其使者的新闻铺满了第二天的报纸电视。现在回想起来，那段早年的即兴发言，或许就是郭川内心深处，对帆船航海最初的真实感悟。

一鼓作气，青岛奥帆委、航海学校，以及朱悦涛、戴志强、曲春他们决定实施宣传青岛、宣传奥运的第二步战略：中国沿海行。还是与船东张伟民合作，还是这条帆船"青岛"号，还是这个船长——青岛人郭川……

对于上一次航海暴露出的问题，一一解决，力求打一仗进一步。特别是定位、通信等手段，必须加强，因而需要增添雷达、对讲机等设施，预算方案50万元。通过成功的处女航，现在拉赞助比较容易了。著名的家电大王青岛海尔集团已经成为奥帆赛赞助商，决定拿出一笔钱支持，在"青岛"号前帆上印上"海尔大帆船"字样。

一路航行，一路宣传企业，真是不错的广告创意。然而且慢，就在准备成行的时候，有人提出异意："这个名号不好。你们看，海尔大帆船，谐音就成了'大翻船'了，不好听不吉利。"

大家听了认为有道理："是啊，人家企业谁愿花了钱，还诅咒翻船啊。算了，还是只叫'青岛'号吧！"

不给企业冠名，自然少了那笔钱，那就有多少钱办多少事吧。奥帆委想方设法筹措经费，改装保养船只。而这时的郭川已经成为名副其实的船长，可以驾船掌舵，不用香港水手保驾护航了。2005年8月中旬，郭川和几名同伴再次从青岛奥帆基地起航了，沿着烟台—大连—上海—宁波—广州—香港等海滨城市航行，走一站宣传一站，青岛奥运会伙伴城市、帆船之都的名片响彻云霄。

特别是在上海，由于黄浦江航道十分繁忙，是不允许小帆船进入的，只能停留在吴淞口码头上。可这一次，上海市政府特别批准："青岛"号可以沿着黄浦江一直航行。哈！那一天，郭川他们驾着"青岛"号，扬帆进入黄浦江，缓缓上行，一直行进到外滩、行进到东方明珠电视塔下，两岸万众瞩目……

这样，"航海三步走战略"走完了第二步，面对第三步——环球航行时，朱悦涛等人心里却打起了退堂鼓：通过前两次远航，越发感到航海不是简单的事，而我们缺乏的东西太多了，出于技术和安全的考虑，还是暂时放一放吧。

是谁说过，机会给予有准备的头脑。千真万确。

2005年下半年的一天，克利伯环球帆船赛的英国代理商慕名而来，找到青岛奥帆委，找到综合部主任朱悦涛，推广这个项目。克利伯环球帆船赛，是由克利伯风险投资公司主席罗宾爵士于1995年首次提出的，其初衷是满足人们日益增长寻求冒险的旅程、摆脱现有舒适生活方式桎梏的渴望。全球业余帆船爱好者自费报名并接受赛前培训，在职业船长的带领下，驾驶由世界知名城市或港口命名的参赛船，从英国出发，途经包括参赛城市在内的世界主要港口，分赛段、分场次地进行比赛，历经 10 个月返回英国。在每一个经停站，所在城市都将举行隆重的欢迎、颁奖和起航仪式。

克利伯环球帆船赛每两年举办一届，至今已成功举办过 5 届，它是"世界上规模最大的业余环球航海赛事"，影响力巨大。朱悦涛看着喋喋不休的代理商，第一个反应是，机会来了，完全可以借船出海，通过这项赛事，实现"青岛"号环球航行的第三步设想。谁知，谈到这个问题时，商业代理痛快地答道："可以啊，我们允许当地城市命名，但需要 100 万美元的冠名费。"

"啊！"这让一向精打细算的老朱傻了眼。政府没这笔经费，企业不愿赞助，你让他上哪儿去找这么些钱啊?! 不过这难不住他，凭借着"三寸不烂之舌"，说得对方连连点头："青岛是 2008 年奥帆赛比赛地，全世界都看着呢！你如果提前三年介入将占领先机。再者，你原定中国的基地设在上海，在那里可是事与愿违，帆船连黄浦江都进不去，只能停在外海。而在青岛，可以停放在奥运基地，就在市中心，这个影响力可是巨大的！"

有理有利有节，最终说服了克力伯总部——将这项赛事中国站定在青岛，并且提供中国参赛帆船、无偿冠名为"青岛"号。接下来，又回到了选人的老问题——当克利伯赛事帆船在青岛靠岸时，一定要有一个青岛籍的英雄般的人物参加了环球航行，从船上昂然走下来。不用说，朱悦涛第一个就想到了郭川。

不巧的是，郭川当时已经订好了飞往新西兰的机票，为户外媒体拍摄滑翔翼的照片。顺便说一句，这些年的探险运动，也使他练出了超一流的摄影技术，是《国家地理》杂志的签约摄影师。并且，他是个办事严谨可靠的人，不想临时爽约，一时陷入了两难之中。

这天晚上，朱悦涛将郭川约到一个通宵营业的咖啡馆，一边喝着醒神的咖啡，一边彻夜长谈："郭川，你一定要继续走下去。这可是国际性的帆船赛啊，今后你要还想航海，就不能错过这个机会。"

"是啊，我知道，可是……"郭川挠挠头，心里还有纠结着，"我早答应人家了，食言不好吧！"

"想想吧，哪头轻哪头重。咱们计划的航海前两步都办成了，但那只是自己玩儿，克利伯赛事具有世界影响力，如果你再次成功，就是中国的航海英雄，不仅对宣传青岛有好处，还能促进全国帆船运动的发展！"

晓之以理，动之以情，有着深厚家乡情结和责任感的郭川，被深深打动了。他不再犹豫，端起面前的咖啡杯，就像啤酒一样，一饮而尽，说："我干！摄影的事，我再想办法处理好。"

朱悦涛站起来，拍拍他的肩膀："好样的，是个男人！那边有什么意见，我们也帮你协调。"

2006年1月，郭川作为首位征战克利伯环球帆船赛的中国人，登上了"青岛"号，参加预定国家沿海城市的一站站比赛。在船上，他的身份是水手，但他却觉得自己更像一个"插班生"，周围都是素不相识的外国人，讲的是英语，聊的是帆船，一切需要从头学起。好在大家有着共同的目标，郭川逐渐融入队伍中去。

虽说曾经有过两次出海航行经历，但这却是郭川第一次面对真正的远海大洋，使他得到了进一步的磨炼。多年后，郭川曾充满感情地回忆道："参加克利伯，是我完成单人不间断环球航海，必须要经历的第一步。"

当年4月，当郭川随船抵达青岛时，整个城市都为之轰动了，因为还没有一个中国人参加克利伯环球赛。特别是当大家坐在有暖气的客厅里，看着春晚，喝着啤酒，欢度春节的时候，郭川却在大洋里代表青岛、代表中国搏风斗浪呢！所以都很感动，且为这个敢吃螃蟹的老乡自豪！

如果说前两步奥帆航海行，人们的注意力还在"青岛"号的话，那么这一次，舆论的焦点都落在了郭川身上。确如朱悦涛所预料，当他从船上走下来时，就完成了从"形象船长"向"城市英雄"的转变。敬佩的目光，赞许的掌声，毫无保留地送给了这位青岛汉子。当年，郭川被评为"感动青岛"的十大人物之一。

可以这样说，此前的郭川还是一位航海的业余爱好者，只不过比其他极限运动兴趣大热情高罢了。通过参加克利伯环球航海赛，真正触动了他心底敏感的神经：帆船航海或许应该是自己的唯一！

爱好与职业、乡情与梦想结合在一起，是一个人最佳的选择。从此，他更加有意识地向这个目标前进了。

两年后的沃尔沃环球帆船赛，成为郭川走向职业航海家的桥梁。不过，对于郭川的航海人生来说，那是一段惊心动魄、不堪回首却又值得回首的航程……

这些日子里，我几乎天天与郭川待在一起——当然，我指的是电脑中他的照片和视频，一边感受他的性格特征，一边结合采访记录思考，冥冥中就像与他对话似的。从中，我有了一个有意思的发现：郭川曾经是一个严谨的"理工男"、豪放的航海家，但也是一个艺术气质相当浓厚的"文艺范儿"。他爱好音乐、摄影、欣赏绘画，文学写作也不错，几篇不多的自述文章言简意赅，颇有文采。据说郭川还计划写自传，可惜未能继续下去。如果早一点儿写成，那或许会给世人一个更为真实的郭川，一个热爱大海、无愧此生的郭川！

　　记得我和他的老朋友朱悦涛交谈时，他曾说过这样一句话："郭川早晚要魂归大海的，但现在太早了……"

　　夜深了，我关掉电脑写作的界面，打开了下载的郭川的原声朗诵。或许不少人还不知道，郭川十分爱好诗歌，早就担任了"为你读诗"公益活动的嘉宾。他喜欢描写海洋的诗歌，因了曾在风里浪里摔打过，所以特别有心得有感情，读起来也就特别感动人。

　　这是一首配乐诗，是他钟爱的葡萄牙诗人安德拉德《海，海和海》。自从他失联以来，我一遍又一遍地播放倾听，越听越感到更加理解郭川了！

　　伴随着一曲悠扬深沉的钢琴音乐，"为你读诗"开始了，虽说郭川的普通话并不太标准，声音也不太洪亮，但那种内在的艺术神韵、那种沧桑的人生况味再一次拨动了我的心弦——

> 你问我，但我不知道
> 我同样不知道什么是海
>
> 深夜里我反复阅读着一封来信
> 那夺眶而出的一滴泪珠也许便是海
> 你的牙齿，也许你的牙齿
> 那细微洁白的牙齿便是海
> 一小片海
> 温柔亲切
> 恰似远方的音乐
>
> 当一个又一个的波涛
> 在我的身上撞碎
> 那显然是母亲在把我呼唤
> 此时海便是抚爱
> 在湿润的光芒之中
> 我年轻的心儿被唤醒
> ……
> 我同样不知道什么是海
> 赤脚站在沙滩上

听着听着，我眼前似乎出现了一幅图画：

若干年后的某一天，有一艘独木舟载着一位须发斑白、衣衫褴褛，却铁骨铮铮、眼睛明亮的人，好似与那位名叫鲁滨孙的一样的人，从大洋上驶来。那可是郭川重新回到了我们中间……

（本文节选自《北京文学》2017 年第 4 期、青岛出版社 2017 年 9 月第 1 版）

铁汉丹心（节选）

丁晓平

他是军民融合发展道路上的排头兵。

他是混合所有制经济改革的先行者。

关于这个名叫张进的国企老总的故事，凡是我能够找到的，我都努力搜集起来，呈现在诸位面前了。一说起张进生前身后的这些往事，不论是与他共事了30多年，还是才同事两个多月的人们，或热泪盈眶，或扼腕叹息。对于张进的精神和性格，诸位在阅读后一定会产生钦佩与爱怜，而对于他的命运和事业，不免也会洒下自己惋惜与同情的泪水。

……

一个封圈和一封感谢信

在张进的办公桌上，摆放着一个小小的燃气表封圈，而且一放就是5年。

这个故事的起因，缘于张进2011年在新闻中看到一条因热水器燃气泄漏导致家破人亡的消息，他马上联想到燃气表封圈容易出现焊点脱落的质量不稳定问题，从此成了他的一个"心头病"。

封圈焊接技术多年来一直是困扰前卫的老大难问题，也是燃气表行业最后一道"瓶颈"。张进经常跟同事们说："我只要从电视、报纸上看到哪里发生了天然气泄漏，我就心有余悸。不怕一万，就怕万一。万一发生泄漏的是咱们前卫的燃气表，那该怎么办？"

事不宜迟，必须尽快提上议事日程。张进立即召集仪表制造分公司组成项目攻关组，责令他们必须下决心尽早实现工艺攻关。会上，他满怀深情地说："封圈质量问题虽小，但人命关天。封圈的质量决定着燃气表的安全，可以说这是一个定时炸弹。如果受伤害的是我们的家人，大家又作何感想？这个问题一天不解决，我一天寝食难安。"

对产品质量要求一向"苛刻"的张进，对提高产品质量的经济投入从不"吝啬"。他三天两头打电话询问进度，需要什么给什么，要人给人，要钱给钱。当得知需要耗费巨资从国外引进一条自动化焊接生产线时，张进二话不说，立即配置。

现任仪表制造分公司副总经理梁睿，同时兼任金属制品车间主任，出生于1982年，毕业于成都纺织高等专科学校，后来半脱产在重庆大学自学电器工程与自动化专业，拿到了本科文凭。小伙子精明能干，性格嘎嘣爽，谈吐嘎嘣脆，完全是一个典型的80后。张进的"苛刻"，对他来说感触颇深。在工艺攻关过程中，张进一见到他就说："小娃儿，封圈自动焊接问题不解决，我见你一次理麻一次，看你脸皮有多厚。"

梁睿知道张进是在跟他开玩笑，心里热乎乎的。在他的眼里心中，张进就是他最佩服的"老大"，是他最崇拜的"男神"。许多年轻的同事都害怕被张进找过去谈话，梁睿说："我不怕。因为你不知道'老大'问你啥，有啥害怕的。准备在平时。"

此前，梁睿从电饭煲的工艺中得到启发，提出要自主研发一条燃气表"上下盖自动化生产线"，目标是将燃气表的上下盖的材质由铝质变成钢质，既提高了产品性能，又节省了成本。这是一项无中生有的创新工程，张进立即给予大力支持。因为投资预算巨大，需要400万元，公司有领导对此表示怀疑和担心。一个80后的年轻人，能不能完成这个任务？

在总经理办公会上，张进把梁睿叫过来，让他详细汇报研发方案。随后，张进明确表示了他的决心："支持！"

他凭啥要支持这个年轻人？

"我为什么相信这个小娃儿？"张进在办公会上坦诚地说，"刚才小娃儿在白板上一项项的演示汇报，大家也看到了，就是因为我相信他写的这个报告。在他的报告中，有具体案例，有风险分析，有投资分析，优点劣处也都清晰明了，我觉得我应该相信他。说得脱，就通过；说不得脱，就不得行。"

最终，这个燃气表"上下盖自动化生产线"，在张进的直接关心下，从立项研发到投入运营，技术团队只花了8个月时间，耗费397万元，比预算节约了3万元，再次在同行业中创下了中国第一。"上下盖自动化生产线"投入使用后，前卫的产能大幅提升——原来八个人一天生产4000个，现在一个人一天生产达到了6000个。目前，这套生产线技术全国只有4条，前卫自己使用两条，转让给其他企业两条。现在，经过技术再改进，前卫的生产线每分钟的产能为 18 个，其他企业为每分钟 13 个。

后来，在公司职代会上，张进点名表扬了梁睿带领的这个"精益项目"团队。梁睿记得，那天的大会上，张进准确地说出了令他一辈子也不会忘记的一组数字：320 毫米 × 320 毫米和 304 毫米 × 299.8 毫米——这是燃气表外壳上下盖原材料的料片尺寸和成品尺寸。坐在台下的梁睿震惊了，他说："那一刻，我仿佛打了一针兴奋剂，没有想到连车间工人师傅都不一定记得清楚的数据，张总竟然记得清清楚楚。"接着张进给大家算了一笔账："我算了一下，每一件产品你们节约了 80 克原材料。一年下来，你们做了 200 万套 400 万件，累计节约 32 吨原材料。了不起啊！同志们，我们要为这样的年轻人鼓掌。"

瞬间，会场爆发了暴风雨一样的掌声。

张进的信任、魅力，征服了梁睿，也征服了像梁睿一样的 80 后、90 后。正因此，张进无论怎么"理麻"人，梁睿和他的小伙伴们都打心眼里服气。

不经历风雨，怎么能见彩虹。攻关的道路总是曲折的。在经历了无数次试验后，燃气表封圈焊接生产线的试验效果始终不令人满意。见到大家进展不顺利，张进没有气馁，而是给梁睿他们加油打气，说："办法总比问题多，一定要相信自己！你们一定行！"

在张进的直接关心下，项目组成员牢记重托，终于完成了自动化焊接生产线的创新改造，攻克了燃气表封圈焊接技术的难关。不仅使前卫的燃气表产能再次大幅提高，由原来每分钟生产 8 个达到每分钟生产 15 个，而且合格率也明显超过德国同类设备，达到了国际先进水平。更为重要的是，前卫人靠自己的双手，再次创造了奇迹——自主建成了世界上第一条燃气表封圈自动焊接生产线。

当梁睿和攻关小组把这一胜利的消息第一时间告诉张进时，张进没有他们想象的那样兴奋，而是平静地说："小娃儿，我要看你生产的产品。"

很快，梁睿把第一个成功的产品递到了张进的手中。张进拿到新产品后，尤其是听到德国工程师竖起大拇指连声赞叹后，依然平静地说："小娃儿，困扰我多年的问题总算解决了。我终于可以睡一个踏实觉了。不过，你们还得继续努力，力争早日实现集冲压、成型和焊接于一体化。"

当世界上第一条燃气表封圈自动焊接生产线项目在前卫建成并投产后，办公室秘书准备拿走张进办公桌上那只摆放了 5 年之久的封圈，他摆摆手说："留在这里吧，它可以随时提醒我'质量是企业的生命'。"

一个封圈的故事，现在已经成为前卫人的经典企业文化案例。

讲完这个故事，梁睿哭了，泪流满面。他说："按照张总的要求，我们在

2017 年完成了两条自动化生产线的联动，首次建成了世界上第一条集冲压、成型和焊接于一体的生产线。可是，张总再也听不到这个胜利的消息……"

接着，梁睿又讲了下面这个一封感谢信的故事。

那是 2013 年 12 月 13 日，星期五。张进和党委书记黄四光来到仪表制造分公司看望夜班职工。梁睿接到电话后，赶紧来到车间，他看了一下手表，时间已经是 23 时 30 分。

一见面，张进就对梁睿说："今天不用你介绍，有问题，我问你。"

梁睿懂得张进的用意，知道这"微服私访"是在考试呢！

当时，车间正在全力以赴完成出口巴基斯坦的燃气表任务，张进对晚上是否有维修服务人员值班、夜间加班质量和安全工作谁负责等问题，一一进行了详细询问。这时，张进一行来到了喷塑生产线旁边。喷塑组副组长吴艺和小组的同事们正在专心致志地为燃气表贴保护膜。吴艺突然感到身后有人，抬头一看，怎么也没有想到身边穿着工作服的这个工人模样的人，竟然是总经理张进。吴艺和同事们赶紧放下手中的活计，站了起来。

"大家辛苦了。"张进微笑着跟大家打招呼，一边说着，一边顺手拉过身边的一把凳子要坐下来。

"张总，凳子脏。"吴艺看到凳子上有油渍，赶紧说了一句。

"没事。"张进连看也没看，就一屁股坐了下来，和大家拉起了家常。

从生产聊到生活，从员工的个人利益聊到公司的长远发展，大家你一句我一句，摆起了"龙门阵"，一时间竟然忘了谁是领导。

就在大家聊得正酣时，张进突然对吴艺说："吴艺，你也算是老师傅老前卫了。你实话告诉我，你对车间目前的管理满意吗？有没有什么好的建议？"

张进之所以这么直截了当地向吴艺提问，是因为早在 20 世纪 90 年代自己任生产科副科长深入一线了解情况时，就知道吴艺是个心直口快的人。吴艺也知道张进的脾气，两人谈话就比较对路子，不藏着不掖着。

"让我说，我就说。"吴艺干脆地答道，"要说车间管理，我们还是比较满意的，至于建议，我的确有几条。"

张进一听有建议，赶紧从口袋中掏出笔记本，拿起笔来认真记录。

"第一点，我认为铝壳表包装的纸隔板完全可以回收再利用，虽然是一件小事，算起来也值不了几个钱，但再少也是一种浪费。第二个建议仍然是有关浪费的事，比如每天晚上接送职工的夜班车，可不可以考虑换成小客车。我仔细观察了一下，大客车一是几乎每天都不能满员，二是路窄了进不去，有的职工下车后还要走很长很长的路。换成小客车后不仅能够节油降低成本，而且还可以直接将职工送到家……"

就这样，一口气，吴艺向张进提了 4 个建议。张进用心听了，一边记录，一边不停地点头。临走时，张进说："吴艺，你这 4 点建议提得很好，我一定会给你和职工们一个满意的答复。"

12 月 16 日，星期一，下午一上班，梁睿就接到了张进打来的电话。张进在电话里说："我今天中午给吴艺写了封感谢信，你带给她。"电话中，张进还要求梁睿在车间对吴艺进行公开表扬，引导员工树立厉行节约的新风尚。后来，《前卫人》报的编辑找到了吴艺，把张进的这封"感谢信"在第一版全文发表了。信这么写的——

吴艺同志：

你好！

周五晚上在二〇一车间喷塑生产现场，你和你的小伙伴向我们反映了很多很好的意见和建议，特别是你提到用于铝壳喷塑产品隔离的硬纸板未能回收，被克罗姆公司作为废纸卖掉，是一种不负责和浪费的行为，希望公司能够重视。

你们的意见引起我们高度重视和反思，周一上午 11 点，我主持召开克罗姆、仪表分公司和本部有关部门领导参加的专题会，就纸板回收问题进行布置。

纸板回收事虽小，摊到每件产品上只有四分钱，但它背后折射出很多东西，值得反思。

一、"从群众中来，到群众中去"，是我党的优良传统，这些年是不是真正坚持了？特别是各级干部，是不是真正放下身段，倾听员工的意见和建议？

二、企业发展了，大手大脚的现象也随之产生，节约意识淡薄了，浪费现象随时可见，而我们相当多的干部却视而不见，不屑一顾。

三、抓管理必须从小事抓起，从一点一滴抓起，从自家身边抓起。

四、前卫是我们每一个人的前卫，每个员工都有责任来管好自己的家。

吴艺同志，你作为前卫普通员工，真正把前卫的事当成自己家的事来办，直言向我们反映问题，给我们各级领导上了生动的一课，我代表前卫集团感谢你！我们也会改进工作作风，经常性地深入一线，了解收集员工的意见和建议，把每位员工的智慧汇集成建设前卫的源泉，一起努力，把我们的前卫建设得更加美好！

同时，请转告给你的小伙伴们，他们提出的其他意见，我已经责成相关部门进行调研，涉及政策性的问题，公司会认真研究后做调整。

另外，听你们车间主任报告，周六你上班中生病了。在此，表示慰问！也祝你早日康复，早日回到工作岗位！

张 进

2013 年 12 月 16 日

"我做梦也没有想到，张总竟然会因为我的建议给我写信。特别是当他知道我生病住院后，第二天早上还专门派人将信送到我的病房，并特地嘱咐我早日康复。"想起那一个夜晚，吴艺深情地回忆说，"一次看似平常的夜访，一封饱含深情的感谢信，让我看到了张总对一线员工的关心和尊重，看到了他对公司发展的亲力亲为和呕心沥血。这封信，是我收到的最好的新年礼物，我一直珍藏着。"

谁来监督我的权力？

"作为企业一把手，谁来监督我的权力？"由常务副厂长晋升厂长，在第一次厂长办公会上，张进就当着所有人的面，首先主动向自己开刀。他说："其身正，不令而行；其身不正，虽令不从。只要我带头接受监督，就能在全厂形成人人监督、监督人人的良好风气。我们领导干部廉洁了，干净了，企业就会有凝聚力和战斗力。"

随后，张进主动向厂党委递交了个人廉政承诺，自我"约法三章"：一是除工资收入外，不参与厂里任何分配；二是不接受任何可能影响公务的礼品；三是不允许家人参与厂里的任何经济往来。

现任前卫纪委书记张昌升说："我比张总晚一年进厂，在担任公司组织人事部门负责人时，与他工作交往密切。他常常嘱咐我要加强对干部的管理，强调身正重于言行，并提出可以'向他看齐'。他的一身正气、严于律己让我非常敬佩。我担任公司纪委书记后，更是深深感到，他是严守政治纪律和政治规章、公私分明、清正廉洁的典范，是国企领导干部自觉接受监督、规范用权、严守底线的楷模。"

2005 年，有少数领导干部存在公车私用现象，职工看着不顺眼，议论纷纷。张进没有把这件小事只听在耳朵里，而是放在了心上。在全厂干部大会上，张进发出了一道禁令："领导干部一律不准驾驶公车，不准公车私用。"

为此，张进指示出台了一套《严格领导干部职务消费制度》，明确规定：班子成员不得配备专车和驾驶公车，不得因私使用公务车。严禁节假日动用公车，严禁厂领导直接安排驾驶员出车，一切公务用车均由厂办秘书或车辆调度人员统一安排使用。对违规驾驶公务车，除按相关规定进行处理外，发生的一切后果和产生的一切费用由使用人承担。2009 年，前卫实施整体搬迁后，再次出台新规定：班子成员一律与普通职工一样，同额享受每月 120 元的交通补贴。

严禁公车私用，在今天已经成为一项领导干部必须遵守的纪律，不算什么问题。但在 10 年前，在前卫还是引起了不小的争议。有人认为张进这是在"小题大做"，说："开个车算多大个事？"有人"提醒"张进，说："我们这么严格，不是给兄弟单位施加压力吗？"

张进顶住了压力，没有犹豫，坚定地认为："群众议论无小事。公车私用虽是件小事，往小处说是图方便，但往大处说就是特权思想和官僚主义的体现，严重影响领导干部的自身形象。不管别人怎样，我们自己先看好自家的门、管好自家的人。"

"张进就是这样一个在细节上很认真的人。他说到做到，首先不开公车，同时还要求其他公司领导带头严格执行。在他的带领和动员下，公司领导班子成员陆续购买了私家车上下班。"张昌升说，"在他主持公司工作的 12 年里，无一名中层以上干部因违纪违法受到处理，前卫公司始终洋溢着风正、气顺、心齐、劲足的良好工作氛围。"

确实如此，公司有汽油，为了避嫌，张进特地买了一辆柴油车代步。他上下班和节假日都是由妻子雷爽开私家车出行。但话说回来，一个国企的老总对纪委书记敢于喊出"向我看齐"，他到底有多大的底气呢？是不是真的说一不二呢？

现在，不妨对照他自己的"约法三章"，一章一章地来看一看，他到底做了没有？是怎么做的？做得好不好？

第一章"除工资收入外，不参与厂里任何分配"，张进做到了没有呢？

2012 年，张进荣获中船重工年度非船装备突出贡献者奖，按有关规定，可以从公司获得 10 万元奖励。但他坚决不接受这笔奖金，他的理由是："我个人的作用是微不足道的，这个功劳属于前卫全体员工。"

2015 年，在兼任"海装风电"副总经理后，"海装风电"给他发放工作津贴，他拒绝领取，并说："前卫公司已经给我发放了薪酬，我在'海装'不再领取一分一厘，以后发放相关费用就不要再填写我的名字了。"

因为前卫效益没有搞上去，到了 20 世纪 90 年代中期，职工收入比较低，住房依然困难。解决职工住房问题，一直是张进的心头大事之一。按照他的思路，一是利用国家有关政策，二是利用家属区现有土地资源，前卫先后修建了四期集资房，共 936 套，一下子解除了大部分职工在居住方面的后顾之忧。

房子建好了，大家自然高兴。但对张进来说，房子如何分配，也是头疼的事情。其实，根据当时的购房方案，无论是哪一期集资房，张进都完全有优先购买的资格，但他一次又一次地把指标让给了住房困难的职工，让给了技术骨干，让给了一线职工。

孟黎说："集资房 330 项目建成后，张进给我打电话，说你要不要？如果要，就必须把以前分配的房子退出来，不退就别想分新的集资房。班子成员都是一视同仁。他没有要新房子，仍住在工厂第一次分配的住房里，直到离世，也始终没有使用自己的集资房指标。"

说起房子，这里还要插话讲一个故事。房子分配完毕，家家户户搬家装修，欢天喜地。一天晚上，孟黎接到了张进的电话："老孟，老子明天要收拾人！"

"怎么啦？"孟黎很吃惊。

"有职工给我打电话举报，有人在自家的楼顶加盖了玻璃房。这怎么可以，明天上午 9 点开办公会，我要收拾他。"

原来，有职工举报说，集团的一位副总购买的是 330 项目集资房顶层，装修时，他在露天屋顶私自加盖了一间十多平方米的玻璃房。

这咋行呢？群众都不答应了。第二天早晨 7 点，张进让妻子雷爽开车，直接赶到了这位副总家里。他要亲临现场，看看群众举报的情况是否属实。进了门，张进说明来意，一看果真如此，确实加盖了玻璃房。临走时，张进只说了一句话："9 点，开办公会。"

9 点，会议按时召开，公司党委班子成员和纪委委员全部出席。张进主持会议，先是介绍了群众举报情况，然后当着所有人的面，点名道姓地说："今天早上，我去现场看了，情况属实。现在，我就说三句话：第一，拆房；第二，不拆房，就撤职；第三，如果不主动拆房，既撤职，又拆房。"

还有什么好说的呢？这位副总当即做了检讨，并当面承诺：立即拆除。

铁面无私啊！谁也不会想到，张进动了真格。一石激起千层浪。这件事，在前卫干部和职工中反响很大，引起极大震动，没有人不佩服他的魄力。

第二章"不接受任何可能影响公务的礼品"，张进是怎么做的呢？

在商务活动中，张进坚决拒收礼品礼金，实在不便退回的，他如数交到纪委。在前卫纪委的登记簿上，我们可以看到，有张进上缴的手机、酒水、字画、手表、钢笔、花瓶等物品，价值近 10 万元。

2004 年，张进操办自己和雷爽的婚事时，他一概拒绝礼金，只允许来宾以普通的 CD 或书籍表达心意。事后，他及时如实地向上级党委汇报了宴请及收受礼物等事宜，并主动在厂长办公会上做了通报。

同时，张进还在前卫推行"阳光工程"，把中层以上干部的收入分配统一交由组织人事部门管理，不得在单位或部门领取任何收入。

"君子爱财，取之有道，不是自己的坚决不能要！"张进说，"我从小接受的教育就是如此。"他牢牢记着妈妈的话："你爸爸是优秀共产党员。做人要诚实，当官要正。你自己的行为不正，厂风就不正。你手不摸红，红就不会把你的手染红。"

第三章 "不允许家人参与厂里的任何经济往来"，张进做得好不好呢？

除了妻子雷爽在结婚前就是前卫的中层干部之外，张进没有其他亲属在前卫从业。没有插手干预公司的工程建设、物资采购、外协外包等任何业务，当然也就不存在任何谋取私利的行为。张进告诫前卫有关部门："凡是以我同学、朋友、亲属等名义要求参与单位相关业务的，一律拒绝。"

小时候，张进在他四孃身边生活了三年多，四孃待他视如己出，可谓恩重如山。有一年，四孃带着孙女，左手一只鸡，右手一只鸭，用网兜拎着，来到前卫。那时候，前卫还在大石坝的老厂区。四孃是大老远从农村来的，门岗不认识，不让进门。她们就站在那里，傻傻地等着。这时，司机喻文利刚好出车回来，在大门口看见了。喻文利是前卫的子弟，初中毕业父亲退休时顶职的，比张进和孟黎进厂都要早，都是几十年的老交情了。四孃认识小喻，就大声喊："带我们去找张二娃吧？"小喻心想"我哪里敢带哟"，就说："你等等，我打个电话，看他在不在？"小喻转身进了值班室，电话打过去，张进接的，一句话："就说我不在，让她们回去。剩下的工作，让我妈去做。"没办法，小喻只好撒个谎打发走了四孃。看着四孃失望的样子和蹒跚离去的背影，喻文利鼻子酸酸的。

大树底下好乘凉。在"人情大似天"的中国，这也是人之常情，无可厚非。像这样的例子还有好几个，比如张进的小舅和姑姑，都曾找过张进的父母，希望他能在前卫给他们的孩子谋一个饭碗。结果，可想而知，都是碰了壁。有一年，与父母相处了几十年的老邻居找到母亲，因为看到前卫的效益好工资高，希望把自己在某铝制品企业做销售的儿子调到前卫工作。老邻居与张家相处得一直很融洽，也是看着张进长大的。母亲就小心翼翼地把这个情况告诉了张进，张进没有答应。没有帮上忙，无奈中，母亲只好一个劲地向老邻居道歉。老邻居在电话里冷嘲热讽地说："哟！搞什么搞，儿子当官了，就这样子了……"老邻居骂骂咧咧地挂了电话，母亲伤心地哭了……

其实，说张进在前卫从未有一个亲戚从业，也不准确。据张进的母亲讲，

10 年前，张进有一位姨娘的儿子在前卫的车间工作，当时是完全正常招聘进厂的。有一年，厂里搞中层干部聘任，这位表弟就参加了车间主任的应聘。谁知，他在应聘中落选了，十分不服气，大发牢骚，骂人事部门搞暗箱操作，最后还扬言说："我凭啥不能上，你们都是搞关系上的。哼！要说关系，我的关系比你们都厉害！"旁边就有人冷冷地问了一句："你说说，你有啥硬关系？""有啥关系，说出来，你们别吓着了。"表弟卖起了关子。"你说说，啥子关系嘛。"大家开始起哄了。表弟红着脸说："张进是我表哥！"当时，大家谁也不相信，哄堂大笑。后来，一打听，还真是如此。上上下下，谁也不曾想到，张进还真有一位亲戚就在前卫上班，不仅这位表弟没有说过，张进自己更从未提起。不过，这位表弟因为没有应聘上车间主任，一气之下跳槽走了。

张进弟弟张星是学医的，后来从上海移民去了新西兰。新西兰的红酒很出名，弟弟想兼职在国内做一点儿红酒的推销，就给张进打来电话："哥，你们公司少不了有接待任务，肯定也少不了需要一些红酒，要不就从我这里进口一些，价格比外面的还要便宜些，行不行？"张进二话没说，断然拒绝。弟弟知道哥哥的性格，从此没有提过任何类似的要求。

现在，看了张进的这些故事，人人心中都有了一个属于自己的答案。张进是如何做到清正廉洁的呢？到底是谁监督了张进的权力呢？是外因，还是内因？是客观，还是主观？——不仅仅是法律，也不仅仅是道德；不仅仅是组织，也不仅仅是群众。归根结底，还是他自己。

"谁来监督我的权力？"

这是一个优秀共产党员为自己设置的一个反问，答案其实就在这个问号里。

张进用自觉、自律、自信，践行了自己庄严的承诺。这就是自我修养，他自己对自己提出要求，自己监督自己，自己监视自己，自己向自己汇报，真正做到了"权为民所用、利为民所谋"。

谁能代表共产党员？

人生最大的幸运，莫过于在追求梦想的青春时光里发现自己的人生责任和使命。1987 年，刚刚毕业的张进从走进前卫的那一天开始，就知道自己正面临着这样的发现和选择。

20 世纪 80 年代到 90 年代中期，前卫和大多数三线企业一样，在军工企业转轨变型中，军品任务不足，企业连续亏损。黄四光当年是从原四二九厂调到前卫的，是张进和前卫"创业史"的见证人。他说："张进分配到前卫厂有点生不逢时，因为那时工厂正处在转型探索的低潮期。军品任务大幅下降，民品燃气表规模一时又无法做大做强，连续多年亏损的窘状与隔壁五机部国营江陵机器厂（现长安公司）火红的发展势头相比起来，职工自怨自艾和自暴自弃的情绪十分浓厚。也正是在那个时期，工厂人才流失的现象极为严重。每年怀抱理想和雄心的大学生来一茬走一茬，就连多年培养起来的技术和管理骨干不是南下广州深圳，就是托关系、走后门另谋高就，因此有人背后断言：张进迟早也是'飞鸽牌'。"

事实正是如此，与张进1987年同时进入前卫的26名大学生，后来陆续"孔雀东南飞"了，最后只剩下了3个，他就是其中之一。

"选择了军工，就等于选择了责任与使命。"张进忠于自己的选择，知足，满足，幸福感满满的，始终没有萌生离职离厂的念头。1990年，他在参加工作三年后的"自我总结"中写了这样一段话："我认为：作为一个大学生首先应该脚踏实地，把自己融入职工之中，在为工厂奉献中实现人生的自我；其次，丢掉幻想，正视现实，洗去傲气，以平凡的小事做起，积累自己的工作经验，为以后打好基础；最后，面向基层，不怕脏和苦，在基层中得到锻炼。"

一次抉择，一生坚守。

忠诚国企是张进的理念，相信国企是张进的个性，做强国企是张进的追求。

古人云："尽心于人曰忠，不欺于己曰信。"凡事光说不做不行，说一套做一套更不行。作为领导干部，说到就要做到，要求别人做的，自己就要首先做到。在前卫人心中，张进是干部成长的引路人、企业发展的造福人、日常生活的知心人。前卫人说他是"八小时之内严肃的领导，八小时之外和蔼可亲的大哥"。他关心班子成员的工作，也关心班子成员生活，包括班子成员孩子读书学习、就业，买车买房也积极帮忙出主意想办法。他说："工作、生活要分开，既要快乐工作，也要愉快生活。大家能在一起工作，是一种缘分，要珍惜。"

早在担任总装车间主任时，张进记住了每一个员工的生日。每到有员工生日那一天，他都早早地在车间大门口的黑板上写上祝福的话语，让员工在上班的第一时间就能看到。当时，车间的一位职工得了脑膜炎，他让家人精心熬上鲫鱼汤给送去。老家在江西老区的一位职工没钱结婚，他二话不说，借给他5000元办成人生大事。

1997年，某型军工产品在山西某地进行总装，因为包装箱内壁出现了锈蚀现象，需要返工作业。无论做什么，返工总是一件比较闹心的事情。更何况包装箱空间狭小，内径只有 0.8 米，长度为 3 米。还有更糟糕的是，在这样一个封闭的空间中，进行除锈和喷漆作业，雾霾一样的灰尘掺杂着浓烈的刺鼻油漆味道，其环境之恶劣呼吸之困难心理之痛苦，可想而知。大家你看看我，我看看你，就是没人挪动脚步，场面很是尴尬。

作为车间主任，张进看出了大家的畏难和顾虑，半开玩笑地说："你们都没有我身材苗条，这项工作最适合我。"说完，他挺身而出，拿起砂轮就一头爬进了包装箱。无声胜有声。大家什么也没说，纷纷戴起了口罩，学着他的样子钻进了包装箱。爱拼才会赢。经过一周时间的奋战，100 个包装箱的除锈、喷漆任务按时完成。然而，谁都不知道，每到晚上，受损的腰椎痛得他在床上翻来覆去睡不着觉。但谁都知道，他从未在大家面前抱怨过一句。

有一次，车间一工人在搬运刚刚装配好的产品时，一不小心掉到了地上，摔坏了。当场，这位工人就吓傻了，坐在地上痛哭流涕。因为，摔坏了产品就要按制度规定，照价赔偿。赔偿？一件产品 2000 元啊！要知道，这位工人那时一个月的工资才 300 元！大半年的薪水没有了，这日子该怎么过呢！当时，有人出于同情，提出赔付的金额太大，能不能打点儿折扣。张进没有同意，说："这是制度。制度不执行，就形同虚设。制度面前人人平等，谁也不能破坏。不能因为困难，把同情心凌驾于规章制度之上。"

张进铁面无情的苛刻，一时间令一些人难以理解。其实，他们哪里知道，讲义气、重感情的他，已经到财务科替这位工人代交了 1500 元，那位工人实际上只赔偿了 500 元。事后，也有人开玩笑地问他："你为啥不好事做到底？还留个尾巴？"他动情地说："我是车间主任，没有管理好，理应承担一定的领导责任。赔偿这 500 元，一是他生活上能够承受；二是他毕竟应该承担责任，长个记性，吸取教训。"他的一番话，令前卫人对这个血气方刚的"重庆崽儿"更加刮目相看。

还有一次，张进率队到天津完成某型军工产品灌胶任务后，为不耽误生产进度，他留下其他工作人员继续与外协单位配合，自己却扛起了 100 多斤的产品，买了一张回重庆的火车票。要知道，这趟火车的运行时间需要 48 小时，两天两夜啊！事后，有人笑他傻，说："你出公差，坐飞机多轻松，两小时就到了，免得遭罪。现在工厂效益好了，也不差飞机票那几个钱。"他笑笑，说："坐飞机，产品就必须托运，搬运中很容易损伤或毁坏。坐火车，一是我眼睛一分钟都不会离开它，可以保护易碎的产品；二是我自己搬运，轻重自己能够掌握啊！"如此敬业，听者无不油然而生一种敬意。

2004 年，张进担任厂长不久，厂里召开了一个军品项目评审会，军方领导和专家来了很多，正好碰上一群当年分流的内退职工来厂里争取待遇，场面一时非常尴尬。当天晚上，张进没有陪军方吃饭，而是回到办公室，一个人伤心地哭了。办公室主任以为职工上访让他在军方领导面前丢了面子，想安慰他几句，谁知他却说："这些职工为工厂没少做贡献，我觉得很对不起他们啊。"这是张进的心里话。张进曾对妈妈说："最见不得员工下岗失业，我的背后是2100个家庭，我辛苦点儿，这些家庭就能过得舒服些。"

"仁者爱人，天下兼相爱则治。"张进爱厂如家，爱人如己，爱才如宝。对前卫，张进一往情深，倾注了无限的爱；对员工，张进内心一团火，从骨子里关心。

前卫集团总经理、党委副书记徐猛忘不了：张进知道他的孩子在沙坪坝上学，离家较远，主动把自己父母在学校附近的房子免费借给他住……

技术中心的韩斌忘不了：2003年准备结婚时没有住房，张进两口子搬到父母家里，把自己的房子免费让给他们住，一住就是两年。那套房子里留着当时最大尺寸的彩电，还有顶极音乐发烧友的高级音响及全套的家具……

模具车间的工人们忘不了：在老厂区实施军工技改过程中，空调还没有完全安装到位，张进得知情况后，主动把自己办公室的空调拆下来装到了车间……

像这样的"好人好事"，张进做了很多很多，把它写下来，如果仅仅只用"好人好事"来形容，却又觉得太肤浅了。作为前卫"掌门人"，其实也是一个"大管家"。为了让所有前卫人不同程度地享受改革发展的成果，张进任职12年来，推出了一系列改善生产工作环境、惠及职工的政策措施。比如，生产环境安装通风设备、修建职工文化中心、实施内部医疗补助、为特殊困难员工建立了档案、定期安排员工健康体检……从2005年起，前卫就结合国家实施医保政策，公司出台并实行内部补充医疗保险制度；从2014年起，公司员工参加重庆市总工会重大疾病互助保障，由公司出资三分之一。四次修建集资房936套，其中有部分职工的住房在2016年赶上了重庆市政拆迁，得到补偿费达八九十万元，成了名副其实的"百万富翁"。现在公司平均两名职工就拥有一辆私家车；2016年，前卫职工子女有两人考上北京大学，一人考入清华大学……前卫人的"小康梦"已经不是梦！

"他心里装着工作、装着他人，唯独没有他自己。"这是兰考老百姓称赞"县委书记的榜样"焦裕禄的，用在这里来称赞张进，也毫无夸张。

"把有限的生命投入到无限的为人民服务中去。"这句话出自"毛主席的好战士"雷锋之口，用在这里来概括张进的所作所为，也恰如其分。

关于焦裕禄，关于雷锋，张进很熟悉了。小时候，他就想成为他们那样的人；长大了，他就像他们那样去做事那样去做人；现在，他就成了他们这样的人。

张进的师傅杨国才曾对张进的妈妈说："如果要问什么样的人能代表共产党员，你儿子就能代表！"

"天若有情天亦老，人间正道是沧桑。"在张进还没有离开工作岗位的时候，就已经是一个肺癌晚期患者了。也就是说，癌早已在他的体内蚕食着他的身体。在理论上，连医学也无法想象人体的机体能吃那么多的苦。张进用他的疯狂工作，证明人同钢铁一样，同导体一样，同混凝土一样，有他允许的负荷极限。可是，我们也从张进身上发现，这个极限是可以超越的，人可以不靠体力活着——体力已经用完，人已经筋疲力尽，但人还是继续活着，继续活动，而不是医学上所说的那种力气，靠的是对党的忠诚、对祖国的热爱、对人民的奉献、对事业的责任。

——如果要问什么样的人能代表共产党员？

——我也会这么回答：张进就最能代表！

格言不仅仅是格言

"对党忠诚，勇于创新，治企有方，兴企有为，清正廉洁。"如果用习近平总书记对国有企业领导干部提出的这五句话总要求，为张进的一生鉴定，没有一个前卫人会提出异议，甚至觉得这五句话就像一件为他量身定做的衣服，穿在他的身上，大大方方，潇潇洒洒。

2017年1月5日，我坐在重庆前卫科技集团一间宽大的报告厅里，聆听了张进先进事迹的第一场报告。现在，这个报告已经走出重庆，将在全国多地巡回，最后会走到北京，争取在人民大会堂画上一个句号。每一个做报告的人都介绍了一个新的张进，与别人介绍的不相同，却又相同。真的，我坐在下面，听着听着，情不自禁地流下了泪水。一个陌生的人，就这样走进了我的内心；一个遥远的人，就这样忽然变得亲近了。现在，张进去世才一年时间，我们是否真的能说清楚他到底是一个什么样的人呢？

熟悉张进的人都说，在他心里，装着国家，装着企业，装着每一名员工；在他心里，事业最重，荣誉最轻；企业最重，家庭最轻；员工最重，自己最轻。

什么是生命中的轻？什么是生命中的重？名与利？灵与肉？荣与辱？生与死？

现在，回到2015年11月6日。这天早晨醒来，张进告诉妻子雷爽，说自己四肢无力。妻子知道他已连续咳嗽了一个多月，就劝他好好休息，请个病假，今天不去上班了。但张进却坚持着坐起来，说单位还有几件棘手的事等待他去处理。最终，妻子没能拗过他的倔强，张进吃了几片止咳药，就上班去了。他先是去了"海装风电"，听取了天津滨海项目的汇报，在上午11点左右又回到前卫办公楼办公。

"已经咳嗽很长时间的张总在车上突然大汗淋漓。"小车班师傅冼伟清楚地记得，"他让我在楼下等一会儿，说感觉人不对。我提议送他回家，他却连忙摆手。"可这"一会儿"就是几个钟头，等到张进把手里的事忙完，已是下午两点，他这才被送到附近的医院。

不好的消息，如同晴天霹雳。当天检查后，张进被要求住院。11月8日转院，11月9日确诊，肺癌晚期。天哪！前卫人感觉仿佛天要塌下来了。几乎没有人敢相信这是真的，只有师傅杨国才不觉得意外。他明白，其实很多人也都明白，长期劳累，积劳成疾，张进的身体严重透支，已经超负荷运转了多年。杨国才说："这些年企业发展得实在是太快了，从厂到公司到集团，他停不下来。他把公司的事都当成了自己家里的事，把员工都当成了自己的家人。常年忘我地高强度工作，就是铁人也顶不住呀！"师傅看在眼里，疼在心里。

"铁汉"病倒了，倒在了他挚爱的工作岗位上。

"消息不胫而走，许多职工包括离退休职工都希望到医院去看望他。他知道后委托我通过各种方式感谢大家对他的关心，他说当前宏观经济形势不好，在岗职工工作忙，不要让大家分心；离退休职工年龄大，行动不方便，谢谢他们的好意，还是我抽空去看望大家吧！"想起张进当初患病住院的情景，黄四光依然历历在目，十分痛心地说，"到这个时候他心里仍想着别人、想着企业的发展，他对我说这些话的时候我如鲠在喉，望着他日渐消瘦的面庞和越来越稀疏的头顶，我内心一阵阵地感到发酸。每次在去医院看望他的路上我都心情沉重，因为我越来越不敢去看到他表面上强忍痛苦的'轻松'表情，更不愿意去接受他仍'痴心不改'地对当前公司生产经营形势的'操心'……他太需要安心休息了，但你又不得不承认——其实他早就把工作当成了自己今生唯一的'乐趣'。"

面对病魔，张进没有恐惧，没有后悔，也没有抱怨，一直以积极乐观的精神战斗到生命的最后一刻。住院后，他把办公室搬到了医院，搬到了病床上。

11月10日中午，孙君晓去医院找他签字，刚要离开时，张进叫住了他，平静地说："小孙，我得了肺癌，晚期。"那一刻，孙君晓感觉脑袋一下子空白了，犹如晴天霹雳，眼泪止不住夺眶而出。他没有想到，张进自己会主动捅破这层窗户纸。张进见状，反倒笑着安慰道："昨天确诊的。不过我希望我们都还像以前一样，你们千万不要把我当作病人。我也是利用整整一天的时间来消化和接受这个结果，现代医学已经很发达了，我告诉我自己要积极面对，像毛主席说的那样，从战略上藐视它，从战术上重视它，争取最好的治疗效果，最终战胜病魔。"从此，孙君晓不再在张进面前流泪。

"大哥，请给我一个机会，让我去看看您。"万大田发来微信。张进回复说："你是我的兄弟，你来不来，心意我都领了。你最重要的任务就是把军品产业搞好，把军工任务完成。"

"进哥，你生病了，要好好休息养病，我们等着你回来。"唐显虎发来微信。张进回复说："你们都成长起来了，我就放心了。我们建立的这些子公司，就像你自己的儿子一样，要关心爱护他。"

"张总，您一定要坚强，赶快好起来，我还等着您回来给我们上课！"梁睿发来微信。张进回复说："我很好，你不用担心，做好自己的工作就好。"

"任何事都要勇敢地面对，我都没有气馁，勇往直前，等着我回来，我的家——前卫。""前卫计保"总经理张陆军的手机里至今保存着张进发给他的最后一条微信。

……

张进生病后，让他最担心的还是年迈的父母接受不了，父亲已经79岁了，母亲也72岁了。往常，他每周都要给父母打一次电话，每个月都要抽时间回去看望两位老人。住院后，他对父母谎称自己出差了。春节过年，张进担心消瘦的身体让父母看出异样，便说和妻子到海南旅游去了。过完春节，他又对老人说去北京出差了……

妈妈终究放心不下，一个劲地打来电话："二娃，你到底在哪里？4个月了你怎么都没回家看我们？"

张进清楚，自己的身体越来越撑不住，他知道再也瞒不下去了。于是，他就先给自己的小舅打电话，希望小舅做做父母的思想工作，接受这个残酷的现实。过了几天，父母在小舅的陪同下来到了医院。

爸爸妈妈来了，张进赶紧微笑着站起来，扶着老人坐下来，说："爸，妈，我没事，还是早期，能治好呢！"

儿子再聪明也瞒不过妈妈的眼睛。看着正在化疗的张进，又瘦了一大圈，头发理了，青皮上有两个圆点，妈妈眼睛红了："二娃，你这是做了伽马刀，这是转移了，对不？"

"妈妈，你懂啊？"

"妈妈不是傻子啊！"

"妈妈，我怕你们受不了……"张进一下子把爸爸妈妈搂在了怀里，失声抽泣……妻子雷爽走出了病房，哭了……

回想起那一幕，张妈妈说："那一刻，我和他爸爸都把自己的手掐烂了，忍着不流泪，不哭，我们也怕二娃背思想包袱，只能安慰他，要充满信心……"

住院期间，张进最牵挂的还是前卫和"海装风电"的发展，不顾医生和家人的强烈反对，经常是拔了针头就上案头。那段时间张进总问："医生，我还能活多久？"因为前卫第一次争取到的作为总设计师、总装配、总承包单位的"X-6A"项目研制任务还在进行，他在病床上还要协调处理相关事宜，他怕来不及。黄四光说："每次我到病房去看他，他一开口还是询问公司经营情况，并且一谈就是好几个小时。护士怕他身体吃不消，总是催我早点离开。一次，他紧紧地拉住我的手，说：'四光啊，你是我的好大哥，我自己明白，这次我恐怕是再也回不去了。你们一定要好好干，别辜负了职工们的期望！'我背过脸去，不愿让他看见我眼里的泪水。"

因为妻子雷爽是前卫运营监管部主任，张进生病后一直在医院照顾他。也因此，夫妻俩才有时间真正地团聚在一起。11月底的一天，当黄四光和张昌升等公司领导来看望时，张进和雷爽提出了一个请求：希望公司免去雷爽的中干职务。

12月7日，中船重工董事长、党组书记胡问鸣专程飞赴重庆，在医院看望重病中的张进。谈话中，张进对自己的病情只字不提，一直汇报着工作。汇报结束后，躺在病床上的他，主动向胡问鸣提出辞去前卫集团执行董事、总经理职务的请求。他说："一个企业不能长期没有主要行政负责人。"接过张进的辞职申请，面对这个"铁汉"，胡问鸣流泪了。他说："作为新时期基层国企改革发展的负责人，张进始终坚持创新发展、敢为人先，走出了一条具有前卫特色的多元化发展道路，把一生献给了国企改革发展事业。"

12月30日，让前卫人没想到的是，正在接受化疗的张进真的回来了，出现在前卫干部大会上。只见穿着前卫工作服的他，像往昔一样，大步流星地走进了会场，满脸笑意，与始终牵挂他的前卫人见面。大家都感到非常惊喜。也就是在这次大会上，宣布了"中船重工"同意他辞职的请求。前卫员工范华军回忆说："那天开会的场景永远定格在我的脑海里，记得张总步入主席台时的状态如我第一次见到他时一样，出乎我的意料，完全看不出他身处癌症晚期，讲话依旧像以前那样铿锵有力。还记得在张总讲话期间，我周围的同事们都在悄悄地抹去脸颊的眼泪……"

前卫人都记得，张进在会上讲的最后一句话，是引用《钢铁是怎样炼成的》那一句格言——

> 人最宝贵的是生命，生命对于每个人只有一次。人的一生应该这样度过：当回忆往事的时候，他不会因虚度年华而悔恨，也不会因碌碌无为而羞愧；在临死的时候，他能够说："我的生命和全部精力都献给了世界上最壮丽的事业——为人类的解放事业而斗争。"

格言不仅仅是格言。

前卫人怎么也没有想到，格言竟然成了谶语。

谁也不会想到，张进这么快地走了。半年后的 2016 年 6 月 26 日，就在前卫已经突出重围走向世界、海装风电也开始迈向全球的时候，一辈子献身国有企业的"铁汉"张进，在与病魔搏斗 8 个月后，带着对党的事业的无限眷恋和无比忠诚，离开了这个世界，年仅 52 岁。

前卫人的心，就像灿烂阳光下的窗玻璃，被风吹落，掉在地上，碎了……

这一天上午，重庆船舶工业公司"前卫杯"职工足球赛正在进行，激战正酣。噩耗传来，原本攻防有序、配合默契的前卫代表队忽然间进退失据如一盘散沙，最终以一比四败北。赛后，前卫代表队队员周勇神情沮丧地说出了大家内心的疼痛："今天是前卫最黑暗的日子，张总走了，球也输了……"

又见山茶花开，又是山花烂漫时。

6 月 28 日，重庆市石桥铺殡仪馆内，白花朵朵、哀乐声声，前来吊唁的人排起长队。"中船重工"董事长胡问鸣再次星夜兼程，从北京辗转成都飞赴重庆，特此来为他心爱的战将张进送行……灵堂里，几百名职工留下为他守夜，赶来看他最后一眼的职工挤满了过道……

前卫人至今依然记得，在告别会上，妻子雷爽伤心地讲了张进临终前的三个遗憾：一是再也不能回到自己心爱的工作岗位，没有完成上级交给的任务；二是没有好好陪伴父母、亲人；三是没有孩子，没有给妻子一个完整的家。"他不是不爱家人，不爱自己，而是把国家和人民的事业看得比自己的生命更重要。"说起丈夫，雷爽的泪水流淌，声音哽咽……

白发人送黑发人啊！告别会上，张进的父母悲恸欲绝，母亲突发荨麻疹，一度晕厥过去，幸亏事先预备了医护保障，现场做人工呼吸，才抢救过来。料理完张进的后事，年迈的父母难以从老年丧子的悲痛中走出来，不得不换个环境，离开重庆，飞赴新西兰小儿子那里疗养。父亲至今依然没有走出心灵的阴影，患上了抑郁症……

7月1日，"中船重工"党建工作会在北京召开，集团公司党组追授张进为"优秀共产党员和模范领导干部"光荣称号，全体与会代表起立为他默哀。

10月19日，国务院国资委追授张进为"中央企业优秀共产党员"光荣称号。随后，张进作为当代国企优秀党员干部，被中共中央组织部树立为"两学一做"学习教育先进典型和学习贯彻国企党建会议精神重大典型。

"似有浓妆出绛纱，行充一道映朝霞。飘香送艳春多少，犹见真红耐久花。"是的，张进把短暂的一生投入到了无限的事业中，他是军民融合发展道路上的排头兵，他是混合所有制经济改革的先行者，他把一个"敢打硬仗、善打硬仗，永不放弃，永不言败"的"铁汉"形象树立在国企改革发展的新征途上，把一个"对党忠诚、勇于创新、治企有方、兴企有为、清正廉洁"的共产党员形象，永远留在国企职工的心中。

张进走了，张进也没有走。一名前卫职工在吊唁的留言中说——

> 我们终将老去，
> 而你永远年轻！

（原载《人民文学》2017年第6期，同名长篇报告文学由社会科学文献出版社2017年8月出版）

好一个大"林子"

——河北塞罕坝机械林场 55 年发展历程速写

王国平

塞罕坝人喜欢说"林子"。

指着一片小树林,他们会说,"这个'林子'长的都是云杉",或者说,"那个'林子',是我看着长起来的"。

他们心目中的"林子"富有弹性,可远可近,可大可小。

整个林场,林地面积 112 万亩,在塞罕坝人说来,也是个"林子"。比如,他们说,"我们这个'林子'很特别,七月份油菜花开得正好"。

有意思的是,不少塞罕坝人也被人亲切地喊着"林子"。

司铁林、李振林、于瑞林、张林、刘庆林、谷庆林、孟庆林、王树林、杨国林、姜清林、李清林、张清林、李占林、孙占林、孙建林、张建林、张玉林、窦宝林、李大林、李凤林、刘凤林、陆爱林、穆秀林、鹿德林、吴德林、邵和林、孙有林、闫晓林、张晓林……

这些塞罕坝人,有的名字里边原本就带有"林"字,来到塞罕坝,成了务林人,延续着与树木、森林的缘分。有的属于"林二代",父辈不约而同地"就地取材",给他们的名字镶上这个"林子"的印记。

同一片"林子",同一汪绿色,同一个家园。人与树的关系图谱,人类与环境关系的演变轨迹,中国人环境意识与生态理念的升华历程,在塞罕坝这片"林子"里,彰显得动人而清晰。

一个见证历史变迁的"林子",喟叹着王朝的落寞又奏响民族的强音

北京人,东北望,是坝上。

"塞罕坝",蒙古语和汉语的组合,意为"美丽的高岭"。曾经这里是清代

木兰围场的中心地带，主要用于"肄武、绥藩、狩猎"，清廷鼎盛时期几乎每年秋季都要举行声势浩大的仪式，并列入国家典制，即"木兰秋狝"。

那时"美丽的高岭"究竟有多美？

《围场厅志》记载，当年这一带，"落叶松万株成林，望之如一线，游骑蚁行，寸人豆马，不足拟之"。

好一个"寸人豆马"，就像现代人在高空飞行时透过舷窗俯瞰大地，饱览天地间的辽阔。

康熙则站在地面上，对这方水土多有歌咏，"……鹿鸣秋草盛，人喜菊花香。日暮帷宫近，风高暑气藏"。

现在，塞罕坝留有亮兵台。一团巨石凌空凸起，形如卧虎。相传乌兰布通之战大获全胜之际，康熙登临此地，检阅凯旋的清军将士。无法想象，那时的康熙，内心起着怎样的波澜。

他还有一首《塞外偶述》："水绕周庐曲，原高众幕围。"

乾隆续写着《出塞杂咏》："最爱枫林新似染，折来题句手亲书。"

嘉庆则跟风般来一首《塞山行》："秋风猎猎吹山云，奇峰倏起林木分。明霞五色互炫耀，欲写岚黛难成文。"

明明知道"难成文"，还要硬着头皮上，都是因为眼前的景让人心潮难平。

帝王热衷于借笔抒怀，其他人等也没有闲着。

黄钺的《木兰纪事》见出清雅："香草丰茸三尺赢，据鞍似踏绿波行。怪它马耳双尖没，尽作春江风雨声。"

陆元烺的《塞上夜坐》一片天籁，"松声入夜常疑雨，虫语鸣秋惯近人"。

赵翼是个实诚人，没有那么多的辞藻与讲究，一句"木兰草最肥，饲马不用豆"，径直把当年木兰围场的风情端了出来。

惜乎时光如刀，将延续着的荣光强行剪断。1824 年，即道光四年，木兰秋狝这一"万世当遵守"的家法，被断然废止。风雨飘摇的清王朝，已经顾不上什么"鹿鸣"与"菊花"，什么"香草"与"松声"，反而虎视眈眈，把这里视为一块肥肉。

同治年间，就有声音要"就近招佃展垦，尚足以济兵饷不足"。光绪年间，还在惦记着"热河围场地亩，可否令京旗人丁迁往耕种"，后来直接说了，"开垦围场各地借筹军饷，实为寓兵于民之善策"。

热河都统崇绮心在泣血，斗胆上奏，"树木一空，牲畜四散……林木将何日而蕃昌？牲畜更何时而萃止？空空围座，何所用之？"

大势已去，再可贵的声音也如草芥。

成群成群的参天大树颤抖着，被连根拔起，运走了。

如茵的绿草被蛮横地腰斩，"春风吹不生"，远走了。

山火燃起，呼哧呼哧，噼里啪啦，空留一缕青烟，飘走了。

土匪来了，一通彻头彻尾的残暴，逃走了。

绿色大厦轰然坍塌，风沙来了，住下了，不走了。

时光一寸一寸地长，风沙一口一口地吞。风与沙在这里腾转挪移，漫天飞舞，山呼海啸。结果是"飞鸟无栖树，黄沙遮天日"。

一个王朝留下落寞的背影。

所有的荣光归"零"，而且迅疾地跌入"负"的深渊。

诗人说：清朝的第一粒死亡细胞诞生在木兰围场的废弃里。

而一个时代新的开篇也隐含在对木兰围场投来关注的目光里。

风沙肆虐，无法无天，年轻的共和国下决心要来治理。

1961 年 10 月，时任林业部国有林场管理总局副局长刘琨受命带队来到塞罕坝勘查。哪知道，"美丽的高岭"以反讽的方式给他一个下马威，"怎么说呢，我后来写了几句诗，'尘沙飞舞烂石滚，无林无草无牛羊'"。

可以想象，当时的刘琨和同伴有多绝望。

东部荒原上硕果仅存、顽强挺立的一棵落叶松，给他们一行以希望的曙光，"这棵松树少说也有 150 年。这是活的标本，证明塞罕坝可以长出参天大树。今天有一棵松，明天就会有亿万棵松"。

如今，这棵"功勋树"还在傲立风霜。它并不高大，也不粗壮，但落落大方，清清爽爽，透着不可冒犯的庄严与威仪。

这棵树，距离根部一米有余就开始分权，感觉是两棵树在往上长。塞罕坝机械林场副场长陈智卿说，一棵树分权长成两棵树，很可能是环境太恶劣，风雪把主干刮断，营养让侧枝分走了。还有就是年头长，没有人打理，一般的森林管护都要环切侧枝的。

> 我骄傲，我是一棵树，
> ……
> 条条光线，颗颗露珠，
> 赋予我美的心灵；
> 熊熊炎阳，茫茫风雪，
> 铸就了我斗争的品格；
> 我拥抱着——
> 自由的大气和自由的风，
> 在我身上，意志、力量和理想，

紧紧地、紧紧地融合。

诗人李瑛的句子，似乎是专门写给这棵树的"传记"。

这棵树，在向人类召唤：这里，尚存希望。这里，还有未来。

1962 年，来自 18 个省区市、24 所大中专院校的毕业生和周边地区的干部职工，组成 369 人的建设大军，雄心万丈，进驻塞罕坝，誓言重新安排山河与大地。

遭遇过人类残酷对待的大自然，摆出一个"店大欺客"的架势。

气温在这里玩着"蹦极"，极端最高气温 33.4 摄氏度，最低气温零下 43.3 摄氏度，年均气温零下 1.3 摄氏度。风一年只刮一次，从年初刮到年终。雪是这里的常住客，年均积雪 7 个月，最晚降雪记录是 8 月 26 日，最早是 6 月 10 日。真正意义上的春天在这里不是按照天过的，更不是按照月过的，而可能是按照小时过的。

塞罕坝人"咬定荒山不放松"。种树，成了他们心中强劲的旋律。

种树种树种树，他们心无旁骛。种树种树种树，他们吃了千斤苦，受了万般累，矢志不渝，不含糊。种树种树种树，他们不惜搭上后代的漫漫前途。

种树种树种树，这个响亮口号，塞罕坝人在内心喊了 55 年。种树种树种树，旋律看似平面，节奏看似单调，却抹平了荒漠与森林之间不可逾越的距离。种树种树种树，塞罕坝终于从"负"的深渊爬了上来，挺立起"正"的身姿。

"万里蓝天白云游，绿野繁花无尽头。若问何花开不败，英雄创业越千秋。"作家魏巍曾经踏足这里，留下诗句。都知道，他有篇代表作，叫《谁是最可爱的人》。

塞罕坝人，也是可爱的人。他们没有惊天动地的豪言壮语，却干着感天撼地的千秋伟业。

如今的塞罕坝，森林覆盖率由林场建立初期的 12% 增至 80%，林木蓄积由 33 万立方米增至 1012 万立方米，完全称得上一艘"绿色航母"，一家"绿色银行"。

如今的塞罕坝，是一面墙，一面抵御风沙的墙；是一汪海，一汪绿意葱茏的海。

曾经，塞罕坝之美"殆非人力之所能为"。如今，塞罕坝之美"确属人力之所能为"。是人力，让塞罕坝奄奄一息。也是人力，让塞罕坝满血复活。人与人之间，横亘着岁月的沧桑，更见证着一个时代的阔步前行。

一个蕴藏生态思想的"林子"，新时代的年轮更绵密更壮实

"无边旷野一棵松，顶天立地傲苍穹。雷霆或可伤枝叶，壮志何曾动毫

分?"来自林业系统的诗人田永芳,对塞罕坝的"功勋树"一咏三叹。

这棵落叶松,记录了塞罕坝这片茫茫林海从无到有、从小到大、从弱到强的生长历程。树是有年轮的。岁月的印痕,刻在树干一层又一层的同心纹路上,表征着时光进度与人世变迁。而这5年的年轮,必定更绵密更壮实。这5年的年轮,也再度昭示:塞罕坝是有根的塞罕坝,塞罕坝这个"林子"是有根的"林子"。

这个关乎生态理念、生态思想的"根",厚植在塞罕坝人的意识深处。

塞罕坝人太知道,这个"林子"是怎么来的,意味着什么。

当年的人们,对"千里红叶连霞飞"的木兰围场"巧取豪夺"。毫无节制的索取,引发大自然的疯狂报复。当塞罕坝人再度靠近时,大自然并不听从,更不屈服,而是持续地出难题,考验着人类的耐力与决心。

1962年,369位塞罕坝人,种下1000亩的树苗,但成活率不足5%。第二年春天又造林1240亩,成活率只提高了3个百分点。

大自然毫不客气。塞罕坝人的信心骤然降至冰点。

1977年10月,一场罕见的"雨凇"灾害袭击塞罕坝,受灾面积达57万亩,"一棵3米高的落叶松上,挂着的冰有500斤重"。

大自然并不想"束手就擒"。

不足3年时间,大自然再度"偷袭",让正处于生长期的树木遭遇3个多月的干旱,12.6万亩的落叶松悲怆地倒下。

塞罕坝人屡败屡战,每一次都重整旗鼓,跟大自然较量、协商。

人类以善相待,自然敬之以礼。

这10年,与建场初期10年相比,塞罕坝及周边地区年均无霜期增加12天,年均降水量增加50毫米,大风日数减少30天。大自然调整了区域的小气候,给塞罕坝人回赠一份大礼。

从报复到相持再到友好,大自然与塞罕坝人之间,演绎着人类与自然关系的变奏曲。大自然与塞罕坝人携手相告:人类与环境有且只有友好相处,真正"姐妹情深""哥俩好",才能拥有美好的未来。

"靠山吃山,靠水吃水"的思维,不是没有给塞罕坝人以冲击。种树嘛,就应该"吃树";绿色嘛,大致来说就是穷困、落后、封闭的代名词;过日子嘛,就应该发"大工资",过"大生活"。再说,塞罕坝的森林资源总价值超过200亿元,是有挥霍资本的。但塞罕坝人还是决然地把这些想法摁住了。

由于气候条件限制,塞罕坝的树,每年的生长期满打满算,也就两个月左右。塞罕坝的树在休眠,塞罕坝的人在思想上却放弃"猫冬"。新的理念、新的思路,引领着塞罕坝步子迈得更稳,走得更远。

茫茫林海缄默无声，却以伟力撑起一片新的天。

"这几年，越来越感觉，花草树木，空气、水和绿色的地位上来了。"塞罕坝机械林场总场千层板分场场长于士涛说。

"我总结，干林业的，就是要看天吃饭，看老天爷的脸色。我们做事，做到什么份上，老天爷说了算。人还是要老实点，别老想着跟大自然对着干。"塞罕坝北曼甸分场场长张利民说。

"绿水青山就是金山银山。""环境就是民生，青山就是美丽，蓝天也是幸福。"塞罕坝人在林场显著的位置，立起一块块标语牌，誓言要把嘱托牢记在心。

"生命与绿色拥抱，人类与自然共存。""人人爱护环境，环境呵护人人。""人类靠环境生存，环境靠人类保护。""保护环境是责任，爱护环境是美德。""用汗水美化青山，用爱心缔造家园。""你的呵护，使我美丽。""让人类在大自然愉快徜徉，让鸟儿在天空中自由翱翔。""追求绿色时尚，拥抱绿色生活。"这些标语牌，散落在塞罕坝林场的各个角落。

呵护自然，保护环境，塞罕坝人站在前列。

"大家都说'前人栽树，后人乘凉'。但这个'凉'可不是那么好'乘'的，是要'打雷'的。"80后于士涛是个"新坝上"，已经成为林场中坚力量的他，越来越懂得前辈嘴边的"三分造，七分管"的分量。

这个"林子"是塞罕坝人的命。保护好这个"林子"，是塞罕坝人灵魂深处的第一位诉求。

保护保护保护，他们使出浑身解数。保护保护保护，他们对诱惑不闻不顾。保护保护保护，他们在行动上领先一步。

塞罕坝有个七星湖，群山环抱的 100 万平方米的湿地范围，分布着大小不等、形状各异的天然湖泊，宛如天上的北斗七星。

不少人忽略了这个七星湖全称为"七星湖假鼠妇草湿地公园"。

陈智卿介绍说，假鼠妇草常见于海拔 1100 米以下，而在海拔 1500 米左右的七星湖湿地公园长势良好，实属罕见，富有科考和观赏价值。

于是，塞罕坝人怀着敬意，以一种草的名义，为一个景区命名。

草是有生命的，树也一样。生命之物总是要患病的。如何给森林治病，塞罕坝人自有路数。

林场森林病虫害防治检疫站站长国志锋介绍说，对于森林病虫害防治，塞罕坝有个总体原则：能森林自控的，不人为干预；能小范围控制的，不扩大面积防治；能采取天敌、物理防治的，不用化学药剂。

"目的就是将环境污染降到最低，最大限度保护非防控对象，促进森林形成自控机制，维护生态平衡。"国志锋的意思是，"林子"能自行解决的，就让它自己动手。

对于防火的事，塞罕坝人则是牢牢握在手里，一刻也不撒手，"森林如万宝藏，资源财富里面藏。若是防火不为重，定是富土变穷壤"。

林场防火办主任吴松告知，塞罕坝林场防火的考核办法是定量的，采取的是"百分制"，每一分都是落地的，很明确，可操作。

比如，随机抽查发现护林员的巡更系统手机人为损坏或者丢失了，每部扣0.1分；防火宣传专用广播设备损坏了，无法使用，扣1分；护林防火紧要期，各分林场主管领导如果不接听电话，每次扣0.5分；专业扑火队员的单兵装备，包括扑火服、头盔、手套、扑火靴、挎包、水壶、毛巾、风镜、急救包、手电筒，缺少一件扣0.1分。

关键是，这么一路算下来，90分以上才达标。

一旦不达标，好了，紧跟着一长串的处罚措施，硬碰硬，毫不留情。

制度在上，有规可循，清清楚楚，容不得半点的侥幸与懈怠。

就这么着，塞罕坝人在防火上自己给自己念"紧箍咒"，一遍又一遍，一年又一年。

在这个防火"百分制"定量考核办法中，有一大项是"资源管护"，明确一旦发现牲畜进入幼林地，包括发现牲畜粪便，每次扣0.2分。

当年，刘琨见着的塞罕坝"无林无草无牛羊"，是因为牛羊不来了。如今的塞罕坝，是不让牛羊来。于是，现在的塞罕坝，"天苍苍，野茫茫，风吹草低，难见牛羊"。

防虫、防火、禁牧，为了保护这片林海，塞罕坝人亮出一套组合拳。

但他们不满足于"守"，而是也有"攻"。

塞罕坝人的"拿手好戏"就是见缝插绿、见空植绿。这五年，他们开始向石头要绿色。

经过几代人的艰辛劳作，塞罕坝能植树的地方基本上都被绿色占领了，"肉都吃光了"，好一点的"骨头"也给啃完了。要说绿色在塞罕坝已经趋于饱和了。但塞罕坝人不避短，因为还有"硬骨头"。

一些石质阳坡，土层瘠薄、岩石裸露、地处偏远、施工难度大，有的坡度甚至达到46度。塞罕坝人说，绿色无盲区，绿色要彻底。既然铁树能开花，石头上自然也能种树。

他们把这个工程命名为"攻坚造林"，完全是向改革纵深处挺进的阵势。

整地如何动手？"沿等高线，利用人工进行穴状整地，穴面规格为长70厘米×宽70厘米×深30厘米，较常规整地规格有所加大，采用'品'字形配置，有效拦截地表径流。"

树种选择有哪些要求？"以抗干旱能力强的樟子松和油松容器苗作为主要栽植树种"，苗龄在三四年之间，苗木高度控制在 20 厘米至 30 厘米。

还有特别提示，"苗木栽植完成 1 周后，进行二次踏实，充分做到根土密接，防止透风失水"。

这些内容摘自论文《塞罕坝林场开展攻坚造林的成功经验与思考》，作者司宏图，来自塞罕坝第三乡分场。

塞罕坝的造林与管护，历来都是科研力量"唱大戏"。一群知识分子，甘心在这里观察树、研究树、发现树。

这五年，塞罕坝完成《坝上地区华北落叶松人工林大径级材培育技术研究》《塞罕坝自然保护区生物多样性研究》等 5 项课题研究，开展《油松、华北落叶松高效培育与经营关键技术研究》《华北土石山区典型森林类型可持续经营技术研究》等 4 项协作研究，评审通过《河北省白毛树皮象防治技术规程》《河北省樟子松人工林抚育技术规程》等 3 项地方技术标准。

塞罕坝的 659 种植物，也被纳入研究的视野。"在特有植物中，光萼山楂是新发现的一个耐寒耐旱种，保存了良好的基因遗传性。"《塞罕坝森林植物图谱》记载道。

风光摄影家姜平则以艺术的视角，丈量着塞罕坝的一草一木，"高低起伏的山岗之间夹杂着一块块草场和湖泊，晨曦中耀眼的白桦树、夕阳下牧归的牛羊和秋风前短暂的油菜花，构成了塞罕坝典型的地貌特征和美丽的塞外风景。这种自然条件，非常适合摄影创作"。

他出版的画册《风光摄影解析：塞罕坝》，以塞罕坝的风景为例，讲述着与风光摄影有关的甲乙丙丁。

塞罕坝经得住 360 度全域性的研究与打量，最根本的还是新的生态思想在奠基在涵养。

塞罕坝之路，是播种绿色之路，亦是捍卫绿色之路，更是以绿色发展理念为引领为方向的通往未来之路。

这就是塞罕坝的"根"。

一个蓄满精神能量的"林子"，向着壮阔的天空拔节生长

"一松一竹真朋友，山鸟山花好弟兄。"

在塞罕坝林海漫步，眼与耳，身与心，是可以完全托付的，不设防。

无边无沿、无穷无尽的绿色，清新、雅洁、恢宏、明亮，令人心安，有

着向上的牵引力。

饮水思源，睹物思人。

塞罕坝有片"尚海纪念林"。好一个齐整、葱翠的"林子"，铭刻着以林场首任党委书记王尚海为代表的创业元勋们的功绩。

林场建设初创时期，困难堆积如山。为了稳定军心，王尚海一跺脚，从承德举家迁往坝上。副场长张启恩，原林业部造林司工程师，北京大学毕业生，硬是说服爱人挥别京城，举家上坝。

燕赵大地，再次响起"壮士一去不复返"的悲歌。

悲歌一曲唱罢，旋即转入寂寞。无边的寂寞，始终是塞罕坝的"敌人"。

73 岁的尹桂芝，18 岁时秉持"祖国的需要就是我的志愿"的信念，来到塞罕坝，"没活干，那就找活儿干，干啥还得往前干"。80 岁高龄的"老坝上"张省也说："当时就看谁能干。谁能干就跟谁比。比着干，得劲！"

化解白天的寂寞就找活儿干，安顿晚上的寂寞就人为制造声响。

"年轻人没啥活动，上山参加生产回来，基本上就在宿舍待着，看看书。太闷了，就喊两声，乱唱几句，敲敲洗脸盆子。就这样。"建场初期的技术员李信说。

55 年了，寂寞依然难以驱除。

塞罕坝在偏僻地带设有多处望火楼，一般都是夫妻终年住着，观察火情，被誉为"森林的眼睛"。

刘军和齐淑艳驻守的阴河分场亮兵台营林区望火楼，是整个塞罕坝林场的制高点。举目一望，茫茫林海尽收眼底，就专门辟名为"望海楼"。这里距离林场驻地有一个小时的车程，一路上除了树，还是树，偶见一个人影，都让人心生暖意与欣悦。

他们的任务就是每 15 分钟登高瞭望一次，看看四周是否冒烟了。这份工作，没有消息就是最好的消息。在这个几乎与世隔绝的地方，两口子生活了11 年，"该吵的架都吵完了"。原本性情上就好静的刘军，笑起来也是一个"慢动作"。

实在是"熬得慌"，刘军看见央视播放着《跟徐湛学国画》节目，顿时来了兴致，"寻思"着那就学画画吧。

初中一年级就辍学了的刘军，人到中年，给自己找了个爱好。边学边画，边画边学，他感觉没有那么难，"你看，画个松树枝，拿毛笔往纸上一戳，就出来了"。

他画有《赏秋》《一览众山小》《春江水暖》《松鼠送福》《长寿图》《百财聚来图》，还有一幅，两只猫咪，瞪大眼睛，竖起耳朵，全神贯注，相互偎依着。刘军将之唤名《守望》。

"守望",是当代塞罕坝人的人生关键词。

他们在守望塞罕坝的气息。用作家石英的话说,整个塞罕坝都散发着"一种清冽、芳香、甜润而又略含酸爽的使人清醒、促人向上的气息"。

他们在守望塞罕坝的绿色。用编辑家崔道怡的话说,塞罕坝的绿是"碧绿、翠绿、嫩绿、油绿",是"饱含着脂肪与水分、充盈着生命之原色的绿"。

他们在守望塞罕坝的美丽。用摄影家李英杰的话说,塞罕坝的自然美"诠释了世间所有的永恒、浩瀚、广袤、和谐与力量,是原生态的美,是真正的自然美"。

守望守望守望,他们以立正的身姿长成了一棵棵参天树。

站在那棵被誉为"功勋树"的落叶松前,李瑛老先生的诗句再次在耳边回荡:

> 我骄傲,我是一棵树,
> ……
> 我是广阔田野的一部分,大自然的一部分,
> 我和美是一个整体,不可分割;
> 我属于人民,属于历史,
> 我渴盼整个世界
> 都作为我们共同的祖国。

你分明能感知到,这里的"我",不仅是一棵树,也是塞罕坝的百万亩林海,更是创造着传承着塞罕坝精神的塞罕坝人。

守望守望守望,他们练就"塞罕坝式"的乐观。

"一日三餐有味无味无所谓,爬冰卧雪苦乎累乎不在乎。"这是当年的塞罕坝人拟就的对联,横批:志在林海。

而现代塞罕坝人在遇事抱持乐观态度上不输前辈。

由于长年在海拔 1010 米至 1940 米的地方工作生活,塞罕坝人的皮肤偏黑。他们就自嘲是"黑蛋""黑煤球""黑土豆"。

转而,他们有时也"冒充"一把文化人,自称是"林家铺子"的。

守望守望守望,他们这群倾心制造"氧气"的人出手大方。

数据显示,塞罕坝每年释放氧气 54.5 万吨,可供 199 万人用上一整年。

塞罕坝这个"林子"更在释放着精神的"氧气"。

因为这个"林子"的带动,林场所在的河北省承德市造林绿化步入"加速

度"跑道，全市森林面积3390万亩，森林覆盖率超过56%，再造了25个塞罕坝。

因为这个"林子"的感召，更多的人享受着一种有远见的生活方式。

刘国是塞罕坝北曼甸分场四道沟营林区的一名护林员。他的任务，就像歌曲唱的"大王叫我来巡山"，要在沿途开展防火宣传，扣留所有火种，查看所辖范围是否有人为或牲畜毁林现象。他每天都要写巡山日记，营林区主任还要"批改"。

不过，刘国已经从"要我巡山"转向"我要巡山"。他说："有事没事，有点没点，就喜欢到山里走一走、看一看，要不然就不舒服、不踏实。"

在坝上感到舒服与踏实的，还有8岁的刘笑宇。

平时刘笑宇在临近塞罕坝的乡镇上读书、生活。正值暑期，他就跟着家人上坝了。见着时，他正和另外两个小朋友组成"寻宝小分队"，在草地上嬉戏，"我喜欢坝上，可以一直跑，跑呀跑，一口气跑好远"。

在大自然的怀抱里，他是一个舒舒展展的人。

7月12日傍晚，在七星湖假鼠妇草湿地公园"松毯天成"景点，一个小男孩捡起一枚松果，问妈妈这是什么。妈妈告诉他，这是松果，里边有松树的种子。种子慢慢长大了，就是身旁的这些小树苗。

"小树苗"这三个字令小男孩眼神一动，旁若无人地念起了童谣："园里一排小树苗，根根栽得一般高。小树苗，嫩又小，摇一摇，就摔倒。小朋友们爱树苗，你不碰，它不摇，挂上一张小纸条：人人爱护小树苗。"

小男孩来自北京，名叫郭恒铭，正读着幼儿园。妈妈晁华说，这是第一次听儿子唱起这首童谣。

这么个地方，这么个时刻，"爱护小树苗"的星光，在这个4岁孩子的脑海中闪烁着。

一颗美好的种子正在他的心底发芽。

孩子们意味着未来。成人理当要为他们倾心爱着的绿色护航。

塞罕坝人是榜样。

"什么人？一颗绿色的心，一脸的刚毅与幸福。"在奔向中国梦的征途上，有人问。

"塞罕坝人！"回答响亮而有力。

"什么人？把生态的事看得这么透彻，行动上这么果断。"在人类描绘生态文明前景的漫漫画卷边，有人问。

"中国人！"回答更坚定、更铿锵。

（原载《光明日报》2017年8月4日头版头条）

那山，那水（节选）

何建明

　　巍巍华夏，万里江山，锦绣如画，浩荡五千年。从群雄并起、争霸天下的远古至近百年间，英才豪杰誓为改变民族落后愚昧贫困而前仆后继。但，唯有一代又一代中国共产党人，怀揣共产主义信仰，为贫苦百姓谋求翻身幸福而浴血奋斗，以"敢教日月换新天"之气概和谋略，终让江山寰宇昭辉，带领中华民族从积贫积弱，跃至今天谁都不敢藐视和轻蔑的伟大时代。而在此过程中，有三个重要的历史时刻值得我们去总结与思考，去书写与传扬——

　　一九二七年，对于中国共产党人来说，是革命的转折关头。城市暴动屡遭挫败：南昌起义受到重创，秋收起义也被迫放弃攻打长沙，武装力量陷入了极度危险的境地，到了"朱毛"会师井冈山时，仅剩几千号人……

　　在茨坪小村清淡的月光下，毛泽东苦思冥想着中国革命的出路究竟在哪里。鸡鸣嘶破晨曦，毛泽东写下一行遒劲有力的大字：农村包围城市，武装夺取政权！从此，他和中国共产党人带领自己的武装，沿着这一方向，用二十余年的时间，彻底推翻了压在四万万劳苦大众头上的三座大山，缔造了中华人民共和国。

　　一九七八年的一个夜晚，在安徽凤阳小岗村，一群不甘忍受饥饿的农民，以"歃血为盟"的形式，在一份分田到户的农民"草根宣言书"上画押……

　　北京，某高层会议。邓小平轻轻吐出一口烟。他目光坚定，一语定乾坤：对分田到户，有的同志担心，这样搞会不会影响集体经济。我看这种担心是不必要的！之后的中国，我们这一代人经历了改革开放，亿万人民从此走向了全面建设小康社会的无比精彩和令人骄傲的时代。

　　历史在继续前行。中国人民在马克思主义、毛泽东思想、邓小平理论、"三个代表"重要思想和科学发展观指导下，持续摸索着生活富裕、国力强盛之路。

二○○五年八月十五日，浙北一个小山村的干部们正在对本村前些年毅然关掉矿山、还乡村绿水青山的做法进行讨论，因为村级经济与百姓收入出现了下滑，他们将向前来调研的省委书记做汇报。

那一刻，炎热、狭小的村委会小会议室里，气氛显得有些不安。在全中国上上下下早已习惯把 GDP 作为判定一切工作好坏标准的时期，有谁敢冒"不求发展"之罪名，去呵护身边的一草一木、一水一山？我们到底该走怎样的发展道路，发展到底又是为了什么？寻求这些答案的，何止是这个叫"余村"的小山村干部。整个浙北、整个浙江，甚至是整个中国的人们都在等待一个答案。村、乡、县，还有一起来的省直机关干部，以及他们身后的千千万万人民，他们都在等待，等待一个声音，等待一个方向，等待一个时代……

他——习近平，时任浙江省委书记。这一天他穿着白色短袖衬衫，冒着高温，一大早就从省城出发，辗转至安吉。在连续走访数个乡镇后，马不停蹄，迎着滚滚热浪，在下午四时左右到达余村。

村委会小会议室。在听取汇报时，习近平看出了余村干部们眼里的忧虑，于是他面带笑容但果断明了地说："你们讲到下决心停掉一些矿山，这个就是高明之举。我们过去讲既要绿水青山，又要金山银山，其实绿水青山就是金山银山。"这时，余村干部的眼神里透出了光芒，习近平则语气更加温和地谆谆教导："要坚定不移地走这条路，有所得有所失。在熊掌和鱼不可兼得的时候，要知道放弃，要知道选择。"

从那一天起，余村便沿着"绿水青山就是金山银山"这一思想所指引的道路，开始了全新的发展。仅仅十二年时间，余村从山到水、从空气到百姓的生活，再到每一颗人心，都发生了翻天覆地的变化——每一寸土地更加金贵，每一滴水更加清纯，每一个人更加快乐幸福。村庄美若仙境，人心向善向美，到处生机勃勃，真正成为了人和自然和谐共存的村庄。

在习近平当年高瞻远瞩的"绿水青山就是金山银山"思想引领下，整个安吉、整个浙江大地已建成了百个千个像余村甚至比余村更美、更富有的村庄。如今，它们正以自己各具特色的美丽、和谐、文明和现代，装点着一个伟大而全新的时代……

——写在前面

天上人间，余村在中间

英国当代经济学家罗思义（John Ross）说过这样的话：人类其他人能否

获取利益取决于依据经济活力与和平崛起的中国，而非先发制人发动战争导致全球陷入风险的美国。这是人类利益和中华民族的伟大复兴联系在一起的更深层次原因。他说，中国经济改革的实践成果是非凡智慧的结晶。

罗思义也许也没有更深层次地研究出今天的中国强盛之道，因为这条经验很有意思，也很柔性，甚至有些不可思议。

美，是人类的共同意识，可以征服世界。余村发展的根本点，落在与它相配的"美"字上，是在"绿水青山就是金山银山"的理念指引下，让美焕发出了生产力。

一个"美"字包含了万千内容，哲人说过，美对人具有强大的引力。今天我们所说的自然美，是人类在创造现代文明社会过程中很难实现的一种境界。余村从最初求富时以破坏自然美为代价，到吃尽苦头再重新回到重塑自然美，且通过自然美实现经济、社会和人的全面发展，这符合中国自身发展的理念。

"余村百姓和安吉人民对习近平总书记的'两山'理论为什么格外亲切和念念不忘，因为我们从十多年的历史巨变中尝到了太多的甜头和幸福。可以说，余村和安吉这十余年间已经出现并持续不断地出现的新变化、新成果，成倍地在增长，这些成果甚至已经超越历史的总和……"安吉县委书记沈铭权接下去的一句话说得直白，但却深刻而富有哲理：我们余村和安吉，就是靠美吃饭，靠美富有，靠美幸福！

余村如此美，余村在何处？这将是中国和世界上许多人都想知道的事。

余村在浙北的湖州市安吉县。太湖之滨的湖州不用费墨，古人早已有"行遍江南清丽地，人生只合住湖州"之说。而在湖州区域，最美最适于居住的地方，古人也早有定论，叫作"安且吉兮"（《论语》）。安吉，美丽而又安全吉祥的地方，你可以想象，在美丽而又安全吉祥腹地的余村，是何等的样子，何等的地方了！

去余村那一天，正巧是清明节。江南何时最美？那肯定是清明前后。一句"清明时节雨纷纷"的描写，将整个江南春天的美景尽收笔端。烟蒙蒙雨霏霏，清甜湿润的沁人肺腑的气息，拂面而来，带着桃花的香味，挟着油菜花的蜂蜜甜，当然，还有时不时透过雨滴当头洒过来的暖春阳光……这便是"江南春"最好的景致。"云青青兮欲雨，水澹澹兮生烟。"妙哉！如此感觉，正是我儿时对"江南春"的记忆——我的故乡与湖州和安吉隔岸相望。

看眼前的安吉余村，置身如此美景之中，怎不在陶醉中情不自禁地感叹：此乃天上人间！

"天上人间，我们余村就在中间……"此话是我由衷而发。余村的"秀才"、现任村委会主任的俞小平听后兴奋得连声应道："这话有根据！"

俞小平说出了自己的"根据"：据《山海经》中《南山经》之《南次二经》记载，"东五百里，曰浮玉之山。北望具区，东望诸毗……苕水出于其阴，北流至具区……"另据清代《孝丰县志》记载："浮玉山，县东南十里，有一石灵异如玉浮水面……"浮玉山很低小，其山附近，高大的山很多，为何独小小的浮玉山千古其名不灭，也许正是因为它独特。史料上记载，浮玉山在原山河乡与上墅乡之交界处。山河乡是旧名，现在归入天荒坪镇。"我们余村恰巧就在天荒坪镇与上墅镇交界。这并不高的青山，应该就是古书中所言的'浮玉山'了。"这是余村的"俞小平结论"。他现在是村主任，没有人驳斥其论。那就是关于"余村"在天地之间的一种权威说法了！

如果以为"天上人间，余村就在中间"仅仅是一种当地人"自高自大"的美誉，那就大错特错了。多次采访余村，每一次都有不同感受，从不了解到深深地喜欢上它，甚至想留下来安居、安魂，这就是余村的魅力。

有些美，是超乎寻常的，也超乎古今文人墨客们所涉及的范围。

以前很难想象，一个小山村，能让人流连忘返、心旷神怡，有种安身安魂于此的冲动。到了余村后，我竟然渐渐地对它有了一份不舍的眷恋……

问我恋它何处？我要告诉你：是余村群山坳里的那一泓水和余村边的那个托向云端与天际的池。

它们太美，美得如金，美得金不换。因为它们美，所以也才每天吸引着来自祖国各地甚至世界各国的旅游者与学习参观者；因为它们太美，所以让当地人更加深切和真实地理解了"绿水青山"与"金山银山"之间的关系。

二〇一五年五月，习近平总书记回浙江视察。当时他对浙江的干部说："我在浙江工作时说'绿水青山就是金山银山'，这话是大实话，现在越来越多的人理解了这个观点，这就是科学发展、可持续发展，我们就要奔着这个做。"

"余村的今天，就是像习总书记说的那样走过来的。"俞小平说。

现在每一次到余村，我都要请求去看看"群山坳坳里的那一泓水"，因为这"一泓水"勾走了我的魂……

子曰：智者乐水，仁者乐山。水为万物之源，灵性之躯，美之化身。水可净化世界，柔化人心。爱水者，真善美。

俞小平告诉我：这水在他出生前仅是一块像足球场那么大的潭。"爷爷说，我们俞家在这里至少住了有十几代人。"

人居处，必有水。俞小平的祖上迁徙余村，并落根群山坳坳之中，看中的就是这里有潭水——群山脚跟下的积存雨水，而非江河湖水。"潭里的水时多时少，夏季雨水多时，它溢出堤岸，挟着黄泥，洪流滚滚，沿着山沟向低处奔涌。到干旱季节，我们可以跳入潭中央抓鱼戏水，而有时还能在潭底晒东西，不过这一年的日子肯定不好过了……"俞小平说。

这潭水最早也是俞氏家族在这里繁衍生息的"生命之水"。新中国成立后，俞小平的爷爷执政余村的二三十年里，这潭水变大了，变得对余村的意义越来越大。"我家第一次搬家就是爷爷的主张，他要把这潭水改成蓄水库。"俞小平长大后才明白，水对余村多么重要，爷爷为什么宁可将老宅基搬走，也要把这潭水放大，放成接近现在这么大——几十亩的规模，成为余村人畜与生产的主要水源。

新中国成立之后的前三十多年里，中国的农村"以粮为纲"，既为了解决农民自身的吃饭问题，也是保证整个国家的粮食不出问题。那时的农村，种粮是首要的天职。种粮就离不开水，尤其是"农业学大寨"的岁月里，粮食被种到了山上。山上种粮用的水更多，但山上种粮又让山体自身的蓄水能力越来越差，只要一场暴雨降临，山体上的农作物连同山的表层泥土地，会被一卷而走，形成泥流，冲向山脚。那汹涌的洪流，越过潭堤，越过沟谷，越过村庄……

余村的水最终流向何处，余村人并不关心，他们关心的是水应该为自己所用，尽管余村的地下水比较丰富，但山区缺水又是普遍现象，是因为山体留不住水。修水库是唯一的办法。俞小平的爷爷俞万兴老书记和搭档陈其新老村长他们那个时代，给余村留下的遗产很多，其中之一就是这座"冷水洞水库"。

水库始建于一九七六年，建成后的那些年，余村百姓在俞万兴、陈其新等的带领下，以"战天斗地"的精神，换来能够勉强填饱肚子的生活。但水库的水多数情况下是黄的，而且含有不少污染物。"那个时候，农田里喷药没有限制，有了虫就打药水，雨一来，山上那些留存药水的泥土被洪水挟着一齐冲到了水库，加上平时人畜用水全靠这水库，所以村上得病的人特别多。"俞小平就是喝这库里的水长大的。他戏称自己不够聪明就是因为这库里的水含"消智商素"。

那天站在水库旁，俞小平感慨万千。他指着那美如图画的蓝色水库，说他原来的家址就在水库中央。当年爷爷带领村民"改天换地"，带头从老宅地搬了出来。后来矿关了，山也绿了，山色与水库成了余村一大美景，村里与一开发商合作要在水库旁建一座用于旅游产业的酒店，于是俞小平等十几户俞氏村民又被动员搬家。"那年我刚当村干部，所以全村人都看着我动不动。我爷爷已经不在世，我父亲一听说又要搬家，坚决不同意。怎么办？我当干部的就得带头。那年是二〇〇七年，也是我们余村贯彻落实'绿水青山就是金山银山'的上坡路程上的关键时刻，你犹豫和停一下，想歇一下气，就可能往下滑。这当口，我们当干部的就得有壮士断腕的勇气，才能带领全村人从绿水青山走向金山银山……"俞小平说此话时，一脸刚毅。

余村的发展，也让我们明白：选择走"绿水青山就是金山银山"之路，绝非平坦和简单。

"我们余村人特别感恩习近平总书记，就是因为他的'绿水青山就是金山银山'思想救了余村，让我们从有害的经济发展方式中彻底地走了出来，也让我们比别人更早地从绿水青山中获得了'金山银山'。"前任村支书胡加仁说。

如果说二〇〇五年八月十五日之前，余村先后关掉两三个石灰窑是一种自我觉醒或自发意识的体现的话，那么习近平总书记留下那句"绿水青山就是金山银山"的话后，他们很快关停了所有矿山和水泥厂、化工厂等污染环境的企业，便是一种自觉自愿和坚定不移的决心与信仰的体现。

"关掉矿山并不意味着我们只是顺其自然地去让大山和水库靠自己的能力去自然调节、恢复，那样恐怕到现在我们的余村还不能看到山是全青的、水是彻底干净的。"老支书胡加仁回忆道，"从二〇〇五年的下半年开始，我们就对全村的所有曾经被破坏的山、污染的水进行了整治，而且再不允许哪怕仅仅有一点点污染的企业入驻余村。力度相当大，大到有几年我们村收入下降到连干部的工资都好几个月发不出来，但我们还是照样坚持这个做法。那个时候特别考验人，要是有人动摇一下可能就又有一块山一片水给糟蹋了，但我们咬牙挺了过来……一直到现在，没有含糊过。"

胡加仁望着青翠挺拔的群山，又指指如今已经碧水如镜、宛如一颗硕大的绿宝石的水库，无限深情地对我说："你看看现在这里的山、这里的水，它们多美啊！余村真的要好好感谢这些山、这座水库，它们从来都是在为我们付出。现在又因为它们的美，我们余村才会有那么大的名气，那么多游客被招揽过来，并且把一颗颗远方的心留在了我们余村……"

余村山水如诗，生活在如诗的余村人，现今个个都快成了诗人。

"来，到水边来！"胡加仁一个鱼跃，从岸头跳到了水边。他又抓住我的手，一下将我拉到他身边。

现在，我们就站在与库水几乎持平的地方，感受着湖光山色。

当年严重染污的水库，如今已经活脱脱地变成了一块无与伦比的美玉。瞧那清亮的湖面，在夕阳照耀下，闪着鱼鳞般的光芒，又像千千万万的碎金，灿烂明耀。轻柔的微波，好似追逐嬉闹的顽童，一排一排地扑向岸边，又嘻嘻哈哈地列队退回。

　　第一次见这深藏于群峰凹底间的水库，是胡加仁老支书带我去的，当时我们站着的地方与水面近在咫尺，所以可以清晰地见到那倒映在湖中的蓝天与青山，也可以看到水中欢腾游弋的鱼儿和湖底漂荡摇曳的水草。水面呈深蓝色，山的倒影处的水颜色更深，有如泼墨，有阳光照耀的水面则呈淡蓝色；整个水面因为不同的倒影，组成了一幅层次清晰的大自然图画。如果你蹲下身子，贴着水面再看去，然后把手轻轻地放在水上，你会感觉这水犹如绸一般柔软，清澈得让人不肯放手……

　　无法相信，曾几何时，这水如黄泥浆，又脏又臭。是余村人改变传统发展的方式救了这泓水，更是习近平总书记的"绿水青山就是金山银山"理论让这泓水清了、纯了，重新有了生命！

　　水有了生命，才变得越来越有价值。第二次我见余村的这泓水是在初夏的日子，那天天气特别晴朗，新任村主任俞小平兴致勃勃地要带我到他们村的最高峰俯瞰余村全境。

　　"看，这就是水库！"沿正在修筑的环山路盘旋向上攀登至半途，俞小平突然让车子停下，让我们下车，朝群山脚下的凹陷处看。

　　"天哪，这么美啊！简直就是一块贵妇手指上的上等翡翠！"居高临下地俯瞰这泓水，别有一番景致和意境。而正在水库边修缮的那片白色的旅游度假宾馆，也显得十分高雅。再扩展视野，举目远眺水潭之上的群山，更是绿意盎然，青翠如画屏……置身如此美妙的诗画之中，你才会更深切地领会习近平总书记"绿水青山就是金山银山"的真谛。

　　余村人说，这泓曾经让他们憎恨并想抛弃的脏水，现在是他们的"金不换"。用俞小平的话说，即使有人想用几个亿的钞票来换走它，我也绝不答应！

　　听完俞小平的话，我不由一边凝望着这泓"用几个亿的钞票也不换"的水，一边思考着这样一个问题：余村的水并非天生就有，而且曾在过去让人憎恨与抛弃过，然而就是因为余村人遵循了习近平总书记"绿水青山就是金山银山"的发展理念，坚定地走了一条适合本村生态经济发展的道路，才让这泓水生金成宝。这样的新型发展道路，余村走通了，其他地方不是同样可以走通见效吗？这样的道路让余村变得美丽、富有了，其他地方照着这样的道路走下去，不也可以同样美丽、富有吗？

　　一道阳光，掠过我们的头顶，将整个大地照得明灿灿的……

　　"走，我们去看比这更美的'云里的玉镜'！"俞小平突然说。

　　啥是"云里的玉镜"？哪儿呀？

"就在余村边上。到了就知道。"俞小平卖了个关子，笑言。

余村之美，安吉之美，只有你去了才知道。它确实超出我们想象。

余村属于安吉县的天荒坪镇。与余村冷水洞水库隔山相望的地方有个被称之为"江南天池"的大大水库。这水库的奇妙与独特之处是它位于山巅之上，水面竟然是依仗群山之力，将其高高地托在一座高入云端的巨峰之顶，于是那水变得犹如云中的一片银镜……故名之"天池"。因它生于南国的浙江安吉，所以有"江南天池"之称。

起初，我以为是余村人的"自吹"，哪知一查手机"百度搜索"，这"江南天池"其实早已名扬四海！只怪我等眼耳闭塞也。事实上，与我一样眼耳闭塞者不少，我们对余村毗邻的"南国天池"真的太缺少了解。

无论是俞小平说的"云中的玉镜"，还是游客们说的"南国天池"，如此诗意的仙境，虽人未到，我的心却已飞至，并且立即联想到其他两个各具美妙的天池：一是天山怀抱中的新疆天池，二是长白山上的天池。只要一提起它们，眼前就会涌出一个字：美！然后是：神往！再是：勾魂！

天山天池和长白山天池一在北方，一在西部，它们美得不可复制。

余村边的"江南天池"，独处在南方的地域，较古老的天山天池和长白山天池，"江南天池"似乎还没有那么大的名气，但余村边的"江南天池"诞生于我们这个时代，它后来居上，一出世就"当惊世界殊"！

到了余村近邻的"江南天池"，我才明白俞小平为何称它是"云里的玉镜"——这是一座中国人创造的独特人造水库，它建在山之巅的云雾中间——那白云飘荡而过时，水库仿佛跟着云儿一起在空中游荡，太阳一照，遂光芒四射，恰如"云中之镜"也！

"南国天池"全称为安吉天荒坪抽水蓄能电站。这座排在世界前列的抽水蓄能电站，雄伟壮观，堪称"世纪之作"。它始建于一九九二年，一九九八年第一台机组正式发电。电站总装机容量一百八十万千瓦，六台三十万千瓦立轴可逆式抽水发电机组，是我国目前已建和在建的同类电站中单个厂房装机容量最大、水头最高的抽水蓄电站。水库建在天荒坪一带海拔最高的山巅之上，气势磅礴。从空中俯视水库，宛若嵌在万山丛中的一面玉镜，明闪铮亮，独烁光芒。靠近观之，更觉凌空见海，浩浩荡荡。千米之上的山巅上，平时也感风声啸急，那云雾之间的宽阔水面，在山风吹荡下波浪翻卷，层层叠叠，当它们拍打在椭圆形的堤坝上，溅出的水花犹如一片片游云。当阳光照来，游云便变成一道道彩霞，美得让游客惊呼欢叫……

但站在"天池"身边，我最感震撼和奇妙的是，这个水量与西湖之水接近、悬在群山之巅的抽水蓄能电站，其水竟然完全是从数百米之下的另一座嵌在半山腰的水库抽上来的，而它们之间的落差，构成了这样一座壮观的人工发电站。整座电站枢纽由上水库、下水库、输水系统、中央控制楼和地下厂房等部分组成。电站下水库位于海拔三百五十米的半山腰，是由大坝拦截安吉人的"母亲河"西苕溪水而成。当地人称下水库为"龙潭湖"。山巅上的"天池"之水，则是巨大的抽水机经过无数层层、弯弯后抽至上端，再通过垂直"水洞"倾注而下……据电站工作人员介绍，该抽水蓄能电站，上下水库间的大山中凿有长达二十二公里长的洞室群，大小洞穴达四十五个，大的相当于几个人民大会堂，小的也比足球场大，它们构成了电站主、副厂房区。整个地下厂房全长两百米，宽二十二米，高四十七米，六台三十万千瓦机组一字排开，形成壮观的地下厂房景观。高山之巅的"天池"，是利用了天荒坪和搁天岭两座山峰间的千亩田洼地开挖填筑而成，并有主坝和四座副坝及库岸围筑，整个上水库呈梨形，平均水深四十二点二米，库容量八百八十五万立方米，相当于一个西湖的容量。抽水蓄能电站的工作原理十分有趣，这既是科学，又是一笔有趣的"账"：夜间，下水库的水被抽至上水库，而在白天上水库的水通过特定管道往下倾注，这个"抽水—发电"的工作过程，据说是充分利用晚上价格便宜的富余电力，把水抽上去，而白天是用电高峰，生产的电能价格高，电站"吃"的就是中间的电价差价。

有意思吧！余村的这位"邻居"据说每年可以创造数亿元的价值，同时也能缓解华东地区部分用电紧张情况，可见"科学与经济"联姻所产生的效益，极其巨大。

然而，"江南天池"在今天，给当地带来的何止仅靠这硬邦邦的发电来赚数亿元的钱。现在的它，已经有了比发电更赚钱的途径——旅游、观景。

在走向"天池"的一路上，随处可见的是新开设的各种旅游项目，比如"天池滑雪场""天池温泉""天池夏令营"等等春夏秋冬皆可一游的项目。确实，这座"江南天池"，因为它处在独一无二的山巅之上，水面阔大而美丽，又有每日活流，较之天山天池、长白山天池，其水要"活泛"得多。水活境必灵，地必青，而最关键的是"南国天池"生在美丽的安吉竹山绿林之地，这使得它美上加美，美不胜收，天人俱美。

"江南天池"第一次出名的时间是二〇〇九年七月二十二日。这一天是"世纪日全食"，当天全国大部分地区阴雨，余村一带却风和日丽。当日，中央电视台在天池上直播了完美的日全食过程，天池对外开放，来自全国各地的天文爱好者多达上万人，光各路专家就有二百四十多位。万余名天文爱好者和专家们在此记录下了变幻无穷、难得一见的"天象"：日食前的晚上是阴天，且预报第二天有雨。当天清晨六点仍是阴天，但过了七点，天池映照的当空，云层竟然逐渐散开；九点三十三分，天际出现美丽的贝利珠，九点三十九分生光，黑太阳上方再次出现钻石般的光芒，随着月亮逐渐离去，十点五十九分太阳复圆，其中日全食时长达五分三十八秒……

这是"江南天池"的一次世界亮相，从此它名扬四海。专家给出的评语是：江南天池，盖世之奇，源在青山绿水。

我们明白了！

明白了余村的这位"邻居"之美，原来也是沾了绿水青山之仙气和优势，令崇山万岭、千湖百江羡慕。

余村的那泓水和"江南天池"一样，它们皆在天上人间之中，能不让你叹为观止？

（摘自《那山，那水》，红旗出版社 2017 年版）

乡村国是（节选）

纪红建

桂花园里幸福的笑

一

在重庆市黔江区的金溪镇望岭村，有个地方叫桂花园。

"是个桂花树种植基地吧？"路上，我问同行的黔江区扶贫办副主任徐章和。

"不是，是个安置点，黔江区高山生态扶贫搬迁集中安置示范点。"徐章和说。

来到桂花园，我确实没看到一棵桂花树，但我看到一排两层楼房紧紧相连，每家门口都贴着喜庆的对联，灰黑色的瓷砖锃亮。在房子门口不远处有一条小溪，对面是一座大山，绿树环绕，环境优美。公路就在屋旁，交通方便。

虽然桂花园里的房子长得一个模样，但我还是发现了不一样的地方。在一户人家门前，我看到一个女人，正坐在矮板凳上，在一个废旧的铁脸盆里烧火取暖。她头戴绛紫色毛线帽，穿着黄色的羽绒服和一条宽大的牛仔裤。乍一看，没啥问题，但看向她的眼神时，我发现她目光呆滞。她盯着脸盆里燃烧的火焰独自发笑，笑得自由自在、无拘无束。我跟她打招呼，她毫无表情地瞄了我一眼，然后扭过头，又自顾自地笑了。

她家大门右边门墙上挂着一个黑底、烫金字的牌子，上面写着：黔江区高山生态扶贫搬迁工程；户主姓名：田景纯；竣工时间：2013 年 12 月；责任单位：区统计局、区扶贫办。我正看着，一位个头不高，穿着还算干净的老人走了出来。我问他："您是不是叫田景纯？"他笑着："田景纯就是我。"我发现田景纯的笑特别灿烂。他告诉我，前面烤火的那个女人是他婆娘，她病太多了，要不是他，她早就死了。我注意到，田景纯右手残疾。

田景纯说："我今年65岁，是从清水村三组搬来的，原来住在山上，是木房子，没有路，也没有电，很少下山。我有弟兄四个，我是老四，最小的。我出生时右手就是残疾的，干不了重活。由于家里穷，我没上过学，大字不识。由于家里穷，我一直找不到婆娘，谁家姑娘愿意嫁到山上来，谁家姑娘又愿意嫁给一个残疾人？那时找不到对象，只有从身有残疾和弱智的女人里找。我也没什么要求，只要是个女人就行。亲戚和邻居看我这么大年纪了还没成家，只要听说哪里有合适的女人，就帮着提亲。也提过几次亲，有个女的，腿有残疾，人长得漂亮，但跟我没过几天就跑了。她嫌弃我不正常，我还嫌弃她呢，狗日的长得漂亮有什么了不起的。后来我又找了一个，也长得俊俏，也年轻，但这婆娘精神不正常，整天不是在家里打打闹闹，就是往外跑。跑到山上抓鸡抓鸭，抓了就吃，毛都不拔，就吃生的，吃得满脸是血。我也不嫌弃，毕竟她是个女人，我家里穷，又是个残疾人，找个女人不容易。可她到处跑，最开始只是到附近山上跑，后来晚上都不回来了，再后来也不知道跑到哪里了。我们找了好久都没找到，有人说那婆娘只怕掉到悬崖下摔死了，有人说那婆娘只怕掉到池塘里淹死了，还有人说他们看见这婆娘被一个老头带走了，反正到现在再也没有见过那婆娘。"

田景纯又说："我50多岁才结的婚，我婆娘叫吕素华，现在40多岁了，是个弱智。我婆娘那时30多岁了，由于弱智，一直没有出嫁，她人本分，虽然不会做事，但不乱跑，整天只待在家里，老老实实的。是我请邻居去提的亲，没想到老丈人同意了，他说只要有人要，能够照顾他娃娃就行。当时我婆娘看到我就笑，笑个不停。开始我以为她那是表示对我满意，后来我才知道，她从小就是这样笑的，不光见到人，见到啥子都笑，哪怕是见到一只蚂蚁她也笑。我想马上就结婚，但老丈人不同意。我老丈人叫吕永发，也是个残疾人。他对我说，虽然他家里也穷，虽然娃娃弱智，但也是嫁女，既然是嫁女，就要把陪嫁礼品准备好。他们被盖、柜子等等陪嫁品都准备了，但准备了两年多，把我急死了。但我婆娘不急，她不知道急，还天天在家里笑。前两年搬到这个新家里，我什么都没要了，就要了这个柜子，柜子、柜子，早生贵子哟！结婚时，我家里是木房子，十几个平方，现在已经倒塌了。结婚时我也没钱，都是父母和亲戚朋友凑的。结婚后，我也做不了什么，养猪都没法养，只能打点临工。我婆娘什么也不会干，什么也干不了，她谁也不"

认识，包括我父母，她只认识我。我把饭做好后，她自己吃没问题，我把衣服准备好，她自己穿也没问题。我每天得在家照顾她，她不怎么说话，只会笑，说话最长的也就说两句，还听不太清楚，叽里咕噜的，不知道说的啥子……"

田景纯还说："前几年，有人跟我说过，说是要搬迁。我当时跟他们说，在山上住得好好的搬什么迁嘛。人家说，山上没路没电，不方便。我说，要电做什么。人家说，有电就可以看电视呀。我说，那东西我看不懂，我婆娘更看不懂，要它干啥子嘛。想不起来过了多久，人家又找到我说，说是要搬家了。我说搬什么家。人家说，政府帮你建好了房子。我说，我没钱，这个房子我不要。人家说，是政府免费帮你建的，一分钱都不要。我又问，要是以后政府又问我们要回去我们住哪？人家说，政府不会要了，这房子就是你的。我又问，搬到哪里住？人家说，望岭村的桂花园。那里我去过，我姑妈住那里，那里连条路都没有。于是我说，桂花园也是个鸟不拉屎的地方，我不去。人家问我，你什么时候去的桂花园？我说，十多年前去的，到我姑妈家。人家说，那已经是过去了，现在大不一样了。我又问，搬那里去了，这里的房子咋办？人家说，不要了，废了。废了就废了吧！那天是政府的人帮我们搬的家，坐车来的，是什么车，我不知道。离开那里的时候，我流泪了，舍不得呀，从小长到这么大，一直在那里生活，是条狗都会流泪呀，更何况我还是人。我婆娘没流泪，她还是笑，笑得很开心，看到政府的人笑，坐在车上一晃一晃的她也笑，看到新房子她还是笑。这里房子好着呢，还是两层的，我们住在二楼，房间里不仅有床，还有电灯，有电视。但我们不看电视，看不懂，我都看不懂，你说我婆娘又能看懂什么，她不看电视是笑，看电视也是笑。我婆娘一般不出去，她就在家里待着，偶尔也在附近走走，也能自己回家。在桂花园，她谁也不认识，只认识我。但谁都认识她，只要看到她往远处走，人家就会带她回家，邻居们好得很。"

田景纯刚讲述时，思维还比较清晰，跟正常人无两样，但越往后说，好像就有些思维混乱了。就在我越听越糊涂时，金溪镇的扶贫干部邓占东主任来了。他连忙向我解释说，田景纯的大脑也有点问题，但比他老婆好多了，能说能听，还能生活自理，但很多事说不清。邓主任告诉我，田景纯的女儿都20多岁了，已经结婚生子了，现在在县城打工。他儿子也18岁了，一直跟着外公、外婆过。因为田景纯和他老婆都不清白，所以孩子一生下来，就被他岳母抱走养起来了，很少见面，也没有感情。去年他女儿和儿子买了些东西来桂花园看过他们，也叫他们爸爸、妈妈。

在桂花园，我还碰到了陈清华。40岁的他，腿部残疾，丧失了重体力劳动的能力。他老婆叫邹星琼，比他小 10 岁，也是个残疾人，只能做一些简单的家务劳动以及照看孩子。两个孩子，女儿 10 岁了，在金溪镇中心学校读五年级，儿子 6 岁了，与姐姐读同一所学校，读一年级。陈清华父母早逝，有一个 63 岁的伯伯与他一起生活，但伯伯是聋哑人，加之体弱多病，已丧失劳动能力。

陈清华告诉我，他是平溪村菜山沟（五组）搬过来的，搬迁前只有木屋三间，非常破旧，还是他爷爷当年建的，一家人根本就住不下，非常挤。他家里原有田、土、林面积近 20 亩，由于生产环境十分恶劣，所需劳动强度较大，迫于身体原因不能耕作，大部分田地已经荒芜。后来，在镇党委政府退耕还林政策宣传影响下，他将家中 8 亩多田地进行了退耕还林，现在每年依然能够从政府拿到一定的退耕还林补助金。他家的房子有 96 平方米，他不仅没出任何费用，政府还为他家购置了床、棉被、桌、椅、炊具等各式家具和生活日用品，拎包入住式的扶贫政策替他实现了此前想都不敢想的住房梦。陈清华说，如果政府不给他家进行兜底搬迁，他一生都没能力建房。现在一分钱都没花，就住上了洋房，没想到党的政策会有这么好，做梦都没想过。有一天他做梦梦见了他妈妈，他把这个事跟他妈妈说了，他妈妈不相信，于是他又带着妈妈参观了新房子。他妈妈说，我这不是做梦吧！说到这儿，陈清华流泪了。他说，如果父母活到现在多好啊，也能住上新房子。陈清华说他最要感谢驻村领导姚永胜副镇长，他为了他家的事跑前跑后，好像是自家建房子一样。这么辛苦，这么操心，不仅没吃过他家一顿饭，就连一口水都没喝过。

陈清华人残志不残。他说他会理发，还会做木工。他在集镇开了个小理发店，赶场的日子，他就在那里理点发，其他时候他就在家做点木工活。挣的钱不多，但享受了政府的低保政策，每年有点补助。虽然家里没什么钱，但供两个小孩子上学还不成问题。让他欣慰的是，两个孩子都特别懂事，成绩都不错，特别是女儿的成绩总是班上前几名。他想让女儿将来上师范，当个老师。他说，父母当年给他起名"清华"，就是希望他多读书，将来能考上清华、北大，走出大山，当个文化人。可他没有实现父母的愿望，小时候就是读书太少，没文化，他要让自己的女儿到山区来教书，让更多的人有文化。

与陈清华挥手道别时，他抽着烟，斜着身子站在那里，但站得特稳，山一样坚毅。

在桂花园，我也见到了回家取东西的年轻小伙子田茂华，他家也是兜底搬迁户，原来住山坳村乌龟堡（四组）。25 岁的田茂华患有偏瘫，左半身肢体肌肉萎缩，并影响大脑，有时会出现反应迟缓等症状。他有一个 19 岁的妹妹，叫田艳花，现在黔江城的餐馆里打工。上天对田茂华和妹妹非常不公。由于长期病重，他们的父亲在妹妹尚在母亲腹中时，便已病逝，然而更不幸的是在妹妹出生后不久，母亲又被病魔夺去生命。兄妹两个孤儿只得由早已改嫁岔河村的奶奶抚养。

虽然上天对他们不公，但兄妹俩从不向命运低头。他是个相当勤劳、朴实，且非常坚强的小伙子。由于家中没有劳动力，且长期寄养，初中尚未毕业的田茂华辍学谋生，还供妹妹上学。兄妹俩也始终感受着社会这个大家庭的温暖。在田茂华父母死后，山坳村村干部给田茂华兄妹申请了民政部门的孤儿待遇，解决一部分生活费用。在田茂华辍学后，山坳村村干部建议对田茂华家老宅进行宅基地土地复垦，然后在镇政府的帮助下，利用土地复垦所得的4万多元在金溪镇中心学校附近开了一个"2元店"。2013年黔江区实施兜底搬迁政策后，村里还没上报，许多村民就主动找到村部和镇上，说无论如何要让田茂华和他妹妹评上，这两兄妹不容易。

田茂华说，他和他妹妹的房子共有96平方米，钱是由区扶贫办和金溪镇政府等帮扶单位解决的，他自己不但没有出一分钱，镇政府还出资近万元为他们解决一整套的家具和日常用品。我问田茂华现在的收入情况。他说，在山坳村老家，他还有4亩耕地，已流转给邻居耕作，每年有3000多块钱收入；现在自己在镇上经营的"2元店"，每年的收入大约有万把块钱；妹妹在黔江的小餐馆打工，每个月的工资能拿到一千五六。只要不懒，只要勤快，就饿不死。他说，兜底扶贫搬迁后房子有了，就有希望了。他希望自己能找个能够理解他和接纳他的女孩结婚，生两个娃娃，也希望妹妹能找个理想的男朋友，早点结婚生子……

说到这，田茂华腼腆地笑了……

这是桂花园里幸福的笑，是贫困山区充满希望的笑。

其实在田景纯夫妇、陈清华、田茂华他们的身后，还有着庞大的残疾人队伍。据统计，目前我国有8500万残疾人，其中很多依然处于贫困之中。由于居住分散、身体障碍、劳动能力受限、受教育程度偏低、机会不均等原因，农村残疾人脱贫攻坚面临着数量多、贫困程度深、脱贫难度大的严峻形势，成为国家脱贫攻坚战的难点，是实现残疾人全面小康的短板。特殊困难群体，需要格外关心、格外关注。一直以来，党中央、国务院高度关注贫困残疾人的民生改善和精准脱贫工作。习近平总书记指出，残疾人是一个特殊困难的群体，需要格外关心、格外关注。让广大残疾人安居乐业、衣食无忧，过上幸福美好的生活，是我们党全心全意为人民服务宗旨的重要体现，是我国社会主义制度的必然要求。习总书记强调，2020年全面建成小康社会，残疾人一个也不能少。李克强总理要求，决不让残疾人"掉队"。要拿出更实、更有针对性、更具人文关怀的措施，推进解决各类残疾人群在身体康复、教育就业、权益保障等方面存在的苦难，让他们感受到全社会的温暖。2016 年 12 月 22 日，由中国残联、国务院扶贫办等 26 个部门和单位共同制定的《贫困残疾人脱贫攻坚行动计划（2016—2020 年）》，以中央确定的全国贫困人口脱贫目标为核心，在此基础上，着力解决贫困残疾人有别于健全人的特殊困难和需求，即基本康复服务和家庭生活无障碍问题。从某种意义上讲，贫困残疾人的基本康复服务和家庭无障碍的实现正是不让贫困残疾人掉队的一个重要特征。

二

邓占东主任告诉我说，望岭村桂花园安置点规划安置 80 户 280 人，目前已安置 57 户 198 人，其中统规代建 22 户 81 人，在这 22 户中就包含了 12 户兜底户共 27 人，也就是常说的特困户，田景纯、陈清华、田茂华等人都是属于特困户。但桂花园安置点只是金溪镇 6 个安置点中的一个。金溪镇原来是国家级贫困乡镇，也是重庆最贫困的乡镇之一，没有任何经济来源，所以兜底搬迁户也是全黔江区最多的。从 2013 年 3 月开始，按照黔江区的计划安排，镇里开始入户调查，准备对特困户实施兜底搬迁。入户调查是区镇村三级联合调查，选出满足兜底搬迁条件的特困户。通过程序，当时选出了 15 户兜底搬迁户。这 15 户必须具备两个条件，首先是深度贫困，居住偏远，如大山高山地区，家里有危房，而且家里贫困，想搬迁又无能为力。其次是家里有重大疾病。邓占东说，其实绝大部分山民还是很顽强的，能自己建房的，都已经自己建了。当时在镇党委会议室开了个会，征求他们的意见，是自己建，还是政府统一建。有三户提出自己就近建，还有两户建到了另外一个居民点，其他人都同意建到望岭村桂花园，后来又确定了两户，所以桂花园共有 12 户兜底搬迁户。这 12 户基本都是因为残疾致贫，他们是陆续入住桂花园的，有 10 户是 2013 年底入住的，有 1 户是 2014 年底入住的，还有 1 户是 2015 年底入住的。2016 年金溪镇又确定了 13 户兜底搬迁户，现在正在建。2016 年前他们对于移民搬迁点实施的是 "138" 政策，即一般农户补助 1 万元，建卡贫困户补助 3 万元，深度贫困户补助 8 万元（按照国家扶贫政策也只能补助 3 万元，区里组织的社会力量增补 5 万元）。为了强力推进，区里都下了红头文件，每个区领导要帮助一户，区里每个部门要帮助一户，能力强的大部门要帮助两户。必须落实，不落实年底考核的时候不过关。四年时间里（包括 2016 年的 13 户），全镇所有深度贫困户都解决了住房问题。邓占东还说，他从毕业分配开始就在乡镇工作，已经 20 个年头了，从事扶贫工作也有近 10 年了。他觉得帮助特困户兜底搬迁是件具有深远意义的事，是一件功德无量的事，是一件温暖他人，也让自己温暖的事。他的老父亲曾经是民办教师，每次回到家，老父亲总会嘱咐他，要好好干，多替百姓着想，人家穷，不容易。

对于兜底搬迁，徐章和主任也是感慨良多。他说，黔江地处武陵山区，山峦起伏，沟壑纵横，交通不便、生存环境恶劣，这成为摆脱贫困的最大桎梏。要脱贫，首先必须让贫困人口搬出恶劣的生存环境。2013 年，黔江启动高山扶贫搬迁，以"政府补贴＋群众自筹"的搬迁资金筹措方式，帮助贫困人口实施搬迁安置。按照市级标准，实施扶贫搬迁的贫困户每户可获得 3 万元左右的政府补贴。而在当地农村建一座普通住房，一般耗资在 8 万元左右。这意味着剩下的 5 万元左右资金缺口只能靠"自筹"来解决。原来政策是统一的，没有针对性，比如每户 3 万元，不管你建得起建不起，都是 3 万元。这样的话，有能力的搬得动，而深度贫困的还是搬不动。他们一分钱都没有，能够维持生活就不错了，哪建得起房子嘛？这样无论你怎么扶贫，还是没有把最需要的帮助送给贫困家庭。于是，黔江以"兜底搬迁"的思路探索破解这一难题。黔江通过召开群众会、张榜公示等方式选出深度贫困户，每户在享受 3 万元补贴基础上，再通过对口帮扶部门补助、整合涉农部门资金等多种渠道，补上搬迁资金缺口。这在全国是个创举。在落实深度贫困户对象之后，黔江将兜底搬迁帮扶任务分解到全区 98 个部门单位，并与贫困户结成帮扶对子。帮扶部门对自己所帮扶兜底搬迁户的搬迁选址、搬迁方式、建设规模、资金筹集等全权负责，在规划区域内建房。同时，对质量标准、建设工期等加强督促检查，确保按质、按时让兜底搬迁户住上新房。在政府扶持下，深度贫困户能代建或自建一栋占地 60～90 平方米的砖混结构房屋，水电安装到位，配置厨房卧室用具。这与常规扶贫搬迁政策相比，兜底搬迁扶持力度更大，希望享受政策的人自然更多。因此，兜底搬迁政策要做到不走样，保证公平，关键就在于对深度贫困户对象进行准确甄别。为了确保搬迁对象"选得准"，黔江区明确规定纳入有限搬迁对象原则具备以下条件：符合高山生态扶贫搬迁基本条件、自愿搬迁且意愿强烈，家庭贫困程度特别深、家庭成员有重大疾病或残疾，搬迁费用确实难以自筹；只有唯一住房或属于无房户、住房残破或为危房的，自身无力改善的……同时，黔江采取村和社区初评、乡镇街道初审、区扶贫办核实终审的办法来甄别对象。为从源头杜绝政策乱开口子，政策规定，如若发现报送对象被查出与实际情况不符，乡镇、街道一把手将成为误报所导致的结果的第一责任人。扶贫部门还对所有报审对象实施严格的"一对一"入户审查，严防不符合条件人员被纳入帮扶范畴。通过创新开展"一对一"兜底扶贫搬迁，增强扶贫有效性和精准性，扶贫兜底搬迁实施两年多以来，黔江不少以前无力改变生存状态的深度贫困户因享受到扶贫政策支持，过上了新生活，走上了致富路。用老百姓的话说，这才叫真正的扶贫，扶到了最贫困最底层的人身上，也扶到了他们心坎上。这才叫精准扶贫！徐章和说，黔江区确定对"愿意搬又无力搬"的 639 户深度贫困户实施兜底搬迁，到 2015 年年底，他们已经完成搬迁 434 户 1484 人……

作为基层扶贫工作者，邓占东、徐章和他们的讲述让我看到了当下基层扶贫工作的艰难。由此我想到了全国扶贫宣传教育中心黄承伟主任所说的，容易脱贫的地区和人口已经基本脱贫了，剩下的贫困人口大多贫困程度较深，自身发展能力较弱，越往后脱贫攻坚成本越高、难度越大，采用常规思路和办法，按部就班推进，难以完成任务。应该说，黔江区的兜底扶贫搬迁就是超常规思路和办法。

一杯牛奶的遐想

一

牛奶的营养价值高，含有丰富的钙元素。儿子已经十岁，为了让他长得更加健壮，妻子坚持每天至少让他喝一杯牛奶。不，准确地说，应该是妻子在怀孕，甚至在打算要孩子时就已经坚持每天一杯甚至两杯牛奶了，雷打不动。

就这样一杯牛奶，对于生活在城里，或者说在经济发达地区的人们看来，是那么的普通，那么的不值得一提。然而，我在一些贫困山区时看到，就这样一杯牛奶，便成了盼望，成了渴望，成为奢求。当我把贫困山区孩子喝不上牛奶，想喝牛奶的故事告诉妻子和儿子时，妻子惊呆了，儿子直摇头，那怎么可能？

从一个贫困山区走向另一个贫困山区，再从贫困山区回到城市，我始终没有走出对一杯牛奶的思考，这也成了我采访和创作中一个挥之不去的心结。是的，一杯牛奶不能决定什么，但它折射出贫困，它关系到一个孩子，甚至关系到一个国家一个民族的发展与未来。

笔者在湘西采访时，谈到学生的营养餐时，湘西州教体局的一位科长递给我一张 2016 年 8 月 28 日的《中国教育报》。从中我看到，美国在 20 世纪 30 年代就开展了"三杯奶运动"，1946 年又颁布了《国家学生午餐法》，旨在让学生少吃"垃圾食品"，改吃营养均衡的"营养午餐"，目标是减少青少年儿童营养不良的现象，增强青少年的身体素质，确保国家未来的发展。为了在全国掀起饮奶运动，让国民自觉参与运动，养成每日三杯奶的习惯，美国政府、各奶业协会、乳品企业通力合作，通过各自的营销手段成功地使美国人加入了国家的牛奶运动，并在活动中逐渐养成每日三杯奶的饮用习惯。其中"学生饮用奶"运动的推广尤为重要，为此美国政府颁布了《国家学生午餐计划法案》和《儿童营养法》等法令。法令中规定学生每份餐中必须包含 240 毫升液态奶。国家学生午餐计划始于 1935 年，至 2006 年午餐供应达 2700 万份，覆盖全国 9.6 万所学校。学生早餐计划始于 1966 年，每日达 740 万份，覆盖 7.2 万所学校。夏季供餐计划共有 200 万名学生参加，覆盖 3.1 万个基地。国家要求上述三项计划每餐中必须供应牛奶。在亚洲，日本是最早提倡学生饮用奶的国家。二战过后，日本政府提出"一杯牛奶可以强壮一个民族"的口号，在政府推动下，每个中小学生在课间都能喝上一杯牛奶……20 世纪六七十年代，比利时、荷兰、德国、法国、葡萄牙等有饮用牛奶传统的西方国家正式实施"学生饮用奶"计划，饮用牛奶变得更加普及。据联合国粮农组织最新统计，目前世界上推行"学生饮用奶"计划的国家已达 62 个，其中发达国家与发展中国家大体各占了一半。

那么"学生饮用奶"在中国呢？

2000 年，经国务院领导批准，农业部、原国家发展计划委员会、教育部、财政部、原卫生部、原国家质量技术监督局、原国家轻工业局联合启动实施国家"学生饮用奶计划"。这是一项在全国中小学校实施的学生营养改善专项计划，该项国家营养干预计划旨在通过在课间向在校中小学生提供一份优质牛奶，以提高他们的身体素质并培养他们合理的膳食习惯，促进中小学生发育成长、提高中小学生的健康水平。2013 年，农业部等国务院七部门做出调整"学生饮用奶计划"推广工作方式的决定，将国家"学生饮用奶计划"推广工作整体移交中国奶业协会，发挥社会力量和利用市场机制，继续推进学生饮用奶计划的实施；将学生饮用奶纳入政府相关职能部门的乳制品生产和质量的统一监督管理，以确保学生饮用奶产品质量安全……

"学生饮用奶计划"发展从无到有、从小到大，实施范围从城市到乡村、从发达地区到贫困地区，对改善、提高中小学生的健康水平发挥了重要作用，受益人数从 2000 年初的 50 万人，发展到 2016 年底的 2200 万人。这无疑是个巨大的成绩。然而，目前全国中小学生人数约 2 亿。也就是说，约 90% 的中小学生并没有享受"学生饮用奶计划"带来的实惠。

全国妇联在 2011 年做过一项研究，中国贫困地区 5 岁以下儿童中尚有

20%存在生长迟缓；6 到 12 月龄农村儿童贫血患病率高达 28.2%，13 到 24 月龄儿童贫血患病率也高达 20.5%。2013 年，国际知名公益组织乐施会支持中国农业大学在中国 62 个贫困县 108 个乡镇调查发现，多达 43.9% 的 0 至 3 岁儿童家长或监护人不了解或者不清楚儿童饮食和营养搭配知识，53% 的 4 岁以上儿童家长不考虑儿童饮食的营养搭配……2016 年 5 月，在北京举行的"国际儿童营养与反贫困论坛"上，中国营养学会理事长杨月欣忧心忡忡地说道："我国儿童青少年营养不良人数，以千万级数量呈现；儿童营养状况存在明显的城乡差异和地区差异，特别是贫困地区的农村儿童营养问题更为突出，生长迟缓、贫血、营养缺乏非常普遍；改善他们的营养和膳食，阻断因此而造成的代际贫困循环迫在眉睫。"

我想，这可能就是我在贫困山区采访时对这杯牛奶感触深刻的原因吧！这也许是许多爱心人士和爱心组织锲而不舍地呼吁、研究和关心贫困山区儿童的一个重要原因吧！

比如希望工程。这是团中央、中国青少年发展基金会于 1989 年发起的以救助贫困地区失学少年儿童为目的的一项公益事业。其宗旨是建设希望小学，资助贫困地区失学儿童重返校园，改善农村办学条件，是我国社会参与最广泛、最富影响的民间公益事业。截至 2016 年，全国希望工程累计接受捐款 129.5 亿元，资助学生 553.6 万名，援建希望小学 19388 所，援建希望工程图书室 25972 套、希望厨房 5023 个、快乐体育 7795 套、快乐音乐 1323 套、快乐电影 620 套、电脑教室 1215 套。毫无疑问，希望工程凝聚了厚重的爱心与关怀，点燃了许多梦想和希望，实现了无数理想与追求。

又比如"春蕾计划"。1989 年，在全国妇联领导下，中国儿童少年基金会发起并组织实施了"春蕾计划"儿童公益项目，汇聚社会爱心，资助贫困地区失辍学女童继续学业，改善贫困地区办学条件，辅助国家发展儿童少年教育福利事业。通过实施"春蕾计划"助学行动、成才行动、就业行动、护蕾行动等，受益对象由接受九年义务教育的女童到女高中生、女大学生，由农村贫困家庭儿童到留守流动儿童，由对大龄女童进行实用技术培训到春蕾教师培训，由资助女童学业到关爱女童安全，形成了关爱儿童特别是女童教育、安全、健康资助体系。截至目前，"春蕾计划"已资助女童 345 万人次，捐建春蕾学校 1489 所，对 52.3 万人次女童进行实用技术培训，编写发放护蕾手册 150 万套。已经有一大批春蕾生成长成才，成为女军官、女教师、女医生、女科技工作者等，在工作岗位上表现出色。

在公益助学过程中，有许多温馨的画面令人动容——

当年河北藁城一名名叫田斌的离休老干部，得知希望工程的消息后激动不已，立即和老伴商量，从"文革"后平反补发的工资中拿出600元，资助了3名贫困地区的孩子重返校园。这是他们的血泪钱，凝聚着他们的屈辱和辛酸，但为了孩子，他们舍得。

张文裕是国内享有盛誉的高能物理学家。1992年11月，张文裕夫人和儿子根据老人遗愿，将其节俭一生留下的积蓄10万元捐献给了希望工程，同时将另外3万元捐献给家乡的教育事业，余下的存款全部交了党费。

北京化工学院的一位老教师找到希望工程，交给工作人员一个信封便走了。大家打开信封一看，里面竟是一条金光闪闪的项链。老人在留下的纸条上写道：这是我父亲留下来唯一的遗物，现在赠给你们，以解失学少年的燃眉之急。捧着这条沉甸甸的金项链，大家觉得像是捧着一颗金子般的心。

1992年11月18日，时任中国青少年发展基金会秘书长的徐永光一行应邀来到著名作家冰心的家里。他们刚在沙发上坐下，冰心就吩咐阿姨将打点整齐的1万元现金放在徐永光面前。这是冰心老人继第一次捐献3000元之后，又一次向希望工程捐款。当时徐永光告诉老人："您捐的钱可以使65个失学儿童重返校园。"冰心老人一听，高兴得连连点头。她说："这是我的稿费。我们国家给的教育经费太少，所以我要把钱捐给你们。教育搞不好，人没有文化，国家就会越来越穷。"

1998年2月，时任中国作协主席团委员、湖南省文联主席的著名作家谭谈赴京参加中国文联全委会，当他向首都文艺界表露要在湖南的贫困山区筹建"作家爱心书屋"的心愿后，立即赢得大家的赞同和拥护。时任中国作协党组成员的陈昌本、王巨才、陈建功、高洪波、吉狄马加等，不仅自己签名捐书，还发动机关全体干部捐书，短短几天就捐了1000多本，装箱发到长沙。更让人感动的是，当时已经是93岁高龄的著名老诗人臧克家在病中破例把谭谈约到家中，认真听取筹建作家爱心书屋的设想后，连声说："善举，善举！"随后，他用颤抖的手亲笔签名，捐了《臧克家诗选》《在毛泽东那里做客》《放歌新岁月》等好几本他的重要作品，并欣然为"作家爱心书屋"题签。文坛泰斗巴金老人当时已近百岁，当他得知消息后，也热情为"作家爱心书屋"题名，还亲笔签名捐赠了《家》《春》《秋》三部曲，以及《巴金随想录》一套（8册）和《收获丛书》一套（6册）……

然而，这样还不够，还没结束。即便时至今日，祖国的许多"花朵"依然备受贫困的困扰，过早凋谢，叫人心酸。

比如在云南西南边陲地区，早婚现象仍然很普遍。之前从媒体上看到这些消息时，我还半信半疑，然而，当我来到世居着苗族、瑶族、傣族、哈尼族等9个民族的金平县，行走在一个个村寨中，看到数个背着孩子的少女时，我的心里只有沉重与悲悯。采访中我了解到，有些女孩儿嫁人时甚至才12岁。由于不到法定年龄，她们不能领结婚证，婚姻没有法律效力。少男少女们用青涩的"爱情"经营起家庭，更像"过家家"，却又现实地孕育着下一代生命。小节2001年出生，但15岁的她，已经是一个一岁半孩子的妈妈了。她告诉我，她和老公是2014年新年认识的，认识3天之后就被老公家留下结婚了。当时她还在念小学五年级，还是个孩子，是一朵含苞欲放的花朵。结婚后，她就辍学了。小节告诉我说，刚结婚时，她并不希望这么早要小孩，但不知道该怎么采取避孕措施。她来例假时会腹痛，周围人说这样以后会怀不上孩子，于是她就开始吃药"治疗"，结果没过多久就怀孕了。小节觉得婚后的生活无聊了许多，每天只能在家里带娃娃、绣花、做饭、干农活。她婚前还会偶尔和朋友出去玩，但婚后怕老公吃醋，这些活动都成了念想，最大的娱乐就是丈夫出去打麻将时待在一旁绣花……

在湖南、甘肃、宁夏等地的贫困山区，早婚现象同样十分严重。在湘西凤凰县的腊尔山地区采访时，我遇到了夯卡村村主任麻金革。1971年出生的他，只比我大七岁，但他早就当上爷爷了。他告诉我说，他有三个孩子，老大是女儿，老二和老三都是儿子。他的三个孩子都成家了，小儿子和小儿媳妇要今年才能办结婚证，但他们已经生了两个娃娃，小娃娃都已经上幼儿园了。我在心里算了一下，法定结婚年龄21岁，小娃娃上幼儿园了，至少是3岁了，加上他们前面还生了一个娃娃，麻金革小儿子结婚时大概也就十五六岁。在夯卡村五组，我遇到了与我同龄的龙金高。虽然他个矮、瘦小，一看便知小时候营养不良，虽然他家依然贫穷，但他精神状态很好，正在高兴地建着房子。他家新建的房子只有一层，四间。我问他为什么这么高兴。他说，他本来没钱建房，但儿子要娶老婆了，所以找亲戚朋友借了5万多块钱建了这房子。我问他儿子多大了。他说，都17了。我有点惊奇地说，17岁就结婚啊。他说，再不结婚就晚了，人家女娃娃都十四五岁就结婚了，再不结婚就找不到老婆了。

而在湖南邵阳县黄荆乡，我则看到了孩子们脸上的另一种泪与愁。黄荆乡所在的邵阳县，是国家级贫困县，湖南省19个贫困县之一，被人称之为"无妈乡"。因为穷，找老婆成了当地贫困户的一大难题。很多贫困户为了给儿子讨老婆，完成传宗接代的使命，便采用了最为直接的方法：把钱给"媒人"，"媒人"带来外省的媳妇。这些走了的女人往往都来自外省，家里也都很穷，她们出来就是为了能改变自己的生活。原本就没有感情基础，她们一看男方家也这样，自然就不愿意在这里熬下去了。我了解到，在黄荆乡失去母亲的孩子共有123人，其中母亲离家出走的孩子所占比重最大，共53人。

余者，父母离异的有51人；母亲死亡的10人；父亡母嫁的7人；父母双亡的2人。也正是因为有这样多的失去母亲的孩子，黄荆乡才有了"无妈乡"的别称。虽然当地政府也加大了对黄荆乡的教育"扶贫"，但是，硬件的完善在短期内不可能消除失去母爱对孩子的影响，也不可能消除传统观念在孩子身上的烙印。青山完小的阮校长告诉我说，即便是孩子没有辍学，很多人的成绩也并不理想。一些失母的孩子性格孤僻，由于家庭教育的缺失，上学也没有明确的目的，有的孩子六年级还不会背乘法口诀。他们的智力没问题，是学习态度的问题。

……

都是因为贫穷啊！可是贫穷的由来，不只是因为自然环境恶劣，人文环境落后以及人为因素更值得深思。父母的短见造成了家庭和孩子的贫困，孩子长大成为父母，观念不革新，便是沿着父辈的贫困继续往前。长此以往，则是祖祖辈辈的贫困。

每一个孩子都有接受教育的权利，都有选择过更好的生活的权利。当生活被绑定在生儿育女上，当生而不养的自私行为屡屡发生，孩子们的未来会有什么希望？我想，再穷，也不能穷了孩子，不能穷了孩子的身体和心灵。这是人类共同的心声！

二

中国一直在行动！

我注意到，2015年4月，中央深改小组召开第11次会议，审议通过了《乡村教师支持计划（2015—2020）》，并强调要"让每个乡村孩子都能接受公平、有质量的教育，阻止贫困现象代际传递"。而此后，国务院常务会议也陆续通过一揽子教育法律修正案草案，并部署落实教育领域改革措施……

诺贝尔经济学奖得主海克曼认为，投资儿童能力发展是一种"预分配"，比起"再分配"，更能兼顾效率与公平。中国发展研究基金会秘书长卢迈认为："靠传统的转移支付方式可以提高穷人收入，改善贫困家庭生活，却不能使他们彻底摆脱贫困。发展儿童往往是打破贫困代际传递的突破口。"

两位专家的观点，无不传递出这样一个信息，那就是要让贫困户群众真正彻底地摆脱贫困，就必须从儿童的教育入手。只有让贫困地区的儿童从小就受到良好的教育，让他们拥有改变命运的知识与技能，才能防止贫困的延续。

在湘西吉首，我看到一位白发苍苍的老人，怀着对故土的深情厚谊和浓浓乡情，为这片贫困土地上的孩子们送来了牛奶。

这位老人正是国务院前总理朱镕基。

朱镕基在任总理时十分重视教育，卸任后依然心系教育事业的发展，尤其牵挂贫困地区少年儿童的学习和生活。他把自己全部著书版税捐赠出来，设立实事助学基金会，秉承"扶贫济困、助学育人"的宗旨。2013 年 8 月，实事助学基金会理事会确定将首批捐赠项目选定在湘西；9 月 4 日，实事助学基金会项目启动暨首批项目签字仪式在吉首举行。吉首市教体局工作人员给我的一份材料说，从 2013 年秋季到 2016 年春季，实事助学基金会先后在吉首市丹青中学、丹青小学、河溪中学、排绸小学、排吼学校等 5 所学校（排绸小学、排吼学校 2016 年春开始实施）开展"每人每天一杯学生奶、一个鸡蛋、一份饼干"的学生营养餐、配备食堂设备、配齐图书馆设备等项目，总计投入 218.54 万元，其中营养餐 168.82 万元，食堂设备 33.6 万元，图书设备等 16.12 万元。

2016 年 11 月 22 日上午，当我来到吉首市教体局机关时，这里一片忙碌。不忍打扰的我只得前往具体实施的乡村学校。

丹青镇位于吉首市东北部，东接排绸乡，南邻泸溪县潭溪镇，西靠排吼乡、白岩乡，北与古丈县坪坝乡接壤。这是一个以苗族为主的少数民族聚居镇，苗族人口占 98%。全镇 17 个建制村、1 个社区中，有 13 个贫困村、1275 户，4297 人建档立卡贫困人口，贫困程度之深可想而知。虽然吉首市区到这里只有 63 公里，但由于山路难行，越野车在山野中艰难爬行三个多小时才到达丹青镇中心小学。

丹青镇中心小学在丹青镇街河对面的山坡上，由于 7 月洪水冲垮了桥，施工人员正在紧张地修桥。走进校园时，学前班和一年级正好下课。由于天冷，孩子们正在热火朝天地"挤油渣"（冬日里，孩子们为了取暖而在课间进行的拥挤在一起的游戏）。

校长张清扬，是本镇人，会苗话。1996 年从吉首民族师范学校（现吉首大学师范学院）毕业后，分到了河西镇教书。河西镇靠吉首市城区较近，是许多老师想要调入的地方。当时张清扬也是这么想的，为此他还利用两年半时间拿到了湖南师范大学历史系的本科文凭。然而 2001 年，他的这个想法彻底改变了。一天，他碰到了他母校丹青镇中心小学的老校长陈万兴。老校长对他说："现在学校急需年轻教师啊，都是民办教师，跟不上时代，教学质量怎么跟得上呀。你想不想回来呢？"张清扬说："陈老师，我考虑考虑吧。"当时张清扬非常纠结，山里娃，谁不想离大山远点，离城市近点呢。可丹青镇中心小学是自己家乡的学校，还是自己的母校，自己经历过贫穷，也深刻体味过贫困山区教育的缺失。经过几天考虑后，他决定回来。于是他写了个申请，送到吉首市教育局人事股，主动要求调回丹青镇中心小学教书。张清扬一个堂姐夫在教育局工作，与人事股股长办公室门对门。人事股长把这事跟张清扬堂姐夫说了，堂姐夫非常生气，他说："人家都想方设法往外面调，他倒好还往山里跑。"堂姐夫把这个申请撕了，他当年没回成。但张清扬没有死心。2003年吉首市教育局实施职称改革，教师都可以参加竞聘，并可以自行选择区域和学校。在河西镇教书的张清扬没有参加河西镇的竞聘，而是参加了丹青镇中心小学的竞聘，并竞聘成功。回到母校，他先是当数学教研组长，后来又当过教导主任，2014年8月当的校长。

张清扬对我说："丹青镇中心小学创建于20世纪80年代，是一所农村寄宿制完全小学。学校目前有教师23人，学生204人。2013年春天，实事助学基金会理事长朱蓁来吉首考察时，首先去的矮寨镇矮寨小学，但朱理事长看了看，觉得那个学校条件好，不需要投资了，就提出要到最边远最贫穷的学校。于是就到了我们丹青镇。那天下午两点多，我们临时接到通知，说朱理事长要来考察，看了看我们镇里的情况后，她又来到了我们学校。当时她说的一句话我印象深刻：这样的学校我们不扶助，良心会过不去。于是，丹青镇中心小学的每个学生都喝上了牛奶。当时我们向所有学生宣布这个好消息时，许多家长不信，觉得学校是骗人的。我从小在这里长大，以前冬天从家里带几罐子菜来，都是凉的，现在有热的牛奶，还有鸡蛋和饼干，很幸福。第一次拿到牛奶时，由于好多学生没见过牛奶，更没喝过牛奶，所以闹了很多笑话。牛奶是纸包装的，蒙牛的。有个学生拿到牛奶后，他以为像吃水果一样，就连同包装一起啃起来，结果啃得满脸满身的牛奶；还有个学生一喝觉得这味太怪了，连忙向老师报告说，牛奶里有'毒'，不能喝。以前我们学校学生流动性很大，许多本地学生跑到隔壁乡镇学校去了，由于我们学校每天可以喝上牛奶了，人家很羡慕，不仅本地的学生跑了回来，隔壁乡镇的学生也舍近求远，转学来到我们学校。原因很简单：有牛奶喝。我明显地感觉得到，学生有了营养餐后，身体素质好了，长势也比较好。现在我们家长最关心的是，这个助学基金会支持多久。我们曾问过朱理事长，她说，只要效果好，就一定会坚持下去。家长听了这个信后，都非常高兴。"

丹青镇中心小学六年级的杨再伟告诉我，他爸爸是丹青的，妈妈是泸溪的，以前他一直在泸溪的外婆家读书。刚开始听说这里有牛奶喝时，他爸爸妈妈不太相信，以为是假的。后来，所有的家长都说是真的时，他爸爸妈妈才相信，并在去年把他转了回来。杨再伟说，牛奶非常好喝。他不知道为什么学校要安排喝这个牛奶，但他知道牛奶是一个姓朱的老爷爷送的。我问杨再伟，你知道这个姓朱的老爷爷是干什么的吗？他摇了摇头后说，不知道，但老师告诉他们，朱爷爷老家是湖南的，在北京工作，已经退休了，老师叫他们不要忘记朱爷爷。杨再伟的同班同学张明建，在同龄人中个头算高的，穿着蓝衣服，戴着红领巾。他告诉我，他家是丹青镇的，但与古丈坪坝乡交界，从他家里到丹青镇中心小学要走两个半小时，还要走得快，而从他家到坪坝乡上学只要走半个小时，走快点，只需十来分钟。所以他一直在坪坝乡上学。2013 年丹青镇中心小学有了营养餐后，为了每天能喝上牛奶，他转到了丹青镇中心小学。张明建还告诉我说，以前他从来没有喝过牛奶，也没有见过，他们村上的小商店没有牛奶。牛奶很好喝，而且还有营养，所以每次他都喝得很干净。为了不浪费一点一滴，他喝完后总会往牛奶盒里灌满水，然后再喝。

……

离丹青镇中心小学几百米处的一个山坡上，便是丹青中学。这所学校创建于 1952 年，1958 年始设初中部，20 世纪 60 年代初设立高中部，成为当时吉首县第二所完全中学，仅次于吉首市一中。这所学校在 60 多年的建校历程中，虽然历经风雨，即便在今天依然因为贫穷而步履艰难，但它却为国家和当地培养了一大批优秀党政领导干部和各行业技术人员。

45 岁的校长张志斌，是个数学老师。个子不高，温文尔雅。他 1992 年参加工作就分在丹青中学，一直干到现在。他告诉我说，以前初一学生特别多，但从初二就开始流失，到初三时流失特别严重，三分之二的都流失掉了，正常毕业的只有三分之一。主要原因有三个：一是贫穷，二是厌学，三是交通不便，路途遥远。厌学主要是在校园里生活和学习比较单一乏味，家长的教育观念落后，认为读书就是为了参加工作，成为国家正式工作人员，如果参加不了工作，读与不读都无所谓。读书无用论思想严重。不仅学生流失严重，老师也不愿意在这里待。2005 年学校进来一个姓李的体育老师，他是中午到达这里的，看到这里山高路远，环境艰苦，当天下午他就包车走了，辞职不干了。前些年镇上农技站分来一个年轻姑娘，姑娘是城里人，整天面对着大山、贫穷与孤单的她抑郁了，最后喝农药自尽了。

张志斌校长说，2013 年他们学校实施实事助学时，为了落实好这项工作，他们就成立了以校长为组长，领导班子为成员的领导小组，并安排了专人负责，专程管理。管理员主要负责一些物品的接收，发放保管，还有学生的签名册。于是，每个学生每天喝一杯牛奶，吃一个鸡蛋和一份饼干，就得到了有效的运行和保证。项目实施以来，学校的基础设施建设，像运动场、绿化带、校门、综合楼、食堂、餐厅里的配备等，都得到了改善。在教学成绩上也有了明显的进步，这主要体现在学生的辍学率逐年下降上，特别是 2016 年秋季，学生的入学率达到了百分之百。还有一个显著特点就是附近乡镇的学生陆续转到他们学校读书了，他们这里有营养餐，还是免费的，都是奔这个来的。他们学校现在有学生 139 人，教师 20 人，学生比上学期多了 20 多个。老师爱岗敬业，学生成绩上升，学生的身高也在整体上升。

副校长陈莲生则说，这个项目实施以来，首先是校容校貌发生了很大变化。毕业多年后的校友来到母校后，很惊叹，他们不敢相信，母校跟以前完全不一样了。上个学期，哪一届的她忘了，但他们都是五六十岁了，他们周末在母校聚会，怀念在丹青艰苦而又幸福的日子。第二个就是学生安心了，有了营养餐，体格上有了保障。不仅如此，营养餐的实施还带来了很大的辐射效应，各级各地捐款的多了起来，甚至有的直接与贫困学生家庭联系，学生感受到了温暖，精神面貌也好了起来。特别是对优秀教师也进行了奖励，她在 2013 年就被评为农村优秀教师，州教育局还给她颁发了"实事助学基金会湘西杰出教师"证书，并奖励了 2000 块钱。陈莲生老师说："我想远在北京的朱总理都能想着我们，我在山区再苦再累也要坚持下去。"陈莲生副校长还跟我说起一个学生的故事。她说："这个学生叫张忠情，是个男孩子，狗咬村的。一个周末我偶然发现他带了好几盒牛奶回家。我当时就问他，你平常没喝吗？他说没喝，都攒起来，周末带回家给妈妈喝了。我问为什么。他说妈妈身体不好，瘫痪在床，没东西吃，所以他就偷偷存了起来。我对他说，你还是自己喝吧，怕过期，再说你自己也需要营养。我这么一说，张忠情流泪了。他说他特别想喝，虽然每天看到同学喝牛奶他都装作无所谓，但心里特别渴望。"

虽然张志斌校长和陈莲生副校长都说他们学校的硬件条件得到了改善，甚至是翻天覆地的变化。但是我看到的他们的教师宿舍却仍非常简朴，都是两居室，只有 10 套房，20 名教师一家一套都实现不了，只能两家人住一套。

张翠老师是一名 80 后，当过健美操教练，是一名体育老师，也是初二（121）班的班主任。她老家是湖南益阳的，老家的经济条件比湘西好多了，但当年从吉首大学毕业后，因为爱情，她留在了湘西。虽然张翠老师说湘西这地方山好水好人好，特别是这里的孩子可爱，但一交流，我便看出了她对故乡的思念。张翠老师说："营养餐对学生的影响很大，一般学生家里鸡蛋还是有，但牛奶和饼干很少吃，特别是牛奶。因为牛奶都是有保质期的，学校规定是不准带回去的，我也经常跟他们讲，当天的牛奶要当天喝完。我还告诉他们，要感谢北京的朱爷爷，要记得北京的朱爷爷。牛奶对小孩的成长很重要，钙和蛋白质都有。我们班的学生长得很快，很多能赶上城里孩子了，有一个男生今年都长到一米七了。一次我病了，在宿舍的床上躺了两三天。

那天下午，班长和几个学生敲开了我宿舍的门，说是来看我。他们把两大袋牛奶放到了我跟前，并说，老师，学生知道您病了，想让您快点好起来，但实在没钱买什么营养品，所以全班今天都没喝牛奶，全攒起来送给您补身体。学生还没说完，我就忍不住哭出了声。我不可能要孩子们的牛奶，但我真的感动了，被孩子们的纯朴、真挚感动了。当年我顶着各种阻力留在湘西，又在湘西的乡村里风里来雨里去，从来没屈服过，也从来没流过泪，然而面对着孩子，我哭了……"

河溪中学位于吉首市东南部的河溪镇花果山，也是实事助学基金会援助的学校。当我到达这里时，已近傍晚，并下起了小雨。然而雨中的河溪却有着另一番风味，峒河翡翠流云，绿树成荫，一河两岸，特别民居依山而建、临河而立。

陈友宏校长告诉我，河溪中学建于1985年，现在学校有计算机80台，图书28100册，教学仪器设备总价值60余万元。现在有6个教学班，教职工28人，其中中学副高级教师4人，教师学历合格率达100%。在校学生213人，其中男生106人，女生107人，住校学生132人。陈友宏校长说，营养餐是由吉首市教体局集中管理，一般来讲，十天配送一次，鸡蛋、牛奶和饼干三样东西。他们上午上完第二节课就发，由每个班派两个学生到储存室来领，并签名，没到的就不签。刚搞营养餐时，学生们都觉得很新鲜，但吃久了，也会有厌倦情绪。这时学校就进行教育，并进行严格的要求，所以浪费的很少。因为有了营养餐，学校的小卖部就抱怨了，说生意一落千丈。如果说有什么要改进的话，就是最好一个月换一个品种，三样东西都要换，尽量让学生们保持新鲜感。他以前在太平希望学校教书，那里学生身高和体重就比河溪中学差一点，但河溪中学又比城里差一点。太平希望小学没有营养餐，在那里很少看到胖子，但在河溪中学偶尔还能见到。更让陈友宏校长欣慰的是，现在学生流失明显减少了，辍学率降到了0.88%，早已超过了市教体局规定的数字。还有就是每天中午到图书馆看书的多了，图书馆也是实事助学基金会办的。

副校长高纪莲与丹青中学的副校长陈莲生是同时被评为农村优秀教师的，州教育局同时给她们颁发了"实事助学基金会湘西杰出教师"的证书。高纪莲副校长告诉我，城里孩子喝牛奶很普遍，但农村就不一样，像他们湘西这样的贫困山区就更不一样了，很多家里是贫困户，孩子是留守儿童。河溪中学这个学期留守孩子只有67个了，以前较多，最多的时候100多个，差不多占了学生总数的50%。老人顶多管那两顿饭，要他们给孩子买牛奶喝，肯定不会，舍不得，也没这个闲钱。高纪莲副校长说："附近有所小学的一个老师碰到我们学校初一的一个学生。老师说你怎么胖了。学生说，我们这里有营养餐了。这个老师回到学校跟六年级的孩子们说，你们发狠读书，上初中争取都到河溪中学去，那里每天有牛奶喝，还有鸡蛋和饼干吃。结果当年这个班28个学生全都到了我们河溪中学。由于营养餐不是每所学校都有，所以其他学校的孩子非常羡慕，经常有孩子趴在我们学校的栏杆上，看着我们的学生吃……我也是这个项目的受益者，评上了优秀教师，领过奖，我很自豪。我们学校的孩子是幸运的，要是所有贫困山区的孩子都能喝到牛奶该有多好啊！长得像城里孩子一样高高的壮壮的，一样白白的胖胖的……"

说到这儿，高纪莲副校长望着远处的大山，眼里噙满了泪水。

"我们教学楼前面树上的许愿牌都是学生自己写的，都是内心真实的表达，我觉得蛮有文采的，纪老师你可要去看看。"高纪莲副校长擦去泪花说道。

我们走向许愿牌，走向孩子们内心那片纯洁的天空。

（115）班的杨雨柔同学在许愿牌上写道：愿我是夜间的一颗星星，照亮多少迷失的梦。

（115）班的张芹同学在许愿牌上写道：假如我有一棵许愿树，我愿它随风而长，接受清晨露水的滋润，在春风中苗壮，带着我满满的心愿，一路奋勇向前。

（117）班的高纪良同学在许愿牌上写道：希望树苗越长越大，快乐成荫，绿色点染世界，人类快活生存。

（119）班的杨玲同学在许愿牌上写道：我希望考上重点高中，报答父母的养育；我希望一家人和和美美、健健康康，弟弟好好读书，姐姐考上大学，爷爷奶奶幸福平安，爸爸妈妈勤劳快乐。

（119）班的李敏同学在许愿牌上写道：我愿世间永远没有贫穷，永远没有饥饿，孩子不离开父母，父母不离开故乡，我们永远都是故乡的守护者……

一个个孩子，就像一棵棵树，正在雨水的滋润下苗壮成长。

吉首市教体局学生资助管理中心主任莫小琳告诉我，营养餐项目的实施，减轻了学生家庭的经济负担，学生体质健康状况明显提高。5所项目学校国家学生体质健康标准合格率由2013年的74%提高到2015年的85%，其中河溪中学合格率提高到89%，人均身高年增长3厘米。这个项目更是激发了师生的爱校热情和学生的学习信心。2016年初中毕业学业考试，丹青中学由原来的农村组第七名上升到第三名；河溪中学英语、化学合格率均位列农村组第一。2016年小学六年级质量抽测，排绸小学科科合格率居农村组第二，英语科目居全市第一。2016年中考，丹青中学符恩芝以1047.3分的综合成绩位列全市农村中学第一名，丹青中学两年内有4名学生考取湖南省定向师范生培养计划。教育是民族振兴的基石,扶贫先扶智,脱贫先脱愚。现在吉首市正开展精准扶贫工程,"发展教育脱贫一批"成为重要抓手,加大了对包括5所项目学校学生在内的6580名贫困生的资助,全市预计两年教育投入12亿元以上,确保2017年使吉首教育走在湘西乃至武陵山片区先进行列。

我还从四川省扶贫和移民工作局了解到:四川凉山彝族自治州10个县市里,每个村都开通了幼教点,共有超过11万名孩子在2990个幼教点里学习。幼教和义务教育免费,让凉山州超过73万名孩子享受到免费的教科书、作业本,还有可口的营养餐。为了斩断穷根,他们决心从娃娃抓起。

此时,我脑海中浮现出在重庆一个山村看到的一幕。

那天正好周六,巴渝大地浓雾,直到下午还未完全散去。

这雾,恰似大龙的哀愁。他和弟弟跪在母亲的坟前,不停地给母亲烧着纸钱。已经没有泪水了,或许年轻兄弟的泪水早已被无情的岁月和曾经的贫穷榨干。

大龙是重庆市黔江区濯水镇双龙村人。他告诉我说:"我现在已经读大一了,在重庆科技学院读书,弟弟小龙也已经读高二了。妈妈是三年前的今天走的,那时我正读高一,弟弟正读初二,成绩都非常好。妈妈有病,爸爸又挣不到什么钱,当时我们兄弟俩都面临辍学。看着家里一贫如洗,妈妈天天在家以泪洗面。那个冬天的深夜,妈妈上吊自尽了。这次回家是我上大学后第一次回家。我上大学了,而且在学校过得很好,我要把这个消息告诉远在天堂的妈妈。"

大龙的爸爸站在一旁,不停地抽着烟。这是一个皮肤黝黑,非常憨厚的山里男人。他刚刚从工地上赶来,一脚的泥巴,裤脚还是湿的。他话不多,你问一句他答一句。大龙爸爸告诉我说,他们双龙村是贫困村,特别是他们四组,在山上,海拔900多米,以种烤烟为主。那时候大龙刚进高中,小龙还在上初中,他婆娘病倒了,家里仅有的两万元积蓄用完了,还向亲戚朋友借了一万块钱。而他种烤烟一年也就六七千块钱收入,两个儿子上学还要用钱,于是家里入不敷出了,还负债,完全贫困了。两个儿子很懂事,他们都跑回家说,不想读书了,想出去打工。其实他们是想为家里减轻担子。他婆娘很着急,总觉得是自己连累了这个家,连累了自己的孩子,于是想不通,就走上了绝路。当时他就想,再苦再累,砸锅卖铁,也要让孩子读书,孩子不读书,他们就走不出大山,就会永远贫困下去,永远没有希望。大龙爸爸说,他婆娘去世后,很多人给他做媒提亲,那些女的,有40来岁的,有30来岁的,甚至还有20来岁的,有些还没结过婚。但他都一一拒绝了。不是他不想结婚不想女人,他是想先把精力放在儿子身上,让儿子们都大学毕业后,能自立了，他再考虑个人婚姻问题。因为两个孩子上学，从 2015 年开始他又扩大了烤烟的种植规模，种植了 25 亩，一年毛收入 4 万多块钱，除去成本，有 1 万多块钱纯收入。

大龙爸爸说，他家大龙是今年考上大学的。大龙领到通知书时，家里都很高兴，他们这个家族祖祖辈辈都没出过大学生。他也为孩子的学费发愁，但有人告诉他，急什么，可以申请国家贷款呀。他打听了一下这个政策后，非常兴奋，在心里说道：这下有希望了。于是他带着大龙到黔江区的学生资助管理中心申请了生源地信用助学贷款，贷了 6000 元。这个政策早几年就有了，但精准扶贫后，国家的政策更加优惠了，为切实减轻借款学生的经济负担，将贷款最长期限从 14 年延长至 20 年，还本宽限期从 2 年延长至 3 年整，学生在读期间贷款利息由财政全额补贴。以后他们一年可贷一次，每次都可以贷 6000 元。大龙爸爸说，除了无息贷款，由于他们这里是少数民族地区，对考入大学的大学生，每年还有 3000 块钱的教育资助。虽然这个资助名额有限，但贫困户家的大学生都得到了保障。有了生源地信用助学贷款和教育资助，以后小龙上大学也不用愁了。

说到这儿，大龙爸爸脸上堆满了笑容。他告诉我，他家今年收入还不够，主要是雨水太多，烤烟减产了。他只得在附近做点临工，帮人家建建房子，补贴家用。主要是农闲时干，200 块钱一天，一年下来能挣个六七千块钱。大龙爸爸还说，他家还新建了房子，是去年建的，国家补助了 3 万块钱。如果没有精准扶贫政策，孩子哪能读得起书，更不要说建房子了……

离开双龙很远了，我看见大龙、小龙和他们的爸爸还在目送我。雾还没有完全散去，似武陵山区淡淡的忧伤。看着他们目送的身影，我心中充满了贫困山区的困境与希望。

故事并不新奇，也不曲折，在贫困山区普遍而朴实地存在，但不知何故，它却激荡在我内心，并久久难以散去。大龙的故事让我感受到了贫困带给人们的酸楚，更让我看到了贫困山区人们未来生活的希望。

孩子是祖国的花朵，是祖国的明天和未来，是希望中的希望！

然而，我们的力度还不够，还有成千上万的"花朵"需要我们去呵护、去浇灌。用高纪莲副校长的话说就是：我们学校的孩子是幸运的，要是所有贫困山区的孩子都能喝到牛奶该有多好啊！

我们当努力，我们在努力，我们一直在努力的路上，没有尽头……

（原载《中国作家》2017 年第 9 期，湖南人民出版社 2017 年 9 月出版）

在柴达木等你

辛 茜

敦 煌

月牙湖的清风又一次在呼唤。

我在柴达木等你,在青海油田等你。

走过安西、玉门,敦煌就在眼前。

离开苍凉雄浑的嘉峪关,一路向西,戈壁荒沙寸草不生。唯有蓝天上的云朵,将我慢慢引向一片又一片青翠的绿洲。

重镇敦煌是丝绸之路的必经要道,留下了魏晋以来人类文明史上辉煌灿烂的文化遗产;留下了人们无尽的思念。过去,走出嘉峪关,眼泪流不断。走出敦煌,便真正进入了人人畏惧的大荒漠。辽阔、苍茫,无依无靠。但此刻,我坐在窗明几净的办公室,面对中国石油青海油田公司总经理付锁堂,与他倾心交谈时,他充满自信的目光中流露出的,并不是西部戈壁黄沙、大漠孤烟印在他身上的萧瑟与冷酷,而是崛起的中国西部、浩瀚的柴达木盆地,赐予人类的无限恩泽,是中国油田开发事业向前蓬勃迈进的光辉远景,是奋战在柴达木盆地的青海石油人,不屈不挠的豪迈气魄。

总经理付锁堂,1962年出生,在石油战线上工作了近30年。从少小离家,告别甘肃天水老家的那一天起,他就再也没有离开过他所熟悉和心爱的地质专业,没有离开过他终生为之努力奋斗的石油开发研究工作。更重要的是,从中专毕业,到大学,到研究生、博士生、博士后,到现任中国石油青海油田公司总地质师,总经理付锁堂从未被任何其他更热门的专业所吸引所诱惑,始终在深造、实践、探索地质学科的过程中,在油田勘探开发研究的岗位上,坚守、钻研、探索石油天然气的分布与勘探工作。他先后主持完成科研项目 20 余项，获得国家科学技术进步一等奖 2 项，省部级一等奖 9 项，在国内外期刊发表论文 40 多篇。

2007 年，付锁堂服从组织安排，从鄂尔多斯盆地油气勘探战场，来到自然条件十分艰苦的柴达木盆地。几年来，他一直主持油气勘探工作，带领团队攻坚克难，勤奋学习，勇挑重担，知难而进，特别是因为他能够解放思想，创新思维，积极应用新技术、新方法，使昆北、英东、东坪等地区的油气勘探出现了大突破，一举打破了柴达木盆地 30 年来勘探过于沉闷封闭的局面，在高原油气地质理论和实践中取得了一系列辉煌成就，为青海石油工业的发展做出了积极贡献。

来之前，我的头脑里盘旋着许多未知的疑惑。对我来说，不管是青海油田公司的管理，开采石油的具体工作，还是有关石油的诸多专业问题，都是一头雾水。除此之外，我更想了解青海石油人在柴达木盆地的工作、生活，想知道究竟是一种什么样的精神力量支撑着青海石油人，而肩负重任、率领青海油田人实现千万吨级高原油气田目标的决策者和领导者又是一个什么样的人呢？

作为从事石油天然气勘探、开发、生产、炼油、销售、管道运营，包括井下作业、建筑安装、油田建设、机械制造修理、运输等工程技术服务业务的大型综合性油田公司，探明石油天然气储量的勘探工作占据着首要的位置。一谈到油田的勘探开发业务，付总的眉宇舒展开来，不仅用生动的比喻和浅显易懂的道理，帮助我解开了有关石油、地质原理以及如何通过科技手段对盆地基本地质条件进行研究、分析，从而找到石油天然气存在目标的专业问题，还让我对青海油田公司实现千万吨油气产量的目标和意义有了新的认识。

由于一直从事地质研究和油气勘探工作，专业知识储备扎实，说起地下地壳里面的事情，付总就像是在聊自己家人一样熟络自如。原来，深藏在地下的石油不是我想象的那样像小河一样四处流淌，石油渗透在岩层里，最浅处几百米，最深处可达五六千米，要想知道油气分布的位置，地理，需要专业研究者考察论证后，采用重力、电力、磁力等地球物理勘探技术，用人工地震、钻井、试油等方法探明地下情况，确定目标，搞清楚油层，探明储量。接下来才可以进入开发部署阶段，进行测定井距，管线、抽油机等一系列大量的地面建设。

中国石油的起步阶段异常艰难。付总遥望着窗外绿树成荫的厂区，略显沉重地说。那时候，我们国家的石油勘探技术落后，勘探工作非常困难，只能通过地表形态判断地质构造，只能用双脚、肉眼和简单的仪器设备丈量有可能发现石油的每一个沟沟坎坎，而且柴达木油田工作的区域自然条件恶劣，平均海拔 2700～3000 米，气候干燥、高寒缺氧，是中国境内工作最为艰苦的油田。可尽管这样，作为新中国成立后开发的最早油田之一，青海油田在经历了创业的艰难过程后，在极其困难的情况下，硬是打开了勘探、开发、建设的一片新天地，在三项工程、二次创业中奠定了基础，加快了发展，使青海油田成为甘青藏三省区重要的能源化工基地。

石油被称为现代工业的黑色血液，是世界诸国列强争夺不休的目标。西方发达国家过去 100 年的历史，实际上就是为了攫取和控制世界石油储备而战的历史。凡是有石油的地区和国家，就一定会有你死我活的战争。直到今天，这场战争不仅没有停止，还愈演愈烈。

中国对石油的认识源于 2000 年前，但最早的开采始于八国联军侵占北京后。清末时期，出过洋留过学，时任陕西矿务局委员，主张实业救国的新一代政治家、企业家洪寅在陕西延长发现了石油。但是，当地买办却与德国领事及德商世昌洋行私签合同，密谋掠夺延长石油的开采权。在此关键时刻，陕西巡抚曹鸿勋冒性命之忧向朝廷陈述了列强在中国开采石油，旨在夺我中华之命脉的道理。在全国人民护路保矿爱国的声势和陕西人民的抗议声中，清政府将开采权收为国有，抵住了帝国主义掠夺延长石油的阴谋。光绪三十年，陕西巡抚曹鸿勋奏准朝廷，由慈禧太后亲自拨银 8100 两为资，开办延长油厂。光绪三十一年（1905 年）创建延长石油官矿局，并派军队分段修筑西安至延长道路。于光绪三十三年（1907 年）4 月 25 日正式开钻，终于在延长县城西门外打出了中国陆地上第一口油井，初日产量 1.5 吨，史称老一井。

中华人民共和国建立以后，中国石油、天然气开发得以迅速发展，成为中国现代能源生产的重要工业支柱。而位于柴达木盆地，世界上海拔最高油田之一的青海油田，在经过 50 多年的勘探开发后，已成为中国重要的油气生产基地，为中国石油的开发建设做出了重大贡献。

1954 年，青海油田的第一支勘探队进入荒无人烟的柴达木盆地，开启了最早的石油、天然气开发工程。1958 年，青海冷湖和四川南充、桂花等地几乎同时，相继开发出了新中国成立后最早的油田，使我们国家初步形成了由青海、玉门、新疆、四川四个石油天然气基地组成的大规模油田开发产业。

柴达木盆地，面积 25 万平方公里，沉积岩面积约 12 万平方公里，盆地内矿藏资源丰富，油气资源量为 46.5 亿吨当量，其中石油资源量为 21.5 亿吨，天然气资源量 25000 亿立方米，是全国陆上油气勘探的重要地区。

目前，青海油田在柴达木开发的主力油田有尕斯库勒、跃进二号、花土沟等油田；主力气田有涩北一号、涩北二号、台南等气田；已建成原油年生产能力 225 万吨、天然气年生产能力 76 亿立方米；建成花—格输油管道，涩一宁一兰线、涩一格线、涩一格复线、仙一敦线、仙一花线等 5 条输气管道，年输气能力 73 亿立方米；建成了年原油加工能力 100 万吨和年产 40 万吨甲醇的格尔木炼油厂，建成了装机容量 10.55 万千瓦的电厂，发电 3.2 亿千瓦时；井下施工作业队伍 40 支，年施工作业能力 4000 井次。

2014 年 6 月底，青海油田再次发现地面构造 140 多个，找到不同圈闭、多种储集类型油气田 22 个，其中油田 16 个，气田 6 个。累计探明石油地质储量 56870 万吨，以资源量 21.5 亿吨计，探明率 26.45%，探明天然气 3845 亿方；以资源量 2.5 万亿计，探明率 15.38%。石油、天然气储量的潜力巨大，前景十分广阔。

惊人的成绩，令世界瞩目，也让我们的第一代、第二代石油人付出了沉重的代价。如今，随着油田持续快速的发展，我们国家现在掌握的勘探、开发技术已经与世界其他国家的先进技术同步，已经完全能够采用先进的科学技术判断和掌握油气的目标和储量。所以，有了这样坚实的基础，实现千万吨油气产量的宏图大略怎么能不在青海油田人不懈的努力、奋进、先进科技力量的支撑下实现呢！

我们的谈话变得极为轻松活跃。我深深地体会着此时的付总，如窗外正午烈焰般明艳的心情。犹如医生看病，以前通过望、闻、问、切观察病人病情的方法，早已被透视、B 超等先进仪器观察内脏的方式代替，地底下是否有油气，储量多少，也可以通过物理、光学、电子手段分析、辨别。

付总笑了，他说，你这个比喻不错嘛，看样子你是真听懂了。那么，我理解，突破千万吨级高原油气产量目标的实现，是多年来青海石油人艰苦努力、无私奉献、奋力拼搏精神的再一次体现，是我们国家、我们青海油田开发事业科技进步，事业有成的充分体现。

说到这里，付总的眼里闪烁着坚毅、乐观的光芒。他动情地说，已经实现的千万吨油气产量的目标，不仅对中国能源的开发起到了积极的推动作用，同时也对青海经济的发展起到了带头作用。不仅仅因为，青海省 20% 的 GDP 来自青海油田，每年青海油田要向青海上交利税 340 个亿，占青海利税的 1/7，更重要的是，这一重大工程的实现，包含着青海几代油田人的殷切期望，也是我们大西北对中国石油开发事业的重大贡献。

如今，柴达木盆地的油气储量，青海油田人掌握的先进技术和设备，使我们拥有了驾驭世界先进技术和设备的能力，具备了强有力的基础条件和发展力量。其中勘探中运用的地震仪技术、数字测井、海洋测井技术等已居世界领先地位。各种技术设备的制造能力和水平与国际水平相差无几，青海油田将进入一个崭新的历史发展阶段。

说到这里，付总兴奋地站了起来。

科技进步了，设备先进了。但是，柴达木盆地高海拔、重缺氧的自然环境无法改变，油田生产建设中，工区边远、条件艰苦的状况依然存在，我们青海油田人的工作强度和需要克服的困难，仍然无法避免啊。

我不无忧虑地望着付总。

付总沉静了片刻，抬起头来。是啊，这就是为什么，我们这个企业之所以逐渐强大，之所以没有被各种艰难险阻压垮，屹立在中国西部沙漠之上的重要原因。

上世纪 50 年代始，当青海石油人走向这片洪荒、寂寞、没有人烟的大漠盆地，走向这片令人畏惧，连野生动物也不敢轻易冒犯的大地时，深藏于每一位青海油田人内心无私忘我的力量就一直鞭策、鼓励着油田人。这就是顾全大局的爱国主义精神，艰苦奋斗的创业精神，为油而战的奉献精神。一句话，柴达木石油精神。没有这种精神，柴达木盆地不可能成为油气生产的沃土；没有这种精神，青海油田的开发事业不可能得到如此迅猛的发展；没有这种精神，我们也没有勇气和胆量，敢在 4 年内完成油气产量超过千万吨的跨越式发展。

此时此刻，我对青海油田人的工作和生活，产生了更为强烈的渴望。我深信，在我的目光投向深邃的柴达木盆地，在我的心走向青海油田人的那一刻，我定会对这种精神实质的内涵有进一步的了解和认识。

付总和蔼地笑着对我说，看你还有什么需要我回答的问题吗？

我定定地望着他，面对这位在我心中性格日渐分明，形象越加饱满生动的领导者，我不知道，还能够再说什么。我说，我只想走进你的内心，因为你的心中，装着中国石油建设千秋万代的豪情，你的心中，还有我想探知的作为石油人的许多酸甜苦辣。

听到这话，付总笑了笑，指着挂在对面墙上似书画长卷般粘贴成的石油勘探部署图对我说，我的内心就是它，就是多年来终日萦绕在我心头，陪伴着我度过许许多多不眠之夜，让我为之倾注一生心血，让我沉醉、让我奋进，同时又让我深感艰辛、痛苦、喜悦的内心。

我走过去，激动地捧起长卷，抚摸着我看不懂、摸不透，心电图这般高低起伏、参差回落的图案，一种被电波击中的感觉流遍了全身。

虽然，我无法深知这幅图具体的意义，但让我感喟的是，我们中国的油田开发，终于发展到可以用电波、地震仪这样的高科技手段来探明油气储量了。那沉淀在我们心中的艰苦岁月，那历经风雨蹉跎、披星戴月的艰难开创，已成为遥远的过去。而留下的，则是值得永远传承和珍存的柴达木精神放射出的永恒光华，这种光华必将会一直照耀着青海油田人前进的步伐。

作为一位农民的后代，付总深知生活的不易。中专毕业后，他被分配到长庆油田，从事钻井工作开始，到地质技术员，到专门从事技术攻关的研究员，再到勘探事业部，长庆研究院担任院长一职。一干就是 26 年，这 26 年里他没有离开过岗位，也从未舍弃过地质研究这一行。也许是在农村长大，深知生活的寒苦，也许是因为五六十年代出生的这一代人把不怕吃苦，埋头工作看作了一件平常的事，还是由于不服输、不示弱，干什么事情都要干好的顽强性格，豁达从容的做人姿态，让他从一个低学历的中专生成长为一个技术熟练、专业过硬，有理想、有抱负的新型领导。

不仅如此，在长庆油田工作的 26 年间，他专心学习、刻苦钻研，在探索国外先进的勘探技术，并与之交流的过程中掌握了最前沿的科学技术手段。经他亲自勘探、探明储量的油井，成功率极高，且不计其数。来到青海油田后，由他亲自在昆北油田发现的"切六井"，至今还以每天产油 16 吨的高产量，伫立在茫茫戈壁。

他动情地说。那一天，我正在北京汇报工作，晚上吃饭时，油田打来电话，"切六井"打出了油。我心里万分激动，实在控制不住自己的情绪，悄悄跑到卫生间，流下了眼泪。

由于工作繁忙，付总原打算只给我一小时的采访时间，但这时已经过了一个多钟头。同付总一样，我的心情也难以平静，我为我们青海油田所取得的成绩骄傲，为青海油田能有这样一个品格优秀、综合素质全面的领导者感到由衷的自豪。

一个人的人格魅力，一个男人的人格魅力，一个领导者的创造能力，在这样一位勤学认真、久经考验、尽职尽责的实干家面前尽显光泽。付总说，他最大的幸福就是打出一口新井，最大的快乐就是看到这口油井能喷出油气。

敦煌的黄昏，在晚霞辉映中灿烂迷人，我的心因这番交谈变得更加有力。

沉积在柴达木盆地的宝藏有待继续开发，开采油气的先进技术日新月异，青海石油人艰苦创业、无私奉献、不屈不挠的精神在传承发扬。有德才兼备、胸怀壮志的带头人，有青海石油人的努力奋斗，青海油田的前景，不可估量。

明天，我将翻越党金山踏上漫漫长路，走向盆地，走向奋战在井区第一线的青海石油人。他们的生活、他们的情感、他们的工作，他们在重点工程开发创造中，经历的一切，是天上的星，雨后的虹，光彩照人。

激动不安中，我度过了此行的第一个不眠之夜。

翻越当金山

离开敦煌，清晨的阳光强烈。敦煌的夏天，少雨、干燥，愈往前走，绿树愈渐稀少。这原本是预料中的事，但仍有一种莫名的惆怅萦绕心头。途经县城阿克赛，路边尚有绿茵环绕，此后便是一望无际的戈壁沙丘。从小生活在西部高原，对荒凉的沙漠已没有太多的抱怨，更何况沙漠也是地球上生物多样性的体现。如果仔细观察会发现，沙漠里依然有生命存在，即使处于高山寒冷地带的柴达木盆地，照样生活着盘羊、岩羊、狐狸、骆驼、蜥蜴。这些野生动物为了在特殊的自然环境下生活，会利用自身具备的所有能力，适应沙漠。

我们常常在感叹恶劣环境下的生命，其实。它们的生存充满智慧、充满力量，从不会因艰难就失去活下去的勇气、信心、欢乐。

窗外的景色越来越单调，蓝天下的公路一直伸向远方。当青海油田公司面对 25 万平方公里的柴达木盆地、21.5 亿吨的石油资源量、2.5 万亿方的天然气、10 亿吨以上的致密油、8 万亿方非常规天然气的盆地资源量，这样一个大格局时，实现千万吨油气产量的宏伟目标，体现的是青海油田的生产水平与发展规模。但，决定成败的关键，除先进的科学技术为勘探开发提供了巨大的发展空间外，最重要的还是人，是执着坚强、战斗在柴达木盆地的石油人，以及石油人身上令人奋进的柴达木精神。

第一次来敦煌，在机械厂见到了厂长王增斋。王厂长毕业于西南油田大学，1984 年，分配到花土沟从事井下作业，现任机械厂厂长。参与了油田开发建设中所有重点项目的建设。至今，他还清晰地记得，1986 年成立三项建设油田指挥部的情景；勘探局正式成为青海石油管理局，建成—花格输油管道，让勘探成果变为产能的重大项目的过程，也记得 20 世纪 70 年代到 90 年代初，完成花土沟—格尔木输油管道、格尔木百万吨炼油厂、尕斯油田 100 万产能建设三项重点工程建设时，难忘而深刻的经历。如今，在油田下决心实现攻克千万吨大关，实现青海油田第三次重大跨越的关键时刻，他一如既往，满怀激情，率领团队，为青海油田公司实现这一跨越式发展目标而努力拼搏着。

青海油田公司机械厂，伴随油田发展一同成长，是一个为油田生产建设提供机械加工、成套制造和工程安装服务的二级单位，主要承担油田钻、采、炼、水电、地面建设等配套加工和常用工机具的加工制造。

2010 年 6 月，油田公司提出了产量过千万吨的宏伟目标，机械厂以饱满的热情，负责的态度，承担了油田开采前期的地面建设工作。和以前相比，机械厂更加重视和推广应用一体化集成技术，模块化组装等先进生产技术。根据集团公司"全面推动地面建设标准化工作再上新台阶"的四项具体要求，完成了一系列安全、可靠、实用的一体化集成装置，自主研发了注水撬、天然气试采撬、求产计量撬等标准化产品，在简化地面工艺设施、降低建设投资、减少占地面积、缩短施工周期、降低运行成本等方面取得了良好成效。使机械厂在参与重点工程的建设中不仅按时完成了任务，还积累了符合现代企业管理模式的一些成功经验。

机械厂担负的加工制造和油田地面工程建设工作，危险性强，强度大，所以安全生产、职工的责任意识是第一位，在管理中，王厂长并不强调高压式的管理，而是注重人性化管理，尊重全厂职工的集体荣誉感、凝聚力、归属感和光荣感，尊重和理解每一位职工的生活、情感，有意识地让职工在工作中锻炼，在工作中成长。

由于人性化的管理方式，王厂长在机械厂任职期间，和厂里的职工建立了深厚的感情，厂里各项工作也取得了长足进步。

他说，这么多年来，厂里让他感动的事迹和人物有很多。大家都很辛苦，特别尽职尽责，这是青海石油人的传统精神。厂里有优秀的女焊工，有许多吃苦耐劳的一线工人。他们在含氧量只有内地的70%、环境极其恶劣的盆地，一干就是大半年。一年中没有多少时间与家人团聚，有的人回到家后，自己的孩子居然叫自己叔叔，认都不认识。

女职工宋玉娥是其中的代表，她从事焊工整整24年，把自己最美好的青春献给了机械厂工程建设事业。2010年以后，由于机械厂推行工厂化预制，她和她的姐妹们终于不用再到野外现场焊接管线，可以留在敦煌厂区工作，从事撬装设备的加工制造。尽管在三伏天要穿着厚重的工衣，在温度达到48℃度的容器内施焊，但是比起野外洗澡难、吃饭难、风沙多等困难，还是好多了。我在机械厂见到了宋玉娥和她的姐妹们需要钻进去才能焊接的容器，无法想象当温度达到48℃度时，她们在里面的感受。但是，我知道对于女人来说，这已经远远超越了她们所能承受的极限。只是无缘与她相见，面对面地交谈。

2011年11月，机械厂承担了涩格双线旧管回收工程。这是个在国内没有相关施工经验的工程，目的是为了节约油田生产成本，使油田物资物尽其用。

打捞工作正值寒冷的冬季，那个时节，气温骤降，下着冰雹，在地面上站着都能把人冻死。有些管线在水下四五米深的地方，有些管线被埋在泥沼段里，不仅难度大，还缺乏水下施工的经验。但是为了彻底消除安全隐患，为了让油田的材料能够物尽其用，这项任务必须完成。当时，王厂长担任了项目经理，前往现场进行实地踏勘，充分识别冬季施工以及溶洞常规风险、动态隐形风险，调查研究大型机具能否进入、饱和盐水的冰点等现场施工条件，对水淹段、泥沼段、旱地段等不同地段的施工方案进行实地验证、优化。

柴达木的冬天天气严寒，气温零下30多摄氏度，衣服沾上水后，冻得像个盔甲。在场的机械厂所有管理人员、施工人员冒着刺骨寒风，硬是克服了冬季施工带来的重重困难。甚至连元旦、春节都坚守在施工现场，严把打捞上来的管线质量，认真做好管段清理、打坡口、补口等工序。一共打捞上来3862根直径为559毫米的合格管材，4027根直径为377毫米的合格管材，在保证施工安全、质量的基础上，还加快了回收进度，达到了工程的预期目标，在春季洪汛到来之前顺利完成了涩格双线所有旧管的打捞、拉运工作。

2012年3月20日，涩格双线旧管回收工程施工现场，最后10车整齐完好的合格管材被吊装、拉运至指定地点；3月25日，所有管子坡口全部打完，机械厂承担的涩格双线旧管回收工程全面完工。

由这个工程的施工想到自己的职工不顾个人安危，在野外一线苦战的日日夜夜，王厂长难过得说不下去了。

也就是在那一天，我知道了机械厂有个踏踏实实工作，谁提起来都喜欢的年轻人陈洪鑫。

最美青工陈洪鑫

陈洪鑫今年29岁，辽宁石油化工大学毕业，2008年参加工作。虽然工作时间不长，却已经参与了青海油田台南气田36亿方、涩北气田32亿方、8.5亿方和盐湖气田试采等多项重点产能的建设工程。在实践中率先提出了标准化井口施工方法、集气站施工优化方案，设计了大批量阀门试压装置，其结果是大大降低了现场施工的劳动强度，提高了施工工效。

2013年1月，机械厂重点工程项目经理公开竞聘，陈洪鑫成了南八仙气田2.5亿立方米，天然气产能建设地面配套工程的项目经理。

南八仙气田所在的地方，陈洪鑫即将奔赴的施工现场，正是表面荒芜、内含宝藏的柴达木盆地北缘。

柴达木盆地是一个被昆仑山、阿尔金山、祁连山等山脉环抱的封闭型高原盆地，位于青海省西北部。海拔近4000米，干旱为主的高原大陆性气候，使柴达木盆地终年干旱，降水量稀少，年平均气温均在5℃以下，而且气温变化剧烈，绝对年温差可达60℃以上，日温差也常在30℃左右。即使夏季，夜间气温也可降至 0℃以下。柴达木盆地终年有风，风力强盛，一年中 8 级以上的大风可达 25 到 75 天，西部甚至可出现 40 米/秒的强风，风力蚀积严重。

2 月份的南八仙，寒风刺骨、冰雪漫天，就在这样的日子里，陈洪鑫奔赴生产建设一线，开始了他担任项目经理之后，工程项目的前期筹备工作。

千余平方公里的南八仙不仅荒凉，少有人迹，由于地势奇特怪诞，呈现出一列列断断续续延伸的长条形土墩与凹地沟槽，同时，这里也是世界最大最典型的雅丹地貌之一。因为奇特的地形，有风时，南八仙这个地方会发出诡秘的声音，再加上当地岩石富含铁质，地磁强大，常常使罗盘失灵，导致人无法辨别方向，所以又被世人称作"魔鬼城"。

1955 年，8 位女地质队员第一次来到这片亘古荒凉、风蚀残丘的土地上寻找石油。返回途中，黄沙铺天盖地笼罩了荒漠。迷宫般的魔鬼城，让她们迷了路，仅有的地标也被掩埋。第三天，当队员们找到她们时，8 位女地质队员已经永远地长眠在了这里。

为纪念这 8 位光荣的女地质队员，这里被称作"南八仙"。

陈洪鑫的老家在东北辽宁，东北的冬天很冷。可是，像南八仙这样干燥、缺氧、多风、寒冷的恶劣环境，却叫他望而生畏。

前期项目的筹备工作是在没有任何生活条件的情况下展开的。陈洪鑫和工友们睡着地窝子，吃着方便面，嘴里含着沙子，被褥上铺着的还是沙子。

刚当上项目经理的陈洪鑫明白自己肩上的重任。

他不顾风寒，在寒风凛冽的施工现场日夜奔波。

研究施工图纸、查找资料。揣摩施工组织设计的方案、进度计划。精心安排施工工序、进度控制、协调关系等具体事项，陈洪鑫必须要做到位。此外，每天必须在短时间内，完成工程所需的材料计划，做到材料准备工作数据的准确性，使施工材料及时进场，确保每一天工程施工顺利进行。

同时，陈洪鑫清醒地意识到了施工安全的重要。项目开工前，他把安全施工保证措施写进施工方案，制定《项目安全策划》，采取一系列安全防范措施，加大安全投入。在地质条件差、情况复杂的情况下，杜绝了各类安全事故的隐患，力保现场安全生产。

为保证工程质量，陈洪鑫一次又一次就工程质量技术问题征求设计和建设单位意见。坚持技术创新，持续工艺改进，明确质量关键控制点，制定质量保证措施。他要求每个人都必须明确质量目标，在现场施工的每一个人严格按规范进行操作。在施工中大到钢材构件，小到螺丝配件，都要严格地按标准化工地建设的需求规范、检验，发现问题立即整改。因为他深知，每一项重点工程建设的顺利进行，都意味着青海油田千万吨级高原油气田宏伟目标的进一步实施，寄托着青海油田人多年的梦想。

由于工期紧、任务重、施工难度大，陈洪鑫以身作则，和项目部全体人员一起白天夜里轮流干，晴天雨天一样干。施工遇到难题时，他能坚持十几个小时在现场跟踪，确定施工方案，解决实际问题，为工程的整体控制掌舵保航。

每天清晨，他第一个到工程现场。

检查前一天的工作，安排当天的工作、施工计划。然后，落实站内动土、动火、高空作业、临时用电等安全监管是否到位。此后，给现场施工人员做好安全和技术交底工作。从现场回来后，又马上组织现场管理人员开碰头会，共同研究、优化、调整工作计划，检查资料员、质检员、安全员的资料是否与施工同步，审查图纸是否与现场有冲突，并根据实际情况考虑第二天的工作，一直忙到深夜，才最后一个回到简陋的生活营地。最忙碌的时候，他的手机通话记录达 156 个。

参加工作以来，特别是担任项目经理后，陈洪鑫养成了一个好习惯。每天睡觉前，都要排查一遍当天在施工中出现的各种问题。有什么地方疏漏？有什么问题有可能影响第二天的正常施工、投运？在对施工材料、设备吊装方案、吹扫试压可操作性和可行性逐一梳理过后才安心睡觉。多年来，陈洪鑫参与建设的重点工程项目，大多在没有成熟生活基地的南八仙、涩北这些荒无人烟、生活条件最艰苦的地方。但是在野外工作的 5 年中，他一直坚持这种工作习惯，从未放弃。

整整 5 个月，南八仙气田 2.5 亿立方米天然气产能建设的初期阶段，他的脑子里除了各种数据和需要解决的问题，其他什么都不想，什么也不顾。2013 年 9 月，工程投产的时候，陈洪鑫瘦了十几斤。

受陈洪鑫的感染，南八仙施工一线工作的所有人员，和陈洪鑫一样怀着精益求精的工作态度，攻坚克难的决心，在经历了寒来暑往、风吹日晒、奋力拼搏的日子后，终于把南八仙 2.5 亿方天然气建设的地面配套工程，建设成了一流的工程项目，为油气上产服务，为千万吨油田气田建设贡献出了自己的力量，同时也为机械厂创造了良好的社会信誉和经济效益。

陈洪鑫的刻苦勤奋、爱岗敬业；陈洪鑫的任劳任怨、踏实肯干；陈洪鑫的工作实绩，机械厂的干部职工看在眼里，也得到了青海油田公司领导的肯定。几年来，他从一名普通的资料员、技术员迅速成长为一名优秀的项目经理。2013 年 9 月 23 日，陈洪鑫被共青团中央评为青海省的"最美青工"。

回忆中，车已驶出当金山，雨一会大，一会儿小。公司宣传部陪我上盆地的小李说，好奇怪，这条路上很少下雨，可是，今年的雨多，就连敦煌也要比往年湿润。这让我又想起昨天在敦煌见到的，恰好轮休的陈洪鑫。这次来敦煌，我是第二次见到他，第一次和他见面是去年夏天。

那天晚上，下着大雨，我跑了两家宾馆才找到他。他和几个年轻的小伙子在屋里等着我。年轻人个个长得英气勃勃。他们不言不语，微笑着看我。有一位像是忽然想起了什么，跑出去拿来一瓶矿泉水放在桌子上，接着还是一声不响地看着我。我问他们，"谁是陈洪鑫呢"？大家就把头扭向一个年轻人。

陈洪鑫个头不高，眉目周正，腼腆而羞涩。他请我坐下，自己却和其他几个人一起站着。这让我有些难为情，有些不知所措。面对这样几位憨厚而质朴的青年，我也不知该说些什么了。

仓促中，我说，这一次我只是来看看你们，认识一下陈洪鑫，以后我们熟悉了再聊。你们说，哪有一见到陌生人就往外掏心窝子话的。大家听我这么一说，都仿佛如释重负，轻松地笑了。但是我心里很清楚，我的采访是失败的。如果没有长时间的了解和接触，我永远也无法从他本人这里了解到，他如此拼命工作的理由，不怕苦、不怕累的原因。因为，从这位不善言辞的青年和他的同伴身上，我看到了一个离喧嚣浮躁较远的群体，这个群体中一个人与生俱来的美德，一种放在内心里，最能持久的品质，同时，也看到了这个群体带给这个国家的希望。

临走时，我给他留下了我的一本散文集，大多是有关青海的内容，想让他在野外工地枯燥寂寞的夜晚，有一个打发时间的东西。而他和他的同伴们给我留下的则是一个永远的记忆，一份美好的念想。那是一种印在他们身上，不同于社会其他行业的，青海油田人独具魅力的记忆。朴实、真切、干干净净。

雨停了。车外，当金山上流着小河，海拔5000米的高山上，黄颜色的虎耳草，红颜色的马先蒿，正无忧无虑地怒放。

在一篇油田公司职工写的文字中，终于觅到了陈洪鑫说过的一句话，拼命工作是自己的职责，最亏欠的是爱人，最大的愿望是工作一天后能和家人吃一顿晚饭。

还听说，油田公司马上就要给他分一套房子，他可以当爸爸了……

第二次来敦煌见到他，他也只是说了一句话，今年下了好几场雨，敦煌简直快变成小江南了。

可我知道，雨很小，小得像毛毛细雨，不可能让敦煌变成小江南。但，这个青年的心底，多么善良、美好。

他很简单，很容易满足。他的话让我心疼。

离开敦煌时，我一直在想，在希望。

油田公司像他这样的年轻人有很多。但愿，他们能幸福一辈子、快乐一辈子，他们应该得到。我真心地为他们祝福。

没有花的花土沟

大面积的阴影迅速移动。雨中，7月的草木、远山、野花不动声色。伟岸的当金山将城市的嘈杂、舒适挡在身后。

走出山口，有两条路，一条通向格尔木，一条通向花土沟，清晰可辨。青海油田人一年四季奔波在这两条路上。

对青海油田的职工来说，高海拔、风沙、寂寞之苦尚能忍耐，两口子见不着，孩子没人照顾问题最大。为了照顾孩子，油田的双职工得错开轮休时间，换着照顾孩子，结果一年半载夫妻见不了面。这就使我眼前的当金山，这座绵长而深邃山脉的出口，成了一对对小夫妻遥遥相望的地方。

去油田工地的车和去生活基地敦煌的车，相遇在此，小两口可以趴在车窗上看对方一眼。不管是风中、雨中还是雪中。这一眼不过是一闪而过的事，可这瞬间的对视，常常让年轻的妻子泪流满面，让高大粗壮的丈夫黯然神伤。有时，两辆车擦肩而过，遥遥相对，连停下来打个招呼的机会都没有，只恨当金山无情，挡住了视线。每当那个时刻，车里每个人的心都沉甸甸的，谁也不敢开口，如果有一个人哭出声，全车的人就会忍不住，一路哭到敦煌。

也有受不了这种折磨的，很快就又分了手。

越过当金山，很快到了冷湖。冷湖是青海油田开发最早的一个油田，我很想去作业区看看。

1958年，地中4井日喷原油800吨的惊人消息，让青海油田发现了冷湖油田，建成了30万吨产能的产油基地，也使青海油田成为全国四大油田之一，为新中国经济的恢复和国防建设提供了亟需的石油资源。当时，中国只有甘肃玉门、陕西延长几个小油田，年产量12万吨，远远不够正喷薄而出的新中国的需要，而冷湖油田的开发则给了中国人巨大的希望。

可是，又下起了雨，我们吃过中饭就离开了。李启香说，如今的冷湖，除了星星点点的几个钻井，只有让人铭记的四号公墓，那是400多位石油先烈长眠的地方。

小雨一直在下，我的心情有些沉重。公路两边的戈壁滩在茫茫细雨中萧瑟寂寥。有些地方偶尔会出现几丛红柳和骆驼刺，仔细看时，近处波光灵动，那是戈壁滩地下水形成的小湖泊。戈壁滩的水有多么金贵，植物就有多贵重。

但眼前更多的是沙丘，还有缺少植被的大山连绵不绝，是阿尔金山。

傍晚时，终于见到了几排红色的井架，这让我有些激动。这些井架，每天 24 小时不间断地汲取着地下几千米深处的石油，创造着价值。同时，也构建了人性中的善与爱、悲与情。

从车窗望去，尕斯湖影影绰绰，一座座井架仿佛矗立在银色天垂的巨人，在一呼一吸，在仰天长叹之间伸展着健壮的肢体。这里是建于 2003 年的青海油田花土沟联合站，是一座油、气、水处理站。它的任务是对花土沟、狮子沟、七个泉等油田采集的原油进行油、气、水分离，并将处理过的合格原油外输至管道首站，将天燃气回输供联合站加热炉使用，最后还要把分离出来的污水送至注水站。花土沟联合站原属采油一厂，2008 年初连同花土沟油田一起划分到采油三厂管理，在建成千万吨油气产量的进程中发挥着重要的作用。

让我浮想联翩的联合站匆匆而过，不一会就到了花土沟。

花土沟，没有花。原来也没有人，只有一条靠雪水融化的小河穿过，只有茫茫戈壁与无边无际的大漠黄沙。花土沟在柴达木西端，油砂山脚下，地质构造层截面五颜六色。第一批闯进这里的勘探队员，便给这个连芨芨草也不能长的地方取了一个诱人的名字。

从此，青海石油人住在了这里。从此，花土沟成了一个小镇。小镇西北高东南低，山峦叠嶂的阿尔金山雄峙其北，白雪皑皑的阿喀祁漫塔格山高耸于西南，形成山盆相间的地形格局。盆地绝大多数海拔 2689～3800 米，大多为荒漠戈壁、流动沙丘。

为了石油人的期望与梦想，来自天南地北的一代又一代人，集聚在这里，奉献着青春和智慧，用生命把戈壁黄沙的花土沟变成了一个有厂房、烟囱、街道、市场、酒吧，有生气、有灵魂、有人情味的集勘探开发、原油生产第一线的现代化石油基地。

李启香的爱人也在花土沟工作。晚上，他爱人叫了两位负责井下业务的朋友和我们一起吃晚饭。其中一位叫陶春，是修井队的指导员。陶春性格直爽，谈吐幽默。25 年前，从参加工作那天起就没离开过花土沟。同时，也从没离开过这个井下修井大队。他是他们那批参加工作的人当中第一个当班长的，从学徒到场地工、井口工、柴油机司机、大班、副队长、队长，一直到现在的大队指导员。

看样子要退休到花土沟了。

陶春开朗地大笑。刚上班的时候，他有一个理想，当一名采油工，可直到现在愣是没当上。

为什么愿意当采油工呢？我好奇地问。

采油工快乐啊，还轻松。

陶春说，油田公司都知道：狼不吃的是采油工，累不死的是修井工，打不死的是钻井工。

为什么打不死啊？

钻井工力气最大。

狼又为什么不吃采油工呢？

大家都笑了起来，似乎没人打算告诉我这个秘密。

陶春是四川人，父亲是青海油田的第一批职工。母亲没有正式工作，随父亲来到花头沟。那时候，这里的环境真艰苦啊，一望无际的戈壁荒漠，只有高高矗立的井架和挖在地底下的地窖子，石油人就住在里面。当时，父亲的工资只有 102 元，负担不了一家六口人的生活。母亲就在油田干临时工，在山上挖石头、修路、烧窑，比男人干的活还苦还累。挣了钱还要往四川老家寄。可再困难，每年春节一家六口都要回四川老家过年，看望老人。

陶春清楚地记得，过去回老家，早晨 6 点从花土沟出发，晚上 7 点到冷湖，第二天下午 5 点左右到敦煌，住一晚上后再坐火车到甘肃柳园，然后才能转战到去四川的火车上，一路奔波劳累不说，时间都耗在路上了，哪像现在这么方便啊。

"比起我们的父辈，我们的条件好多了，基地什么都有，油田的领导又很关心我们，还专门给我们设置了 440（事事灵）电话，家里有什么困难，油田公司都会组织管理人员去解决。我们还有什么可抱怨的，既然干了石油这一行，就得干好了，就不能给自己的父辈脸上抹黑。当然，除了自己的父亲，陶春说，还得对得起自己的师傅。刚上班时，师傅对待我像亲儿子一样，虽然严厉，有时候还要挨揍，可那是真对我好啊，学了一身本事不说，还培养了我认真负责的态度、踏踏实实的工作作风、真诚待人的做人原则。遇到停电、下雨或者特殊情况，不用领导安排，自己先放心不下，主动跑到作业区检查工作。"

说实在的，现在和以前真是没法子比。陶春的家现在已经搬到了条件更好的敦煌基地，妻子也是青海油田的职工，前几年辞了工作，专门在家照顾孩子，陶春轮休时可以回家。但是，这几年，为实现油田千万吨的宏伟目标，任务重，活急，有一阵子没回去了。

我问他，想不想家呀？

他大大咧咧地一乐，想什么想，老夫老妻了，早习惯了。不像小李，人家小两口正是恩恩爱爱的时候呢。

李启香的爱人红着脸说，我们算什么，花土沟有一句话，"远学邓志刚，深院宅男；近学郭学良，视频聊天"。意思是，邓志刚只要轮休回到家里，就大门不出、二门不迈，一心在家伺候孩子媳妇，谁叫都不出去玩；而郭学良和媳妇视频时的聊天记录，让很多年轻人惊讶，少说也得三四个小时。

哪来那么多话呀，我们说多了还吵架！陶春一副不以为然，假装轻松的样子。其实，我知道，更多的时候，青海油田人过的是"与风沙为伍，与石油做伴""离天三尺三，望断南飞雁"的漫长日子。

晚上，听李启香的朋友说，有夜间巡井的工作。我听后精神大振，睡意全无，嚷着叫她联系，要和巡井的班组一道去作业区，体验一下石油人的夜间工作。结果，因为下雨，井区停工，暂停巡井，我的愿望没能实现。好在陶春和他的朋友又带我去了井下作业大队，让我看到了在陶指导员的指导下井然有序的工作。看了他们在处理漏油、井喷时，壮观、惊人的录像，算是没有浪费时间。不过，我让陶春在我回到西宁后把他们大队的资料，最近几年为实现千万吨目标所做的努力和具体工作的成绩传给我，他却一直没有兑现，可能是工作太忙，也可能是不愿意过多地表现自己。这好像是青海油田人共同的特点，使我的采访工作遇到了困难，但是，心里还是很钦佩的。不论是井上还是井下，石油人都在为自己的承诺，为自己的一份责任尽职尽责。他们最懂得实现千万吨的目标对青海油田意味着什么，也深知他为此努力的意义。他们与外界交流不多，和社会上其他行业的人接触甚少。他们的思想相对单纯，举止言谈实实在在，没有那么多虚虚套套的东西让人费解。

英雄岭

穿上石油工人的工作制服，蹬上棉皮鞋，再戴上安全帽，我俨然一位生气勃勃的女石油工。多年前去山东东营，在白花花的棉花地头，红灿灿的柳林旁见过一大片整齐的井架。可柴达木盆地英雄岭上的井架，却在山上，随地势的增高依次出现。

作业区副经理王可朝热情地接待了我，并让我坐上了他亲自驾驶的皮卡车。我兴奋地坐在他身边，一个劲地问这问那，王可朝始终耐心地向我一一解释。皮卡车有些破旧，在山上却灵活耐用，实用性很强。前方终于出现了一座高高大大的井架，颜色红黄相间，非常醒目地屹立在一个高坡上。井架周围有护栏，不能太往前靠。一位20岁刚过的年轻人独自在井边守着，年轻人是刚分来的大学生，稚嫩的脸上有一双细长聪慧的眼睛。他的父母亲都是青海油田的职工，还没等他毕业呢，就已经替他做了主，到油田工作。我觉得这个年轻人年纪也太小了，还应该在母亲身边撒娇吧，结果却来到英雄岭上当起了石油人，而且头一年不许回家，要在作业区甘受寂寞。这让我这个过分疼爱孩子的母亲，有些受不了，有些心酸，替他的父母亲操心。于是搂着他，留了影。可这有什么用，反倒让年轻人更难过、想家。

王可朝告诉我，2010 年开发的英东油田，是青海油田继昆北之后发现的第二个亿吨级油田。这个油田的发现使青海油田的油气储量实现了持续快速增长。更重要的是英东油田、昆北油田的开发为青海油田建成千万吨级高原油气田奠定了最坚实的基础保障。

长得高高大大的王可朝 1981 年出生，山东菏泽人。2005 年，中国华东石油大学工程管理系毕业，主动来到青海油田工作。选择来青海油田的初衷，是因为青海油田的工作区虽然条件艰苦，环境恶劣，却有轮休制度。这在当时，对王可朝很有吸引力，他觉得可以用一个月的轮休时间做一些自己喜欢做的事。但是，事情并非如他想的那么简单。毕业后的王可朝，先被分配到采油一厂，在采油队实习了半年后当了技术员。2011 年底被抽调到开发英东油田的重点工程建设中。一开始，英东油田托管在一厂，后来逐渐壮大，成为独立的单位。刚到这片作业区时，近 4000 米海拔的英雄岭真的让人恐惧，走路快一点都得喘粗气。可是在山上勘探、放线的人还得满山跑。为了保障一线的安全生产，不管是厂长还是总工程师都必须住在现场。马书记 53 岁了，每天晚上都睡不着觉，依然坚守在现场。孙工在重点工程项目上马时，体重 180 斤重，连续工作 18 个月后，变成了 130 多斤。工程最紧张的时候，每个人要干完一天一夜后才能休息半天。一个班组 7 个采油工，如果采油工有事，班长就得顶上去。连续几年，很多职工包括负责人都是在山上过的春节。

王可朝渴望的按照正常作业制度轮休的愿望，成了奢望。

我问王可朝，后悔不后悔？

王可朝说，没什么后悔的，这里的条件虽然艰苦，但是，油田公司的领导在尽最大的力量，改善我们的工作环境。而且，在重点过程的建设中，我们这些年轻人还在边学边干中得到了锻炼，成长迅速。可也有人，一到这里就被柴达木严酷的环境吓跑了。

英东油田在终年风沙肆虐的英雄岭上。柴达木，寸草不生，生命罕至，原本是一个既无人又无名的生命禁区。不知什么人在什么时候说过，谁能翻过这座岭谁就是英雄。从此，这座岭有了自己的名字——英雄岭。

英雄岭位于柴达木以西南狮子沟—英东构造带西段，地面以风蚀山地为主，地表海拔近 4000 米。英东一号构造带属于英雄岭南缘狮子沟—油砂山构造带东段，受构造样式的影响，浅、中、深三套构造层。浅层构造为油砂山断层上盘冲起构造，构造主要发育于上第三系，断层发育，构造破碎，细节复杂；中层构造为受油砂山断层牵引在其下盘发育的上第三系构造，这两套构造均为英东一号地区现今发现的主要含油气构造。油砂山断层上盘浅层构造形态总体为油砂山构造向东的延伸部分，受应力差异的影响，在局部形成背斜、断背斜及断鼻等构造圈闭。柴达木盆地是世界上公认的最复杂的含油气盆地。几十年的勘探实践证实，英东油田有广阔的勘探潜力，同时也伴随着复杂的地质难点。但是，按照多年实践探索的经验，深化成藏研究，优选有利目标；突破关键技术，开拓接替领域的一系列思路，青海油田在英东采用的勘探开发一体化模式，也就是边勘探、边开发、边试采的方法，取得了明显的成果，两年后便探明三级储量5000万吨，建设产能20万吨。

王可朝的皮卡车使着劲往山上爬，山上出现了一排排红色的井架。英东现场在高海拔的山上，徒步不但费劲，还需要用去大量时间，效率太低。所以英东油田的管理者每天去现场工作时，都得自己驾驶皮卡车。于是，满山跑的皮卡车成了英东油田生产现场的一道风景。

王可朝告诉我，比起其他作业区，英东原油生产和现场管理的难度很大。从2013年第四季度开始，英东采油作业区尝试着将油水井按平台承包到班组和人头，以"大包干"的形式对每口油水井的安全环保、设备管理、资料录取、油井维护、现场管理、油井产量、班组建设等实施属地管理。这样，大家的责任心就更强了。但是，英东油田的工作强度非常大，开发初期，有很多人，在海拔4000米的英雄岭上，一待就是几个月。没有路，自己用推土机铲出一条山路；没有人给做饭送饭，就自带干粮和水；每天在岭上放线、巡线、打井……足迹踏遍了英雄岭上的角角落落。野外作业睡帐篷，白天热得让人晕眩，夜晚冷得无法让人入眠。这里环境恶劣气候多变，沙尘、狂风、暴雪屡见不鲜，强烈的暴风雨雪可以使气温从10摄氏度一下降到零下20摄氏度，霎时间就能把人推向死亡的边缘。

然而，英东油田是青海油田建设千万吨油田重要的上产区块，是"中石油六大提速提效区块"之一。超亿吨级的勘探成果，成为中国石油近10年来发现的物性较好、丰度较高、单井日产较高的区块。

对于青海油田的石油人来说，无论环境多么恶劣，条件多么艰苦，都得干下去。况且坚守，从来就是石油人对恶劣环境的不屈服，是当代石油工人继承老一代石油人传统，对自己职业责任的忠诚。无论是让人惊惧，海拔4000米以上的狮子岭，无论是荒凉沉寂，风沙弥漫的柴达木。

说起英东油田的开发，又想起在敦煌见到的青海油田公司总地质师、总经理付锁堂。2007年，付锁堂服从组织安排，从鄂尔多斯盆地油气勘探战场，来到自然条件十分艰苦的柴达木盆地。在主持油气勘探工作中，在自己刻苦学习国内外的先进经验的基础上，创新思维，解放思想，组织石油地质和工程专家进行探讨，集思广益，认真分析前人工作的得与失，变不利为有利，普遍中找特殊。通过不断研究，大胆提出了在柴达木盆地腹部积极探索出一条富烃凹陷内，以晚期构造为代表的中浅层油砂山—大乌斯构造带油气藏勘探领域。他组织专家在地震老资料处理的基础上优选钻探目标，2010年优选出的英东一号构造钻探砂37井获高产工业油气流，使柴达木油气勘探又一次获得重大突破，打破了柴达木盆地30年来勘探沉闷的局面。

为尽快实现油田开发，他组织地质、采油、物探人员和国外技术服务公司等专家学者进行多次研讨，形成了一套具有国际先进水平的综合遥感、物探、测井、计算机等多种技术为一体的油藏描述评价技术，有效地刻画了英东油田的细节，为该区增储上产提供了有力的技术支持。勘探成果被评为中石油"2011年度石油勘探重大发现一等奖"。

在北京勘探工作年会议上，付总说：英东的成功，是我们解放思想，重新认识地下，积极推广先进实用的勘探技术，加强管理、统一组织、统一部署、统一协调，加快勘探节奏，提高勘探效果的结果。

2011年，英东一号提交了油气控制地质储量1.2亿吨，通过进一步山地地震攻关落实圈闭。在狮子沟—油砂山构造带发现了一批新的勘探目标，可望达到2亿~3亿吨的油气储量规模，形成百万吨油气生产能力。这是一个鼓舞人心的发现。

英东油田的诞生，极大地促进了青海省能源工业的快速发展，有力地支持了青海地方经济建设。同时，青海石油人齐心合力挑战英雄岭的气概和勇气，解决了多年来的勘探难题。

这是石油物探人挑战高原复杂山地勘探禁区的重大突破，这是油田提交控制储量超过1亿吨做出的让无数人为之叹息、为之折服的重大贡献。

王可朝没有太多的时间陪我说话，他要开着皮卡车，漫山遍野地跑。有一个油井在漏电，电光四射，异常耀眼。他一个急刹车，没头没脑地冲下陡峭的大土坎，查看详情，接着打电话、急救。和我同来的李启香也一骨碌跳下土坎，结果，脚垫在一个大石头上崴了。

还好，卡子上值班的巢成志师傅接待了我。巢师傅50岁出头，是老石油人，开发英东油田时，报名来这里驻守英东油田的大门，每天要负责管理的事繁杂不说。来回车辆、车辆调度、监督安全、巡井、装抽油机、环境检查这些事情，没有哪一项可以片刻离开人。晚上12点睡觉，一大早五六点起床，长时间的高海拔工作，落了一身病，和同龄人比起来，看上去显得疲惫、苍老。

一辈子就这么过来了，巢师傅笑了笑。吃过的苦说也说不完，但是也值，中国油田的发展，离不了我们青海石油人的努力。

送我出门后，我发现值班室后面，有一小片平整过的地，开着红色的花朵。巢师傅走过去，笑眯眯地说，明年，我准备再多种一点，让来到英雄岭的人，一眼就能看到花。

花朵点点滴滴，不甚丰饶，但我知道，这是巢师傅精心培育的花，倾注了他的幽思与情怀。我摘下了一根草茎，放到嘴里细细地咀嚼，有山野的味儿，也清香，也苦涩，仿佛悬挂在戈壁，一直牵引着我，不断地回想，回想它在荒漠里盛开的模样。

昆仑山下的英雄

2007 年，青海油田在昆仑山北坡，即昆北区块的"切六井"喜获高产油流，标志着柴达木盆地昆北油田的正式诞生。

随之，厂区建设、场站建设、产能建设纷纷上马，快速建成。昆北，这片几代柴达木石油人奉献了智慧和汗水的土地，焕发出勃勃生机。

昆北油田在连绵不断的昆仑山下，海拔 3100 米，昼夜温差大，夏季夜间温度也在零摄氏度以下，冬季夜里温度更是零下三四十摄氏度，呼吸一口空气肺都冰得疼，吐一口唾沫落地就成冰。

挑起建设和开发昆北油田这副千钧重担的是青海油田采油二厂，而二厂跃进二号采油作业区的采油班长是富有经验的李亚夫。

1996 年，不满 20 岁的李亚夫从青海石油技校采油专业毕业，到采油二厂当了一名采油工人。因为技能过硬，半年后便担任了采油二厂跃进二号采油作业区采油班长。也就是说，他工作 16 个年头，几乎当了 16 年班长，所以，人们都叫他"老班长"。

2010 年 10 月，李亚夫从跃进二号油田转战到昆北油田。由于昆北油田属于新开发的油田，人员少，任务重，运用的都是新的采油工艺，前期投产困难重重。李亚夫这个老采油班长也必须从学习、熟悉新工艺入手，从零开始，从细处着眼，超常规作业。

昆北油田是一个给青海油田发展带来希望的油田，李亚夫带领班员一头扎进井场，没日没夜地奋发大干，有时甚至通宵连轴转。

昆北第一采油作业区有油井 105 口，李亚夫班管控其中 46 口油井。由于原油黏度较高，油井在生产过程中经常发生管线冰冻堵塞、井口刺漏等情况。

管线冰冻堵塞后，必须立即用洗井车将热水强力注入管线，融化冰冻的原油，使管线通畅，不然管线会冻裂，将严重影响油田的正常生产，于是，"顶管"抢险成了家常便饭。2010 年冬天，有时一夜要顶 5 次管线，每顶通一次管线需要两三个小时，每个月都在 100 多次，劳动强度非常大。

李亚夫班管理的 46 口油井分布在 5 平方公里的井场区，开着皮卡车巡视一遍就要两三个小时。好在李亚夫对每口油井的技术参数、运行状况和潜在的隐患都了如指掌，对重点管控的油井能够做到重点监控。

有一次年三十夜里，天气滴水成冰，大家都盼着油井能够保持正常运行，班员们能在基地吃顿团圆饺子，看看春晚节目。但事与愿违，当天的除夕夜成了他们的抢险夜。一口油井堵管了，李亚夫和班员火速赶到现场，按照惯例快速抢险作业。

两小时后完成"顶管"，正准备回撤基地。这时，又接到报告，另外一口油井需要抢险。那一夜，他们连续抢险了三口油井。等披着一身风寒回到作业区基地时，春晚节目已经和观众"再见"了。

因为特殊的地域环境，青海油田对野外一线工人实行双月轮班制度，即在野外上两个月班，就可以回敦煌基地休整两个月。李亚夫班组加两个班长在内共有 10 人，轮休倒班就只有 5 个人。求产初期，这样的轮休政策是很难兑现的。李亚夫曾连续干过七八个月，其他班员也不能正常轮休，基本上都是四五个月才能休息一次。

在野外工作生活过的人都知道，如果连续在野外待上 3 个月，人的情感和理智就会达到忍耐的极限。可是，面对一片荒芜的茫茫沙滩，李亚夫和他的班组成员，都是自觉延迟轮休时间，保产上产，没有丝毫怨言。

又是一年的 3 月，因为老电网发生故障，作业区全部断电，全班紧急动员进行抢险，给所有管网内注入盐水，置换掉原油，不然原油冻结，所有井场管网都将会冻裂、报废，作业区油井将全部瘫痪。为此，他们挑灯夜战，拼命大干，五天五夜没有合眼，人的体能达到了极限，有个班员居然站着靠在油罐上就睡着了……

年轻的施军正穿着红色的工衣，在采油二厂的门前等着我们。坐到车上后，我们一起向井区奔去。因为是阴天，远处的昆仑山隐在淡淡的雾中。施军正是四川人，长得很秀气，他说，别看这荒凉，野生动物还不少呢，有黄羊，有兔子，有时候还能看见一大群野驴。更何况，轰鸣的钻机就在眼前，银色的集油罐群闪着亮光，采油树在忙碌，油流在地下的管网里奔腾。

我被施军正的情绪感染，快乐起来。我们停在一架红色的抽油机前，原来这就是为昆北油田立下战功，让青海油田公司总经理付锁堂付出心血，流下过泪水的"切六井"采油作业区。

认识到昆北地区具备源外成藏条件，打破了传统勘探禁区的青海油田，把烃源岩作为一个宏观的成藏条件进行综合性的研究，重视对沉积环境和沉积相的研究，加深了对地层岩性油气藏的认识，促使局部发现成为规模，突破了柴达木盆地多年的传统思想束缚。

在这个过程中，青海油田开启了一扇思想的天窗，重新认识了柴达木盆地资源潜力，重新认识了勘探领域、勘探区带、地震资料，重新分析了有利油气聚集区。不但从思想上取得解放，在战略部署上取得主动，而且坚定了勘探信心，激发了勘探热情，勘探突破接踵而来，先后厘定出了昆北断阶带、狮子沟—油砂山构造带、马北隆起区为近期油气勘探的重点区带。特别是，昆北油田的发现一举扭转了青海油田石油勘探长期低迷、无规模储量发现的被动局面。

昆北断阶带整装优质储量的发现，是青海油田近30年来最大的发现，其储量规模达亿吨级，在青海油田的油气发现史上具有里程碑的意义。

建成的千万吨级高原油气田是每个青海石油人的美好愿望，也是所有石油勘探人员执着追求的结果。为了这份责任和追求，青海油田的员工经历了拼搏，接受了挑战。

中午时分，巡井的皮卡车开进作业区的院子里，跳下几位满身风尘的工人，他们摘下手套，扑打掉身上的风沙，有说有笑向食堂走去。其中一位个子不高、身材敦实、低声细语、沉稳平静的年轻人就是李亚夫。

李亚夫的血脉里流淌着老一辈石油人的血。在担任班长的日子里，他以身作则，不仅管好了班组，发挥了班组的战斗力、创造力，让班组成为企业发展的核心潜力，还带领班组成员凝心聚力，全力打造出了青海油田的"明星班组"。

他和同班的另一个班长何湘一起精心提炼总结了一套适合采油班组管理需要的班组管理方法，给"李亚夫班"提供了理论支撑。通过对"五型"班组创建以来关于学习、安全、清洁、节约、和谐等五个方面各要素的综合和提炼，提出了"六清工作法"。

所谓"六清工作法"的具体内容就是：工作目标要清楚、工作思路要清晰、安全管理要清醒、工作方法要清简、工作环境要清新、做事为人要清白。

同时，李亚夫班组，依靠有效的科学技术，利用最少的人力、物力、财力的投入，获得了最好的效果、最高的效率。他们配合其他班组共同完成生产原油16.6万吨、注水40万吨的全年生产任务，创造了可观的经济效益。

近几年来，李亚夫针对油井在生产中出现的问题，大胆改革，其中的

"防砂式油嘴设计及应用"项目获得青海油田合理化建议二等奖。节约了检泵费用60万元，每年增产原油180多吨，和班员们一起自行设计加工电热带温度控制装置、采油井井口求产装置，蒸汽清洗装置，解决了生产中的大问题

李亚夫带领的班组成员，个个热爱班组，把班里当作了自己的家。厂里要将班组里一位女员工调进机关工作，那位女员工却拒绝了。理由很简单，她说在这个班组里感觉很温暖，不想离开。去年刚从北京石油大学分到李亚夫班组的大学生小孙说，虽然这里是戈壁沙漠，自然条件恶劣得让生命敬畏，但是，"我喜欢李亚夫班组，在这里我不仅能感受到家庭的温暖，也将会是我展示大学生价值、实现人生理想的最好起点"。

李亚夫的妻子何燕妮，跟李亚夫一样在昆北作业区工作，7岁的孩子，跟着爷爷奶奶长大，现在上小学了。可是夫妻两人平时各忙各的，顾不上孩子。偶尔，晚饭过后，夕阳西下，李亚夫和妻子，能在沙滩上散散步，说说工作上的事，说说远在千里之外让他们日夜思念的孩子……

继昆北、英东石油勘探取得重大成果后，青海油田通过分析柴达木天然气的富集规律和有利目标，经区带优选，再一次将目标锁定在阿尔金山前东坪地区，明确了东坪古隆起具有源外岩性油藏形成的有利地质条件。2011年以东坪构造为切入点，部署钻探的东坪1井压裂试油获得高产天然气流，日产气11.3万方，打破了柴达木盆地天然气勘探20多年的沉寂局面，揭开了柴达木盆地天然气勘探开发的又一轮序幕。

50多年前，一群拓荒者在平均海拔3000米以上的浩瀚沙海柴达木盆地，靠人拉肩扛，住地窝子，喝凉水，建起了世界海拔最高的油田——青海油田。

50多年后，青海石油人继续在这片神奇的土地上，攻坚克难，艰苦奋斗，无私奉献，建成了高原千万吨级大型油气田，为国防安全和地区经济建设做出了更大贡献。

甘森站

离开花土沟回格尔木，一路上，有雨有风有太阳。最后一站是甘森站。

甘森是蒙古语，苦水的意思。甘森站是继花土沟、大乌丝输油站后的第三个输油站，要把经花土沟联合站处理后的油，输往格尔木炼油厂。甘森站前不着村后不着店，四周荒芜寂寥，冬天冻死人，夏天的蚊子大得能咬死人。

站上基本是年轻人，工作任务繁重。为了顺利安全地把石油输往炼油厂，要做到24小时值班，通过远程观测参数。每过一小时沿线巡查一次，解决漏油、偷油事故。每2个小时要向上级部门汇报一次，保障输油管道正常运行。

巡线时，一走就是 100 多公里，有时开着皮卡车，有时得徒步。输油管道埋在地下，每个职工都得具备根据地貌判断地下管道是否发生异常的本事。

甘森站附近有一条河叫娜林格勒河，娜林格勒河经过的地方依旧是空旷的荒野、冷漠的远山、干燥的盐碱地。分配到站上的一位年轻女职工告诉我，刚来的时候，心里苦闷，想家想父母，站长李超就带着她去逛夜市。沿着站前的这条路走了很久，还是这条路。到了一个三岔路口，站长停下，指着像是在半空中掉下来的一线亮光说"这就是我们的夜市，心烦了，你可以到这儿来逛逛。"年轻的姑娘睁大眼睛仔细一看，闪烁灯光的地方只是荒野戈壁中一个很小很小的加油站。

姑娘无言，悄悄抹去了眼角的泪水。

从此以后，三岔路口的加油站，成了这个姑娘晚饭后经常去散步的夜市，在心灵与天地广阔的空间里，消除寂寞、化解忧愁。

甘森站有漂亮的活动室，干净整洁，也能吃到可口的饭菜，但难以忍受的寂寞和长达 45 天与家人的离别很难熬。

宣传栏上贴着站上每一位职工的全家福，照片下是妻子、孩子、丈夫写给职工的一段段话。

"你要好好工作，我和孩子在家等你。"

"我们支持你，你要加油哦……"

在苍凉冷酷的大漠上，每一句话都那么动人，那么温馨，那么甜蜜。是亲人的爱，是对幸福生活的渴望，才让青海石油人能够在这样艰苦的环境中安心工作。

这个世界上，还有什么，比爱更强大的力量呢。

（原载《安徽文学》2017 年第 9 期）

拉萨阳光

陈　新

1

踏上西藏的土地，一切大出我的意料。

不仅没有高原反应，还比想象中要美不知多少倍，苍茫的高原，洁白的哈达，蔚蓝的天空，漫卷的云朵，扫除尘垢洁净的风，热情善良的人民……

到拉萨的第一个早晨，我如在成都一般早起，并在清朗的晨曦，在煦暖的阳光、淡雅的清风，以及此起彼伏斑鸠幸福的叫声中恰然地看起书来。

晨光熹微，一颗晨读的心，在习惯性的早起中寻找冉冉初升的太阳；一朵朵闲适一夜的云，开始了阳光中壮行前的列队；林中欢快跳跃的鸟儿，或清脆或沉稳的叫声，挤满了明澈的天空；记述着亿万年沧桑故事的远山，坦坦荡荡地展示着一览无余的真诚……

美丽粗犷，纯粹而又高蹈，似乎是这片土地独有的风景。

在拉萨，我如一株植物仰起头，好奇地打量正在渗透身体的同与不同。在连绵起伏却又皱折不堪的呼吸里，我决定去大昭寺看看。

酥油灯摇曳，光影迷离。大昭寺让我有些晕眩。令人感动的是，大昭寺里不仅供奉着经卷、传说或典籍中的佛，也供奉着给自己带来实实在在好处，曾与自己一起生活过的人，甚至动物，这说明藏族人民是务实且感恩的。这与都江堰二王庙供奉李冰父子，有着异曲同工之妙。

大昭寺建筑风格独特，其金顶、斗拱为典型的汉族风格，而碉楼、雕梁则是藏式风格，因而可以说，大昭寺也是集汉藏文化之大成智慧的结晶。

……

前不久，在我去西藏前，看过一部名叫《千年菩提路》的纪录片，从《大昭寺与小昭寺》那一集里，了解到大昭寺与小昭寺的一些大致情况，但纪录片中看到的大昭寺与我此次瞻谒时的大昭寺却有些差别，因为纪录片中的大昭寺色泽斑驳潜沉，颇为灰暗，积满了岁月的尘垢。但我此次亲眼所见的大昭寺却"鹤发童颜"，干净整洁，容光焕发。

这是为何？是摄像机差或者摄影师水平差，还是一尘不染的高原蓝色天穹下自己的眼睛出现错觉？

其实纪录片影像中的大昭寺及我眼睛看见的大昭寺都是真实的。二者差别的原因是中间隔着古城保护和文物抢救性维修这项工程。

这项工程是文物保护与文化传承非常重要且不可或缺的一环，也是利国、利民、利教的一项伟大工程。

国家在 20 世纪七八十年代，已几次对大昭寺进行抢救性维修，但由于大昭寺是距今有 1300 多年历史的建筑，难免在时间的长河中遭受风雨剥蚀，从而出现建筑险情。比如释迦牟尼主殿前的梁架结构险情就相当严重，又比如大昭寺里的壁画因墙体渗水的侵蚀而出现了残损的情况……

这引起了政府的高度重视。

于是 2009 年初，中国国家文物局委托中国文化遗产研究院对大昭寺的建筑险情及壁画剥蚀情况进行了勘察，详细掌握了大昭寺的建筑材料老化、虫蛀等险情所在，以及室内、室外每一块壁画的残损情况，并针对性地制订了保护性的修复方案。

2009 年 8 月 3 日，大昭寺文物保护维修工程开工。

文物保护与维修，必须尊重既有环境、历史和传统，并强调建筑的精神性、形而上的象征力量。因而工程施工的过程中，在严格遵守依顺环境，尊重历史，"不改变文物原状"的原则下，对觉康主殿、释迦牟尼殿、千佛廊、内转经廊及附属建筑进行了维修保护，包括拨正、替换主殿及千佛廊前廊和北廊中歪闪、变形、断裂的木构件；替换附属建筑中虫蛀的木构件；对新替换的木构件实施防腐、防蛀处理等；也对屋顶及屋面局部重新打筑了阿嘎土，对挑檐局部糟朽进行了更换。

维修施工期间，专业技术和安全监管人员对工程质量、安全措施进行了全程检查指导，及时地解决工程中的技术难点，发现并消除了工程安全隐患，确保了工程的质量。中国文化遗产研究院也多次派专家进藏，帮助解决施工中的技术难题。工程木构件、阿嘎土以及彩绘等都按照传统方法进行维修，保持原外观视觉效果。

大昭寺文物保护工程投资 1817 万元，是西藏自治区"十一五"项目规划中22个项目之一，工程完工后基本排除了大昭寺文物建筑存在的险情，有效地保护了大昭寺的建筑及文物安全。

2010年10月29日，大昭寺文物保护工程通过初步验收。2011年6月8日，工程竣工，在寺内举行了隆重的竣工典礼。

在向我讲述大昭寺、小昭寺供奉释迦牟尼等身佛像变换的故事之时，大昭寺寺管会主任尼玛次仁指着大昭寺的壁画说，关于大昭寺的来历，壁画上都有形象生动的记载。

我一边观看壁画，一边由衷地感叹："这些壁画历千年而不颓败，真了不起！"

"不是这样的，这是经过修复后的壁画。"尼玛次仁笑着说，"你之所以没看出来，那是因为修复的过程是严格按照修旧如旧的原则进行的。"

2012年6月，文物主管部门对大昭寺壁画进行过保护性维修。

大昭寺壁画主要分布于门廊、庭院、觉康主殿、转经廊等处，内容涉及政治、经济、历史、文艺、宗教信仰和社会生活等多个方面，以其精湛优美和独特的艺术闻名于世，其中部分壁画是西藏保存下来最早的绘画作品，是藏民族文化中的一大瑰宝。

但由于年代久远，且长期受氧化及风、雨、雪、紫外线等的侵蚀，大昭寺部分壁画出现泥渍、积尘、烟垢、人为污迹等情况，有的还出现空鼓、开裂、酥减、表层剥落、渗水等病害，尽快修复壁画成为僧人和信教群众的强烈意愿。

千年壁画在颓败中等待它的救主。

尼玛次仁很支持拉萨的古城保护工程。

尼玛次仁1985年便到大昭寺为僧，近30年间，经历了大昭寺被风雨侵蚀的不少心痛，他对古城的保护与维修的迫切性便感受很深。

在未进行保护工程之前，每年夏天遇到雨季，尤其是下大雨的时候，由于大昭寺排水系统不完善，雨水便会透过墙体，浸渍墙体、壁画等文物，令他及所有僧众寝食难安。

这次对大昭寺壁画进行保护性维修工程在开工之前，由中国文化遗产研究院的专家学者进行过充分论证，在论证勘察的基础上，做出了非常系统的大昭寺壁画保护修复方案。为了验证所制订的壁画保护修复方案是否可行，还特地选择了内侧的转经廊做了一个壁画修补的试点，这个试点所做的内容便是清除壁画表面的污渍，填补承载壁画的墙体在岁月中出现的裂隙，然后依照原有壁画的内容和风格进行补绘。这个试点的可行性得到了充分认可，才开始进行了大昭寺壁画的大面积保护性维修。

这次壁画维修工程先从"囊廓"转经道内、外侧的壁画开始。"囊廓"两侧壁画历史悠久，内容丰富，多为明代绘制，具有极高的历史和文化价值。由于"囊廓"两侧经常有信众添灯油，经长期烟熏，壁画表面有一层厚厚的积垢，清洗起来相当麻烦。

要发掘渐渐消隐的时间遗迹，相较于用物理的办法清除附着于壁画表面的污渍，补绘工作的难度更大。持灯而行当然得中规中矩，因为藏族壁画中的佛像造像都有一定的尺寸标准和构图方式。除此以外，壁画的补绘工作，难度还在于补绘的颜色和颜料必须与传统一致，要求百分之百地保持壁画本来的面貌，过去画的和现在画的色泽稍有差别，便告失败。即使现在的颜料、技法比原作都要好，也不能有丝毫发挥。因为这里不容许创作，只允许保持原状，修旧如旧。

这次大昭寺壁画保护维修工程，国家投入1000多万元，由中国文化遗产研究院的专家和多位西藏本地具有壁画保护、修复经验的能工巧匠共同完成，维护及修复的过程中均采用原材料、原工艺。这次保护维修工程，是首次对大昭寺室内外所有壁画进行的一次大规模维修工程，维修面积达4000多平方米。

值得一提的是，在大昭寺的壁画修复完工以后，还将之进行了系统拍摄及后期数字化拼接，并做成了一个数据库，以便以电子文件的形式永久保存，为今后壁画修复提供准确的影像资料，同时也为研究西藏壁画艺术和佛教文化提供权威、真实的素材。

站在大昭寺顶层的平台之上，我讶异地发现，我正大饱眼福的大昭寺，与我之前所看到的纪录片《千年菩提路》中的大昭寺相比，不仅没有纪录片中大昭寺斑驳潜沉被尘垢覆盖的灰暗，更令我震撼的是大昭寺金顶的金碧辉煌，纪录片的金顶与之完全不可同日而语。

这一切，当然也是政府对大昭寺文物进行保护维修的结果。

大昭寺壁画保护维修工程的完美进行，令尼玛次仁很高兴。

令尼玛次仁高兴的事还不只这一件，还包括政府给大昭寺金顶鎏金。

大昭寺的主殿因为供奉着释迦牟尼佛的12岁等身像，在藏传佛教中拥有至高无上的地位。为此，17世纪时扩建了金顶，从此，这些金顶成为了大昭寺的重要标志。

然而，这些原本漂亮的金顶经过300多年的风吹日晒，强烈的紫外线照射和雨水的侵蚀，也无可避免地蒙上了岁月的尘埃，纵然不影响其神圣的位置，失去了原来耀眼的光芒却也会多多少少影响观感。不仅如此，还有部分飞檐在时令的摧折中变得破损颓衰。

2011 年，国家启动了大昭寺金顶维修工程，维修的总面积超过 3000 平方米，主要内容是给金顶鎏金、维修飞檐部分等。

中国的建筑特色讲求大屋顶，也就是木构件要探出墙体，以遮风挡雨，这个探出墙的木构件便是飞檐。大昭寺也有飞檐，这是汉族建筑文化在藏地的灵活应用。

给大昭寺金顶鎏金是一件传统而复杂的工艺。在鎏金的过程中，工匠首先将旧的鎏金铜板编好号码，确定位置后从房顶取下，使用西藏传统技艺，将破损的部分补好磨平，然后将金子溶解到汞里，颜色变成银色，再搅拌研磨，使其成为金与汞的混合液体金汞齐。继而，将这种特殊的金汞混合液体均匀地涂在铜板上，再加热铜板，使金汞混合液体中的汞蒸发，从金汞齐中析出的黄金便均匀地留在铜板的表面了。

在这之后，再用西藏特有的一种植物汁液，在鎏金后的铜板表面涂刷，让金色持久。同时，也要打磨，以增加鎏金的反光性和光洁度，最后将结束鎏金工艺的铜皮板按照原来的位置再给它装上房顶，给大昭寺金顶鎏金的工程就完成了。

大昭寺金顶的鎏金修复，3000 多平方米用了 170 多公斤黄金，仅 2013 年便投资了 4500 多万元。

我在大昭寺楼顶瞻望金顶之时，也遥望位于大昭寺北边，与大昭寺隔路相望的小昭寺，我在此次来西藏前也从相关资料得知，小昭寺的文物保护维修工程也没落后。甚至，早在 2009 年便正式启动了……

在拉萨城市文化保护的施工过程中，有硬性规定：一是必须保证使用西藏本地的原材料，二是必须使用传统的工艺进行修复。

当然，这一切都源于传统与和谐。

据中交第一公路工程局有限公司拉萨分公司总经理张允海介绍，拉萨老城区八廓街改造工程，在石板路选材这一块，不管是从材料上还是从施工方案上，都进行了多次优化论证。

首先是在选材上。为了找到一种适合于铺设在八廓街上的石板，负责石材寻找与加工的顿珠，从日喀则开始，然后去林周、去达孜……寻找一个又一个地方，跑了西藏不少山头，但欢愉的寻找最终都奔向了寂寞，都没有找到符合要求的石料，这真令人着急。

青藏高原本就是由石头垒起来的，怎么就差石头了？

因为遴选标准非同一般。被选中的石料既要表面光滑又要防滑，既要有很高的硬度和耐磨性又要有高渗水性，既要颜色黑青还不能刺眼……老城区保护工程不同于其他工程，对材料要求非常高，必须用过去原有的石料，施工还得用原来的工艺，这样才能与八廓街古城和谐统一，做到修旧如旧。

怎么办？顿珠着急上火，饭也吃不下。

他不仅寻找，还四处打听。热心的亲戚、同学、朋友也都自发加入了帮他寻找石头的队伍。

幸运就在这时降临了。

顿珠的一个朋友告诉顿珠说，他曾在山南地区浪卡子县的无人区洛山一带放牧的时候，看到一种石头不错，似乎符合顿珠要寻找的石头的标准。

"真的吗？真有我需要的那种石头？"

"当然是真的，我觉得那里的石头应该符合你的要求，不过你去看看就知道了。"

顿珠不是不相信朋友的话，而是不相信心中一直的希望会那么听话，说来就来。不过，他还是去了浪卡子县那个叫洛山的地方。

在近半年的时间，这已经是顿珠第37次怀着期望去验证石头的性能了。他每次都是豪情万丈，然而归来时却只有空空的行囊。

不过，再遭打击，顿珠都依然激情满怀。因为希望总是无所谓有，也无所谓无的。

但没有失望哪有希望？正因为一次次失望，寻找的结果离希望也才越来越近。

这一次，顿珠终于找到了他渴盼已久的理想中的石头。

这是一种青黑色的磨石瓦板岩，是某特殊地层形成的石材，这种石材渗水性能良好，表面还有不规则的小纹路。用这种瓦板岩做成的青石板铺路，不但可以防滑，当阳光照射在上面时，还不会反光刺眼。因而，无论从强度、硬度、反光率以及渗水性、防滑性等方面进行检测，都满足古城改造文化保护工程的要求。

36次失望的累积，终于迎来了希望的绽放，顿珠高兴坏了。于是连忙组织人马在洛山搭帐篷居住，以开采宝贝一般的石头。

洛山的海拔有5300多米，自然环境非常恶劣，一天之内会经历四季。清晨，凉风习习，阳光明媚，除了空气稀薄，紫外线强烈以外，人身体对空气的感觉还是宜人的，这好比依然料峭的"孟春"；继而，随着阳光越升越高，气温也越来越高，"仲春"来了，"暮春"也来了；在太阳升到最高的时候，"盛夏"便来了。然而，置身于"盛夏"中，正烦躁何以如此炎热之时，可能一小时，也可能半小时后，天地间顿然妖风四起，然后下雨、下雪，天清地朗的景致也在此时荡然无存，取而代之的则是笼盖四野的茫茫混沌。原本很高的气温也如踏上下行的电梯，连连跌落，并一头栽进"严冬"里。

当然，洛山也非每天都会暴雪肆虐，但如果白天的天气没变化，那么下午时光便是"冬天"，而晚上则又进入"严冬"了。

可想而知，在这样的环境里开采石头非常艰难，而且即使是盛夏，也常常遭遇恐怖的大雪封山。

而事实上，开采石头就在冬天。原因是大昭寺广场，以及八廓街地面施工时间选择在冬天。选择这个时间段是为了不影响广大游客前来瞻谒大昭寺。

37 次寻找，526 车次，3200 吨成品，10000 多平方米面积，120 个日日夜夜……

这一串数字，在负责石材工程的顿珠心中，并非普通的数字，因为它们记录了八廓街广场及转经道新石板路的一切一切！

这些来自海拔 5300 多米高山无人区，过惯了散漫且狂野生活的石头，带着使命翻山越岭而来。它们为阳光塑形，又使阳光辉耀，承载着人们纯朴的梦想。

呵护拉萨阳光的又岂止这些远道而来循规蹈矩的石头？

它跟修复大昭寺小昭寺壁画、给大昭寺金顶鎏金、给小昭寺四大天王塑像一样，不过是拉萨文化保护的一枝一叶而已。

2

"请问两位大叔有什么事需要我们帮助吗？"

2011 年夏的一天，拉萨市信访办的工作人员上班不久，便迎来了两位愁眉紧锁的藏族老人。

负责接待的工作人员热情地给两位老人侍座，并为其沏上了茶水。

"我叫卓玛杰布，住在八廓街。"其中一位老人言辞切切地说。

"八廓街，好地方呀！"

"是的，这地方当然好，可是我也有烦恼呀！"

"嗯，有什么烦恼，请告诉我，我做一个登记。如果需要政府出面解决的，我们会反馈给相关部门的。"

"我来八廓街生活快 20 年了，我是青海人，2006 年我从青海来到八廓街买下了一栋藏式大院经营家庭旅馆，生活还不错。但是在八廓街里生活却既方便又不方便，这里是老城中心，地理位置非常不错，很多游客都因为地段的原因选择在我的家庭旅馆入住。但是，由于房屋密度大，过道比较狭小，八廓街四周的巷子里面都没有停车场，每当有新的客人入住时都需要步行七八分钟从大昭寺广场走来，遇上行李多的客人，到达旅馆的时间估计会更长些。而且下水道经常被堵，狭窄的道路上污水横流，臭不可闻，一定程度影响了我的生意，希望政府能够帮忙解决一下这些问题。"

工作人员一边认真地听着卓玛杰布的讲述，一边飞快地在本子上记录着，待卓玛杰布说完后，又给卓玛杰布解释起来：

"道路狭窄这个问题可能没办法解决，原因是道路两旁的建筑都是古建筑，谁也不敢动。但是狭窄的道路上污水横流，臭不可闻的问题可以想办法解决，我已将这个问题做了登记，会将之反馈上去的。"

就在卓玛杰布刚刚讲完的时候，另一位老人也说话了。

"我叫丹增平措，跟卓玛杰布是邻居，住在他家旅馆对面的大院里。我们这条巷子比较窄，周围商铺又多，电线也多，而且这些电线裸露在房屋外面，像蜘蛛网一样密密麻麻。这些非常零乱的电线，由于线路老化还经常会冒出火花，弄得我们人心惶惶，时刻担心发生火灾。虽然电业公司的人来维修过几次，但他们说全部更换电线的话可是个大工程，所以到现在电路改造的进展比较缓慢。我们希望政府能够将这些已经老旧的电线网路进行改造，不然的话，真发生火灾那就不得了呀！道路这么窄，消防车都开不进去！"

工作人员又认真地记录下了丹增平措反映的问题，然后微笑着对两位老人说："我已经分别将二位老人反映的问题进行了详细的记录，接下来我一定将二老反映的情况尽快汇报给相关的部门，希望能够早些解决这些困扰你们生活的难题。"

其实，在那一两年里，像卓玛杰布和丹增平措两位居住在老城区，前来反映老城区生活质量问题的群众还有很多。

拉萨老城区以八廓街为中心，林廓东路以西，朵森格路以东，江苏路以北，林廓北路以南，面积 1.33 平方公里的区域，是驰名中外的有 1300 多年历史的八廓古城。这里是拉萨城市的发源地和核心区，是拉萨悠远岁月的直接见证者，也是拉萨历史文化传统的集中体现者。八廓古城内有闻名的大昭寺和小昭寺，大小院落 1371 个，居住着藏、汉、门巴等 20 多个民族，包括常住与暂停者在内，实有人口 6 万余人。

有资料表明，北京人口密度为每平方公里 1195 人，核心区人口密度为每平方公里 2.3 万余人；上海人口密度为每平方公里 3631 人，核心区人口密度为每平方公里 3.6 万余人；拉萨市区人口密度为每平方公里 252.19 人；而八廓古城内的人口密度为每平方公里近 6 万余人，人口密度远超北京、上海、伦敦、巴黎、东京。由此可见，拉萨老城区的人口密度已经是超负荷。

八廓古城作为集居住、商贸、宗教、旅游、文化等多功能于一体的城市中心区，有着众多寺庙，保存着大量珍贵文物和重要古建大院，具有较高的历史、艺术、科学研究价值。

拉萨市在不断推进城市现代化建设的同时，也高度重视保持老城区的整体风貌，重视改善居民的居住环境及生活质量。然而随着历史的变迁、风雨的剥蚀、时代的发展、社会的进步以及居住人口的急速膨胀，老城区的民居建筑及公共设施也不可避免地出现了诸如通行不畅、电力线路老化、消防设施滞后、给排水系统不完善或破坏等问题，并因此存在着极大隐患。这些问题及隐患的存在，严重地威胁着古城居民的生命财产安全和文物安全。

家住夏萨苏社区的央金卓嘎反映说，由于人口增长，用水量大，造成水压不足，该社区各古建大院 3、4 楼公用卫生间都出现水荒，再加上部分老城新居民缺乏城市生活常识，将烂菜叶、破衣服等都往卫生间里丢，从而导致许多大院的卫生间都堵塞。

固守的观念，管理的缺乏，使老城不堪重负。

对老城区进行保护性改造，是拉萨各族群众一直以来的呼吁和愿望，甚至有人称老城区是"被遗忘的角落"。

生活质量混沌的老城区，期盼着阳光给它带来清明。

为了对古城进行更好的保护和管理，2012 年 7 月 3 日，西藏自治区党委常委会议研究决定，成立拉萨市八廓古城管理委员会，以实施拉萨老城区的保护与管理。

2012 年 7 月 23 日，拉萨市八廓古城管理委员会正式挂牌成立。2012 年 8 月 15 日，管委会班子及人员全部到位。古城管委会内设 5 个科室，下设八廓古城公安局、市政市容和规划管理局两个机构。

似一艘行走在时间之河里的船，载歌载舞也好，盛装宁静也罢，城市，作为人们工作与生活的容器，温馨当是其本真诉求。因而，幸福的城市，首先要满足人类三个层面的需求：一是生存的需求，二是文化的需求，三是精神的需求。对生活在拉萨市老城区的居民来说，生存的或者说生活的需求是最为重要的，而居住在老城区以外的人们则对文化需求和精神需求更为关注。

满足城内、城外两个群体三个层次的需求，给予其最大化的人文关怀和更人性化的生活享受，是政府启动老城区保护工程的初衷和目的。

这形同一座博物馆，以及在博物馆里建造无伤大雅的生活环境，老城区保护工程要求既要满足群众对美好幸福生活的向往，又要保护好城内历史文化遗存，难度之大可想而知。更何况是在拉萨这样一个高度关注如同焦点的地区。

逼仄紧凑的街道，每一寸都有历史的化石。这是一种开创性的工作，还会被铺天盖地的怀疑笼罩，因而实施老城区保护工程承担着很大的压力。但好在背后有西藏自治区党委、政府的强有力领导，以及人民群众的广泛支持、拥护和参与。

这不是风物的拐弯和折断，而是文化的顺遂与传承。由于老城区保护工程利国、利民、利教，因而该工程一启动，就得到了老城区居民的热烈响应和积极拥护，据民意调查显示，支持率高达96%，芬芳指数如同期盼春天的到来。

是的，积满尘垢的老城区需要阳光，需要春天的风带来温暖。而且，阳光下的老城区保护工程，要求严格遵循《文物保护法》《文物保护工程管理办法》《国际古迹保护与修护宪章》等法律法规，着力保护好历史文化遗产、保护好八廓街历史街区现存的传统风貌、保护好留存的历史信息和一层层在清幽与喧嚣中一直坚守中的光与影，记与忆，并在此前提下，充分利用现存的宗教和人文资源，保护和传承优秀民族文化。

为实施好这一工程，让阳光的亮与春风的暖明澈地铺在古城的每一寸古事之上，拉萨市委市政府特地委托国内高水准的规划设计单位——中国城市规划设计院及天津市房屋鉴定勘察设计院完成规划设计任务，并因地制宜，科学评估，制订了符合拉萨老城区实际情况的规划设计方案。在规划设计方案的讨论和编制过程中，拉萨市政府还邀请了古建、历史、文化、宗教、文物等方面的专家学者多次论证，确保老城区保护工程的规划设计内容科学、合理，符合老城区古城风貌和文物保护要求。

拉萨市老城区保护工程于2012年12月20日开工，于2013年6月30日顺利竣工，古城管委会本着坚持长远发展、统筹安排，重地下、重基础、重长远，坚持适度超前，充分考虑发展预留的原则，实施了古城改造，项目总投资约15亿元。主要建设项目有地下综合管线工程、电力改造工程、给排水改造工程、消防隐患整治工程、老城区供暖工程、古城特色风貌保护和建筑节能改造工程、路灯照明工程、通信改造工程、文物保护维修工程等。

实施老城区古城风貌和文物保护，就是令今天的阳光为自唐至今的传统护航，古城管委会全体干部职工一直高度重视加强社会管理和矛盾纠纷排查、化解工作。在实施老城区保护工程的过程中，政府充分考虑居民的出行和信教群众的转经通道等需求，特地在施工时间上选择冬季；在施工队伍上则选择了实力强、信誉好、在拉萨有施工经验的国有大型企业负责施工总承包；在施工措施上则制订了科学周密的组织及方案，最大限度地减少施工对老百姓生产生活带来的影响，最大限度地克服施工场地狭小的困难，坚持分片、分段施工；在施工管理上也确立了严格的制度，以确保工程质量和进度，确保安全生产，确保文物和历史建筑的安全；在施工宗旨上充分考虑群众切身利益，切实保障和改善民生状态，维护人民群众生命财产安全。

老城区保护工程，其核心必然是八廓街、大昭寺。

八廓街上摊贩众多，要实施古城保护工程，就得迁出这些流动摊贩。为了最大限度地维护各摊主和经营商户的切身利益，拉萨市城关区委、区政府在广泛征求老城区居民意见的基础上，在宇拓路为老城区 2956 个摊位提供免费的摆放场地。由于此项工作尊重民意，在问卷调查过程中，91% 的摊主表示理解并完全支持摊位搬迁工作，95% 的摊主觉得搬迁到宇拓路商业街两边挺好。因而正式搬迁时，仅用了短短 1 天时间，就顺利完成了全部摊位的临时搬迁工作。在此之后，又持续性地对老城区内 101 条大街小巷内流动商贩、地摊、店外店、强买强卖、尾随兜售进行清理整治。

为了实现老城区 2956 个摊主和商户"一个不失业、一个不歇业"的目标和要求，又特地修建了极具藏族特色的八廓商城，改造后这些露天摊位集中到了商城里统一管理。

八廓街的建筑因古老而陈旧，有的房子高寿 1300 多年，沉积色重的老年斑见证了太多风云变化，暗淡了无数风流人物，远去了此起彼伏的光影和流云，也庇护了一代代生生不息的藏族儿女。但历史在推进，时代在前进，这些逼仄拥挤的古建筑及相应的配套设施，却早已落伍于宽阔鲜活的时代及热闹丰润的生活了。

保护，是传承。改变，是适应。

修缮，是保护与传承之间不可或缺的桥梁和护身符。

可是如何在保护与传承中发挥修缮这道桥梁及护身符恰如其分的作用呢？

这就是一个很大的难题。

为了让拉萨的圣地阳光普照，拉萨市委市政府可谓殚精竭虑，操碎了心。

每当夜幕降临，滞留在八廓街的人们就会发现，夜色并没有掩盖八廓街的光明，而这些光明是八廓街上的路灯和整洁的路面辉耀的结果。

八廓街过去的路灯，主要是旧式的白玉兰灯和欧式灯具，这些使用年限已久的照明设施，和老城区传统的藏式建筑风格不太协调。如同西装与布鞋般胡乱的搭配，散发着并不着调的风格。过往的功能与作用，仅仅是照明而已，更存在年久失修的问题。为了提升城市品位、方便市民出行，老城区保护工程中把老城区内所有道路路灯换成了一系列具有浓厚藏文化特色的路灯。

拉萨就是拉萨，不需要异乡的华彩。拉萨老城区改造在路灯设计方面，要求充分考虑体现藏族文化元素这个特色，所设计的路灯图案不仅要有转经筒、六字真言和吉祥八宝图等形象；在使用功能上，也要求必须充分考虑灯光的亮度和色泽是否与八廓街特色相协调。

因而设计方组织专人对老城区的环境和建筑特色进行了多次实地考察，先后做了几十种实验，并设计出样灯挂上街，广泛征求民意。令人耳目一新的款款设计，可谓花朵丛丛，这些设计方案中的路灯包括大昭寺广场景观灯柱 4 款、八廓街转经道路灯 2 款、小昭寺路灯 1 款、主要步行街巷 1 款、次要步行街巷 6 款，14 款灯每款都具有雪域高原及藏文化特色。

优中选优，是一种人生态度，也是一座城市的梦想。此后，相关领导、专家、学者在与设计方就其设计的路灯的思想理念、文化含量、民族特色、外观造型、工艺材料、涂层色调等问题进行多次沟通和比对后，最终确定了 7 款灯具的技术要求。

被确定的路灯灯具，能够将拉萨当成自己的故乡。它们不仅在造型上充分体现了藏地特色，在文字、形状、图形、颜色等方面也都能很好地与古城建筑相协调。这样的路灯既做到了突出宗教特色和西藏文化气息，又与周边环境和谐统一，这样的路灯即使在白天，也是一道亮丽的风景。

当然，它们也有坚守高原的刚毅性格和风雪不惧的硬朗身躯。因为拉萨气候干燥，紫外线辐射强，被最终确定使用的灯具，在材料使用上，选用了牢固性高、环保性强、安全、耐用的材料；灯具承重部分采用 Q235 钢材；装饰部分用高分子材料成型，表面采用户外防 UV 铁氟龙油漆或户外防 UV 塑料涂装；光源电器采用节能气体放电光源；灯具采用多回路控制，分平日、节假日、重大庆典活动控制，能满足功能性照明、景观照明、烘托庆典氛围照明等各种需求，而且这些灯也能做到分时分段控制，既节能又环保。

而在光源的选择上，进行了多种实验并征求意见后，最终选择了比较柔和的灯光。这样柔柔的灯光除了能给游客舒适的感觉外，还增加了一种神秘感。

经过保护性改造的八廓街上，人们可以看到有 11 盏被称为 "佛光普照 1 号" 的观景灯，充满了浓郁的藏族文化色彩。该观景灯杆高 7.5 米，在灯的顶部有 "万字符" "吉祥结" 图案和藏传佛教中六字真言的藏文图案，还有由 3 瓦 LED 蜡烛型灯泡组成的 8 盏酥油灯，灯柱部分像一个转经筒，上面有镂空的藏文 "扎西得勒"；底座部分以四方基座与顶部八方对应，表达了 "天圆地方" 这一传统观点……

"佛光普照 1 号" 灯，被寄托了一种庄重的照耀，只有重大的宗教活动和节日里才会被点亮。

还有为八廓街转经道而设计的 65 盏 "佛光普照 2 号" 灯，这种灯比大昭寺广场上的 "佛光普照 1 号" 景观灯要稍微小一些，同样也聚集了一些藏族文化元素，它如日日不离的诵经，安宁着古城的心。

巷道灯是为主要的步行街巷而设计的，它蜿蜒地光明着古城细微的角落，如春阳一般地缔造着温暖，呵护着宁静。巷道灯照明部分运用"天珠"进行内透发光，同时配有"八宝图""万字符"和西藏独有的建筑雕花元素，是一款极具藏文化风格的庭院灯。

路灯设计是如此讲究，壁灯的设计也是既别具一格又具有浓郁的特色。紧邻着转经道的阿康巷便安了漂亮的壁灯。

壁灯是墙上绽放的花朵，同样每天都有它的春季。这次八廓老城87条巷子的保护性改造中，设计了3种壁灯，分别被称为"佛法金钟""吉祥天珠"和"虔诚光环"，这3种壁灯的上面，也同样汇集了诸如天珠、转经图和吉祥八宝图等西藏特有的文化元素。同时，壁灯横臂采用房屋顶梁上的象征性图案，将拉萨文化与现代节能型照明巧妙结合，和顺朗润，整体看起来大方得体。

既传统又时尚，以大昭寺为中心的大街小巷里，900多盏充分体现古城拉萨的人文历史、建筑特点的环保灯具，每天在夜幕降临后都发出自己的光彩，从街头照进人们的内心。这令人赏心悦目的街灯，与梵音阵阵，香火缭绕，共同织就大昭寺的幽静与无尘。

穿越唐风宋雨，八廓街老旧建筑自然蒙尘，且在风雨的摧折中呈现衰败，这也颇令人心疼。因而让传统建筑重新焕彩，也是古城改造的重要内容之一。

从历史的羊肠小道中穿过风雨而来，经过无数次的洗礼与升华，西藏古建筑的外墙颜色已沉淀为主要由白色和红色组成，这两种颜色是藏族在生活中最基本的颜色。白色与藏族人民生活中白色的酥油、奶渣、奶，还有糌粑有关，也与生活环境之雪山皑皑的颜色有关，藏式建筑白色的墙体同时也表示着纯洁、吉祥与和谐；红色则代表着尊严、怀念和寄托。

拉萨老城区改造工程，实质就是努力留住时间深处的乡愁，因而充分考虑了对八廓街历史名街、大昭寺世界文化遗产，以及老城区范围内众多文物单位及古建大院的保护，严格遵循修旧如旧的原则，做到历史选材、传统色调、藏地风格、科学设计、古法施工，尽最大可能性地保护建筑原貌。施工过程中能小修的绝不大修，能用原构件的绝不更换新构件，能不迁建的坚决不迁建。并邀请藏族建筑专家全程指导施工细节。

窗户，是房子的眼睛，是建筑的颜面。窗户的风格，是决定一幢房子风格的重要因素之一。藏式建筑的窗子很有特色，在拉萨老城区，随处可见古建筑，其窗户外形像一个牛头。因为藏族以前是游牧民族，牦牛又是藏民日常生活中不可或缺的高原之宝，所以在日常生活中处处都有牛头的形象；藏式的窗套通常为黑色，这既是对墙体的保护，同时也能吸热。

在此次旧城保护性改造的过程中，保持藏式窗户的既有风格是保护工程必须坚持的。

由于青藏高原的特殊地理环境，藏式传统建筑，窗户开得都精致而小巧，其作用是冬季保温，夏季隔热。但由于时代的发展，现代制造业的进步，玻璃可以越做越大，运输也越来越方便，施工技术也越来越发达，所以现代化建筑为追求阳光通透，窗户都开得很大。八廓街古城里也有一些大窗户的现代建筑。

事实上，这些兼收并蓄的现代建筑的窗户风格跟传统藏式建筑孤傲形制的窗户风格是不相容的，如果保留这些窗子，古城传统建筑的藏式风格将被打破。那么怎样才能做到既满足人们现代生活的需求，又体现传统藏式文化的独有特色呢？这次旧城改造结合拉萨市的采暖工程做了一些尝试，就是从外围看到的是藏式风格土黄色的窗棂、窗格栅，窗棂格上还有漂亮的藏式彩绘，把藏式建筑风格原汁原味地体现出来，里面做的是断桥铝合金中空玻璃窗。虽然窗户的面积大了，采光也好了，但其保温隔热的性能却更好了，在令古城建筑风格保持一致的情况下，为老百姓创造了一种怡然光亮的生活环境，以及适合人居的生存空间。

传统藏式建筑的窗户外都有一个木质花架，这个木质花架并非单纯为了装饰，也有着防护、晾晒物品及摆放花盆等很多种功能。

在这次古城保护性改造中，施工方特地为藏式建筑增加了 2100 多个传统的花架，很多居民将花摆放在花架上，为其普通平淡的生活更添了一种芬芳的气息。

古城保护，于历史建筑物、传统文化与朴素生活之间进行，恰如其分的努力，不仅依顺了历史，也升华了文化。

3

从人流如织而又肃穆有序的八廓街如无数支流般的巷口走进去，在一条又一条小巷分割而成的街区里，分散着大大小小的居民区，这当中，有不少是古建大院。

拉萨古建大院的保护性维修，也是老城区保护工程的重点。

拉萨每座古建大院都有自己独特的气质，它们从时间的上游而来，默默地见证或亲历时光的柔与软，阳与刚，与此同时也成长着自己的内涵，因而它们或历史厚重，或故事传奇，每一座都如一部大书，值得去品读、去感悟、去寻味、去保护、去珍藏。

鲁固社区位于拉萨市中心，是拉萨老城区的重要组成部分之一和天然博物馆。鲁固社区东至拉萨食品厂，西至自治区人民政府，南至西藏军区，北至宇拓路步行街。辖区毗邻享誉国内外的大昭寺、八廓街，地段繁华、人口众多，保持了原汁原味的藏民族特色，是集宗教、旅游、商贸于一体的人流、物流密集活动区域。

"鲁固"，在藏语里是一个神秘崇高且令人膜拜的名词。关于"鲁固"的由来，得从影响至今的传召大法会说起。

这是一个闪现光芒的地名。"鲁"是藏传佛教中的神，常居于树下、井边、厨房等，"固"是"等待"。"鲁固"的意思是"鲁神"在这里等待释迦牟尼佛。每年藏历正月初四至二十五，大昭寺都要举行传召大法会，其间各地僧人云集大昭寺，诵经祈祷，讲经辩学，而在旧西藏，要从布达拉宫到大昭寺，鲁固是必经之路。

从八廓南街的拉萨琅赛古玩城进去，左手边有一条颇章萨巴巷，巷子尽头有一堵黄色高墙，这就是鲁固社区有名的果瓦康色大院。

果瓦康色大院有着300多年的历史，是拉萨56个古建大院之一，这里曾是六世达赖喇嘛仓央嘉措的休闲住宿地之一，因而院墙被涂成黄色。

果瓦康色大院的主人果瓦念扎是四川巴塘人，原来是哲蚌寺果瓦康村的一名喇嘛，还俗后做生意，并越做越大，成为与邦达仓、桑珠仓齐名的大商人，并修建了这座大院。

如今，果瓦康色大院依然蓬勃着蒸蒸日上的人气，三层楼住着21户人家。晾衣绳上晾晒的衣服、窗台边上盛开的花儿，让这座有着300多年历史的大院透露出浓郁的生活气息。在完成古城保护工程后，不仅院子里原来乱接的电线消失了，强电与弱电都统一装进了线管里边，消除了消防安全隐患，而且给排水工程还使院子里的公用水用得更舒畅。

在八廓街北侧，人们能看到一座气质不凡、壮观巍峨、名叫"冲赛康扎康"的大院，这座大院便是有着近300年历史的"清政府驻藏大臣衙门"。

清雍正五年（1727年），清政府派遣内阁学士僧格、副都统马喇"往藏办事"，并"总理""内藏事务"，驻藏大臣制度由此诞生，也从此开启了中央派遣官员长期驻藏，直接管理西藏事务的先例，并成定制。自此，相继有100多位驻藏大臣进藏，并生活和工作于此，致力于西藏地方的政治稳定和经济社会发展，监督和管理西藏地方的政治、外交、军事、宗教、文化、经济等各项事务。

1912年民国建立，清代驻藏大臣制度终结。同年7月，民国政府改理藩院为蒙藏事务局，继续负责管辖蒙古、西藏事务。

改革开放后，随着拉萨古城社会经济的繁荣发展，这座衙门逐渐沉寂在林立的商铺间。

旧城改造重新开启了古旧建筑被珍视的进程，如今，修复后的清政府驻藏大臣衙门旧址，被设计成了记录岁月的陈列馆，展陈过去的时光。展陈的内容分为清政府驻藏大臣治藏事迹专题展、清政府驻藏大臣衙门旧址复原陈列展、清政府驻藏大臣诗词书画生活展、民国中央政府治藏事迹专题展、中国共产党治藏新纪元展五大部分。

"清政府驻藏大臣衙门"的修复工程，是拉萨市老城区 56 座古建大院重点修缮工程项目之一，经过民众搬迁、方案设计和项目申报等前期准备工作之后，按照修旧如旧的原则进行修缮。该修复工程总投资 29793.49 万元，其中近半资金为搬迁安置费。

从大昭寺广场顺着八廓街按顺时针方向前行，走过东南角，再西行数米，有一棵千年古柳枝叶茂密，如一位仙翁，见证着这一地段的悠久历史。

在古柳西侧，有一座大院名叫拉让宁巴。

拉让宁巴也是一座有着久远历史的古建大院。

它的大门其实就是一家商铺，只是大门上方一个写有"拉让宁巴"藏汉双语的牌子。

这家商铺摆放着藏式门帘、唐卡、帷帐和一些简易的商品。这些琳琅满目拥挤摆放的商品其实司空见惯并无多少特色，但走进这家商铺右转向后经过一条通道，并沿通道进去后便会发现，原来这里也大有内涵——声名赫赫的拉让宁巴就静立于此。

陈列着现代与传统的商铺的大门，是出入拉让宁巴的大门，这是寸土寸金的八廓街这个拉萨黄金地段最常规最直接的呈现模式。在拉萨，多少古建大院大门的使用格局莫不如是。这个既是商铺又是通道的房间，和谐地把八廓南街的繁华喧闹隔绝在商铺之外，也理所当然地成为现代与传统的时间分界线。

拉让宁巴是一座三层合围的古老大院。藏语"拉让"指的是活佛的寝宫，"宁巴"在藏语里则是"旧"的意思。"拉让宁巴"的意思是"活佛的旧居"。

一路荣耀的拉让宁巴在拥有这个名字之前，还有一个历史称谓，名叫"吞巴"，因为它还曾是现行藏文的创制者、松赞干布时期吐蕃最有名望的重臣吞弥·桑布扎的府邸。

后来，15 世纪西藏著名的宗教改革家、大昭寺法会倡导者、格鲁派创始人宗喀巴大师也曾在此居住过。

时日推移，到 17 世纪时，五世达赖喇嘛阿旺罗桑嘉措又将此院作为寝宫，直到他后来在大昭寺顶楼新修寝宫，才搬了出去。

也因此，住过活佛的"吞巴"便从此被人们称为"拉让宁巴"了。

拉让宁巴的历史比大昭寺的历史还要久远。据说，拉让宁巴见证了大昭寺的从无到有，从沼泽到圣殿的过程。因为当年筹建大昭寺时，其规划图纸就是在拉让宁巴画的。历史更迭，到西藏和平解放后，这里又成了中国人民解放军驻藏部队的司令部……因而，这个院子披星戴月一路走来，住过不少名人，经历众多世事，并承载着诸多荣耀。

拉让宁巴如今是公房，有 20 余户居民居住其间。

在老城保护工程实施之前，拉让宁巴大院也有着跟不上时代节拍的烦忧，比如上下水管道不完善，乱拉的电线像蜘蛛网，角落里满是杂物……辉煌的往事几乎被都市的凌乱尘封。

第二春的到来，得益于拉萨"古建大院"保护工程。拉让宁巴同八廓街所有的藏式院落一样，虽久经历史冲刷，但荣耀与古朴犹在，音容和姿色未改，而且还变得更加整洁和圆满。院中静卧的水龙头，嫣红的立柱与楼层间红蓝黄三色交织的围栏各自美丽，又相映成趣，围栏上那沐浴阳光的一盆盆鲜花，那阳光下微风轻拂的正晾晒着的衣服，以及时不时传来的孩童纯洁如水的嬉戏声，却又让这座古老的院落焕发出了生机。

站在拉让宁巴屋顶，环顾四周，在湛蓝的天穹之下，在灿烂的阳光之中，我看到的几乎都是静默的屋顶和飘动的经幡，远处的布达拉宫焕发出令人神往的光芒。

跟果瓦康色、冲赛康扎康、尧西平康、拉让宁巴一样，原西藏最大的商号邦达家族的府邸邦达仓、十三世达赖喇嘛的经师赤江仁波切的住所赤江拉让等古建大院已都排除险情，迎来了朝气蓬勃的青春。

阳光，让曾经晦暗的生活和蒙尘的历史，让拉萨的古旧建筑，让百姓的生活质量，焕然一新。

在这次保护工程前，八廓街没有垃圾桶和座椅等公共设施，这次保护工程设计中，充分引入人文理念，专门设计了垃圾桶和座椅，极大地改善了八廓街周围的环境，为游人和信教群众提供了方便。

老城区旧城改造 80% 的钱花在看不见的地下，这主要是下水道建设工程，以及"蛛网"下地工程。

这是曾经年代发展过程中无可避免的局限：老城区下水道普遍存在设计不合理，下水道口径较小，雨水和污水共用等问题，再加上居民总是向下水道里扔生活垃圾，导致常年梗阻，从而污水横流，臭气熏天，蚊蝇滋生。老城区配套设施亦如人之机理，通则不痛，痛则不通。下水道聊胜于无的情况，是长期困扰居民和各居委会的一个大问题，给居民生活带来了诸多的不便，也是居民心中的烦忧与疼痛。而此次老城区保护工程中，清淤队的工作人员费了不少功夫，不怕脏与累，在污浊中潜伏、淘挖、穿行，从而减轻甚至摘除了这个痛的顽疾。

由于一些历史原因，老城区人口密集程度高，电力需求负荷大，中低压线路较长，导线截面比较小，老化情况比较严重，加之用户私拉乱接，因而存在很严重的火灾隐患。

这次在市政基础设施改造方面，在所涉及的电力改造、给排水改造、消防隐患整治、供暖、古城特色风貌保护和建筑节能七大工程上，共新建地下综合管线、管沟 31.42 公里；浇筑电力、通信、给排水等检查井 1654 个；新建供电 110V 变电站 1 座，铺设高低压电缆线 135 公里；涉及 87 条街巷、安装进院入户表箱 1477 个、17072 户居民，3143 户商户，新建供水主管道 1.2 公里，改造修复供水管线 7 公里；排水管道清淤、疏通 28.22 公里，清运淤泥 2608 吨……

吃、喝、拉、撒、睡，是健康生命必须具备的五要素，缺一不可。而如果生活环境哪怕阻碍了其中一项要素的正常进行，也是莫大的痛苦。对类似家住八廓街夏萨苏社区的央金卓嘎所反映的公共卫生间问题，政府也给予了重点解决：

2012 年，仅在治理老城公用厕所问题上，城关区就先期投入 450 多万元，后又自筹资金 370 余万元，维修公用卫生间 108 座，维修了若干因下水管堵塞而成危房的大院。根据实际情况，城关区住建局在维修各大院公用卫生间时调整了设计方案，把按压式冲水改成自动间歇冲水，水量加大；同时，在征得居民同意的情况下，为 3、4 楼的公用卫生间安装了水箱增压板，解决了居民上厕所难的问题。

古城风韵既在内核，也在外貌。古城的魅力，不能靠远道而来的人们即使站在它的面前，与之对望之时，还要靠寻迹典籍里的文字记载去展开想象。为了还原已经逝去时间的影子，在古城风貌保护工作方面，施工方对老城区主干道沿线和八廓街沿街的建筑外立面进行了维护、修复，清理拆除与古城风貌不协调的瓷砖、卷帘门、防盗窗等影响古城风格的现代建筑元件，同时运用传统材料和施工工艺对墙面、门窗彩绘进行修复。其中，安装断桥铝窗户 913 扇，安装藏式木窗 1562 扇、花架 2100 个、大红门 122 个；铺装青石板（磨石瓦板岩）11040 平方米；设计安装特色路灯 199 个、壁灯 903 个、旅游指示图标牌 164 个。做到了没停一天电、没停一天水、没封一天路、没拆一栋房、没迁一户居民。

修旧如旧是古城保护不可动摇的原则。由于在施工的过程中充分考虑了八廓历史文化名街、大昭寺世界文化遗产，以及老城区范围内众多的文物保护单位和古建大院的保护，同时科学设计，科学施工，在保护各类文物保护单位原貌的基础上，彰显古城文化特色，消除消防维稳安全隐患、保护宗教活动，方便信教群众，突出保护重点，因而受到各族群众，以及僧尼们的欢迎和拥护。拉萨古城保护工程，是一件顺应民意、化解民忧、为民谋利的大事实事好事，在拉萨城市建设发展史上写下了浓墨重彩的一笔。

施行保护性改造后，古城内发生了令人欣喜的变化。古朴的建筑、干净的青石板路、整齐停放的车辆、悠闲自得的居民……一切景致都彰显了这个千年古城的现代与传统之间的和谐，以及人与自然的和谐。

阳光所携带的能量，在天空下，在大地上，被丰满而又细致地大写了出来。

如今的八廓街，精美的藏式窗台、宽敞舒适的转经路、独具特色的路灯，一处处细节都是那么完美。老城区改造的成功，既是专家学者的智慧结晶，更是广大人民群众的心血集成。用时任拉萨市委书记、而今西藏自治区主席齐扎拉的话说则是："实施老城区保护工程，党委、政府仅仅是组织者、推动者，真正的力量在人民。"

……

喜爱，在本地居民与游人之间、在了解与不了解之间同等产生，自然得不偏不倚，也不带任何修饰，说明这样的古城保护是成功的。因为它圆满了实实在在生活的味道。

这次古城保护工程，专家也很给予了高度评价：

中国藏学研究中心副研究员次仁央宗生于拉萨，她对拉萨旧城改造评价说："走到任何角落，我都能看出小时候的影子，八廓街在修旧如旧中增添了现代化元素，但没有太多改变。"

一路行走，一路认真地审视，又一页一页地翻阅自己的记忆进行比对："我看了每一个细节，对于拉萨市提出的'修旧如旧'原则，觉得确实做到了，而且所有建筑风貌在原来基础上做到这个样子，我觉得很欣慰。"

远去的历史无法挽留，但曾经的文化则可留存，保护古迹就是保护文化的一种体现。拉萨是全国首批历史文化名城，八廓街是全国首批历史文化名街。次仁央宗得知根据规划，未来老城区将以传统商业聚集为主，重点考虑完善与传统文化，尤其是非物质文化遗产研究、展示、体验相结合的商业业态，老城区将被打造成藏民族城市生活形态的活态展示馆，充分展现其独特的历史价值与文化价值时，非常高兴。

"大昭寺门前的千盏灯殿被拆掉了？"

扎洛本来是带着疑虑而来的，甚至先前的心情还有些忐忑，有些焦虑。然而当他站在大昭寺门前那座修葺完好的千盏灯殿前时，依然如昨的场景和陪伴他成长的熟悉的历史气息扑面而来，令他长舒了一口气："悬着的心放下了！"他重复着这句话："原来是国外人不了解情况，千盏灯殿修得很好啊！"

2013年6月21日，就在备受关注的拉萨老城区保护工程竣工在即之时，扎洛同另外10名来自故宫博物院、中国藏学研究中心、西藏大学等机构的专家学者前来拉萨调研评审古城保护工程的效果，并提出意见和建议。

刚从英国回来的扎洛，是中国社会科学院民族学与人类学研究所的副研究员，对于在这座他从小生长的城市所进行的如此大规模的保护工程，他曾经真的期盼过，彷徨过，也紧张过。当工程开工以后，身在国外的他被一些不怀好意的闲言碎语砸得发晕，心里没底，并担心些什么。然而经过当日实地勘察调研后，他时日已久悬着的心终于落了地，同行的专家组成员也纷纷表示有同感。

汗水与心血浇灌的成果是显著的，每一处保护都是老城的一枚徽章。或专家或百姓的每一个赞扬，都是老城保护的奖赏。

大昭寺不语，但它却是一个睿智的见证者。1300年前的人们，为今天的我们留下了珍贵的历史文化遗产，人们的辛勤汗水会让他们感到安慰；我们有理由相信，1300年后的人们，依然会在这里悠闲地散步，因为有我们不断地传承。

4

夜幕降临，走进一家小酒馆。

不为喝酒，只为感受一个凄美的传说。

这个地方便是玛吉阿米（makye ame）。相传不作菩提语、唱彻凡人歌的六世达赖喇嘛仓央嘉措曾在这里遇见他美目娟娟、芳颜姣姣的月亮女神。

要一壶跟酥油茶相差无几的甜茶，静静地坐着，在烛光般暗淡的灯光，以及绵柔得几乎是在流淌的深情而低吟的歌曲中，联翩地浮想自己情感的过往，以及感情的现在。

轻啜一口，栀子一般的乳香，还有青藏高原蓝天的气味，便甘霖般地钻进心里去了。

这时候，我不经意间，看到了桌子靠墙的一角，有几本摆放整齐如书籍一般的 32 开本子，封面并非纸质的，而是拙朴的麻布纺织物，并粘贴在硬朗的纸板之上形成的。空白的封面编织有藏族雪莲花的纹饰、格桑花的纹饰、牦牛头像的花纹、雪山的花纹……而这些原本素净的封面上，有人用参差不齐的字体，写上了大写的省份的名字，诸如"四川""山东""内蒙古""北京"……一个本子的封面上写着一个省份，或者两个省份，甚至三个省份，但再多的省份便没有了。因为本子很多，没必要将所有的省份都写在一个本子的封面上。

随意性地翻开一个本子，看到里面的纸也非同一般，是藏纸。

藏纸，粗糙而又有光泽，拙朴却又精致，既硬朗又华泽……因制造不易，原料难寻，所以传统而珍贵。

因为藏纸的造纸原料有毒，所以不被虫蛀或鼠咬，不易腐烂。同时，用藏纸书写，其字迹还不会模糊，墨汁不易渗透，不变色，纸张质地坚韧、不易撕破、耐折叠、耐磨，存放时间久长。因而被大量用于宗教典籍、政府官文的书写和印刷。

想到此次西藏之行，拉萨市委宣传部的彭正主任，以及拉萨市文化局非遗办公室负责人米玛次仁，给了我一些与拉萨市非遗保护传承人的名单，名单上面有一位名叫次仁多杰的藏纸传统生产工艺传承人，我正好可以去采访一下。

是的，我应该去次仁多杰的藏纸厂看一下。

次仁多杰的家在拉萨市尼木县。

从拉萨出发，沿着 318 国道向西行驶 100 多公里，大约两小时的车程，就到了尼木县。

尼木县不仅是藏文创立者吞弥·桑布扎的故乡，而且生产出了传统藏文化的利器——藏香、藏纸和雕版。

藏纸，给人的印象是既精致又粗糙。精致的是镶嵌在里边的植物花瓣，粗糙是指与普通纸的细腻手感而言。

次仁多杰制作藏纸的地方在尼木县幸福中路的"尼木县扶贫开发民族手工艺园"内。该手工艺园内有四家工厂，分别是藏纸厂、雕刻绘画厂、经幡印刷厂以及藏鼓厂。

来到次仁多杰家，进门刚一落座，热情的他便给我倒上了一碗酥油茶。一番简单介绍之后，我们便就藏纸的话题聊开了。

次仁多杰，1951 年出生，从 13 岁开始就跟着父亲学造藏纸，这一干就近50 年，直到 2012 年视力严重退化后，才从生产一线退了下来，让位给儿子和工人们去做。

曾经，藏纸生产作坊遍布西藏，阿里、洛瑜、羌塘、达布、日喀则，还有错那、拉萨、贡布、康区、金东、尼木等地。不过，随着时代的发展，藏纸的传统功用已渐渐被别的产品所替代，同时因藏纸不适合现代书写工具及印刷技术的要求，其制造业便日趋衰落起来，次仁多杰也因此还一度放弃藏纸生产。

1985 年，西藏自治区档案馆为修复古籍，需要大量不生虫的藏纸，便找到次仁多杰，希望他重操旧业，生产藏纸，并与他签订了为期 18 年的藏纸供应合同。于是，次仁多杰重启了已经停产多年的藏纸生产工艺。

2006 年，西藏自治区开展非物质遗产文化普查工作，藏纸传统生产工艺被列入中国首批国家级非物质文化遗产代表性项目名录。2008 年，次仁多杰被文化部授予国家级非物质文化遗产代表性传承人称号，并因此而一直得到国家的相关资金补助。

藏纸的手工生产费力费神。为了确保制作出来的纸张更加精致美观，次仁多杰将自己制作的藏纸锁定为长 70 厘米，宽 20 厘米，虽然这样规格的藏纸面积并不大，但由于生产藏纸的工艺流程复杂，他一天也只能生产 10～15 张这样的纸。

生产藏纸必须依赖手工，因而产量极低。同时，生产藏纸原料的稀缺也是制约藏纸提高效率的重要原因。次仁多杰介绍说，生产一张藏纸，得花 3 斤狼毒草。因为生产藏纸需要的，仅是狼毒草去皮去根之后的部分，狼毒草生产周期长，需生长 8 年以上的才行，不便采得。长期以来，都是放牧的人从远方回家来后，带一些卖给他们。平时，次仁多杰的儿子媳妇也会与厂里的另 9 位员工一起，不时地出外寻找并挖些狼毒草，或者想办法从放牧的人手中多收集一些。

为了解决原料问题，2015 年，在尼木县农开办与农科所的帮助下，次仁多杰试种了两亩狼毒草，但人工种植的这些狼毒草最终是否能够用来造纸，还得再等 6 年才知道。

工艺原始，原料不易，产量不高，纸质粗糙，藏纸的生产看似没有必要。但是西藏自治区的古籍修复又怎么少得了它呢？这对弘扬藏文化来说，真是缺之不可！

比如在玛吉阿米，在藏纸做成的笔记本上笺写自己的愿望，或心事，那种感觉便是别的纸张所做的笔记本所没有的，这让人似乎找到了与仓央嘉措当年写情诗时类似的感觉：神圣、纯洁、火热、全心，以及翩飞的诗意。

而且，作为一种民族工艺品和艺术品，藏纸的存在意义也很大。比如以藏纸为原料的皮纸绘画、雨伞、太阳帽、礼品包装袋等工艺品，都很受游人欢迎，十分热销。

就是魅力无限的藏纸。

又何止是藏纸？

作为雪域高原孕育出的神奇而独特文明的一部分，藏纸的新生不是一个特例。近年来，在来自党和国家以及社会各界的关注和保护下，唐卡、藏戏、藏医、藏药等众多藏传文化瑰宝，也都逐渐从传统走向现代，焕发出了新的光彩。

5

拉萨的阳光，让我心空敞亮，心情绿色。

风在动，清凉凉的风，即使在5月刺眼且炽热的阳光下。但空气却洁净而不慕荣利，不惹尘埃。又像古籍上的文字一般，不改初心，执着地传达着自己与万古雪山一样的忠诚品质。

我爱雪山一样质地的空气。

当然，阳光与绿色，向来是相亲相爱的。有阳光，才有绿色，而绿色不仅能传递阳光的灿烂与能量，还能反衬出阳光的美丽与和谐。

拉萨，之前只有交通路口的信号灯是绿色的。

这或许有些夸张，不是真的，但这是拉萨人曾经广为流传的一句自嘲。

在拉萨的几天里，有好几个早晨，我都在6时许起床，然后踏着清凉，去到拉萨河边呼吸新鲜空气，看云朵，看熹微，看日出。

从资料上得知，以前的拉萨河冬窄夏宽，由于冬天少雨，拉萨的天气异常干燥。为了增加这座城市的湿度和生活质量的舒适度，政府给拉萨河筑了坝，使曾经枯瘦沧桑的河水变成了丰盈润泽且风景迤逦的湖。与此同时，政府又在河岸的两边修建了湿地公园，在公园里莳花种木，安台作榭，借景配景，雕碑刻像。

自此，从早到晚，拉萨河两岸皆翠披绿染，雀跃鸟鸣，宛然江南。

清晨的拉萨河，凉风习习，水波潋滟，野鸭游弋。还有恩爱的白鹤，一会儿游东，一会儿游西，一会儿追逐，一会儿翩飞……一切景致都是那么祥和而惬意。

拉萨河变湖，其实是近年来拉萨市委、市政府在生态环境建设方面的一个大手笔。

拉萨河，发源于念青唐古拉山南麓，从西南流经拉萨市，是藏族人民心中的"母亲河"。然而，由于受自然环境的影响，每年的 10 月至来年 5 月，是拉萨河的枯水期，河水几乎断流，河面宽度仅为 50 至 100 米，大面积河床裸露，再加上大风天气，拉萨市区的生态环境十分恶劣。

如果让白白流走的拉萨河水多驻足一段时间，对改善拉萨的气候和生活环境，是不是会好些呢？

实施拉萨河城区段综合整治工程，是拉萨市立足于深入实施"环境立市"战略、建设"美丽家园、幸福拉萨"而做出的重大决策。整个工程上起献多电站尾水出口，下至柳东大桥，全长 20 公里。

这一破天荒项目的实施，使拉萨河城区段常年蓄水，不仅有利于完善城市防洪体系、优化流域内灌溉条件，还能改善城市环境、增加空气含氧量和湿度，对于保护两岸生态环境、改善城区居住环境、提升城市品位和档次均有着非常重大的现实意义，"河变湖"完工后将使拉萨城区的湿度提升 10 个百分点。

拉萨河城区段综合整治工程总投资约 35.32 亿元，在拉萨河上建设 6 座拦河闸坝，通过拦河闸抬高河道水位，形成人工湖。同时，在各级拦河闸之间的河道两岸、河滩较高处建设亲水景观平台，使其兼具河道治理、美化环境、河边休闲等功用。其中，3 号闸工程是整体规划的核心，对整个规划起着承上启下的作用。

如今，3 号闸河段景美如画，在蓝天与大地间，泛绿的群山与林立的高楼相映成趣，流淌的拉萨河，像一条柔美的翠绫，蜿蜒而招展地装饰在城市之间，而倒映在水面的洁白的云朵、现代的楼宇及苍茫的远山，则诠释着"离天最近，离污染最远"的自然风光。

河边，人们恬适徜徉，观赏着焕然一新的山河面貌；有的人则坐在铺开的地毯上，喝着酥油茶，吃着零食；有的人躺在河岸边，沐浴着金色的阳光，放松身心。

河山改变，人们的生活质量也随之变得越来越舒适与惬意。

河变湖，拉萨市的环境更加润泽宜人，碧水中倒映着蓝天白云，牛羊三五成群，水鸟翩飞翱翔，空气流连舒缓，芬芳高蹈出众……

拉萨的生态改变还不仅仅是"河变湖"，不仅仅是湿地保护，还有"树上山"。

近年来，每到春天，拉萨南山便布满了植树的人群，人们在这里种下雪松、油松、高山松、云杉、丁香、榆树等树种。西藏很大，去过林芝的人都会惊叹于其茂密的植被和丰富的负氧离子，于是生活在拉萨的市民都曾梦想过某一天拉萨的环境也是如此，山水河湖，林木葱绿，美景怡人。

没想到，梦想真能成为现实。随着绿化树一步步从山底栽到山顶，原本光秃秃的南山渐渐变绿了。

拉萨属于高原温带半干旱季风气候，空气稀薄、日照时间长，加上降雨稀少、植物蒸腾量大，因而拉萨市周围的天然植被稀疏，野生大型乔木极少，周围的山上因土壤薄瘠，缺雨少水，鲜有植物生长。不要说拉萨周围的山了，就是拉萨河谷的绿树植被也少之又少。让拉萨的生活环境绿起来，让拉萨周围的山都披上翠绿的生命原色，这是多少代人的"中国梦""拉萨梦"。

怀揣着种树上山的梦想，2012年，拉萨市委市政府在决定实施"河变湖"工程的同时，也决定对南山山体进行绿化实验，并首次大规模地实施秋季栽植。因为拉萨市的空气湿度增加的话，植物的成活率便会大大地增加。

自然，这一决策令拉萨市各族各界人民心潮澎湃。

南山造林绿化工程的试点区域位于拉萨市城关区蔡公堂乡慈觉林村恰加山，即布达拉宫正南面的山体，海拔3650~4050米，平均坡度达60度，土质为沙壤土，土层薄，平均厚度仅为10厘米，土壤比较贫瘠，此外还有昼夜温差大、多风、降水量少、土壤蒸发量大等特点。此次工程的建设期为2012—2016年度，造林绿化模式主要为水土保持林、水源涵养林、生态风景林、生态植物园等。

面临资金和科技难关等诸多困难，拉萨市组织人力采用人背马驮的方式，将一批批苗木和客土运上山，通过三级提水、四级提水，将水源也输送到山坡之上，山顶之上。

就这样，人们先后在南山栽植苗木75万余株，完成面积约3323亩。栽种了包括雪松、油松、侧柏、云杉、云南樱花、旱柳、北京杨、新疆杨等乔木类树种32种，栽种了贴梗海棠、木瓜海棠、红宝石海棠、丛生红叶李、金边黄杨、连翘等花灌木类树种21种，以及山杏、桃树、苹果树、梨树、核桃树等经济林类树种5种。

由于有提水灌溉的保证，这些人工栽植的苗木平均成活率竟然达到了80%。

据不完全统计，自2012年实施南山造林绿化工程项目以来，每年驻拉萨市区、直单位，武警部队和学生等义务植树点都放在了南山，共有200个单位，13万人次参与到义务植树当中，并划分责任片区，管护、养护落实到人头。

"树上山"的绿化工程，名义上是为拉萨改良生态环境，实则为市民改善生态环境提高生活质量，因而市民们皆以主人翁的姿态热情参与，形成了共同推进拉萨生态文明建设的强大合力，为拉萨市"天更蓝、水更清、草更绿"

做出了自己的努力和贡献。"树上山"绿化工程在实施的过程中，也进一步密切了党群干群关系。

"树上山"绿化工程，不仅克服了南山海拔高和水分蒸发快等植物难以成活的困难，而且总结出了一套南山山体绿化最佳时间、适宜范围、栽种方法等经验，实现了在海拔 3900 米的无水高山上进行人工规模造林零的突破。

转眼三年时间过去了，所栽之树不仅生机盎然，拉萨市民对自己长久以来看似渺远的绿色期望，也有了信心。

2015 年，拉萨再次完成造林绿化任务 8.87 万亩，新栽种的树木长势良好，并在时间和季节的考验中，焕发出与人们的期冀心心相印的勃勃生机。如今的南山绿意浓浓，各种苗木错落有致，乔木灌木互相映衬，往日光秃秃的恰加山，披上了生命的绿色。

阳光，不仅从天穹直射下来，也从大地长出来的。

大地上长出来的阳光，依据大地的信仰而生，顺着民心的山势生长，决不趾高气扬。

"平时去拉萨河边玩，看到南山那边绿绿的颜色，心情瞬间舒畅了起来。"这是久居拉萨的市民卓玛的感叹。

扎西也是拉萨的老市民，他对拉萨的城市环境变化也满心欢喜："时代在变，拉萨的环境也在变。不是变坏，而是越变越好，身为拉萨的老市民，我们备感荣幸，也对政府关心市民的行为很感激。"

有了市民的点赞，拉萨的绿化工程仍在乘胜前进。

荒凉万古的苍山变得郁郁葱葱，美丽洁白的雪山映着翠玉一般的绿树，一尘不染的蓝天、白云和宜人的负氧离子相依偎……这是拉萨市城市环境建设的远景规划。

良好的生态环境，是最公平的公共产品，是最普惠的民生福祉。

这些年，怀着好奇心慕名而来却驻留拉萨者越来越多，理由或许是信仰、青稞、孤独、闲适、慵懒、雪山……其实这些理由是，也不是。归结到一条，只有两个字"热爱"。

因为热爱，心灵的脚步便会自然而然地停留，而热爱的根本是拉萨的好。

缺氧、紫外线、寂寞、高冷……这些都不重要，重要的是只要拉萨足够好！青藏高原的致命诱惑，妩媚你的心，你当然想打开自己，想遵从自己。因为时光，是不能复制的。

"拉萨为什么这么美？"

拉萨人虔诚，单纯而善良。拉萨是座很恬淡的城市，人们生活随意；但拉萨也是座有追求的城市，那种追求不折不扣。

走在拉萨街头，灵魂有一种被直射被照亮的感觉。

情不自禁时，我自言自语。

导游听见了，微笑着说："那是因为阳光的照耀！明媚的阳光，让我们的城市美丽，也让我们的心境光明。"

（节选自《中国作家》纪实版 2017 年第 10 期，原题为《阳光跳跃在拉萨古城》）

仰望雄安

关仁山

　　白洋淀是水的世界，也是我梦中的天堂。第一次走近她，是在梦中，读了孙犁的文章以后，我就做梦了，那晚我的梦乡里几乎被浩渺的烟波、如雪的芦荡、欢蹦的鱼虾溢满，我乘坐一叶小舟顺风而行，船下浮水一线分开，犹如盛开的荷花，让人浑身清爽。醒来后还沉浸在美妙的梦境中。我知道，自己孩提时代对白洋淀就心驰神往，与白洋淀便有了一个美丽的约定。我要拥抱这美丽的地方，那闪光的一刻，那恰如繁花绚烂般的思念，还要让我等待多久？

　　今天的生活，既有孤单的煎熬，也有对未来的畅想。平淡的日子里，历史的花悄悄谢了，未来的花即将绽放。2017年4月1日，那个闪光的日子，雄安新区诞生在河北雄县、容城、安新三县。振奋之际，我感到一颗心在加速跳动，一度被冷落的白洋淀再次走进人们的视野。

　　水和花的芬芳滋养了生命。白洋淀是水和花的世界，它的容颜攫住了我的灵魂。梦里的白洋淀啊，我终于把梦境变成现实。河北作协与《中国作家》杂志社联合举办作家采风，来到了美丽的白洋淀。我真正身临其境，走进了白洋淀的深处。我怀疑自己又回到了梦乡。啊，这是怎样一片神奇的地方啊？远看，天连着水，水连着天，分不清何处是天上何处是人间。若不是小船上的人在水波上辛勤劳作，若不是鳞光闪闪的鱼虾竞相欢跳，我就只能把白洋淀当作世外桃源了。近看，芦花四处飘荡，百鸟凌空飞翔，楼阁倒影婆娑，到处是烟雨蒙蒙，到处是稻谷飘香。

　　听当地人讲，白洋淀是典型的北方湿地，它汇集了唐河、府河、漕河、拒马河等9条河水，那么多的沟壑、河道，把这些淀泊串联成了一座巨大的水上迷宫。怪不得白洋淀游动着那么多的鱼。朋友早就约请我到这里吃鱼宴，白洋淀的鱼宴是远近闻名的。我们坐在一条木船上，穿行于纵横交错的芦苇丛中，但见绿水碧波，清亮得能够照见人影。

人在船上坐，那水里也就有了一幅动静相宜的剪影随波摇荡了。洁白的芦花，像下了一场铺天盖地的大雪，白得夺人眼目，白得摄人心魄。再看成群的鹅鸭，满舱的鱼虾，正无言地向我讲述着白洋淀人其乐融融的平静生活。我向一位站立船头的老乡打个招呼，感叹道："这里真美呀，像仙境一般。"老乡憨憨地笑了，自豪地说道："那当然了，我们白洋淀古时候就有'北地西湖'之称，今有'华北明珠'之誉，诗赞'北国江南'，歌咏'鱼米之乡'，是帝王巡幸之所，'荷花淀派'诞生之地，雁翎神兵扬威之处，'小兵张嘎'造就之域哩！"我被这位老乡的情绪感染了，五彩缤纷的水乡随波流进了我的心底。情不自禁地想起孙犁先生的名篇《荷花淀》中对白洋淀质朴生活的经典描述来：月亮升起来，院子里凉爽得很，干净得很，白天破好的苇眉子潮润润的，正好编席。女人坐在小院当中，手指上缠绞着柔滑修长的苇眉子。苇眉子又薄又细，在她怀里跳跃着。要问白洋淀有多少苇地？不知道。每年出多少苇子？不知道。只晓得，每年芦花飘飞苇叶黄的时候，全淀的芦苇收割，垛起垛来，在白洋淀周围的广场上，就成了一条苇子的长城……

　　写得多美啊！这样美好的意境，是作家的创造，更是白洋淀的贡献。在一方富有灵性的土地上，我们完成了一次精神的跋涉。我由衷地称赞道："说得好，说得好啊，白洋淀的席子是一种民俗文化。"这位老乡点头称是。

　　少顷，他遥指远处的景物对我说："我们白洋淀附近有不少名胜古迹。古代很多帝王都曾到这里避暑、水猎，有一淀称为'捞王淀'，据说是当年乾隆皇帝落水被渔民救起的地方。这些年旅游部门还在白洋淀兴建了大型水上乐园、野生动物观赏区等，准备开辟几个拥有民俗风情的村庄，供游人参观哩。"看着这位热情、健谈的老乡，我的眼前浮现出一派人畜兴旺、安居乐业、和睦安详的景象，真真切切地体会到了"白洋淀水好，荷美，景更好，人更美"赞誉的内涵。

　　据安新的作家朋友介绍，白洋淀有自然形成的千亩荷花淀，每年农历五到八月，粉、白两种荷花盛开，淀内香气四溢。值得一提的是元妃荷园，占地约700亩，荷园内荷花叶片大，茎秆挺拔，花瓣肥厚，颜色鲜艳，清香飘溢。自古以来，到白洋淀观赏荷花的人常来荷园赏荷，留下了不少赞美这里景色的诗词歌赋。传说金代章宗皇帝的爱妃元妃李师儿，对荷花情有独钟，喜爱荷花成了嗜好。由于章宗皇帝经常陪伴着元妃来这里泛舟赏荷，后人便把这里称为"元妃荷园"。我伫立荷园，闻着扑鼻的荷香，依稀间，仿佛看到远逝的亭亭荷影重又争奇斗艳；仿佛看到古人胭脂佳黛轻泛扁舟摆桨弄荷的婀娜身姿，历史近在咫尺，伸手可及，"白云千里万里，明月前溪后溪"。今荷不是古时荷，今荷依旧情古荷。静止不动了的荷花，一点点亮了起来，浓香包围了我。我收藏了一幅刘文西先生画的荷花《晨曲》，也欣赏过梁斌先生画的荷花，我真的羡慕画家赏荷花荷时的心境。由此，我可以想象一下行走在未来的雄安新区，将会遇到怎样的荷叶田田，嗅到怎样的荷花清香了。

白洋淀水域辽阔，春季青芦吐翠，夏季红莲出水，秋季芦苇泛黄，冬季泊似碧玉。因其物产丰富，盛产大米、鱼虾、菱藕和"安州苇席"，被誉为美丽的鱼米之乡。我走进荷花大观园，这里是华北明珠白洋淀的生态景点，根据孙犁先生笔下的荷花淀修建而成。有六区、十二园、三十六景、七十二连桥把园中景物连缀在了一起。放眼眺望，但见园区山清水秀交相辉映，亭台楼阁星罗棋布，车、船、桥、路纵横交错。在荷花大观园听到的是鸟语，闻到的是花香，看到的是明净，感受到的是清凉，真是一个奇妙无比的世界啊。

此时，前方亮起一道闪电，似乎还很遥远。这道闪电让我想起并不算遥远的白洋淀战火硝烟的历史。白洋淀不仅有着优美的自然景观，丰富的物产资源，英雄的白洋淀人民更有着光荣的革命传统和不怕牺牲的民族气节，在反抗日本侵略者的斗争中抛头颅，洒热血，谱写了一首首辉煌壮丽的抗日诗篇。

1922年安新县大张庄的安志成在邓中夏的领导下加入了中国共产党。1923年安新县马家寨村的辛璞田同周恩来、邓颖超一起投身革命。1927年安新县建立了党组织。"七七事变"后，日寇对白洋淀地区实行惨无人道的"三光"政策，制造了数起骇人听闻的惨案。美丽的白洋淀从此变成抬头是岗楼，到处是狼烟。面对疯狂的日寇，白洋淀人民在共产党的领导下，同仇敌忾、奋勇杀敌，以血肉之躯筑起抗日长城。除奸团、武工队、县大队、区小队等抗日武装纷纷建立，不论在旱陆还是水区，处处是战场，人人杀敌忙，抗日烽火熊熊燃起。其中令日寇闻风丧胆的雁翎队就是当时活跃在白洋淀上的一支民众抗日武装。他们利用淀区芦荡遍布，河道交错的有利地形，开展机动灵活的游击战，端岗楼、打鬼子、除汉奸，以弱胜强，配合大部队痛击日寇，大长我中华民族之威风，显示出燕赵儿女的聪慧勇敢，留下了许多可歌可泣的动人故事。"天当被，地作床，芦苇是屏障。喝的淀中水，吃的人民粮。咱是人民子弟兵，打败鬼子保家乡。"这是雁翎队建立初期，雁翎队员驻扎在芦苇荡中的生活写照。

白洋淀的战斗遗址、革命文物等红色资源十分丰富，如辛璞田烈士祠、端村惨案遗址、雁翎队打保运船旧址、大田庄庙、圈头烈士祠、安州烈士塔、雁翎队纪念馆等，这些革命文物遗迹生动地记录了白洋淀军民在抗日战争和解放战争中的英勇事迹，有着深远的爱国主义教育意义。同时还产生了一批以抗战为题材的优秀文学作品，如徐光耀的《小兵张嘎》、穆青的《雁翎队》、孙犁的《荷花淀》和《白洋淀纪事》、李永鸿的《红菱传》等，这些作品均以白洋淀地区的人和事为题材，有的被选录入中学课本，有的被译成多国文字遍及世界，还有的被拍成电影久映不衰。白洋淀文学不仅有抒情意味的美好文字，还有震撼人心的精神之美，它随时都警示我，不能丧失对生活的爱。作家的生命将随着这种创造得以延续，得以永恒。这都源于英雄的白洋淀人民的创造。劳动的艰辛和人性的光辉，让艺术家发现了真善美。

这个美丽的地方，将要诞生新城市的地方，给我们梦想，给我们希望，给我们不朽的精神。这种中国故事承载的中国精神扎根在脚下的水土，但永远向着蓝天生长。

网络和电视，渐渐让我们的思维程式化了，感觉麻木，对大自然冷漠了，缺少了前辈作家与大自然的那种亲近之感。现代人更多的是享受，而不是爱。享受是掠夺，而爱是施与，这两者之间有着天壤之别。爱我们的白洋淀吧，它让我们摒弃生活中功利的因素，攀登精神的顶峰。无法否认，当今一些人以生存为借口，摧毁了良知和真诚。那些想找回自己精神家园的人，请到白洋淀走走吧。白洋淀是美丽的，那里闪着灵光，需要我们抬头仰望。白洋淀是温暖的，这是人生的"暖流"，我们每人都在寻找生命的"暖流"，寻找一个圣洁温暖的梦。

今天的人也许忘记了，但是，匆匆流淌的淀水记得，湖里芦苇和荷花记得。我们从中体味到了它的奇美，那不是应该享受的美，而是历史的风景对我们最大的恩赐。其实我想，看不见的风景才深奥无比，天有阴晴，生命也有止境。我仿佛听见了白洋淀捕鱼人的歌声，好似历史久远的回声，几句简单的吟唱，打开了我的心扉，让我翘首遥望。人们为爱而歌，为生活而歌，为历史而歌。

重温往昔，一个个场景历历如在眼前。

位于白洋淀文化苑景区内的白洋淀雁翎队纪念馆，是一处爱国主义教育基地。我们采风团走进了纪念馆。馆名是由曾率部驰骋冀中战场的开国上将吕正操，在他99岁高龄时亲笔题写的。纪念馆分设序厅、全面抗战的爆发与冀中抗日根据地的建立、侵华日军在白洋淀的暴行、雁翎队与水上游击战、喜迎抗日战争的胜利等18个主题鲜明的展厅，集中展示了白洋淀儿女的飒爽英姿和抗战精神。朱德、聂荣臻、杨成武、吕正操等都曾在这里战斗、生活，并留下"爱民井""淀上野餐"等许多感人故事。

后来，在周恩来总理的关怀下安新县建成了当时河北省最长的公路桥——白洋淀大桥。许多党和国家领导人曾先后来白洋淀视察并指导工作。白洋淀人民从保卫家乡、建设家乡到改革开放，大力实施旅游兴县战略，让革命老区白洋淀走向了世界，同时也把象征白洋淀人民英勇顽强的"雁翎精神"带到了全世界。我想,不知道雁翎队的后人是否还在这里生活,不知道他们将在雄安新区的建设中发挥怎样的作用?一切都像是梦,新生活在向他们招手。

雄安新区即将崛起之际,白洋淀是平静的,但是,它于平静中像是待嫁的新娘一样悄然打扮着自己。我们乘船游览白洋淀,天空、湖水、平原,明亮而丰富的色彩,把人和景映衬成凝固的雕像。忽然看见芦苇荡里飞起一只鸟,世界上最美丽的鸟,从白洋淀张开了翅膀。当我带着全部的生活阅历来看白洋淀时,我们会得到一种顿悟,我的感受已经有了质的飞跃。白洋淀作为红色文化的象征,越来越显示出它的精神魅力。这是燕赵文化的精髓。

迎着习习秋风,看着圈圈涟漪的白洋淀水波,听着白洋淀人愉快清爽的说笑声,闻着荷花的清香和鲜活的水汽,感觉它是我们这个时代精神资源的提供者。我们需要一种宁静。我总是想象生活,想象中的生活就难免被诗意化。这样一个宁静的黄昏,夕阳给白洋淀披上了一层金色,它给我们打开了一条生命通道,它在用自身最后的光芒说话。明天早晨,太阳将在水面上升起,象征着生命被重新分娩了一次。雄安的未来是那么令人神往,千年大计,绝美的手笔,一个全新试验场,有跨时代设计,有灵魂的富有,有复调的隐喻,深刻的思考,会让我们意象通明。

水活了,天亦感动了。我仿佛看到了嫦娥在白洋淀的天空,激情洋溢、恣意挥洒的泪雨。最优秀的,总是站在最显眼的地方。我们有理由瞩目雄安,我们期待未来雄安的雄姿。在我写这篇文章时,北京与河北共同建设区域生态绿色廊道,促进白洋淀水资源保护和水环境改善纳入合作条款,构建蓝绿交织、清新明亮、水城共融的生态城市。这城市的天空,不是更加迷人吗?我们领略雄安的水,凝望雄安的天,天空的云彩里,有一个美丽的新城拔地而起。

作家汪曾祺说过:"一念红尘,堕落人间,不断体验由泥沼向青云之间的挣扎,深知人在凡庸、卑微、罪恶之中不死去者,端因还承认有个天上,相信有许多更美好的东西不是一句谎话。"我想,人生在世总要信点什么,保持一种坚定的信念,哪怕是在重重困惑中也要保持着向星空仰望的姿态。白洋淀在地上,也在天上。把云彩放走,把美丽的白洋淀固定在天上。天空变得如此透明。雄安,这个美丽的地方,将要诞生新城市的地方,给我们梦想,给我们希望,给我们不朽的精神。这种中国故事承载的中国精神扎根在脚下的水土,但永远向着蓝天生长。

祝福雄安!

（原载《中国作家》纪实版 2017 年第 11 期）

天空的微笑

徐 剑

京畿炊烟何处去

2017 年春节刚过，春意蛰居于幽燕大地，只待春风甦醒。而此时，北京大气污染治理举措的其中一记"重拳"——北京平原地区"煤改电"工程已进入决战阶段。

那天，刘兴义驾着深黄色的工程车，穿越房山一隅，他在周口店供电所当了 20 多年的配电工，所内上上下下、片区内的父老乡亲都喊他大刘师傅。

车至周口店，戛然停下。节后的第一场春雪落尽，天气骤冷，炊烟浮浮冉冉。这是大刘熟悉的故里，他的家就在周口店村里，离山顶洞人遗址不远，一支烟的工夫就能走到。冷雪过尽，家家的土暖气炕烧得红红火火。记得小时候是烧秸秆，后来改成了烧煤，劣质的居多，便宜啊，百十块一吨，乡亲们烧得起。一到傍晚，炊烟袅袅滚滚，连绵不绝，一比谁家浓淡高低。然而，这文人墨客眼中的诗意美景，其实恰是京畿西南雾霾的源头之一。

大刘走遍周口店故里，挨家挨户宣传煤改电的好处，说这是党中央为京郊老百姓办的大实事、大好事，冬天取暖，一度电仅掏一角钱，其余的钱，由政府和电网企业补贴。且两三万一台的采暖空气源热泵，自己仅出千元，近似白送。这是一种绿色生活方式——乡亲们再不用半夜三更起床，披衣钻进凛冽寒夜，加煤、封炉子了，再不须干掏煤渣的脏活了，更不用提心吊胆担心煤气中毒，唯一的条件就是停了小烟囱。还有此等好事？大刘平时做人厚道，做事靠谱，乡亲们信赖他，觉得大刘说话在理，不会坑害大家。于是，对区里和镇上推广的煤改电，乡亲们响应者众。

高兴之余，大刘也未免怅然。周口店毕竟是发现人类最早的用火证据的地方，北京山顶洞人的一堆篝火照亮了亘古的黑暗，温暖了人类的始祖。从此，有了人间烟火，也就有了游牧文明、农耕文明，有了村屯城郭，有了工业文明。燃烧了千万年的烟火终成记忆，这是千年之幸，亦是时代新变。

……

这天，党的十九大代表、国家电网公司副总工程师、北京市电力公司董事长兼党委书记李同智的目光落在一张张各区电力公司报来的进度统计表上，紧蹙的眉头渐渐露出一丝舒坦的笑靥。

截止到今年 9 月 30 日，北京已经累计完成 1778 个村、104.1 万户的"煤改电"工程进程，基本实现了平原地区的"无煤化"。特别是近两年，坚决落实习近平总书记推进北方地区冬季清洁取暖的重要指示，工作量是以前 13 年的近两倍，仅 2017 年，北京地区"煤改电"工程建设规模就有 900 个村、40.29 万户，占全国"煤改电"工程总量的 34.05%。

2017 年早春的一个傍晚，夕阳抚摸着京城街衢。在国网北京市电力公司办公地，我采访了李同智。他谦和、低调，第一次见面便让人顿生好感。面对我的提问，李同智很少提及"煤改电"工程如何艰巨，而是谈了他对这项工程的认识。他说，近几年，全国能源领域事关百姓生活的大事，"煤改电"工程应算其中之一，体现了以习近平同志为核心的党中央对老百姓的关怀。国网北京市电力公司作为国家电网公司在首都的服务窗口单位，做好这项工程对国家实施新能源具有示范作用，必须尽心尽力做到位。

在这之后，我一直在通州、房山、大兴、海淀、门头沟、密云和城区采访。我曾参观通州崔家楼"煤改电"实验室，这里堪称中国北方农村采暖微型博物馆。流连其中，宛如时光倒流，一个个感人至深的故事向我涌来。

早起的鸟儿会唱歌

北京市电力公司营销部副主任龙国标有早起的习惯，这习惯是因家事养成的。

那一年，儿子刚 1 岁，在大兴区防疫站上班的爱人突然患了糖尿病，急送大兴一家医院，却被误诊了。年纪轻轻的，血糖指数高得爆表，险些送了性命。最后关头，转院至友谊医院，才拾回一条命。

你放心，一切有我呢！看妻子病恹恹的，龙国标安慰道。

从此，无论春夏秋冬，每天凌晨 5 点 20 分，龙国标准时起床，洗漱过后，先做早餐，等儿子吃完了，再送其上学。然后，直奔单位，看表，恰好 7 点，离上班还差两小时，他便开始梳理自己一天的工作，在小本子上记下几笔，拉个条子。天长日久，早起成了龙国标的习惯。这习惯 12 年未变，也提前到岗十二载。

在 2016 年，"煤改电"工程开始前 20 天，距可研报告递交到各供电所的时间也进入了倒计时，龙国标的工作时间进入"疯狂状态"，在营销部史景坚主任组织下，几位处长分别带人不分昼夜连轴转，每人联系十几个供电所，170 个供电所的人员全部出动，入村入户，统计调查数据。逐家逐户排查，每家的面积有多大，走线具不具备，不分装会不会过载，村里的线路怎么行进，变压器安装位置……这些繁杂的数据，他们都能迅速标注到图纸上。要知道，2016 年完成"煤改电"工程的 25 万户、647 个村的烟囱被从地图上抹去，这个任务量在当时可是创纪录的。

这是一场硬仗啊。龙国标像讲快板书一样，讲自己同事的故事，出语如枪子那样快。他的话是那么的接地气，寥寥几句，便将一个人的特点、性格活灵活现地勾勒出来。

他说，史主任不是一般人，而是神人，他走路脚步很轻，飘飘忽忽地就过去了，脚步快，思路亦快，繁事、杂事、难事，在他面前就没有一件不高兴的事，都给轻轻松松办了，解决问题能手啊。

他说，王诜处长，就是一位急先锋，有一种逢山开路、遇水架桥的气势，有股子冲劲，棘手的事情都交给他办了，王诜横刀立马，打先锋，一一摆平。

他说，市场处长赵乐是位快刀客，做事干脆麻利，带领一拨娘子军，风风火火闯京城，要风得风，要雨得雨。陈海洋是一位全能手，什么活接过去，都能干。

他说，年轻的专工马凯就是一头黄牛，他和爱人都在北京工作，孩子刚两岁，扔给太原城里的父母，两个礼拜回太原看一次。周五晚上坐车回去，孩子晚上等到 10 点，见爸爸敲门了，站在门口开门说，爸爸你干吗来了？问得马凯哑口无言。有一天晚上回去晚了，儿子已经睡了。第二天上午再见时，儿子独自在院子里玩，见了爸爸，不会扑上来要大人抱，远远地，躲避着，眼睛里尽是提防神色。马凯看着，眼泪唰地掉了。

说曹操，曹操到，龙国标话音未落，马凯便推门而入，进来请示工作。龙国标嗖地站了起来，说后天周六，要汇集讨论今年"煤改电"工程每个村的风险点，研究落实责任到人事宜。

嗐！马凯说，明儿周五，我已经买了回太原的车票。

这怎么办？龙国标有点于心不忍，可是却又不好意思开口。

那我退票吧。马凯主动提了出来。

加班加点，已成了他们生活的常态。

这都习惯了，龙国标说。我每天提早两小时到办公室，一天两小时，一个月就 60 小时，等于比别人多干五天活，日积月累，怎么能不进步呢？早起的鸟儿会唱歌，早起的鸟儿有食吃啊！

万家皆圆我不圆

范亚南家住海淀区皂君庙。2017 年元旦钟声敲响不久，他参与到"煤改电"工程项目中，就再也没有了属于自己和家人的时间。

每天清晨，霜风晓月之中，他便悄然出门。6 点 30 分准时入地铁，几乎穿越北京城，7 点 30 分到达大兴。晚上加班，如果过了 11 点，就错过了回家的末班地铁，只好睡办公室的沙发，每周至少三个晚上住在办公室。

有一天，徒弟发现一个秘密，范亚南办公室的皮沙发破了一个洞，不禁啧啧，问道，师傅，一个人要有怎样的定力，才能将皮沙发睡穿呀。

质量不好呗！范亚南搪塞一笑。

其实，从 1 月 23 日起，身为大兴区输配电工区主任的范亚南就没有一天轻松过。他与专工田圃升一起，用了两周时间，将大兴区"煤改电"的村庄和线路进行了一次调研，十几个供电所全体职工入村入户，一家一户摸底，逐条线路勘察，将 1510 台变压器合理分布，对 10 千伏、35 千伏线路是否需要扩容，一一计算，然后报给市公司营销部。可研报告终于完成了，方案、原则也出来了，传给各供电所长，让其照章执行。

太阳刚刚升起，朝晖映在天幕上。例行的施工早会一结束，范亚南便带上安检、运行等部门的 5 位同事，将大兴区域内 22 支施工队伍工地巡查一遍。埋杆多深、有无记录、绝缘处理如何、会不会放电皆列入巡查指标，再列出明细，符合标准的发蓝色标识，不符合的出示黄牌警示，严重违规的则为红色。得了红牌，那就直接走人。除此之外，还有三个月一评的"煤改电之星"，这意味着有奖就有惩，评比还采用末位淘汰制，若哪支施工队考核垫了底，对不起，结账走人。

范亚南提及此事时异常坚定，说他已经"开"了三支队伍，但并非自己横蛮不讲理，而是把质量第一，对老百姓的态度第一当成硬指标。挨第一刀的是在青云店镇施工的一支队伍，查出现场防雷和电杆填埋深度有问题。

马上整改。范亚南严肃地说，老百姓的事情，就是天大的事情，下不为例。我明天还来检查。

施工队长以为说着玩玩，未及时布置整改。

谁知范亚南说到做到，第二天上午，第一个看的点就是这支施工队伍的作业现场，竟然一点未改，我行我素。

范亚南将施工经理招了过来。说，你马上派会计跟我去结账，然后走人。

范主任，我们可是跟电网公司干了多年的队伍啊。

这不是国家电网要的队伍。

第二刀砍在了庞各庄镇的施工队身上。范亚南从现场驾车缓缓而行，从挡风玻璃看出去，现场非常零乱，剪的线头、砍下的树梢，扔得遍地皆是。下车一看，变压器施工有严重问题，电缆连接和制作不规整。他对施工经理吩咐道，变压器安装质量关乎百姓取暖用电安全，马上改，将现场打扫干净。

第二天上午范亚南杀一个回马枪，现场仍旧一地鸡毛。

你们的执行力有问题，说了不改。范亚南斩钉截铁道，收拾东西，准备走人。

范主任，再给我们一次机会。

没有机会！

第三刀砍向了魏善庄施工的一支队伍。施工路面破除了，绿地植被有破损并且没有及时恢复，现场到处乱糟糟，干扰了百姓的生活出行。

范亚南挥了挥手说，走吧，这样的队伍代表不了国家电网公司的形象。

三支队伍一"开"，所有施工队都震动了，令行禁止，检查组让改就改，不再有任何侥幸和懈怠。

时至仲夏，"煤改电"工程的时间表越来越紧张。这时范亚南突然接到哥哥电话，说陪母亲坐高铁来北京看病。

妈妈怎么了？

妈妈心脏病犯了。

啊！又是心脏病！范亚南神情陡然一变，额头上渗出了汗水。

见面再说吧。哥哥在电话那头道，到时，你到车站来接我们吧，妈妈可是走几步路就脸色煞白，冷汗淋漓。我不希望她再蹈父亲的覆辙。

哦！一提到父亲，仿佛就撕裂了范亚南的伤痕。父亲在老家因心梗发作而骤然离世，那是他心里永远的悔与痛。

可是他太忙了。哥哥陪着母亲抵达北京时，他到底还是没有时间去接站，而由哥哥打车，直接送母亲去了北京阜外医院。晚上 11 点，他匆匆赶到医院，因为没有床位，母亲只好睡到走廊上。之后他就白天工作，到了深夜跑过去在走廊上陪母亲。等母亲睡熟后，到医院候诊大厅找把椅子躺下歇会儿。母亲住院 12 天，他在铁椅上躺了 12 晚，看着儿子一脸疲惫，母亲心痛，说，亚南，回家去吧，好好睡一觉。

别赶我，我要陪妈妈！范亚南恳求。

亚南，你已经 6 年没有回家过年了。妈妈近似请求：你爸爸不在了，到春节回来吧，陪妈妈过个年。

哦！哦！范亚南眼睛里噙满了泪水。支吾半天，他没给母亲一个肯定的答复。

2017年春节，是北京京郊"煤改电"工程迎来的首个取暖季中的佳节，范亚南身为工区主任，咋能回家啊！

小年刚过，妈妈就一次次来电话，催问儿子何时归来，他仍然无法给母亲一个准确的回答。"煤改电"工程后，大兴区152个村、4万多户人家告别煤炉子，用上电取暖。春节期间正是每家每户用电的高峰期，若过载跳闸或放烟火导致短路，3小时内必须恢复供电。为此，他们特意为小区准备了应急电源车，外协抢救队伍全部在供电所随时待命，一旦百姓家断电，将以最快的时间抢修，不会因为停电而让群众挨冻。

大年三十，范亚南再次走上指挥台，这一回，他神色淡定了。工区147人，全部在岗，无一人休息，大家分别蹲守在85个烟花爆竹燃放点附近，来回巡查以防事故跳闸。

华灯初上，北京城郭烟花满天，万家皆圆独我不圆。范亚南穿行于村落间巷，鞭炮声声，在范亚南的心中，母亲最重，百姓亦最重。他透过烟花如锦的眩目夜空，目光投向遥远的江南，向老母亲默默喊一声心语，对不起，妈妈，恕儿难从命。

北京笑容，再现金秋蓝

又见秋草黄，北京城乡碧树落金。

只用了两年，1778个村的烟囱消逝了，数字简单可见，但数字背后的艰辛只有电网人自己心里最清楚。而今北京天穹金秋蓝、古都蓝正在增加，电网人功不可没啊。

落霞时分，刘兴义巡线，疾步走过琉璃河，走过周口店，极目远眺大平原上的村庄，往事依稀。北方的村庄很安静，炊烟不再，可是在蓝天白天的映衬下，刘兴义觉得这片故园比过去更美了。

他的笑容也像白云一样美！

（原载《光明日报》2017年11月10日14版）

口口相传《五更里》

——为新中国成立做出突出贡献的100位英雄模范人物

余 艳

《五更里》是一首民间小调，口口相传于20世纪30年代的湘鄂西一带。旋律，婉转略带忧伤；词句，是百姓自编自唱。一代又一代相传到2016年9月的一天，我从93岁的屈金贵老人口里再听到，便是一段段岁月扑面而来，一个个画面入眼入心。

这歌，浸着青山绿水，和着百姓心中相得益彰的哀伤与疼痛，宛如天籁；

这歌，湘鄂边区传唱几十年，带着甜美悠扬和与生俱来的淳朴，是老百姓的心曲；

这歌，甚至是个明显的地理标志：会唱这支歌，你才是湘鄂边区人。

贺英，唱的是贺英！

一周后，我们一行站在"贺英殉难处"的石雕前。突然感觉，这不是一块整石，是一块块残骨、血肉融筑浇灌，还滴着血、印着生命最后的抽搐。石雕比墓碑大，却不敢摸、不敢碰，仿佛一种剧痛跨过几十年，传给了我们，自身感应到一种无以言说的——巨痛。

石雕连着三姐妹鲜活生命的殒灭，贺英与她两位胞妹，都是被敌人残害至死、羞辱至极，还死无全尸！

若不拿枪、不革命，几个如花似玉的女子生儿育女、纺织耕种，像身边无数农妇一样，儿孙满堂到解放后都能过上好日子。

可为何——

你被断头！

你被碎尸！

你被凌迟而死！

原本普通的一家，英烈满门，且死得犹为惨烈，均无全尸。小弟贺文掌被活活蒸死还被残忍地食其心肝，史之所称英烈之家，恐未有逾于此者！在第二次国内革命战争时期，包括贺龙直系亲属和贺姓亲属，牺牲就达80余人。

武装，反抗，为穷人求解放。枪杆子与生俱来的不安气息，让不散的血腥萦绕她们。几个手中握枪的女子，死是命里的事。而活着，才需要运气。

纺纱半夜的女人哼着这歌，能把心都唱痛；趴战壕看月亮的战士想起这歌，憋足劲又盼下一次冲锋。

是的，当年的激励化作动力，今天相传的旋律，是人民不会忘记。一代一代深深怀念的歌唱，唱的是人民心中——永远的英雄。

一更里

一更里呀想贺英，坚持武装闹革命。

建立游击队，你保卫我穷人。

哎呀，香大姐，

你是我们的好司令，手握双枪镇敌人。

人称香大姐的贺英生在山清水秀的洪家关。

什么时候开始，这里，光明在传递，火焰悄然潜行？

贺英是被一束奇异的光给拽住了灵魂，她经常感觉自己少女的心像炭火一样烫。慢慢地，由崇拜到以心相许。在她20岁那年，贺英被人吹吹打打用花轿抬到洪家关对面坡上的杜家山，与表兄谷积廷拜堂成亲。

丈夫谷积廷是贺英自己选择的。他飞刀跃马、神枪镇匪，是她的表哥，更是大家心中的英雄，是当地会党袍哥中龙头老大。他身材高大，仗义疏财，敢作敢为，很早就赶着马帮走南闯北。他会武术，在众人的拥戴下，他弄了好几十条枪，竖起一面打富济贫的旗帜，不少贫苦农民兄弟投奔他的大旗下，当兵。

从此对外面的世界有了张望的勇气和能力，贺英越加有了改变和求索的渴望。她渴望用自己的见识，不仅改变自己，更能带领乡民们改变他们的命运。

嫁到谷家后，按会党规矩贺英就是"凤头大姐"了，凡是丈夫的朋友登门，她从不吝惜酒饭，协助丈夫接待过往会党成员，包括接待大名鼎鼎的桑植籍武昌首义将士谷壮猷。他的队伍发展到300多人、200多支枪，以鱼鳞寨为根据地。有时驻扎县城，有时转战到相邻的大庸、慈利、在鸟峰、石门、龙山、永顺边界，在湘西很有影响。

往往最先觉悟者，成了组织者、领头人。贺英从觉悟到觉醒，挑头，改变，摸索。她慢慢跟着丈夫走出山乡，成了那一方穷苦百姓的组织者、领头人。然而，"枪打出头鸟"是惯例。但她只能用自己的出头，帮这里的乡亲打破自古以来受欺压、受剥削的恒久惯例。

求变，她把自家当一块实验田。她将一匹骠马交与 14 岁的弟弟贺常儿，让他踩在一条不平的山道上，从自我报仇到为民众求平等。不久，这个少男成了做梦都喊"打倒不平"的愤青。

血气方刚的弟弟贺龙有了比姐姐更求新求变的霸气。

从 1916 年，贺英支持贺龙杀死盘剥农民的桑植县大豪绅朱海珊，赶走贪赃枉法的知县陈慕功，贺龙踏上了保境宁民、打富济贫的道路。他逐鹿中原、挥师北伐，枪炮武装，招募队伍，都在姐姐贺英的帮助下，以"哥老会"名义收集土枪土炮。包括到石门泥沙夺枪，这才有 1916 年他两把菜刀芭茅溪砍盐局夺枪的威震一方的壮举。同时，贺龙打出"湘西讨袁独立军"旗号。

"在桑植、在洪家关，跟着贺龙闹革命，是一句湘西人引为自豪地喊了数十年的口号，贺龙，是湘西百姓们的光荣。当年，洪家关的青壮年，无论男女，能扛枪打仗的，几乎全都参加了贺龙的队伍。有一个数字可以为证：革命战争年代，仅桑植县为国捐躯的团以上指挥员竟多达 70 余人。"

1927 年，整个中国等那一声枪响等得太久了。贺龙带上 3000 名湘西子弟，用血肉之躯为人民军队奠基——他们开拔参加了八一南昌起义。

今天，当我们叙说八一南昌起义的历史，很少有人注意到，当初在中国共产党的领导下，在南昌发动的这次标志着我党从此有了自己武装力量的著名起义，其骨干力量主要是贺龙领导的国民革命军第二十军。这支 1 万余人的队伍中，竟有 3000 人是来自贺龙家乡的湘西子弟。80 年前，我们人民军队作为武装力量的第一次列队，贺龙及其率领的部队构成了我军最为壮观的阵容。

这是后话。

英雄都是揪心疼痛历练而来的。回到 1924 年农历九月重阳节那天，天降大灾给贺英：平日英勇无比的丈夫，突然死在别人的屠刀下。一场鸿门宴，把个顶天立地的英雄，头身分离，杀死在鸦片床上……

噩耗传来，贺英只差哭死过去。世界到了末日……

这是丈夫死后第三个夜晚。贺英哪里想到，缝缝补补的女人有一天要为自己死去的丈夫——缝头！

这天夜里，天上没有月亮，屋里点着油灯，贺英身着重孝，头裹白头巾、扎着白头绳，脚穿半截白的素鞋，关门闭户独自为丈夫洗净身子。凶残仇恨的敌人砍了丈夫的头，是不给他全尸，坏贺家的风水。可她要给亲人完整，她要把身首分离的丈夫，接成全尸。

自己的亲人啊，她哪下得了手，他不疼她也疼。她更想不通，家里怎会一连串遭杀手。两年前的 5 月，父亲贺仕道为了支持大弟贺龙扩大武装，带小儿子出外筹运军火，父子俩被人暗算，14 岁的弟弟被捆在饭甑里活活蒸死……如今丈夫又遭毒手，贺英啊，眼泪流干了。

她并不知道这是阶级仇才有如此的恨，只是泪水伴着针线缝。一针针、一线线，缝到了心碎，缝出了绝望，最后燃起了一腔烈火！

贺英后来给贴身卫士张月圆讲过一个梦：父亲下葬后，有一夜她梦到父亲那口棺材自己竖了起来，慢慢在放大。大到把她、把许许多多的人都装了进去，成了一个黑暗幽深的牢笼。有一个细节尤其记忆深刻：满姑在牢笼里使劲喊，拼命叫着要出去。（冥冥之中还真应验了，几年后，贺满姑真被囚禁在牢笼中……）

可他们都是这牢笼的囚徒。不，这世界就是个牢笼，一个黑不见头、深不见底的大牢笼。无数的穷苦人都被囚禁着，做牛做马；而那些有权有势的地主富豪，把持着牢笼的大门、掌握着他们命运的枷锁。

为砸烂这把铁锁，父亲、小弟和丈夫把命交上了；为冲出这座牢门，弟弟文常还在川东涪陵一带转战。要冲出去，要打破它，穷人要改变，哪朝哪代都是前仆后继，都是流血牺牲。

眼下，她多想自己是个高超的大夫，帮丈夫完美接好。她更想自己就是无所不通的医生，不仅能治病，还能治命。将瘦弱单薄如纸的穷苦命运改换，让穷人百姓都断了苦难的根。

枪，一边一支放在丈夫的身旁。一支盒子手枪，丈夫送她的礼物，贴身护命物。另一支是丈夫没带走的枪。不是壮胆，她是要完成心里的一个仪式。她几乎是缝一针看一眼枪，贺英感知，谷积廷丢掉的是自己的躯壳，他的魂灵早已附体在这把枪上，枪会替他讨回说法，枪会更精准地替他战斗。

两把枪，从此都会是赴死的勇士，当它们一声声兴奋地呐喊，为非作歹、为富不仁的敌人全会是跑不掉的目标。

头，终于缝上。贺英再将备好的一条长布，缠了几十层在丈夫的脖子上。待给他穿好衣服，巧妙遮盖好，一个像平时睡着了的丈夫，安然了。

站起来，贺英第一眼还是看枪。枪静静地守在那里，像一个整装待发的战士。枪管里仿佛有呼呼着火的响动，那是枪的愤怒；又看到油灯飘忽一闪，亮点落在扳机的位置，它在呼唤扣动的手指！再急切地找到子弹，为牺牲的烈士血债血还——"呼——""嘭——"两声"巨吼"，子弹朝窗外的山里射去。为丈夫送行，也为自己壮行。

门外的弟兄们进来了，见双枪在大嫂手上，原本像孤独的战士成为一双勇士，一队兄弟热血贲张。

就是那一夜，贺英完成了单枪到双枪将士的转变。当然，也完成了撕破旧秩序、对敌人决不手软的铁血蜕变。

二更里

二更里呀想贺英，带我们建政权，
领俺打土豪呀，你从来不留情。
哎呀，香大姐，
你吃尽苦和辛，踏遍湘鄂西为人民。

好朋友长江兄曾采访了贺英当年的贴身卫士张月圆。我们坐车去湖北的路上，全是听他讲故事。

张月圆的记忆中，贺英常穿蓝色、藏青色满襟衣，头上挽个粑粑髻，粗看外表很像一个普通农村妇女，举止言谈却是"掌盘子"的大派。贺英在鹤峰城，又骑一匹高大的黄骡子，鞭击飞走上山。这里是湘鄂西最巩固的根据地，敌人多次侵扰桑鹤地区，都不敢轻易深入冒进。贺英之勃勃英姿，亦可见一斑。

把丈夫谷积廷掩埋后，弟兄们像掉了魂似的。贺英见弟兄们精神不振，急得吃不下、睡不着，她开始考虑这支队伍的命运。解散吧，武器交给谁？这些武器都是丈夫带着弟兄们用性命换来的。各地的实力派都急着想来夺这批家伙。

还有一点更重要，已当旅长的弟弟文常小有来势，家乡应该做他的后盾，随时让他能进退自如，就必须有一支队伍。何况，没有枪杆子，乡亲们要吃大苦头。如今，弟兄们还得将打富济贫的旗帜高高举起，谁来领头？

贺英把排连以上的骨干招到议事厅，没有异议，一致拥戴她当司令。

可贺英心里明白，她面对乱世。自从民国以来，全国军阀混战，你争我夺，闹得乌烟瘴气。桑植没有什么大军阀，却出现许多称雄割据的"草头王"，什么"八大诸侯""四大鳌鱼"，有的三五条枪，有的十多条枪，不是你打我，就是我打你，厮杀不断、流血不止。一个女流之辈，天天在枪炮中厮杀，准备牺牲倒是其次，带队伍立稳是多么不易。

鸟无头不飞，羊无头不走，一支队伍哪能没有首领？枪，已经融进她的生命里，成了同生共死的伙伴，她接下了。

红军东下洪湖后多次重返鹤峰与贺英会合，贺英的名字也在洪湖地区广为传颂。她是奉命留守桑鹤边界，没有随主力红军赴洪湖征战。《贺龙和贺英》《五更里》等歌谣，唱的就是贺英当时的影响。以至于20世纪60年代歌剧和电影《洪湖赤卫队》问世后，人们普遍认为剧中主人公韩英的原型就是贺英。

贺英，一个女人带领游击队伍在桑鹤边界坚持多年，最艰难的时候，整个湘鄂边只剩下这一支红色武装了，贺英都能撑下去，其中一个非常重要的原因，她跟老百姓的关系是鱼水深情。

谁家有困难，她千方百计想办法帮助解决；山民们很穷，常年吃苞谷，游击队采用长途奔袭的办法去娄水河拦截官船，将打来的浮财分给穷人，并帮助他们建立农会。老百姓都把她当成"观音娘娘"。

湘鄂西边区人民亲切地称她"香大姐""香姑"。贺英有勇有谋，1926年夏天，桑植有一个县官，贪赃枉法，乱派苛捐杂税，搞得民怨沸腾，许多群众找到贺英，要她帮老百姓伸张正义。贺英立即设法探明了县官离任的时间和要走的路线，届时，县官随行带着的十余担金银财宝，被埋伏在路边的人洗劫一空。贺英所劫钱财则用来救济灾民。

贺英率部队进驻县城，各界人士送"万民伞"，"欢迎贺司令进城"。进城后的贺英，部队纪律严明，街上秩序井然，深受群众拥护。

也就是这时候，双枪女司令的功夫，疯传起来。有人说亲眼见过她站在箭一样飞奔的白马背上，双手打枪，弹无虚发。有人说见过她贴在马肚子上朝后面的追兵开枪，不须用眼睛，却百发百中。

最经典的是灭杀杀夫仇人杨德富的那场战斗。

那时贺英腿上挂彩，住在杨家湾义军家里养伤。伤稍好些，有人报告说杨德富回来了。杨德富是被陈渠珍重金收买诱杀谷积廷的凶手之一。

这天，一顶花轿吹吹打打地过来了。坐在花轿里冒充新娘子的是贺英，身穿露水衣，头蒙红丝巾。她自然而然想起当年也是吹吹打打坐着花轿与丈夫成亲的情景，想起夫妻恩爱的种种细节。她默念着丈夫的名字，心里说：为妻替你报仇来了！翻过几个坳，踩过几道水，花轿到了杨家湾。送亲队伍歇脚时，贺英潜出，真新娘幺妹才进花轿。换成便装的贺英，早已瞄准站在大树下的人群，那里有聊着天的杨德富。等送亲的队伍走出好远，她才慢慢靠近。

突然，她将身上的绳索往树枝上一挂，抓住绳子往人群的头顶荡过，一阵刮风的工夫，杨德富已訇然倒地，枪子儿从头顶打进、胯底下钻出。

从此，双枪女司令贺英就更加远近扬名了。

正如后来贺龙同志所说的：

"贺英的思想变化，是从农民运动中受到启发的。以后，她受了我的影响，有革命英雄主义思想。"

贺英从这里真正转变为一个革命者，一个为劳苦大众翻身求解放的革命者。

南昌起义失败后，疯传贺龙参加南昌暴动当总指挥，身中数弹阵亡了，或是说他被国民政府正法了。形势一天天恶化，有两个连这时候叛变投敌。有人打着"铲共剿贺"的旗号，仅一个月时间就杀害了洪家关数十人，并调动600多人围剿贺英部，扬言"不抓到贺英决不收兵"。

入冬，贺英率部潜入她外婆的家乡王家河、割耳台一带隐蔽下来。天寒地冻，山上积了一尺多深的雪，吃饭靠老百姓送苞谷子，吃菜靠弟兄们打猎、挖野菜。生活再苦都挺得住，最难受的是听不到弟弟贺龙的消息。贺英不相信那些流言，她一直认定她的大兄弟日头才出山、茅根才出土，还要干出更加惊天动地的大事业来。她摸摸腰间的枪，这把丈夫留给她的枪，兴许到了最派用场的时候——先把这枪变成一匹狼，一匹在山间沟壑都能出生入死的狼。

她经常带兵打仗，有时一天打几仗。她29天打了32仗的记录，是为保存实力，率部往大山转移。骑一匹大白马的贺英，成天在枪林弹雨中过日子，那是她最艰难的时候。

皇天不负苦心人，贺英终于等来了日思夜想的弟弟。

三更里

> 三更里呀想贺英，支持贺龙闹革命
> 红军初建立，你建军费尽心。
> 哎呀，香大姐，
> 你送枪又送人，你是红军的贴心人。

采访所到之处，有一个观点惊人的一致：没有贺英就没有贺龙。统领起来，贺龙有三大人生转折点都是大姐贺英慧眼识才、舍命相助的。

1928年3月，南昌起义失利，受党的委托贺龙重新回来拉队伍。

他回来了。族人看到一个怎样的贺龙？丢了呢子衣穿布衣，丢了皮鞋穿草鞋。身后，人也没了，枪也没了，好端端把个军长的职位给丢了。对于贺龙这次回乡，人们议论纷纷，贬多褒少。他们这是与三年前的1925年比，那时的贺龙曾以澧州镇守使的身份荣归故里，威风得很。这回怎么像凤凰落地，相比是一个天上一个地下。难怪族人不理解，家中更是有怨言。

可贺英明显看出老弟精神上的饱满，那是判若两人。弟弟也掩不住激动："大姐，我现在不是国民革命军，也不是中华革命党了，是共产党。这次是奉党的指示回来组织工农革命军，开展武装斗争。"

贺英明白了，心里为他暗自高兴。

贺英知道，她的态度尤其重要。在贺氏族人中她一直威望极高，有着举足轻重的影响。她这时候挺身而出，旗帜鲜明地站在贺龙一边，把自己的队伍连人带枪交给贺龙。

当贺龙对贺英介绍前委书记周逸群。贺英激动地说："我心里多么盼望你们啊！现在总算把你们盼来了！我把这支队伍统统交给你们，交给共产党。就算我第一次献给党的一点礼物吧。"周逸群的感激也是难以言表："好极了！党现在正需要这样珍贵的礼物。贺大姐，我代表党向你致谢。"从此，贺英加入了工农革命军的行列。

贺英回来就对自己的部下说：贺龙是面大旗。这回，贺龙把大旗扛回来了，大伙只有齐心协力聚拢在大旗下面，那些坏东西才不敢狗眼看人低。在她的带动下，贺戊姑以及贺满姑、刘玉阶夫妇也交出了各自的人和枪。这些亲族武装成为工农革命军的一个重要来源。

为帮贺龙扩军，贺英全身心扑上去了——

她时而神出鬼没地出现，骑白马、挎双枪，公开和一些地方武装头目谈判；

她时而提挎个篮子，化装成卖针线的小贩，串乡走寨，突然出现在大户人家的小姐房里，通过小姐的引见会见某地的团防老爷；

她时而化装成割牛草、扯猪草的农妇，攀岩越涧，钻进深山，深入绿林好汉的窝子，通过做深入细致的思想工作，规劝好汉们改邪归正，投奔贺龙……

贺英把她的武器和主要人马都交给了贺龙，身边只留了一些短枪和20多个弟兄打游击。有时身边只带着张月圆和龚莲香。

贺英协助贺龙，经过一个多月发动群众，收编旧军队，一下集合了3000多人马，成立工农革命军。贺龙任军长，周逸群任党代表……

革命形势不多久就扭转了，随贺龙、周逸群一同回来的贺锦斋，即兴诗云：

大地乌云掩太阳，一朝消散又重光。

忽闻各处人喧闹，胡子果然转故乡。

其实，这该算贺龙第二次人生转折。第一次，是贺英从小就看好这个弟弟。

贺龙 14 岁那年，贺英就和丈夫商量，把家中的花脚麻骡子借与他去当"小骡子客"，外出闯世界长见识，并把他吸收进了哥老会。几年光景，贺龙果然就显山露水了：

18 岁加入中华革命党；

19 岁与谷积廷一起，领导湘西暴动，夺取 80 余支枪，组织上万人两次攻打石门县城；

20 岁领头刀劈芭茅溪盐局夺枪，任"桑植讨袁民军"总指挥；

30 岁任国民革命军师长，参加北伐；

31 岁任国民革命军暂编第二十军军长，同年任南昌起义总指挥……

贺英大贺龙十岁。她一直格外喜欢和看重胆量过人的这位兄弟。

6 岁敢往山洪暴发的浪里头打滚；9 岁敢随父亲在县衙门跟狗腿子拼命；

12 岁敢打县衙领班的混混儿，并对簿公堂，在族人的支持下把官司打赢。身为大姐，任何时候她都不遗余力地支持弟弟。

1921 年贺龙奉命出川，贺英送给贺龙 20 支枪和一些子弹，还挑了 20 多名军事骨干补充部队，给了贺龙重建队伍以极大的支持。大姐有几句话，贺龙一辈子都记着。"头一句，对百姓要仁义；第二句，对弟兄们要像自家亲兄弟；第三句，自己要一身清白。"

贺龙在长期的武装斗争中，经历过不少挫折与失败。很早他就认识到："鸡要有个窝，鱼要有个潭，拉队伍必须要有后方。"贺英则说："龙胜于英，英必靠龙；龙固不保，英亦何存？"因此多年来，一个在前方，一个守后方，前方胜利后方更强，前方失利后方支援，姐弟俩相依相携，配合默契。

贺英一直记得跟共产党走的弟弟，反复叮嘱她要守好后方："我在外面有了困难，还要回家乡去。"

第三次转折，是刚拉起 3000 人队伍不久的 1928 年 8 月，声势浩大的桑植起义，队伍一举攻占了桑植县城，并成立了中共桑植县委员会。然而，敌人的疯狂反扑，很快暴露了这支队伍的缺陷。

工农革命军配合石门南乡暴动，战斗失利，退驻鹤峰堰垭处境十分困难。

由于刚刚召集的武装没有整编，更未得到改造，战斗力不强，洪家关和苦竹坪两次战斗失利，部队遭受严重损失；转战石门、临澧等地的斗争均遭失败，参谋长黄鳌和师长贺锦斋先后壮烈牺牲。强敌进攻，屡屡受挫。当初3000多人参加起义，才几个月光景就只剩下百多人、70多条枪。其中有的英勇牺牲了，有的拖枪回家了，有的投敌反共了，剩下来吃了秤砣铁了心跟定贺龙的，则一同潜入桑鹤边界的深山老林，以保存力量。

可国民党军队姜文舟一个团600余人，步步为营，层层封锁，对红军实行残酷围剿。贺龙将部队化整为零，转战于崇山峻岭之间。他们日不能归屋、夜不能成寐，仅一个多月，就转移了23个地方。特别是到了冬天，战士们还穿着单衣，寒风怒号，白雪纷飞，大家冷得直打哆嗦。穿深山，住岩洞，没有粮食，只好吃树皮，啃草根，过着非人的生活。红军越是困难，敌人越是缩小包围圈，扬言"不把红军打死在深山，也要困死在深山"。

贺英得知贺龙被围困深山，决定长途奔袭，支援主力部队。

长途奔袭之前，贺英到40里外的沙道沟一带打了几家土豪，弄了不少银圆、布匹、腊肉和一批粮棉物资以及弹药，用骡马和人力运往堰垭大山。

在堰垭，贺龙见了她们，非常激动："香大姐雪里送炭，解决了大问题。"贺英临走时对贺龙说："老躲在深山里不是办法，要好好整顿队伍。队伍'要伍'，'不伍'不成队伍。带队伍要把大家的心带住。"

贺龙元帅后来在《湘鄂西初期的革命斗争》一文中动情回忆道：

"当时由于还没有建立起一块可以依托的根据地，又加上敌军封锁，战斗频繁，工农革命军在人员补充、弹药补给以及生活保障方面均发生了极大的困难。村庄、镇市大都为敌人盘踞，我们不得不在高山野林里风餐露宿，没有粮食，常在野地里找野菜充饥。时值初冬，天气渐寒，而部队大部分穿着单衣。正当工农革命军处在极端困难的境况时，贺英同志带着一批棉布、棉花、子弹和银圆，及时支援了工农革命军。"

姐弟俩促膝谈心时，贺英说：

"常常（贺龙原名贺文常），你当军长，带过几万人，那时人家跟着你，是想升官发财；现在人家跟着你，你总要讲出个道理来，只有把这些人的心拴住了，队伍才不得垮。应当把这些人组织起来。还有，鲤鱼要个滩头，野鸡要个山头，你带这么多兵也应该有个寨，老是东跑西颠的，不行啊。"

是啊，贺龙反思了军心不稳的原因：一是利用旧关系建立起来的革命武装不经过彻底改造是经不起风险的；二是没有发动土地革命和建立工农民主政权，也就没有自己的根据地。这样，连起码的军需都无法保障供应。为此，贺龙采纳贺英的建议，进行了有名的堰垭整编，部队仅剩下91人，72条枪。人数虽少，但都是精华，在贺龙率领下转战鄂西南，仅两个月就发展到五六百人，一举攻下鹤峰县城，建立了湘鄂西第一块根据地。

关于贺英和贺龙之间的姐弟情缘，贺龙族兄贺敦武的遗孀翁淑馨，在她后来写作的《我与贺龙》一书中，有过非常动情的描述和深刻的认识。她说：

贺英对贺龙的爱护的支持是始终如一的，这不仅因他们是同胞姐弟，更因为他俩志同道合，因为他们都有一个强国梦，都有一个富民梦，都憎恶万恶的旧社会。贺英与贺龙的姐弟之情，既是血亲之情，更是战友之情；既是血亲之爱，更是革命之爱！他们姐弟之间的这种情爱，在人间是罕见的……

老红军、老作家黎白是《红二方面军战史》和《贺龙传》编写组成员。贺龙健在的时候，他就听贺龙元帅多次谈起过大姐贺英。贺帅说：

"我姐姐从小主持家中大小事，她是穷人家的长女，练成了能干的本领。她长得高高的，大手大脚，很壮实，像现在的女子篮球、排球的队员。她心很细，善于思考，很有主见，也很果断，会武术，会打枪，还带过队伍，带过游击队，是一个有才干的人，又有女同志的温柔，我不大管家，我妹妹，我妹妹的孩子，还有一些战友、旧部下的孩子，多年来都是她抚养的。当时，我也没得办法从经济上、物质上帮她，什么困难全都是她自己想办法解决的。她很爱孩子，她自己一生没有生过孩子，不过，她是一个好母亲。"

姐弟情！战友情！人世间，还有什么比这种融入了崇高事业的血亲情爱更见珍贵呢？

20世纪70年代，蒙冤九泉的贺龙平反以后，贺龙夫人薛明一家终于结束了监禁、流放和住招待所的畸形生活，搬进了北新桥的新居。贺龙的挚友和部属刘达五的儿子刘冠群进京看望，发现客厅的西墙前是一尊金色的贺龙元帅半身塑像，客厅北壁上除了将军诗人、书法家魏传统赠薛明同志的一幅七绝，就是民政部颁给贺英的革命烈士证明书。可见贺龙的家人是多么懂得贺龙的心情！

……

姐弟情深。其实，这仅仅是手足情深？一路采访。我的脑海里不断就闪现出贺英帮弟弟招募队伍的镜头。人山人海、鼓乐齐鸣。人们像打了鸡血般的兴奋，大刀、梭镖和鸟铳，潮流般席卷山乡。从此，鸟铳里的呐喊、大刀上的光芒让这片土地再不寂寞，也不再安宁——打破一个旧世界哪还有宁静，是要翻天覆地的！

也看过一些红军扩红的电影电视，那场景，红军首长登高一呼，响应者众，当即就带走了本村、本镇、本区几千子弟去当红军。出征时，山上桥上，桥边路边，母亲、妻子、女儿和兄弟姐妹们都来壮行，或执袂叮嘱，或眼泪汪汪，或依依不舍，然后，目送着亲人一步步走出山乡。

然而，当年那些兴奋在潮流里翻滚的人，走出去了，却几乎都没有回来。这，是不是当年贺龙走出湘西，几十年再也没回来的缘由？

突然想到，对于这段历史，廖汉生曾经以饱满深情写道：

我们红二军团从干部到战士，有许多人原本就是苏区子弟。湘鄂边的人也很多……

红军要走了，很多人赶来看望自己的子弟、亲人，他们从洪家关、樵子湾来了很多，直接到师部找到我，言辞恳切地说：汉生，我这个儿子交给你啦。汉生，我的丈夫交给你啦。其言其情，感人至深。

我不能不承诺下来："放心吧，我会照顾好的，有我廖汉生在就有你们的儿子、丈夫在。"

俗话说"一诺千斤"啊！我对父亲乡亲们的一句承诺，竟使我从此背上了永难偿还的感情债。他们的儿子、丈夫有许多在长征中牺牲了，有些连牺牲在什么地方我都很难说清。这笔沉重的感情债，在我心头压了几十年，全国解放以后的30年间，我也迟迟没有回去看望故乡。一个重要的原因就在于此，一想到那些牺牲了的同志，一想到那些红军家属，我的心就不安起来。

一个老将军，一个功臣和英雄，我能想象，他向故乡遥遥一望的深情，隔着云雾缭绕的大山，他多少次眼含热泪，在心里长跪不起……

为此，贺龙的女儿、女将军贺捷生这样说过：

"从北伐革命到全国胜利，光是贺氏家人为国捐躯的就有数百人之多。如果加上远近亲属，宗室族人，就多达数千人。一个家族，在前辈率领下义无反顾地投身革命牺牲了这么多人，这在中国革命史上都堪称奇迹。"

奇迹无一不是牺牲铺垫的。贺龙的外甥女贺来毅站在桑植县数千名的烈士墙前，含着眼泪也说过一段这样的话：

"我一直不明白爷爷长征出发后，为什么再也没回家乡。我一直在寻找这个答案。看见这么多烈士，也听到一些人的说法，我猜测爷爷没回来的原因，可能是因为数万家乡子弟兵跟随爷爷南昌起义、长征、抗日和解放战争，活下来的子弟兵屈指可数，爷爷内心里是不是感觉愧对家乡父老？怕见父老乡亲？"

而我却想，贺龙离家几十年，最想看的该是最爱最护他的姐姐贺英。可欠下那么多的生命债，他回不了故土。这位共和国元帅，既然不能泪洒坟头，那就把泪咽回心头！

四更里

四更里呀想贺英，单枪匹马会神兵。

收编一个团，扩大我红军。

哎呀，香大姐，

是我们的好将军，一往直前建奇勋。

弟弟贺龙加入中国共产党。他是一名共产党党员了，贺英高兴啊！在她与党组织接触的那段时间，她深深感到，中国共产党的纲领就像针灸郎中手中的神针，那针，是那么准确地扎在破旧中国的死穴上。

又像她曾梦过的黑色牢笼，囚禁了多少人。如果我们的人间是牢狱，那党领导的革命就是劫狱，就是帮助越狱或解放牢狱！她相信这个党，她的意志、激情和信仰，已在自己身体里集结，那是马上能突围的一支红色队伍。她要借助这支队伍改变穷人们的命运，改变这一方山水的命运。

是的，这个红色学校太吸引她，她已经努力做好学生，像周逸群、像弟弟文常。于是，她向党组织几次提出申请，她要做党的女儿。既然党收了那么多的优秀儿女，他们都在这所学校领取了一张红红的毕业证。那我，也想要这么一张证——加入中国共产党。如果从前我是小火星唤醒光亮，带领队伍。走进这所学校后，小火星会燃成火炬，照亮曾经迷惑的征途。

经过严酷的革命斗争磨炼，贺英对共产党和革命的认识越来越明确，信心越来越坚定。只可惜，贺英这一愿望到死都没实现。不是党不要她，是党更需要她以牺牲的姿态奉献我们党。为此，贺英多了太多的不平和委屈。

1989年，廖汉生将军在《忆贺英在桑植起义前后》一文中写道：

1933年1月至3月，贺英曾先后两次提出申请，要求加入中国共产党。是红三军政委关向应代表党组织向她做了解释，出于革命斗争的需要，把她留在党外。但她是按照党的指示开展土地革命，开辟革命根据地，积极扩大武装的。

事实上，贺英渴望加入共产党。但最终没入党，贺英干的却都是党的事：

1930年12月，贺英紧密配合湘鄂边工农革命军收编了一支2000余支枪、3000余人的队伍。那是四川军阀王陵基逼迫出川的土著武装甘占元、覃伯卿、袁海卿、张东轩等部窜入鹤峰县境内的武装。为收编这支武装，贺英一面写信给贺龙汇报情况，一面自己带领一队女战士到奇峰关与甘占元、覃伯卿周旋，保证了收编工作的顺利进行，大大地补充了革命武装力量。

1931年4月，工农红军主力东下洪湖，依据党组织的安排，贺英与桑植独立团及少数游击部队留守后方。

1932年，敌军对湘鄂边苏区发动第四次"围剿"，由于湘鄂边特委在军事上执行"左"倾冒险主义政策，红军屡战失利，特委和独立团被迫向洪湖转移。整个湘鄂边仅仅剩下贺英所率领的武装……

贺英在顽强地坚守着。

贺龙部队在石门一带受挫，特别是参谋长黄鳌、师长贺锦斋先后阵亡，南京、长沙的报纸大吹大擂，说什么"消灭共军干将""斩断贺龙两只臂膀"。消息传到县里，剿共头子陈策勋得意忘形，更加不择手段地镇压革命。

这期间，贺英心中有个巨大的痛，那就是亲妹妹贺满姑的……死，她死得太惨！还有一个远房弟媳汤小妹也被敌人杀绝了户。

夜是那么黑、那么长。灯塔在哪里？出路在何方……

贺英啊，曾经带着队伍是黑夜中的灯盏，可现在它的光晕黯淡，既照不见革命的前程，也刺不破四面围困的黑。捣毁牢笼的缺口在哪里？黑暗还有多长才能看见黎明时新的光亮？

这时的贺英，多想面对旗子上那片红，哪怕镰刀斧头的图案用木炭和毛笔蘸墨画得不标准，都会让她无比幸福地举起右手、握紧拳头，面向它们宣誓，她是党的女儿。她像一只发光的萤火虫在黑暗的乡野、牢笼的夜晚，锐意飞行。然而，她知道，指望她个人的飞行，要想凿开一条光的隧道，太难太漫长。她多想有一支火炬直接照亮，像指路明灯，让她有希望有方向。

正因为此，后来的贺龙满含热泪说了这样一席话：

"她对我帮助很大。在1928年石门失利后转到鹤峰大山里的时候，若是没有大姐来支持我们，后果是不堪设想的。她虽然没有入党，但她对党是信任的，对革命也是坚定的。1930年，我带着红四军东下洪湖后，湘鄂边只留下了独立团和大姐的这支游击队。最后，她是在和敌人作战中牺牲的啊！"

很难想象，贺英在中国革命中赫赫有名，却不是党员。值得一提的是，为革命贡献了一切的贺英，以非党员的身份，为党做了大量工作直至献身。因而，她被共和国认定为"100位为新中国成立做出突出贡献的英雄模范人物"。

在采访中，我们访到这样一个细节：

老红军、老作家黎白同志在《贺龙元帅》一书中，鉴于个别老同志曾认为贺英不是党员，她领导的游击队也不是党领导的游击队，只能说不是土匪武装，她客观上是为革命做了一些贡献，但只是出于家族观念，为了帮贺龙，云云。

针对这一说法，编写组的同志在查阅历史资料的过程中，发现当时的敌伪档案中，有鄂西赤匪由贺英指挥，为贺龙、段德昌之留守队的记载；而中央档案馆中保存的历史档案原件中，发现一份中共湘鄂边特委的材料，其中写着贺英曾担任过中共湘鄂边特委委员。为了更确切地求证，编写组成员先是请教了当时的国防部副部长、北京军区政委廖汉生。

廖汉生曾在贺英身边多年，而且在贺英的游击队工作过。他说贺英不是党员，但她率领的游击队是党领导的，是与国民党作战的。

再去请教贺老总，他说：

"贺英确实没有入党。不过她向我和周逸群三四次直接提出过入党要求。逸群当时是书记，他向我姐姐解释说，香姑目前不入党比入党对革命的作用还大，这里的一些团防、民团首领，有的反共，有的是中间派，有的支持我们。大姐在这方面关系多，影响大，要多做些团结他们的工作，以减少我们的阻力。太红了，人家看你是共产党，就不敢接近了。所以，贺英一直没有入党。不过她领导的游击队是党领导的，而且，在我带着红四军去了洪湖之后，一直坚持在湘鄂边与敌人斗争！"

对革命有功的贺英，虽然最终没能实现加入共产党的意愿，但是用廖汉生将军的话说，她从参加桑植起义那一天起，就把自己的一切乃至生命都交给了革命，交给了党。

拿破仑在他临死前说过的一席话："世间有两种武器：信仰和利剑。在短期内，利剑可能凌驾信仰之上，耀武扬威；从长远看，信仰必将打败利剑。我曾经统领百万雄师，现在却空无一人；我曾经横扫三大洲，如今却无立足之地。耶稣远胜于我，他没有一兵一卒，未占领过尺寸之地，他的国却建立在万人心中。"

贺英正是如此。

五更里

五更里呀想贺英，赤胆忠心为革命。
艰难岁月里，你闯山救红军。
哎呀，香大姐，
烈火见真金，丰功伟绩万古青。

牢笼，棺材变的牢笼，满姑真就关进来了。大姐贺英多次给她说过的那个梦，不，她原本就跟广大的劳苦大众一起，囚禁在巨大的挣不脱的黑暗里。她一直都跟着姐姐哥哥在与这个梦对抗，可最终还是成了这个牢笼里真正的囚徒。

就因反抗、冲破这牢笼，她才被抓、被刑。

这里黑暗没有光，有的是带血的皮鞭、吐着火舌的熊熊火炉，像铁匠铺里的一堆摆设。然而，插在炉火中的铁铲、已经提到眼前烧得通红的铁钩，都已变成饮血食肉的刑具。

敌人要的是交出贺龙、贺英的下落，交出工农革命军的枪支，交出共产党组织，满姑没有张口。那些刑具，无一例外地全用在这个弱女子身上，像一匹烈马，惨烈地踩踏嫩绿的草地，随后就是无法出声的疼痛和高低不平的坑洼。疮痍满目的身子，还继续着踩杠子、坐老虎凳、灌辣椒水、手指插满竹签，直至烧红的铁铲在肉身上再也找不到可以下手的地方，敌人依然没有得到他们想要的东西。

敌人用了五次惨绝人寰的酷刑，逼满姑招供，她没有屈服。离郁龙章家不远住着一位姓蔡的老婆婆，看到贺满姑被整得死去活来、惨不忍睹，便暗地给她送了一碗糯米汤圆，里面放上鸦片毒药，让她吃下免受折磨。刚刚送到贺满姑手里，就被匪徒发觉了。匪首凶残地骂道："还没来得及放血就让她死，太便宜她了。"

衣冠禽兽的敌人蹂躏一个年轻女人的卑劣也可想而知。他们用尽禽兽的欲念，在女人的贞洁上极尽卑劣地羞辱她。

满姑的内心是不耻与安静的。

她是带着使命的人，在这个牢笼里，她代替穷苦百姓来接受命运的囚禁。就让她把牢底坐穿，就让别的姐妹不再受苦。在革命面前早已没有性别，她早就把灵魂和身体交给她要奋斗的理想。何况，穷人终究会前仆后继去战斗，终究会把这个牢笼砸碎，让所有人平等沐浴在阳光下……

好在，党组织的积极营救，满姑的三个孩子都保释出去。剩下的，随你，贺满姑就是大义凛然，坚贞不屈，宁死不吐半个字。

1928年农历八月初六上午，敌人将满姑捆到桑植县城外校场坪，满姑最后是剥光衣服、裸露着身体绑在柱子上。最初，满姑是垂着她从来不低的头。尽管这是刑场，毕竟天开地阔，毕竟大庭广众。她想钻进地缝砸死，她想挣脱绳索撞死，一个女人怎能如此羞虐！可是，敌人就这最后一招，羞辱一个女革命者，让她们自己羞虐而死，再警告人们，女人革命就是这下场。

可满姑还是抬起了她的头，把头慢慢抬得高高的，眼神是从未有过的纯净。不是吗？自己从一个婴孩裸露着来世到衣裹遮羞，再到嫁人做母亲、生儿育女再续一种轮回。她是这方山水的女儿，为亲天、亲地、亲山、亲人们交付自己、奋斗牺牲，她面对的是她的姐妹兄弟、父老乡亲。没什么羞愧的，如一个婴儿又回到他们怀里，她就是乡亲们纯洁、干净的女儿，抑或就是他们的姐姐妹妹。她的理想、心念和身体都属于他们。

其实，敌人也想错了，他们的卑劣同时也唤醒民众曾经麻木的、沉睡的仇恨。而她，等于又一次带着队伍，用已经血肉模糊却干净圣洁的身体，组织又一场战斗，发起又一次冲锋！

在清朝就已经废除的惨无人道的凌迟刑法，在1928年的湘西第一次再现，在贺满姑身上再现——满姑被敌人一刀一刀凌迟处死后，开膛破肚示众三天。

死时，满姑年仅30岁。

2016年初夏，桑鹤公路沿线的山山岭岭，盛开着血红血红的杜鹃花。怀着一份由衷的崇敬，我们来到湖北省鹤峰县太平镇的洞长湾。70多年前，名噪湘鄂西的红色女将贺英，就是在这个普普通通的土家山寨喋血牺牲的。

站在"贺英殉难处"的石雕前，随着徐立礼老人的指点和描述，一幅幅画面重现眼前：

1933年4月，贺英、廖汉生转移到桑鹤边界地区游击。4月12日深夜，混入农会的叛徒许黄生，勾结覃福斋等匪部300余人，偷袭贺英驻地，敌人先打死哨兵唐佑清，然后用密集的子弹向屋里扫射。

睡在屋里的贺英手持双枪，抵住大门，英勇还击。匪徒人多势众，步步紧逼，边打边喊："冲啊，打死贺英有赏！"贺英卧在门侧，沉着应战，敌人始终冲不进屋。突然一颗子弹飞来，打中了贺英的右腿，她倒了下去，血水流了一地。徐焕然要背她走，她坚决不肯，咬紧牙关，掩护同志们突围。接着，她将身上的小手枪和装有几块钱的小布袋，交给身边年仅7岁的向楚汉："快走，找大舅去，报仇！"战斗到快天亮时，贺英头部又中一弹，倒在徐焕然怀里，她轻轻说："我不行了，快去找云卿，跟敌人干到底！"最后一眼，再仰望东方，慨然吟道："天生我47年天不亮，后47年漫天光！"说罢合上双眼，壮烈牺牲。

贺戊妹是贺龙的二姐，家中次女。一直跟随大姐贺英左右。那晚，在另一屋场的戊妹手握短枪带领伤残老弱冲出后门，隐蔽地向外突围。为了掩护大家安全撤退，她向敌人连续射击，伤员和家属得以成功撤退。

戊妹本来可以突围出去的，由于身患疾病，跑不动路，被赶上来的敌人抓住残酷杀害。同时遇难的，还有徐立礼的爷爷也就是徐焕然的父亲徐方刚，以及游击队员张志道、唐佑清等5人。

贺英和戊妹牺牲后，敌首覃福斋命人拖走她们的尸体，残暴的敌人砍下她们的头颅，并将其分尸。贺英与戊妹的头颅、被肢解的四肢和赤裸的躯干被悬挂在城门示众。

……

不久，贺龙闻听大姐死讯，大喊一声："痛煞我也！"热泪滚滚而下。他拿出了自己多年的津贴，要部下寻找贺英的尸体，并给予安葬。他流着泪说："我大姐总会剩下点肉渣渣吧，她的后事我来办！"

贺龙深情怀念大姐贺英，多次在讲话中提到贺英。他说：

"据突围出来的人对我讲，我大姐被敌人包围后，无论谁拖她背她，她就是不先撤，一定要掩护别人突围。先是敌人的子弹打断了腿，撤不下去了，非要与敌人拼命不可。后来，她脑部又中了子弹，才牺牲的。她自己为革命贡献了一切，她也保护了一批子弟，不少娃娃都经过长征、抗日战争、解放战争，都做出了各自的贡献。廖汉生就是从我大姐那支队伍中突围出来找到红三军的。如今，他是国防部副部长，北京军区政委。我大姐保留了一批革命力量，功劳也是不可抹掉的。"

1962 年，内务部优抚局在批复《关于贺英同志生平》一文时说："贺英同志生前担任的职务，经中央组织部办公厅和贺龙副总理办公室了解，大体相当于师级职务。"同年，贺英的忠骨移葬于鹤峰县满山红革命烈士陵园。2009 年贺英被评为 100 位为新中国成立做出突出贡献的英雄模范人物。

心听得太疼，本能地想找点安慰，像自言自语："好在贺英最后倒在爱人的怀里……"

"是啊，是啊。"徐立礼老人赶紧接话，"1933 年 1 月，红三军重返桑鹤边界，贺英与贺龙姐弟重逢，那个说不出的高兴哟。弟弟一直有个心病，大姐单身多年没儿没女，一个女人、寡妇，先是当司令、带队伍，后是投身革命与红军分享艰难，太不容易。这次回来，怎么都要把大姐的事情解决了。

"贺龙是知道姐姐和徐焕然早就是男有情女有意，说办就办。喜宴上，贺龙和红三军领导人夏曦、关向应等，都向我父亲和贺英大姨表示祝贺。那天，贺龙笑得那个开心，胡子翘上脸，眼都眯成一条缝了。"

"大姨一生没生儿育女，可她收养的干儿干女却有十多个，他们大多是烈士遗孤。"说到大姨贺英牺牲时的情景，徐立礼老人禁不住哽咽失声。他说当时他才 10 岁，是最早转移到屋后大山上的，没受一点伤……

贺英牺牲地——太平乡洞长湾村胡家屋场，现被列为州级文物保护单位。贺英遗骸于 1962 年移葬鹤峰满山红烈士陵园，她牺牲的地方就立了个石雕，上面刻着 5 个字：贺英殉难处。

徐立礼老人告诉我们，贺英牺牲三天后，她的遗体安葬在洞长湾徐焕然家门前的竹园。她出殡那天，周围三个乡的群众都自发赶来送葬。"文革"期间，有人要挖她的坟，四方乡亲以命相拼坚决保护……

朴实的老人多次重复一句话："大姨对革命有功啊。"

……

车离洞长湾，经过城门口，也经过校场坪，我都没往上看。我把目光和心境固执地投向翠绿的山乡。蓦地，山水间流出一席音籁，是几个女孩从山花烂漫中走来。走近了，大姐、二姐和小妹，脸上都是纯真的笑，再洒下一串银铃般的话语声，化作充满芳香的一缕清新，像风一样飘过，远去了……

（原载《中国作家》2017 年 11 期）